ADALBERT STIFTER

Die Mappe meines Urgroßvaters

HERAUSGEGEBEN
VON KARL PÖRNBACHER

PHILIPP RECLAM JUN. STUTTGART

Universal-Bibliothek Nr. 7963 [3]

Satz: Alfred Utesch GmbH, Hamburg
Druck und Bindung: Reclam, Ditzingen
Printed in Germany 1988

ISBN 3-15-007963-2

Studien

von

Adalbert Stifter

III Band

1847

Verlag von Gustav Heckenast
in
Pest

Inhalt

Dulce est, inter majorum versari habitacula et veterum dicta factaque recensere memoria.

Egesippus

1.
Die Altertümer

Mit dem an der Spitze dieses Buches stehenden lateinischen Spruche des seligen, nunmehr längst vergessenen Egesippus führe ich die Leser in das Buch und mit dem Buche in mein altes fern von hier stehendes Vaterhaus ein. Der Spruch spielte einmal eine Rolle in einer meiner Auszeichnungen in der Schule, und schon deshalb hatte ich ihn mir für alle meine Zukunft gemerkt; allein er fiel mir nachher immer wieder ein, wenn ich so in den Räumen meines Vaterhauses herumging; denn das Haus stak voll von verschiedenen Dingen unserer Vorfahren, und ich empfand wirklich, in den Dingen herumgehend, die seltsamliche Freude und das Vergnügen, von denen Egesippus in seinem Spruche sagt. Dieses Vergnügen haftete aber nicht etwa bloß in dem Geiste des Kindes, sondern es wuchs mit mir auf, der ich noch immer alte Sachen gerne um mich habe und liebe. Ja ich denke oft jetzt schon, da ich selber alt zu werden beginne, mit einer Gattung Vorfreude auf jene Zeit hinab, in der mein Enkel oder Urenkel unter meinen Spuren herumgehen wird, die ich jetzt mit so vieler Liebe gründe, als müßten sie für die Ewigkeit dauern, und die dann doch, wenn sie an den Enkel geraten sind, erstorben und aus der Zeit gekommen sein werden. Das hastige Bauen des Greises, die Störrigkeit auf seine Satzungen zu halten, und die Gierde auf den Nachruhm zu lauschen sind doch nur der dunkle ermattende Trieb des alten Herzens, das so süße Leben noch über das Grab hinaus zu verlängern. Aber er verlängert es nicht; denn so wie er die ausgebleichten geschmacklosen Dinge seiner Vorgänger belächelt und geändert hatte, so wird es auch der Enkel tun, nur mit dem traurig süßen Gefühle, mit dem man jede vergehende Zeit ansieht, wird er noch die Andenken eine Weile behalten und beschauen.

Diese Dinge empfindend erschien es mir nicht zwecklos, den Spruch des Egesippus an die Spitze eines Gedenkbuches zu stellen, das von meinem Urgroßvater und seiner Mappe handelt.
Ich will die Erzählung von ihm beginnen.
Mein Urgroßvater ist ein weitberühmter Doktor und Heilkünstler gewesen, sonst auch ein gar eulenspiegliger Herr, und wie sie sagen, in manchen Dingen ein Ketzer. Das alles ist er auf der hohen Schule zu Prag geworden, von wo er aber, da er kaum den neuen Doktorhut auf hatte, seinem eigenen Ausdrucke nach wie ein geschnellter Pfeil fortschießen mußte, um sein Heil in der Welt zu suchen. Die Ursache, warum er so schnell fort gemußt hatte, hat er, der Erzählung meines Großvaters zufolge, nie dazugesetzt. Welche sie auch gewesen ist, so hat sie ihn doch zu jener Zeit in die schöne Waldeinsamkeit seiner Heimat geführt, wo er sofort viele Meilen in der Runde kurierte. Vor wenigen Jahren erzählte von ihm noch manche verhallende Stimme des Tales, ja in meiner Knabenzeit kannte ich noch manchen verspäteten Greis, der ihn noch gekannt, und mit seinen zwei großen Rappen herumfahren gesehen hatte.
Als er uralt und wohlhabend geworden war, ging er endlich auch den Weg von manchem seiner einstigen Pflegebefohlenen, und hinterließ meinem Großvater Ersparnisse und Hausrat. Das Ersparte ist zuerst fortgekommen, und zwar im Preußenkriege; der Hausrat aber ist noch stehengeblieben. Von der Art und Weise des Doktors, die sehr abweichend von der der andern gewesen sein soll, haben sich nach seinem Tode noch lange die Bruchstücke im Munde der Leute erhalten; aber die Bruchstücke schmolzen wie Eisschollen, die im Strome hinabschwimmen, zu immer kleineren Stükken, bis endlich der Strom der Überlieferungen allein ging, und der Name des Geschiedenen nicht mehr in ihm war. Die Geräte und Denkmale sind auch immer verkommener und trüber geworden. Von diesen Denkmalen möchte ich sprechen, da sie einst meine schauerliche innere Freude waren.

Aber seltsam, wenn ich recht weit zurückgehe, so ist es eigentlich Trödel, der gar so tief wirkte, nicht Dinge, denen ich heute mein Augenmerk schenke. Da ist tief in dem Nebel der Kindheit zurück eine schwarze Weste, die so wundersam war; ich höre noch heute die Leute staunen und rufen, wie nun gar kein so unverwüstlicher Levantin mehr gemacht werde, und wie man das alte aufbewahren und achten soll – dann trieb sich unter unsern Spielsachen, eine dunkle verwitterte Hutfeder herum, deren Rückgrat geknickt war – aus den Spänen und Splittern der Holzlaube blickte einmal eine geschundene Deichsel hervor – im Garten wucherte noch unausrottbar die Angelikawurzel; daneben stand ein grauer Stamm, dessen zwei einzige grüne Äste noch alljährlich schwarze Vogelkirschen trugen, und im Herbste blutrote Blätter fallen ließen; – dann waren zwei himmelblaue Wagenräder, die ich als Knabe einmal sauber abzuwaschen strebte, weil sie von daraufgeworfenen Pflügen und Eggen voll Kot geworden waren; – dann bestand, weil man sagt, daß der Doktor ein vornehmes Fräulein soll geheiratet haben, auf Diele und Scheune noch allerlei den jetzigen Bewohnern unbekannter Kram, der wohl nicht aller von ihm herrühren mochte; aber wenn unter die berechtigten Hausdinge etwas Wunderliches geriet, das niemand erklügeln konnte, sagte man immer: »Das ist vom Doktor«; denn obwohl wir ihn als unsern reichsten Vorahn sehr ehrten, so hielten wir doch insgeheim sämtlich dafür, daß er ein Narr gewesen sei.
Es mochte damals noch viel mehr Altertümliches gegeben haben, wenn wir Kinder den Schauer vor so manchem unrichtigen Winkel hätten überwinden können, der noch bestand, und wohin sich seit Ewigkeit her der Schutt geflüchtet hatte. Da war zum Beispiele ein hölzerner dunkler Gang zwischen Schüttboden und Dach, in dem eine Menge uraltester Sachen lag; aber schon einige Schritte tief in ihm stand auf einem großen Untersatze eine goldglänzende heilige Margaretha, die allemal einen so drohenden Schein gab, sooft wir hineinsahen; – dann waren die unentdeckten allerhintersten

Räume der Wagenlaube, wo sich verworrene Stangen sträubten, alternde Strohbünde bauschten, noch bekannte Federn längst getöteter Hühner staken, tellergroße schwarze Augen aus den Naben alter Räder glotzten, und daneben im Stroh manch tieferes Loch gor, so schwarz wie ein Doktorhut. Ja die Scheu steigerte sich, da einmal der Knecht gesagt hatte, daß man durch die Sachen hindurch in die Haberstelle der Scheune kriechen könne, was wohl bestaunt, aber nicht gewagt wurde.
In der Finsternis der Truhe bewahrte auch lieb Mütterlein manche Kostbarkeiten auf, die keinen andern Zweck hatten, als daß sie immer liegenblieben, und die wir gelegentlich zu sehen bekamen, wenn sie einmal etwas Seltenes suchen ging, und wir die Köpfe mit in die Truhe steckten. Da war eine Schnur angefaßter rasselnder silberner Gupfknöpfe, einen Bündel Schnallen, langstielige Löffel, eine große silberne Schale, von der sie sagten, daß der Doktor das Blut der vornehmen Leute in dieselbe gelassen habe, – dann waren zwei hornerne Adlerschnäbel, einige Bündel von Goldborden, und anderes, was in der Dunkelheit so geheimnisvoll leuchtete, und worin wir nie kramen durften, weil die Mutter bei solchen Gelegenheiten stets nicht Zeit hatte, sondern zusperren und fortgehen mußte. Zuweilen aber, wenn die obere Stube, wo die Gastbetten standen und die Festkleider hingen, einmal gelüftet und abgestäubt wurde, und die Mutter eben bei Laune war, zeigte sie wohl gerne etwa einer Nachbarin und auch uns Kindern, die immer dabeistanden, manches von der Ahnentafel bürgerlicher Häuser, die ich so liebe, der Truhe der Brautkleider. Wie Reliquien pflegte man sonst derlei Kleider aufzubewahren und bei Gelegenheiten vorzuzeigen; aber diese Ehrfurcht nahm in den Zeiten ab, und endlich kam der schwarze Frack, in dem wir zur Trauung, zum Besuche, zum Spaziergange gehen – was soll daher an ihm sein, das der Aufbewahrung würdig wäre? Wenn Mütterlein nun die steifen eckigen Dinge herauszog und in der Sonne spielen ließ, da standen wir dabei und

staunten die verschossene Pracht an. Da kamen sammetne, seidene, goldstarrende Dinge zum Vorschein, die da rauschten und knisterten und unbekannt waren. Vom Doktor ist noch der ganze veilchenblaue Sammetanzug übrig, mit den vielen Schleifen und unten Goldblümchen, dann mit den Bandschuhen, und schwarzem Barett. Das aschgraue Seidengewand seiner Braut hatte hinten einen Zipfel als Schleppe hinaus, es war ein goldener Saum da, und aus dem Innern lauschte das schwefelgelbe seidene Unterfutter. Insonderheit war auch der Rock der Großmutter, der meßgewandstoffig und unbiegsam war, mit den vielen Falten und großen Seidenblumen. Des Vaters langer rötlicher Brautrock, in dem ich ihn oft an Oster- und Pfingsttagen zur Kirche gehen sah, hatte schon das Schicksal, daß er zerschnitten wurde; denn als der Vater tot war, und ich in die Abtei studieren ging, da wurde für mich ein neues Röcklein daraus gefertigt, in welcher Gestalt er aber von meinen Mitschülern stets nur Hohn und Spott erntete, obgleich mir mein kleines Herz jedesmal um den verstorbenen Vater sehr weh tat, wenn ich an Sonntagen das so oft verehrte Tuch auf meinen Armen sah.

Früher mochten noch mehrere Gedenksachen allgemach den Weg der Zerstörung und Vergessenheit gegangen sein. Ich denke noch klar eines Wintermorgens, an dem man daran ging, das Ungeheuer eines weichen Schreines mit Äxten zu zerschlagen, das seit Kindesdenken prangend mit dem eingelegten Worte »Zehrgaden« wie ein Schloß neben der Küche gestanden war, und ich weiß noch heute recht gut, wie ich damals als winziges Kind einen beinahe bitteren Schmerz empfand, als der wunderbare kaffeebraune Berg vor mir in lauter schnöde Späne zerfiel, im Innern zu höchster Überraschung so gewöhnlich weiß, wie die Tannenscheite im Hofe. Lange nachher hatte ich immer ein Gefühl verletzter Ehrfurcht, sooft ich die große lichte Stelle an der Mauer sah, wo er gestanden war.

Und wie vieles mochte in der vordenklichen Zeit verloren

sein. Wie oft, wenn wir Wallfahrer spielten, und ein Fähnlein auf einem langen Stabe trugen, dazu wir einen Lappen aus dem Kehrichte gezogen hatten, mochte der Lappen aus einem schmeichelnden Kleide gewesen sein, das einst die Glieder eines lieben Weibes bedeckt hat. Oder wir saßen im Grase, streichelten mit den Fingern an den schillernden Fäden des hingesunkenen Fähnleins und sangen: »Margaretha, Margaretha«; denn die Mutter hatte uns oft von einer Margaretha erzählt, die eine schöne weiche Frau unserer Vorfahren gewesen sein soll. – Wir sangen: »Margaretha, Margaretha«, bis wir selber eine Art Furcht vor dem Lappen hatten.

Wie der Mensch doch selber arbeitet, daß das vor ihm Gewesene versinke, und wie er wieder mit seltsamer Liebe am Versinkenden hängt, das nichts anderes ist, als der Wegwurf vergangener Jahre. Es ist dies die Dichtung des Plunders, jene traurig sanfte Dichtung, welche bloß die Spuren der Alltäglichkeit und Gewöhnlichkeit prägt, aber in diesen Spuren unser Herz oft mehr erschüttert, als in anderen, weil wir auf ihnen am deutlichsten den Schatten der Verblichenen fortgehen sehen, und unsern eignen mit, der jenem folgt. Darum hat der Großstädter, der stets erneuert, keine Heimat, und der Bauerssohn, selbst wenn er Großstädter geworden ist, hegt die heimliche sanft schmerzende Rückliebe an ein altes schlechtes Haus, wo die Bretter, Pfähle und Truhen seiner Voreltern standen und stehen. Wenn die Gebeine eines Gewesenen schon verkommen sind, oder zerstreut in einem Winkel und im Grase des Kirchhofes liegen, stehen noch seine bleichenden Schreine in der alten Wohnung, sind zuletzt die beiseite gesetzten ältesten Dinge, und werden so wieder die Gespielen der jüngsten, der Kinder.

Es ist etwas Rührendes in diesen stummen unklaren Erzählern der unbekannten Geschichte eines solchen Hauses. Welches Wehe und welche Freude liegt doch in dieser ungelesenen Geschichte begraben, und bleibt begraben. Das blondgelockte Kind und die neugeborne Fliege, die daneben im Sonnengolde spielt, sind die letzten Glieder einer langen unbekannten Kette, aber auch die ersten einer vielleicht noch längern, noch unbekannteren; und doch ist diese Reihe eine der Verwandtschaft und Liebe, und wie einsam steht der einzelne mitten in dieser Reihe! Wenn ihm also ein blassend Bild, eine Trümmer, ein Stäubchen von denen erzählt, die vor ihm gewesen, dann ist er um viel weniger einsam. Und wie bedeutungslos ist diese Geschichte; sie geht nur zum Großvater oder Urgroßvater zurück, und erzählt oft nichts als Kindtaufen, Hochzeiten, Begräbnisse, Versorgung der Nachkommen – aber welch ein unfaßbares Maß von Liebe und Schmerz liegt in dieser Bedeutungslosigkeit! In der andern, großen Geschichte vermag auch nicht mehr zu liegen, ja sie ist sogar nur das entfärbte Gesamtbild dieser kleinen, in welchem man die Liebe ausgelassen, und das Blutvergießen aufgezeichnet hat. Allein der große goldene Strom der Liebe, der in den Jahrtausenden bis zu uns herab geronnen, durch die unzählbaren Mutterherzen, durch Bräute, Väter, Geschwister, Freunde, ist die Regel, und seine Aufmerkung ward vergessen; das andere, der Haß, ist die Ausnahme, und ist in tausend Büchern aufgeschrieben worden.

Da der Vater noch lebte, durfte von des Doktors Habschaften nichts verrückt werden, da er ihn hoch verehrte und fast ausschließlich immer in einem ledernen Handschriftenbuche desselben las, welches Buch aber spater ganz abhanden gekommen war. In jener Zeit stand der alte Hausrat noch wie eine eherne Chronik umher; wir Kinder lebten uns hinein, wie in ein verjährtes Bilderbuch, dazu der Großvater die Auslegung wußte, und erzählte, er, der der eigentlichste lebendigste Lebensbeschreiber seines Vaters des Doktors war.

Wenn er manchen Abend zwischen diesen Denkmalen niedersaß und in dem Buche seiner Jugend nachsann, dessen Zeichen bloß tiefe Stirnrunzeln und weiße Hauptaare waren, und von den Taten und Abenteuern des Doktors erzählte, von seiner Furchtlosigkeit bei Tag und Nacht, in Wald und auf Heiden, wenn er so zu seinen Kranken fuhr – wie er Scherze und Schnurren trieb – wie er Arzneigläser hatte, die rot und blau glänzten, wie Karfunkel und Edelstein – wie er Macht hatte über die Dinge auf der Erde und in der Luft – – und wenn nun das eine und andere Gerätstück, wie es ja noch leibhaftig vor uns stand, anfing in der Geschichte mitzuspielen, bald, weil es in einem bedeutungsvollen Augenblicke in ihm krachte, oder plötzlich ein Glas den Platz wechselte – bald, weil ein Schwerverwundeter darauf ächzte, wie ihm der Doktor den Körper wieder fügte, den ein Waldbaum gänzlich auseinandergeschlagen hatte – bald, weil ein unergründlich Geheimnis der Heilkunde darinnen verschlossen gewesen; so ergoß sich eine unsägliche Bedeutung und Zauberei um die veralteten Gestalten; wir getrauten uns kaum hinzusehen, wie alles in hellem Kerzenlichte umherstand, und entschiedene Schatten warf; tief hinten ein Schrank, hoch und dünn, wie Ritterfräulein, die in ein Leibchen gepreßt sind; es war, als stünden Dinge auf ihm, die am Tage gar nicht dort stehen – dann der Arzneischragen, der gleichsam heimlich immer glänzender wurde – der Ahorntisch mit dem eingelegten perlenmutternen Osterlamme – die Uhr mit der Spitzhaube – der lange Lederpolster auf der Bank mit Bärentatzen, die wie lebendige griffen – endlich am Fenster, mit bleichen Tropfen des hereinscheinenden Mondes betupft, das Schreibgerüste, vielfächrig, gotisch, mit einem kostbaren Geländer, auf dem braune Frösche paßten und gleißten, die Schreibplatte überwölbt mit einem hölzernen Baldachine, wie mit einem Herdmantel, darauf oben ein ausgestopfter Balg saß, den man nicht mehr kannte, und den wir jedes Abends fürchteten – und wenn der einzige Hort, der Vater, der auf diese Erzählungen nichts hielt, in der Ofenecke eingeschlummert war, und der Mondenglanz der scharfen, taghellen Winternacht in den Ecken der gefrierenden Fensterscheiben starrte, so wehte ein solches Geisterfieber in der Stube, es hatte selbst die Mutter so ergriffen, und war über die Mägde hinausgekommen, die gerne in der Küchenstube daneben saßen und spannen, daß, wenn jetzt jemand am äußeren Tore geklopft hätte, es unmöglich gewesen wäre, sich ein Königreich zu verdienen, bloß dadurch, daß eines hinausgehe, und schaue, wer es sei.

Ich dachte mir damals oft, wie denn ein so unsägliches Gewimmel von überirdischen Dingen und ganz unerhörten Ereignissen in dem Leben eines einzigen Menschen, dieses meines Urgroßvaters, gewesen sein könne, und wie jetzt alles so gewöhnlich und entblößt ist – kein Geist läßt sich mehr sehen oder hören, und wenn der Vater in der Nacht von etwas aufgehalten wird, so sind es schlechte Waldwege gewesen, oder es ist ein Regen eingefallen.

»Jawohl«, pflegte die Großmutter zu sagen, wenn auf diese Dinge die Rede kam, »alles nimmt ab, der Vogel in der Luft und der Fisch im Wasser. Wenn sonst in den Losnächten oder Samstag abends aus den Pfingstgräben oder der Hammerau deutlich ein Weinen oder Rufen gehört wurde, so ist heute in den Gegenden alles stille und ausgestorben, selten, daß einem noch ein Irrlicht begegnet, oder der Wassermann am Ufer sitzt. Die Leute glauben auch heutzutage nicht mehr so fest, wie sonst, obwohl die Alten, die dies erzählten, ebenfalls keine Toren waren, sondern furchtlose aufgeklärte Männer. Wie gerne will die Jugend alles besser wissen, und kömmt doch mit den Jahren immer wieder auf die Reden der Alten, und gesteht es ein, daß sie darauf kommt.«

So pflegte meine Großmutter zu sagen, ich aber hörte ihr mit begierig hingerichteten Augen zu, und brauchte gar nicht auf ihre Worte zu kommen; denn ich glaubte ohnehin alles gerne und fest.

So war es in meiner Kindheit und so flossen die Jahre dahin.

Die Jahre waren damals sehr, sehr lange, und es verging ungemein viele Zeit, ehe wir ein wenig größer geworden waren.

Da endlich ich als der älteste ziemlich herangewachsen war, starb der Vater, und ich mußte bald darauf in die Abtei in die Studien. Später kam ein Stiefvater und eine neue Regierung in

das Haus. Es wurden neue schöne Geräte gemacht, und alle die alten Dinge, die früher dagewesen waren, mußten in die braungebeizte Hinterstube zurück, die gegen den Garten lag und unbewohnt war. Dort blieben sie in Raschheit hingestellt und in Verworrenheit stehen. Auch in mein Haupt waren nach und nach andere Gedanken und andere Bestrebungen gekommen. Aber einmal in den großen Herbstferien besuchte ich die alten Sachen wieder. Mir kam bei, daß ich sie ordnen könnte. Ich tat es, richtete die braune Stube mit ihnen ein, und stand dabei, wie der sanfte schwermütige Herbstglanz der Sonne so an ihnen hinstreichelte und sie beleuchtete. Allein ich mußte wieder in die Abtei, und wie die Zeit der dort festgesetzten Studien vergangen war, kam ich gar in die große ferne Stadt.
Nun erschienen harte Jahre, die Bestrebungen des Mannes kamen, und verdeckten wie mit Nebel das fernabliegende Land der Kindheit. Viele Dinge wurden erstrebt und gelitten, und da endlich die Zeit eingetreten war, in der der Mensch die Sehnsucht hat, den sachte vergehenden Lebensstrom in holden Kindern wieder aufquellen zu sehen, mochte es ein liebes Weib mit meinem Herzen wagen, und wir traten vor den Altar der Ehe. Dieses Ereignis führte mich wieder in mein Kindheitsland zurück. Da nämlich Mütterlein zu Hause sehr betrübt war, daß sie wegen Kränklichkeit nicht kommen konnte, die Brautkrone flechten zu helfen, und den heiligen Kirchengang zu sehen, beschlossen wir, um ihr Ersatz zu geben, die ersten Tage unseres neuen Standes in der Heimat zuzubringen. Wir packten auf, Wälder, Berge gingen an uns vorüber, und eines schönen Sommertages kamen wir in dem längst verlassenen Hause an.
Mütterlein war ein altes Weib geworden, die neuen schönen Geräte, die zu meiner Studienzeit gekommen waren, waren jetzt auch alt und verschossen; keine Großeltern gingen mehr im Hause herum, aber dafür spielten die kleinen Kinder der Schwester, die selbst ein Kind gewesen, da ich fortging, an der Stelle, wo wir einst gespielt hatten – nur die Liebe und

Güte ist jung geblieben. Mit dem gewohnten Sonnenscheine der Freundlichkeit in den verfallenen Zügen, mit den gewohnten guten Augen nahm die Mutter jetzt die junge blühende Tochter an, verehrte sie und tat ihr Gutes. Es kamen Tage, die einzig unvergeßlich sind, Tage unter Menschen desselben Herzens, und derselben unverfälschten Liebe. Ich führte meine Gattin durch alle Wälder meiner Kindheit, ich führte sie an rauschende Bäche und an ragende Klippen, aber ich führte sie auch durch die schönen Wiesen, und durch die wogenden Felder. Hier ging Mütterlein mit, und zeigte der fremden Tochter, was von all den Dingen unser sei, und was eben darauf wachse.

Alles war so herrlich und prangend, wie sonst, ja es war noch prachtvoller und ernster, als ich es einst begreifen konnte. Nur das Haus war kleiner geworden, die Fenster niedriger und die Stuben gedrückt. Alles, was sonst unendlich war, die dunklen Gänge, die gähnenden Winkel, das war nun klar, und was darinnen lag, war Wust. In der braunen Stube standen die alten Dinge in der Ordnung, wie ich sie einstens hingestellt hatte, oder eigentlich, sie hingen kaum mehr an den Wänden herum. Das einzige Schreibgerüste stand noch dicht und fest mit allen seinen Zierratengeländern und Fröschen da, ein wahres Kunstwerk in uralter Eichenschnitzerei. Die Mutter gab es mir auf meine Bitte gerne zum Hochzeitsgeschenke. All das andere aber waren gewöhnliche Trümmer und Reste; die Fugen klafften, das Licht schien durch sie, der Holzwurm hatte die Balken angebohrt und der Staub rieselte heimlich in seine Gänge. Als ich weiter durch das Haus wandelte, war hier eine Holztreppe weggenommen, dort eine andere aufgestellt – ein Geländer war hier herabgebrochen, dort eines befestiget worden – das Brunnenwasser rann in eine neue Kufe, die Gartenbeete waren in einer anderen Richtung, verschiedene Dinge standen darauf, und der graue Baum war gar nicht mehr da – in der Holzlaube war manches anders, aber hinten standen genau noch die alten Stangen und staken die alten Strohbünde: aber ein schwermütig klares

Licht der Gegenwart lag auf allen Dingen, und sie blickten mich an, als hätten sie die Jahre meiner Kindheit vergessen. – So verging Woche um Woche in den neuen erst wieder bekannt werdenden Räumen. Aber eines Tages, da eben ein grauer sanfter Landregen die Berge und Wälder verhing, verschaffte mir das Haus etwas, das ich nicht suchte, und das mich sehr freute, weil es mir gleichsam das ganze versunkene aufgehobene Märchen darin gab.

Mütterlein, Gattin und Schwester saßen im Hofstübchen, und verplauderten die Zeit, weil draußen Straße und Garten in Wasser schwammen; ich, gleichsam aus einem alten Zuge der Kindheit, der gerne das sanfte Pochen des Regens auf Schindeldächern hörte, war fast bis auf den äußersten Boden emporgestiegen und geriet auch in den Gang zwischen Schüttboden und Dach. Da stand noch die goldglänzende heilige Margaretha auf demselben Platze, auf dem sie vor so vielen Jahren gestanden war. Eine Menge weggeworfener Sachen lag, wie einst, um sie herum. Jetzt fürchtete ich den düsteren Goldschein nicht mehr, sondern ich holte die Gestalt hervor, um sie zu betrachten. Es war ein sehr altes gut vergoldetes hölzernes Standbild, halb lebensgroß, aber in dem Laufe der Zeiten war es bereits vielfach abgerieben und zerschleift worden. Ich dachte mir, daß es etwa von einer eingegangenen Feldkapelle unserer Besitzungen herrühre, aus Zufall in den Gang gekommen, und hier vergessen worden sei. Aber fast sollte man glauben, daß es keinen Zufall gäbe. – Daß das Bildnis hier stand, daß es heute regnete, daß ich heraufstieg und es wegnahm – das sind lauter Glieder derselben Kette, damit das werde, was da ward. Als ich nämlich die Bildsäule wieder auf ihr Untergestelle setzen wollte, hörte ich, daß dieses keinen Ton gab, wie ein Block, sondern wie ein hohler Raum; ich untersuchte es näher, und fand in der Tat, daß es eine sehr alte verschlossene Truhe sei. Ich war neugierig, holte mir in der Wohnung unten Brechwerkzeuge, stieg wieder in den Gang hinauf, befreiete zuerst den Deckel von dem zollhohen Staube, der darauf lag, sprengte mit dem Eisen seine Bande, und öffnete ihn. Was sich mir nun zeigte, war ein Knäuel von Papieren, Schriften, Päckchen, Rollen, unterschiedlichen Handgeräten, Bindzeugen und anderem Gewirr – aber weit hinaus herrschten die Papiere vor. Es gibt in jedem Hause Dinge, die man nicht wegwirft, weil doch ein Teil unseres Herzens daran hängt, die man aber gewöhnlich in Fächer legt, auf welche dann nie mehr ein Auge fällt. Daß es hier so sei, begriff ich augenblicklich, und sogleich im Gange sitzenbleibend, neben mir den schwachen Goldschimmer der Bildsäule, ober mir das leichte Trippeln des Regens, fing ich die Untersuchung an, und nach einer Stunde saß ich schon bis auf die Knie in Papieren.

Welch seltsame sonderbare Dinge! Da waren ganz unnütze Blätter, dann andere, auf denen nur ein paar Worte standen, oder ein Spruch – andere mit ausgestochenen Herzen und gemalten Flammen – meine eigenen Schönschreibbücher, ein papierner Handspiegel, von dem aber gerade das Spiegelglas herausgebrochen war – Rechnungen, Rezepte, ein vergelbter Prozeß über eine Hutweide – dann unzählige Blätter mit längst verklungenen Liedern, Briefe mit längst ausgebrannter Liebe, nur die schön gemalten Schäfer standen noch am Rande und stellten sich dar – dann waren Schnitte für Kleider, die jetzt niemand mehr trägt, Rollen Packpapiers, in das nichts mehr gewickelt wird – auch unsere Kinderschulbücher waren da aufbewahrt, und das Innere der Deckel trug noch die Namen von uns allen Geschwistern; denn eines hatte sie von dem andern geerbt, und gleichsam als sei es das letzte und ewige, hatte es den Namen des Vorgängers mit fester Linie ausgestrichen, und den seinigen mit der großen Kinderschrift daruntergesetzt. Daneben standen die Jahreszahlen mit gelber, schwarzer und wieder gelber Dinte.

Als ich so diese Bücher herauslegte, und der Blätter, auf denen viel hundertmal die Kinderhände geruht haben mochten, sorgsam schonte, daß sie mir nicht auseinanderfielen, kam ich auch auf ein anderes Buch, das diesen gar nicht glich, und von jemanden ganz andern herrühren mußte, als von

einem Kinde. Durch Zufall lag es hier unter den Büchern der Kinder, aber es war von einem Greise, der längstens gelebt hatte, und der längstens schon in die Ewigkeit gegangen war. Das Buch bestand aus Pergament, hatte die Höhe von vier aneinandergelegten Schulbüchern, und war eigentlich aus lauter ungebundenen Heften zusammengelegt. Ich schlug sie auf, aber nichts war da, als die Seitenzahlen, mit starken Ziffern und roter Dinte hingemerkt, das übrige war weißes Pergament, nur von außen mit dem gelben Rande des Alters umflossen. Im einzigen ersten Hefte war ungefähr die Dicke eines Daumens mit alter, breiter, verworrener Schrift besetzt, aber auch die Lesung dieser Worte war gleichsam verwehrt; denn immer je mehrere der so beschriebenen Blätter waren an den Gegenrändern mit einem Messer durchstochen, durch den Schnitt war ein Seidenband gezogen und dann zusammengesiegelt. Wohl fünfzehn solcher Einsieglungen zeigte der Anfang des Buches. Die letzte leere Seite trug die Zahl achthundertfünfzig, und auf der ersten stand der Titel: »Calcaria Doctoris Augustini tom. II.«
Mir war das Ding sehr seltsam und rätselhaft, ich nahm mir vor, nicht nur das Buch in die Wohnung hinabzutragen, und bei Gelegenheit die Blätter aufzuschneiden und zu lesen, sondern auch von den anderen Sachen dasjenige, was mir gefiele, zu nehmen und zu behalten; aber ehe ich dieses täte, mußte noch etwas anderes ausgeführt werden; denn bei Herausholung dieser Pergamente war mir augenblicklich das alte Lederbuch eingefallen, in dem der Vater vor mehr als fünfundzwanzig Jahren immer gelesen hatte; ich dachte, daß dieses offenbar der erste Teil der Calcaria sein müßte, und wollte sehen, ob ich es nicht auch in diesen Dingen finden könnte. Das andere war aber nicht lose, sondern in dunkelrotem Leder gebunden und mit messingenen Spangen versehen gewesen, was uns Kindern immer so sehr gefallen hatte. Ich nahm nun Blatt für Blatt, Bündel für Bündel heraus, löste alles auf, und durchforschte es; allein ich gelangte endlich auf den Boden der Truhe, ohne das Gesuchte zu finden. Aber als

ich alles wieder hineingelegt hatte, als ich den Knecht rufen wollte, daß er mir die Truhe samt den Papieren in mein Zimmer hinabtragen helfe, und als ich sie zu diesem Zwecke ein wenig näher an das Licht rückte, hörte ich etwas fallen – und siehe, es war das gesuchte Buch, das an der hintern Wand der Truhe gelehnt hatte und von mir nicht bemerkt worden war. Tiefer Staub und Spinnenweben umhüllten es – der Vater, den ich noch so deutlich vor mir sitzen sehe, als wäre es gestern gewesen, modert nun schon ein Vierteljahrhundert in der Erde – tausendmal hatte ich die Mutter um das Lederbuch gefragt, sie wußte es nicht, und sie hatte vergebens oft das ganze Haus darnach durchforscht. Wer mag es hieher gelehnt, und auf ewig vergessen haben?
Ohne nun die Einsamkeit des Bodens zu verlassen, da mich unten niemand vermißte, und gewiß alle in ihre Gespräche vertieft sein mochten, nahm ich das Buch vor, ich reinigte es zuerst ein wenig von dem schändenden Staube, der wohlbekannte rote Deckel kam zum Vorscheine, ich drückte an die Federn, mit veraltetem Krachen sprangen die Spangen, die Deckel legten sich um und ich sah hinein. Das ganze Pergament war beschrieben, die roten Seitenzahlen liefen durch das Buch, aber hier nur bis auf fünfhundertundzwanzig, es war dieselbe alte, breite, verworrene Schrift, schlecht aus lateinischen und deutschen Buchstaben gemischt, dieselbe seltsame Feßlung der Blätter mußte auch hier stattgehabt haben, aber gelöst worden sein; denn an allen Rändern war deutlich der gewesene Messerschnitt sichtbar, und als ich das erste Blatt umschlug, stand der Titel: »Calcaria Doctoris Augustini tom. I.« – Ich blätterte vorne, ich blätterte hinten, ich schlug hier auf und dort auf, überall dieselbe Schrift mit den starken Schattenstrichen und den ineinanderfließenden Buchstaben, und die ganzen großen Pergamentblätter waren von oben bis unten vollgeschrieben. Aber auch etwas anderes kam zum Vorscheine: ich fand nämlich viele zerstreute Blätter und Hefte in dem Buche liegen, die sämtlich die Handschrift meines verstorbenen Vaters trugen. Ich sah sie näher an und

dachte mir: also darum war nichts von ihm in der Truhe zu finden gewesen, weil er alles hiehergelegt hatte und weil alles vergessen worden war.

Bevor ich in dem Buche las, wollte ich eher diese Dinge des Vaters anschauen, Blatt nach Blatt ging durch meine Hände, da waren Lieder, ferner Bemerkungen und Abhandlungen – auch ein Märchen war da – Erzählungen aus seinem Leben – Worte an uns Kinder – ferner ein morsches zerfallendes Kalenderblatt darauf mit zerflossener entfärbter Dinte geschrieben stand: »Heute mit Gottes Segen mein geliebter erster Sohn geboren.« – – Ich las in vielem und es deuchte mir, das Herz, dem ich zwanzig Jahre nachgejagt hatte, sei gefunden: es ist das meines Vaters, der vor langem gestorben war. Ich nahm mir vor, von diesen Schriften der Mutter nichts zu sagen, sondern sie in mein Denkbuch zu legen, und sie mir da auf ewig aufzubewahren.

Ich konnte nun in dem Lederbuche nichts lesen – es klangen mir längst vergessene Worte in den Ohren, von denen mir die Mutter erzählt hat, daß er sie einstens gesagt: »Ich darf es dem Knaben nicht zeigen, wie sehr ich ihn liebe.« Ich ging in den Hof hinab und sah trotz des Regens, der niederströmte, auf jedes Brett, das er einst befestigt, auf jeden Pflock, den er einst eingeschlagen, und im Garten auf jedes Bäumchen, das er gesetzt, oder sonst mit Vorliebe gehegt hatte. Die Kiste mit den Büchern des Doktors und mit den anderen Dingen hatte ich in mein Zimmer hinabbringen lassen.

Als ich wieder in die Wohnung zurückkam, saßen die Mutter und die Gattin noch immer in dem Hofstübchen beisammen, und redeten. Die Mutter erzählte mir, wie so gut meine Gattin sei, daß sie nun schon so lange hier sitzen und von allem Erdenklichen geplaudert haben, und daß sie gar nicht geglaubt hätte, wie eine Stadtfrau gar so gut, lieb und einfach reden könne, als sei sie hier geboren und erzogen worden.

Spät am Abende, da sich die Wolken zerrissen hatten, und, wie es gewöhnlich in unserer Heimat ist, in dichten weißen Ballen über den Wald hinauszogen, als schon im Westen hie und da die blassen goldenen Inseln des heitern Himmels sichtbar wurden, und manche mit einem Sternchen besetzt waren, saßen wir wieder alle, auch der Stiefvater und der Schwager, die am Morgen weggefahren und nun wieder gekommen waren, in der Wohnstube an dem großen Tische beisammen, man zündete nach und nach die Lichter an, und ich erzählte ihnen von meinem Funde. Kein Mensch in unserem Hause hatte von der Truhe gewußt. Die Mutter entsann sich wohl, daß ein solches Ding, da wir noch kaum geboren waren, immer auf der Diele gestanden, und daß alter Kram darin gewesen sei; aber wie es fortgekommen und was damit geschehen sei, könne sie sich nicht erinnern, habe auch in ihrem ganzen Leben nicht mehr an die Truhe gedacht. Wer das Lederbuch hinzugelehnt, sei ganz unbegreiflich, wenn es nicht etwa der Großvater gewesen, der es in der ersten Verwirrung bei des Vaters Tode, um es den Augen der Mutter zu entziehen, an die Truhe legte und dort vergaß. Auch auf die Bildsäule kam die Rede, und als ich um ihren Ursprung fragte, wußte ihn niemand, sie sei eben immer in dem Gange gestanden, und keiner habe darauf gedacht, warum sie da stehe, und auf welchem Untersatze sie stehe. Nur könne sie aus keiner unsrigen Feldkapelle herrühren, weil unsere Felder nie eine Kapelle gehabt hätten.

Während wir so sprachen, standen die winzig kleinen Kinder der Schwester herum, horchten zu, hielten die trotzigen Engelsköpfchen ganz stille, und manches von ihnen hatte ein altes Blatt aus der Truhe in der Hand, auf dem Blumen oder Altäre abgebildet waren, die einst ihre Ur-Ur-Großmutter in geheimer Wonne an das Herz gedrückt hatte, oder auf dem Verse standen, die von Schmerzen und Untaten sangen, über die hundert Jahre gegangen waren.

Das Lederbuch lag aufgeschlagen auf dem Tische, und bald das eine, bald das andere von uns blätterte darinnen, und sah neugierig nach. Aber keinem war es für den Augenblick möglich die Schrift zu entziffern, oder die Gedanken zu reimen, die einzeln herausfielen. Es müsse des Doktors

Leben darin sein, sagte die Mutter, denn in manchen Abenden, wo der Vater darinnen gelesen, indes sie mit den Kindern und der Hauswirtschaft zu tun gehabt, habe er ausgerufen: welch ein Mann! Sie selber habe das Buch nie zur Hand genommen, weil sie doch zum Lesen nie Zeit gehabt, und ihr die Kinder mehr Arbeit gegeben haben, als sie kaum zu verrichten im Stande gewesen sei. Ich aber dachte mir: wenn nun das Leben des Doktors darinnen ist, so muß sich ja zeigen, ob es von jenen Geistern und überirdischen Gewalten beherrscht war wie die Sage geht, oder ob es der gewöhnliche Kranz aus Blumen und Dornen war, die wir Freuden und Leiden nennen. Meine Gattin bewunderte die schönen mit der Kunst des Pinsels gemalten Anfangsbuchstaben und die brennend roten Titel, hinter denen aber allemal die abscheulichste Schrift kam. Man wollte, ich solle ein wenig vorlesen, allein ich konnte es ebensowenig, als die andern; weil mir aber die Mutter erlaubt hatte, daß ich die Doktorbücher behalte, so versprach ich, daß ich jeden Tag darin studieren und dann des Abends davon erzählen werde, solange ich noch zu Hause sei. Man war damit zufrieden, und einmal durch alte Sachen angeregt, redete man noch vieles in längst vergangenen Geschichten, und der Mutter kamen alle Erinnerungen bei, was wir in unserer ersten Kindheit und Jugend getan und gesagt, und was sich Merkwürdiges zugetragen hatte, als sie mit dem einen oder dem andern gesegnet gegangen war.
Sehr spät gingen wir in jener Nacht schlafen, jedes seine Kammer suchend, und ich die schweren Pergamentbücher des Doktors im Arme tragend.
Des andern und die folgenden Morgen saß ich nun manche Stunde in der braunen Stube, und las und grübelte in dem alten Buche, wie einst der Vater. Was ich da gelesen hatte und zusammenstellen konnte, erzählte ich gerne abends im Kreise unserer Angehörigen, und sie wunderten sich, daß bisher alles so gewöhnlich sei, wie in dem andern Leben der Menschen. Wir dachten uns hinein, so daß wir schon immer auf den nächsten Abend neugierig waren, was da wieder geschehen sein werde.

Aber wie alles im menschlichen Dasein vergeht, und dieses selber dahinflieht, ohne daß wir es ahnen, so vergingen auch allmählig die Tage, die uns in meiner Heimat gegönnt gewesen waren, und wie nach und nach der letzte heranrückte, wurden wir allgemach alle stiller und trauriger. Schon mehrere Tage vorher war das Schreibgerüste verpackt und fortgesendet worden; es waren Kisten und Kasten unsers Weges vorausgegangen, weil uns die Mutter Geschenke und Aussteuer gegeben hatte, die sorgfältig verwahrt werden mußten – und endlich schlug auch die Stunde des Abschiedes: es war das erste Morgengrauen, weil wir einen weiten Weg bis zum ersten Nachtlager zu machen hatten; ich hob die schluchzende Gattin in den Wagen und stieg nach, mich äußerlich bezwingend, aber im Innern so bitterlich weinend, wie einst, da ich zuerst von der Mutter in die Fremde gemußt. Diese stand schmerzenvoll, wie dazumal, da, nur daß sie jetzt auch vom Alter eingebückt war – sie rang nach christlicher Fassung und zeichnete den Segen des heiligen Kreuzes auf uns hinein. Es war noch ein Augenblick – die Pferde zogen an, das durch so viele Wochen gesehene Antlitz schwand an dem Wagenfenster entlang, und wir sahen es nicht mehr – vor einer Sekunde noch stand es da und in der Ewigkeit wohl werden wir es erst wieder sehen.

Wir saßen stumm in dem Wagen, und Zoll um Zoll drehten sich die Räder in dem morgenfeuchten Staube der Straße. Berge und Hügel legten sich nach und nach hinter uns, und wenn wir umblickten, sahen wir nichts mehr, als den immer blauern, dämmernderen zurückschreitenden Wald, der so viele Tage mit seiner lieblichen Färbung auf unsere Fenster und auf uns selber niedergeblickt hatte.

Die Gattin redete nichts, ich aber dachte im Herzen: jetzt wird jeder, der da kömmt, an dem Hause ändern und bauen, und wenn ich einmal in meinem Alter wieder komme, wird vielleicht ein neues prunkendes Ding da sein; ich werde als zitternder Greis davorstehen, und die erblödenden Augen anstrengen, um alles zu begreifen.

2.
Das Gelöbnis

So stehe es auf dem ersten Blatte dieses Buches, wie ich es getreu erfüllen werde:

»Vor Gott und meiner Seele verspreche ich hier einsam und allein, daß ich nicht falsch sein will in diesen Schriften, und Dinge machen, die nicht sind, sondern, daß ich es lauter schöpfe, wie es gewesen ist, oder wie es mir mein Sinn, wenn er irrig war, gezeigt hat. Wenn ein Hauptstück zusammengekommen, dann schneide ich mit einem feinen Messer einen Spalt in die Pergamentblätter, oben und unten, und ziehe ich ein blaues oder rotes Seidenbändlein durch, mit selbem die Schrift zu sperren, und siegle ich die Enden zusammen. Wenn aber von dem Tage an drei ganze Jahre vergangen sind, dann darf ich das Bändlein wieder abschneiden, und die Worte wie Sparpfennige lesen. Verstanden, daß es nicht allezeit meine Schuldigkeit ist, etwas hineinzuschreiben, aber daß es allezeit meine Schuldigkeit ist, das Eingetragene drei Jahre aufzubewahren. So wird es sein bis zu meinem Ende, und gebe mir Gott einen reumütigen Tod, und eine gnädige Auferstehung.«

Zum Bemerken. Es ist eine fast traurige und sündhafte Begebenheit, die mir das Gelöbnis und Pergamentbuch eingegeben hat; aber die traurige Begebenheit wird in Heil ausgehen, wie schon das Pergamentbuch der Anfang des Heiles sein muß.

Man sagt, daß der Wagen der Welt auf goldenen Rädern einhergeht. Wenn dadurch Menschen zerdrückt werden, so sagen wir, das sei ein Unglück; aber Gott schaut gelassen zu, er bleibt in seinem Mantel gehüllt und hebt deinen Leib nicht weg, weil du es zuletzt selbst bist, der ihn hingelegt hat; denn er zeigte dir vom Anfange her die Räder, und du achtetest sie nicht. Deswegen zerlegt auch der Tod das Kunstwerk des

Lebens, weil alles nur Hauch ist, und ein Reichtum herrscht an solchen Dingen. – Und groß und schreckhaft herrlich muß das Ziel sein, weil dein unaussprechbar Wehe, dein unersättlich großer Schmerz nichts darinnen ist, gar nichts – oder ein winzig Schrittlein vorwärts in der Vollendung der Dinge. Das merke dir, Augustinus, und denke an das Leben des Obrist.

Gedenke daran.

Noch trag ich ein, was ich so bitter überlegt habe: Weil es von heute an gewiß ist, daß ich mir kein Weib antrauen werde und keine Kinder haben werde, so dachte ich, da sie mir das gebundene Buch brachten, wie ich es angeordnet, und da ich die vielen Seiten mit roter Dinte einnummeriert hatte, wer wird es denn nun finden, wenn ich gestorben bin? wie werden die irdischen Dinge gegangen sein, wenn einer die Schere nimmt, das Seidenbändlein abzuschneiden, das ich nicht mehr gekonnt, weil ich eher fortgemußt? es ist ein ungewisses Ding, ob damals viele Jahre vergangen sind, oder ob schon morgen einer die Blätter auf dem Markte herumträgt, die ich heute so liebe und für so viele Zukunft heimlich in die Lade tue.

Wer weiß es und wer kann es wissen – ich aber werde sie doch hineintun.

Deine Vorsicht, Herr, erfülle sich, sie mag sein, wie sie will. Verzeihe nur die Sünde, die ich begehen gewollt, und gebe mir in Zukunft die Gnade, daß ich weiser und stärker bin, als ich vordem töricht und schwach gewesen.

Eingeschrieben zu Thal ob Pirling am Medarditage, das ist, am achten des Brachmonats Anno 1739.

Morgen der Obrist.

3.
Der sanftmütige Obrist

Ich saß nämlich vor drei Tagen bei einem Weibe, das noch jung und unvermählt ist, und redete viele Stunden zu ihrem Sinne, daß sie ihn ändere. Als ich sie nicht abzubringen vermochte, lief ich in den Wald, an welcher Stelle eine Birke steht, und wollte mich daran erhängen. Ich werde es später schreiben, wie ich so übermütig mein Heil an das Weib gebunden habe, daß ich meinte, ohne ihr nicht sein zu können, aber sie sollte es nur sehen, daß ich alles zerreiße und daß ich sie strafe, das falsche, wankelmütige Herz: – vorher aber muß ich nur das von dem Obrist eintragen. Ich lief von ihr in mein Haus, riß ein buntes Tuch von dem Tische, lief durch den Garten, sprang über den Zaun, und schnitt dann den Weg ab, indem ich über Allerbs Hofmark und durch die Wiesen der Beringer ging. Dann traf ich auf den Fußsteig, der an den Mitterwegfeldern geht – dort eilte ich eine Weile fort. Ich hatte aus dem Tuche eine Schlinge gemacht, und trug es in dem Busen versteckt. Dann beugte ich wieder links von dem Wege ab, strebte unter den dünnen Stämmen des ausgebrannten Waldes der Dürrschnäbel hinauf, drang durch den Saum des Kirmwaldes, streifte an dem Stangenholze, an den Tannenbüschen, an den Felsblöcken vorbei und sprang auf den Platz hinaus, wo die vielen Birken stehen und der grüne Rasen dahingeht. – – Als ich nun da war, harrte ich gleichwohl noch ein wenig, und alle Bäume sahen mich fragend an. Es war auch ein breiter grauer Fels da, der nicht weit davon viele Klaftern hoch emporstand, und von dem die Sonnenstrahlen ohne Geräusch wegprallten, daß alle Steinchen funkelten und glänzten. Auch war eine wolkenleere finsterblaue Luft bis in die Baumzweige herunter. – Ich schaute nicht um, gleichsam als stünde einer hinter mir. – – Dann dachte ich: da hat vor wenig Augenblicken eine Feldgrille

gezirpt, ich wolle noch so lange warten, bis ich sie wieder höre.
Aber ich hörte sie nicht.
Das Himmelblau rückte immer tiefer in die Wipfel. Von dem Baume ging der starke Ast seitwärts, auf den ich gedacht hatte, und ließ dann das Moos wie einen grünen Bart hängen, derlei diese Bäume gerne haben, und weiter draußen gingen die dünnen Zweige nieder, die mit den vielen kleinen Blättern besetzt waren.
Die Grille zirpte nicht.
Aber der Obrist war mir nachgelaufen, als er mich hatte in den Wald heraufgehen gesehen, und griff mir jetzt, den ich gar nicht herzutreten gehört hatte, ganz leise an die Schulter. Ich erschrak sehr, sprang um den Baum herum und schaute zurück. Da sah ich den alten Mann stehen, mit den weißen Haaren auf seinem Kinne und Scheitel.
Er redete zuerst und sagte: »Warum erschreckt Ihr denn so sehr?«
Ich aber antwortete: »Ich erschrecke nicht, und was wollt Ihr denn von mir, Obrist?«
Er wußte anfangs nicht, was er sagen sollte – aber dann fing er langsam an, und erwiderte: »Nun – – ich habe Euch heraufgehen gesehen, und da meinte ich, daß ich Euch auch nachgehen könnte, weil Ihr diese Stelle ganz besonders zu lieben scheint, – und daß wir da vielleicht miteinander redeten – – ich hätte Euch etwas zu sagen – – aber wenn Ihr wollt, so können wir es auf ein andermal lassen.«
»Nein, nein, redet gleich«, sagte ich, »redet solange Ihr wollt, ich will Euch geduldig anhören, und nicht zornig werden. Aber wenn Ihr geendet habt, dann müßt Ihr mich lassen, weil ich dahier noch ein Geschäft habe.«
»O nein, Doktor«, antwortete er, »ich will Euch nicht stören, wenn Ihr ein Geschäft habt – mein Ding kann warten – – ich habe nur gemeint, wenn es sich so zufällig ergäbe – – ich lasse Euch schon. – Es tut nichts; weil ich einmal da bin, so kann ich gleich in den Reutbühl hinübergehen; der Knecht sagt

ohnedem, daß sie mir Holz stehlen. Wenn Ihr mich ein andermal anhören wollt, so werde ich schon fragen lassen, wann Ihr zu Hause seid, – wollet Ihr aber gar freundlich sein, so besuchet lieber Ihr mich einmal, weil ich in meiner Stube leichter reden würde, als in einer fremden. Aber nicht, daß Ihr das für eine Unartigkeit aufnehmet, ich kann auch gerne zu Euch kommen, lasset es mir nur in diesen Tagen sagen, wie es Euch besser gefällt. Tut nur euer Geschäft – tut es im Namen Gottes und denkt nur immer, daß ich Euer Freund gewesen bin, der Euch stets Gutes gewollt hat. –– Ich habe fast gemeint, daß Ihr hier oben an dieser Stelle wieder lesen werdet, wie Ihr sonst gerne tatet; aber ich sehe, daß es nicht so ist. –– Noch eins muß ich sagen: habt Ihr denn nicht auch im Heraufgehen gesehen, Doktor, wie heuer das liebe Korn gar so schön stehet; es legt sich auf diese Jahreszeit schon so hoch und dunkel, daß es ein Wunder ist. Ich will von dem Reutbühl durch die Mitterwegfelder gehen, und dort den Neubruch betrachten, wo heuer zum ersten Male Weizen steht. Dann gehe ich wieder nach Hause. – Lebt jetzt wohl, und besuchet mich bald.«

Diese oder ähnliche Worte hat er gesagt; denn ich habe sie mir nicht genau merken können. – Dann zauderte er noch ein wenig – dann tat er aber höflich sein Barett ab, wie er es gewohnt ist, und ging davon. Er scheint auf keine Antwort gewartet zu haben, und ich habe auch keine geben gewollt. Ich schaute ihm nach, und sah, wie er immer weiter hinter die Baumstämme zurückkam, bis es wieder war, als wenn gar niemand dagewesen wäre.

Ich wartete noch ein wenig, dann nahm ich das Tuch aus meinem Busen, und warf es mit Ingrimm weit von mir weg in die Büsche. ––

Dann aber blieb ich noch auf der Stelle stehen, und getraute mir nicht aus dem Walde zu gehen. Ich schaute die Dinge an und bemerkte, daß es schon unterdessen sehr Nachmittag geworden war. Die Baumblätter regten sich schwach, die weißen Birkenstämme standen einer hinter dem andern, und zwischen ihnen kam die tiefe Sonne herein und umzirkelte sie, daß sie vergleichbar waren dem matten Scheine silberner Gefäße.

Ich blieb noch recht lange in dem Walde.

Es war endlich die Zeit des Abendgebetes gekommen, und manche Tannenäste wurden rot. – Siehe, da klang auf einmal hell und klar, wie ein Glöcklein, die Stimme der Grille, und klopfte mit einem silbernen Stäblein an mein Herz – gleichsam mit einem feinen, silbernen Stäblein klopfte das mißachtete Tier an mein Herz, als sagte es mir deutliche menschliche Worte. Beinahe hätte ich mich gefürchtet.

Und wie ich dann von der Stätte fortging, klang auch das Abendlied der Ammer, es klang so dünne und dicht neben mir, als flöge das Vöglein heimlich mit, und zöge ein zitternd Goldfädlein von Zweig zu Zweig. – Und wie ich weiter gegen die Felder hinauskam, lichtete und lohete der Wald immer mehr und mehr – die Augen des Himmels sahen herein, und die dünnen Stämme waren wie feurige Stäbe. Und wie ich nun gänzlich hinauskam, lag die ruhige Saat des Kornes da, welches der Obrist angeschaut hatte – weithin lag sie dunkelgrün und kühl da, nur die Spitzen waren ganz ein wenig rot gestreift von dem Widerscheine des Himmels. Die Wiesen drüben waren schon dunkel und wie mit grauem Reife bedeckt, und hinter dem Walde draußen war die Sonne untergegangen.

Als ich zu Thal gekommen und an mein Haus getreten war, führte der Knecht meine zwei schwarzen Pferde aus der Schwemme heim, und grüßte mich; ich aber ging in die Stube, wo die Bücher sind, und aß des Abends keinen Bissen mehr.

Des andern Tages war ein Sonntag, es war der vorgestrige Tag, und ich fuhr um fünf Uhr früh zu dem Erlebauer hinaus, weil es sich am Tage zuvor mit ihm so verschlimmert hatte; aber er war besser, und ich ließ ihm wieder von dem Tranke zurück. Die Inwohnerin des alten Klum war besser, ebenso die junge Mechtild mit dem Gallenfieber. Um neun Uhr war ich schon bei allen gewesen, und ging dann in die Kirche zu dem sonntäglichen Gottesdienste. Nachmittag weinte ich sehr.

Da sendete ich noch in der Nacht zu dem Obrist, und ließ ihm melden, daß ich morgen kommen würde, wenn es ihm genehm wäre. Ich wolle zuerst die Kranken versorgen, und dann würde ich hinaufgehen, wenn er zu Hause sei, das ist gegen zehn Uhr, oder um weniges später. Er solle mir zurücksagen lassen, wenn er da nicht könne und es anders wolle. Aber der Obrist vermeldete mir durch meinen Knecht, daß er mit vieler Freude auf mich warten werde, und daß ich keinen Kranken übereilen solle. Er werde den ganzen Tag in seinem Hause oder in seinem Garten herumsein, daß ich ihn leicht finde.

Dann legte ich mich nieder, und gab vorher dem Knechte noch, in Anbetracht, daß heute Sonntag war und er den Gang getan hatte, ein Glas Wein. – Ach Gott – der Keller war schon fertig, und ich wollte ein großes Haus darauf bauen – und ich weiß nun nicht, für wen ich es baue. Ein recht großes, schönes Haus wollte ich bauen, weil mich Gott so gesegnet hat, und weil mein Vater doch nur ein Kleinhäusler gewesen ist, mit einer Hütte und Steinen darauf, wie sie noch überall auf den Waldhöhen herum stehen. Nur der Obrist ist gekommen und hat ein Haus mit steinernen Mauern gebaut, das nun als Vorbild weit hin gegen die Fichten leuchtet. Dann las ich noch bis Mitternacht in Hochheimbs Buche.

Am andern Morgen, da ich schon lange nicht mehr schlafen konnte, stand ich sehr früh auf, und fuhr, als noch der Tau lag, durch den Wald an dem Bache hinunter, daß ich meine Kranken besuche. Das Wasser rollte kühl über seine Steine und an den Gräsern dahin. Es ging bald die Sonne auf, und brachte einen recht schönen, lieblichen Vormittag. Dieser trocknete die Nässe von den Nadeln und von allen den vielen Kräutern, die nichts anderes zu tun hatten, als recht eilends in dieser Frühlingswärme zu wachsen. Als ich wieder nach Hause gekommen, und die Pferde in den Stall gebracht waren, legte ich einen besseren Rock an, und begab mich auf den Weg zu dem Obrist. Da ich um die Ecke des Holzes bog, und an den Gerstenfeldern des Maierbacher ging, die er heuer so schön hat, sah ich schon das Haus, wohin ich wollte, freundlich und weiß herabschimmern – es schimmerte so lange, als ich an dem Abhange dahinging, und wie ich den weichen Grashügel emporstieg, wo die vielen Eschen stehen, kamen die zwei Wolfshunde herabgelaufen, tanzten um mich und heulten freudig, weil sie mich schon so lange nicht gesehen hatten. Der Obrist selber war in dem Garten, und ich sah ihn durch die Stäbe der Umzäunung. Er hatte den grünen samtenen Rock an, den er so liebt, und die goldene Kette um, von der glänzende Funken weggingen. Als wir die Barette abgetan hatten, ging er mir entgegen und verneigte sich. Ich verneigte mich auch. Dann geleitete er mich durch den Garten an den vielen grünen Büschen hin, die er zieht, und führte mich in das Haus hinein. Wir kamen im Gange an der Tür vorüber, die in Margaritas Zimmer führt. Die feine gelbe Rohrmatte lag auf der Schwelle.

Als wir in seiner Stube angelangt waren, sah ich, daß er seine grünseidenen Vorhänge über die Fenster herabgelassen hatte, wodurch eine unliebe Totendämmerung um alle Dinge floß. Er schritt gegen die Fenster, zog die Vorhänge empor, ließ sie dann wieder nieder, und zog sie doch endlich empor. Sodann nahm er mir die Handschuhe und das Barett, legte beides auf sein Bette, und stand dann da, und hatte die weißen Haare so genau und reinlich zurückgekämmt wie immer. Er hatte noch nichts geredet, ich auch nicht.

Endlich nahm er das Wort und sagte: »Das ist ein schöner Tag, Herr Doktor.«

»Ja, ein sehr schöner«, antwortete ich.

»Ist die alte Sara schon besser, und was macht der Erlebauer?«

»Die Sara ist ja schon seit drei Wochen nicht mehr krank, und der Erlebauer wird auch schon besser.«

»Das ist gut; es wäre schade um den Mann gewesen, er ist sehr tätig und hat fünf lebende Kinder.«
»Gestern hat er die Krisis überstanden, und die nützliche Luft wird ihn bald heilen.«
»Habt Ihr noch viele Kranke?«
»Nicht sehr viele.«
»Der Meilhauer hat ja auch einen Fuß gebrochen.«
»Freilich, weil er sich nicht wahrt; eine Buche hat ihn gestreift.«
»Im Thaugrunde war's?«
»Im Thaugrunde.«
»Ihr kommt ja jetzt öfter in den Haslung hinunter, ist es wahr, daß sie das Gehäng reuten?«
»Lauter Felder, seit sie sich losgekauft haben.«
»Und in den drübigen Hofmarken mähen sie schon Heu?«
»Es ist kein Halm mehr auf den Wiesen.«
»Das ist ein gesegnetes, schönes Jahr. Wenn uns der Herr noch weiter hinaus behütet, und das Verheißene gut einbringen läßt, dann kann sich mancher helfen. – Wollt ihr Euch denn nicht ein wenig auf das Sitzbette niederlassen, Doktor?«
Nach diesen Worten nötigte er mich auf das Sitzbette, das er vor dem Tische hat, und setzte sich zu mir. Nachdem er die Falten an dem Teppiche gleichgestrichen, und die Brosamen herabgestreift hatte, sagte er plötzlich: »Das ist recht schön, Doktor, daß Ihr gekommen seid, und wieder dahier sitzet, wie so oft; darum sagt mir auch geradeweg, ob Ihr denn auch auf mich zürnet?«
»Nein, Obrist«; antwortete ich; »nein, ich weiß es schon, daß Ihr mir nichts getan habt. Ihr seid ja ein freundlicher Mann gegen jedes Geschöpf. Ihr habt allen Leuten im Walde herum wohl getan, und wenn einer undankbar war, so seid Ihr hingegangen, und habt ihm eine neue Güte erwiesen. Wie sollte ich Euch zürnen? nein, eher muß ich Euch jetzt sagen, was ich noch nie gesagt habe; Ihr seid der beste und sanfteste Mensch, den ich auf der Welt kennengelernt habe.«

»Bin ich das«, erwiderte er, »so macht mir die Freude, Doktor, und tut Euch kein Leid an.«
Mir rollten die Tränen hervor, und ich sagte, daß ich es nun nicht mehr tun wolle.
»Ich bin vorgestern«, sagte er, »mit großer Angst durch den Reutbühl gegangen; denn der Mensch vermag hierin nichts zu ändern, und ich ließ Euch in Gottes Hand zurück. Als die Sonne untergegangen war, stand ich an dem Fenster und betete – und da sah ich Eure Gestalt am Saume des Kornes nach Hause gehen, wie manches Mal an andern Tagen, wenn Ihr mit einem Buche unter den Birken gewesen seid – und es kam eine recht ruhige freundliche Nacht in mein Haus. – Seht, da ich damals von Euch fortgegangen war, bin ich im Reutbühl auch an unsere Föhrenpflanzung gekommen, die Ihr im vorigen Frühlinge mit mir angelegt habt, und habe gesehen, daß kaum ein einziges Pflänzchen ausgegangen ist; manche sind schon sehr hoch und ballen mit ihren Wurzeln das Steingerölle. – Am andern Tage bin ich von der Stube in den Stall gegangen, von dem Stalle in den Garten, und von da wieder herein – und habe über die kleinen Felderhügel geschaut, und über die Spitzen der Wälder, in denen Ihr vielleicht fahren werdet, oder sonst etwas tun. Da kam in der Nacht Euer Knecht, und brachte mir große Freude. – Ich hatte es ja nun in der Hand, ich kannte Euch, Ihr seid so oft zu mir gekommen, und ich wußte es ja, daß Ihr Euch herausreißen würdet.«
Ich konnte den Mann nicht anschauen, und sagte, weil ich schon so viel eingestanden hatte, daß ich so zerdrückt sei, und die Tage her keinen Menschen, nicht dem Knechte, nicht der Magd und keinem Taglöhner in die Augen sehen könne.
»Das ist unrecht«, antwortete er, »und es wird sich ändern. Tut ihnen Gutes, seid ein rechter Arzt, und Ihr werdet wieder ihresgleichen. Auch wissen sie ja nichts.«
»Aber ich weiß es.«
»Ihr werdet es vergessen.«
»Und mit einer solchen Schwermut fahre ich an den Fichten

und Tannen vorüber, daß an meinen Augen stets das Weinen ist. Ich bin gleich recht gerne zu meinen Kranken gegangen, auch zu denen, die schon besser sind, – auch zu dem alten Keum bin ich gegangen, der sterben muß, weil er das Zehrfieber hat, und habe ihn ein wenig getröstet.«

»Das ist immer so«, antwortete der Obrist, »daß aus dem harten Steine Zorn der weiche Funken Wehmut kömmt. So fängt Gott die Heilung an.«

»Schont mich vor der Welt, Obrist.«

»Redet nicht so. Nur der Herr im Himmel und ich haben es gesehen, und beide schweigen. Lasset nun die Zeit fließen und es werden Hüllen nach Hüllen daraufkommen. Die Seele hat einen Schreck erhalten, und wird sich ermannen. Es ist nun alles gut, lassen wir es gehen, und reden von andern Dingen. – Sagt mir, Doktor, habt Ihr denn den Thomas abgedankt, daß gestern ein anderer Knecht zu mir gekommen ist?«

»Nein, aber er ist jetzt bloß bei den Pferden. Den andern habe ich zu den Geschäften im Hause und zum Botengehen genommen. Er ist der Sohn des Inbuchsbauer.«

»Ich kenne ihn, er hat die Füllen des Gregordubs gehütet. Ihr müsset ja jetzt viele Leute in Eurem Hause haben?«

»Nur noch zwei Mägde.«

»So habt Ihr das Bauen einstweils eingestellt?«

»Nein, ich habe es für das heurige Frühjahr nur noch nicht begonnen. Wir waren erst ein wenig an dem großen Brunnen, aber seit der Bernsteiner im Steinbühel den Keller gräbt, habe ich ihm alle meine Leute hinübergehen lassen. Er will bis zu dem Schützenfeste fertig sein.«

»Ich war schon lange nicht in Pirling, und wußte nicht, daß er graben läßt. Im Steinbühel muß er wohl stark in die Felsen sprengen.«

»Sie schießen ja schon drei Wochen, und alle Leute, die ich sonst hatte, sind dabei beschäftiget.«

»Ich möchte auch manches in meinem Hause ändern, und wenn der Grunner zu empfehlen ist, so müßt Ihr ihn mir einmal heraufschicken. Mit dem ganzen Hinterecke möchte ich gegen den Eichenhag hinaus fahren, auch möchte ich eine neue Stiege und einen neuen Kellereingang machen lassen.«

»Meinen Brunnen wenigstens, hat der Grunner vortrefflich herausgebaut.«

»O Doktor, Ihr habt eine schöne Lage in der Biegung des Tales; Ihr seid noch jung, und wenn Ihr Euch bestrebet, so kann es ein schönes Besitztum werden, das seinen Herrn und seine Frau erfreut, wenn einmal eine einzieht. Meine Tage sind schon wenige, ich gehe dem Grabe entgegen, und wenn Margarita einmal fortzieht, wer weiß, in welche Hände dies Gebäude kommt, das ich so eifrig aufgeführt habe. -- Lieber Doktor, ich möchte noch recht gerne von etwas Längerem und Ausführlicherem mit Euch reden.«

»So redet.«

»Ihr werdet jetzt vielleicht seltener zu mir kommen, und da denke ich, ist es billig, daß Ihr auch meine Fehler wisset, denn Ihr habt mich bisher zu viel geachtet – auch könnte Euch die Sache vielleicht nützlich sein. Ich möchte Euch nämlich von meinem früheren Leben erzählen, und wenn ich geendet habe, möchte ich noch gerne eine Frage und eine Bitte an Euch tun – vorausgesetzt, wenn Ihr nämlich Zeit habt, mich anzuhören.«

»Ich muß nur abends noch zur Haidelis hinaus, und vor dem Schlafengehen noch den Erlebauer sehen, sonst habe ich heute nichts mehr zu tun. Sprecht also nur, Obrist, wie Ihr es für gut haltet, und fragt dann und bittet, was Ihr wollt.«

»Wißt Ihr noch, ich habe vorgestern im Birkenstande zu Euch gesagt, daß ich etwas mit Euch zu reden hätte – das war aber damals unwahr; sondern, da ich Euch von hier forteilen, nach Hause gehen, und dann über den Zaun und die Wiesen gegen den Wald schreiten sah, ahnte mir Böses; ich lief Euch nach, um ein Unglück zu verhüten; aber, da Ihr mich oben von dem Platze fortdrängtet, wußte ich mir nicht zu helfen, und sagte nur die Worte – allein seitdem habe ich es mir so ausgebildet, daß ich mit Euch von meiner Vergangenheit reden möchte, die gewesen ist, ehe ich in dieses Tal gekommen bin. Nehmet es nur nicht übel, daß ich alt bin, und etwa weitschweifig in meinen Worten.«

»Nein, Obrist«, sagte ich; »sind wir nicht manchen Abend in dem Walde gegangen, und habe ich nicht gezeigt, daß mir Eure Worte lieb und angenehm waren?«

»Ja, das ist wahr, das habt Ihr getan; darum mag ich auch jetzt gerne zu Euch reden. Ihr habt mich vor einer Weile den sanftesten Menschen geheißen, den Ihr auf Erden gekannt habt – ich muß Euch bekennen, daß es mir wohl tat, daß Ihr das gesagt habt. Ihr seid der zweite Mensch auf dieser Erde, der es sagte; der erste hat vor vielen Jahren gelebt, und ich werde Euch später von ihm erzählen. Ihr werdet dann einsehen, daß mir diese gute Meinung von Euch beiden lieber ist, als von allen andern Menschen auf der Welt. – Nun zur Sache. Habt Ihr nie von einem Grafen Uhldom gehört?«

»Meint Ihr den berüchtigten *Casimir* Uhldom?«

»Dieser berüchtigte Casimir Uhldom bin ich.«

»Ihr?«

»Ja, ich. Spieler, Raufer, Verschwender – und jetzt das, was Ihr seit einigen Jahren kennt.«

»Nein, das ist nicht möglich – als ich noch auf der Schule war, gingen zwar unbestimmte, aber unheimliche Gerüchte von dem Grafen.«

»Sie sind vielleicht wahr; ich bin nicht gut gewesen. Manches war ich im besseren Sinne, als es die Leute wußten, das Schlimme kannten sie zu genau, manch Gutes, wie ein Schlimmes, und das Beste gar nicht -- und das bin ich fast durch Kummer geworden. Höret mich ein wenig an: Als mein Vater starb, war ich sechzehn Jahre alt, mein Bruder zwanzig. Die ganze Zeit war er immer der bessere gewesen, ich der schlimmere. Als nun die Leute beisammen waren, und das Testament geöffnet wurde, war er auch der Erbe, ich enterbt. Ich habe damals noch nicht gewußt, ob er gefehlt habe oder nicht; aber ich hieß ihn einen Schurken, und nahm mir vor, in die weite Welt zu gehen. Es erschien mir dazumal ein leichtes, Befehlshaber zu werden und ein großer Feldhauptmann, wie der Waldstein und die andern im Dreißigjährigen Kriege. Ich ging mit dem wenigen Gelde, das von Rechts wegen mein gehörte, vom Hause fort, und bot dem Brandenburger meine Dienste an, ich bot sie dem Kurfürsten von Bayern an, und dem Pfalzgrafen, aber es war überall nichts; sie wollten mich entweder in das Volk stecken, oder in eine Soldatenschule tun, und beides litt ich nicht. Daher ging ich weiter – und eines Tages, als jede Welle des schönen Rheines im Sonnenscheine blitzte und glänzte, kam ich nach Frankreich hinüber. Ich gedachte, dem Könige Ludwig meinen hoffnungsreichen Degen zu Füßen zu legen. Viele Tage wanderte ich durch das fremde Land und durch die fremde Sprache, bis ich eines Abends, da eben ein stiller Regen von dem grauen Himmel fiel, in die finstere Stadt Paris einzog. Ich glaubte damals noch gar nicht, daß es mir fehlschlagen könnte. Ich verstand die Sprache wenig, kannte keinen Menschen in der Stadt, aber dennoch drang ich vor, und wurde zu dem Könige geführt. Er fragte mich, was ich zuerst lernen würde, und ich antwortete: die Sprache. Er lächelte und sagte, daß er meiner gedenken wolle. Ich fing nun an, die Sprache zu lernen und auf die Antwort des Königs zu warten. Als mir das Geld ausging, und ich nur mehr ein einziges Goldstück hatte, dachte ich mir, daß ich nun in ein Spielhaus gehen müsse, um eines zu gewinnen. Ich wußte ein solches Haus; es stand in einer langen, des Abends immer sehr schön erleuchteten Gasse, und ich hatte es bisher nur von außen gekannt. Als es wieder Abend war, ging ich in die Gasse und schaute es wieder von außen an. Da fuhr ein Wagen quer an mir vorüber in das Haus hinein, und bespritzte mich mit dem Kote der Straße. Unter dem Torwege hielt er an, der Schlag wurde aufgerissen, ein schön gekleideter Mann stieg aus, ging die Treppe hinauf und ein Diener trug ihm ein Kästchen nach. Ich ging nun auch durch die Pforte des Hauses, ging über die Treppe hinauf, wo Bildsäulen standen, kam in den Saal, wo Menschen liefen, und schaute eine Weile zu. Dann ging ich hinzu, legte mein Goldstück auf eine Karte, wie ich die andern hatte tun gesehen, und nach einer Zeit schoben sie mir mehrere Goldmünzen hin. Ich war nicht stark überrascht und setzte wieder. Das Spiel kannte ich nicht; es wurden nur immer Karten herabgelegt, immer die nämlichen zwei ruhigen Worte gesagt, wie der Perpendikel einer Turmuhr, und die Leute schoben sich Goldstücke hin und her. Als endlich der Mann am obern Ende des Tisches sein Kästchen zuschloß, hatte ich mehrere Hände voll Goldstücke in der Tasche. Es war indessen nach Mitternacht geworden, ich ging nach Hause und schüttete das Geld in mein Barett, das ich auf einen Stuhl geworfen hatte. Am andern Tage lechzte ich darnach, daß es Abend würde. Als man die Kerzen anzündete, ging ich schon in dem Saale auf und nieder, und es trat ein fremder Herr zu mir, und sagte, daß er auf mich wetten werde. Ich verstand dies damals nicht, und ließ alles geschehen. Wieder gewann ich an dem Tage, wie vorher, und am andern Tage wieder. Ich lernte bald das Spiel verstehen, und versuchte nach und nach, es zu leiten und zu beherrschen. Mehrere Männer schlossen sich an mich an, und suchten das Glück in ihren Kreis zu bannen. Ich gewann, verlor unbedeutend, und mein Wohlstand begann sich zu heben. Ich ging nun in schönen Kleidern und Federhut durch die Straßen, das schönste Pferd in Paris war mein, und drei fast gleich schöne standen noch in dem Stalle. Der Mantel war wie der eines Herzoges, und der kleine Degen hatte Diamanten im Knopfe. Damals hätte ich auch falsch gespielt, wenn ich verstanden hätte, es zu machen. Meine Freunde und Spielgesellen führten mich zu den Leuten, die in den großen Palästen wohnten, welche ich sonst nur von außen hatte ansehen dürfen, man sagte mir schöne Dinge; die Mädchen wollten mir wohl; ich liebte die Pracht und lernte die dortige Art und Sitte. Wenn Männer beisammen waren, suchte ich Händel zu erregen, und ermutete mich dann im Zweikampfe; denn außer bei den Karten brachte ich die meisten Stunden auf dem Fechtboden zu. – So war es mit meinem Spiele. -- Da sagte einmal ein langer blasser Mann, den ich immer gescheut, und daß ich aufrichtig bekenne, den ich gefürchtet hatte, daß ich doch nur ein Lumpe sei, der vom Pariser Strolchengolde lebe. Er hatte die Worte zu mir selber gesagt; ich antwortete ihm nichts darauf; aber ging nach zwei Tagen zu dem Herrn Armand Pelton, dem derzeitigen Vorsteher des Armenwesens, und übergab ihm an Gold und Schmuck und Kleidern, wie auch an Pferden und Reitgeräten alles, was ich hatte. Nur hundert Ludwigsstücke hielt ich zurück und einen grauen schlechten Klepper, den ich mir am Tage vorher gekauft hatte. Seht, Doktor, ich habe noch die Scheine von jener Begebenheit, und werde Euch dieselben zeigen.«

Als der Obrist diese Worte gesagt hatte, stand er auf und suchte in den Laden seines Schreines. Er sammelte aus demselben mehrere Schriften, trat wieder zu mir und breitete sie auf dem Tische aus. Es waren richtig lauter Empfangsbriefe über verschiedene Summen und Stücke, welche der Graf Casimir Uhldom, Spieles wegen, der Armensache übergeben hatte, und welche durch die Namen der Väter bestätiget wurden, in deren Hände das Gut niedergelegt worden war. Als er mir mit dem Finger auf alles gewiesen hatte, und der Punkt abgetan war, schob er die Papiere auf dem Tische zurück und sperrte sie nicht wieder ein.

Dann fuhr er fort: »Ich lud am Nachmittage den langen blassen Mann zum Zweikampfe, und sagte ihm keine Ursache; aber da ich ihn durch die Schulter gestochen hatte, hielt ich ihm diese Schriften vor die brechenden Augen und schrie ihm zu, wer ich sei. Ich hielt ihn damals für sterbend und war damit zufrieden. Aber er starb nicht, ich lernte ihn viele Jahre darnach von neuem kennen, achtete ihn damals sehr hoch, und ich glaube, er mich auch. Als ich von dem Kampfplatze fortging, spießte ich eine andere Schrift, die mir von dem Könige war zugeschickt worden, und mir einen schlechten Platz in dem Heere anwies, auf meinen Degen, und warf sie weg. Ich haßte nun den König, und begriff, daß ich unter die deutsche Reichsarmee gehöre. Als am andern Morgen die Sonne aufging, war ich schon weit von Paris; sie schien mir in das Angesicht, und ich ritt auf dem grauen Klepper Deutschland zu. Ich hatte ein schlechtes Lederkoller an und die hundert Ludwigstücke darin. Am siebenten Tage ging ich wieder über den Rhein. Damals sagten sie, daß ich ein arger Verschwender gewesen sein müsse, der vom Reichtume auf solch schlechtes Zeug gekommen; ich aber lachte, schaute in die dunkelgrünen Wogen des Rheins, und glaubte auch da noch nicht, daß es mir fehlschlagen könne. Ich erkannte, daß ich auf einem Irrwege gewesen sei, und daß ich nun einen andern betreten müsse. Daher beschloß ich, wie der Herzog von Friedland ein Kriegsheer aufzurufen, und mit demselben die Länder wieder zu erobern, die uns der König früher entrissen hatte. Ich gedachte hiebei des Zufalls, daß, wenn ich als Feldherr in Paris einzöge, etwa bei demselben Fenster ein Mägdlein herabschaue, bei dem ich sonst mit ihr gestanden, und so vergnügt gewesen war, wenn sie mich ihren lieben kleinen Grafen genannt hatte. Ich schämte mich recht jener kindischen Zeit und ihrer Bestrebungen. – Als aber nach zwei Jahren die neuen Entwürfe auch noch nicht in Erfüllung gegangen waren, fing ich an, in unserem Heere von unten auf zu dienen. Jetzt rückte die Zeit langsamer, und die Mühe belohnte sich nur um Haarbreite nach Haarbreite; aber aus Ehrsucht, weil mir schon nichts anders gelassen war, tat ich auch das Jetzige gut, daß ich den andern zuvorkomme, und die übermeistere, die neben mir waren. – So wurde ich nach und nach sechsundzwanzig Jahre alt und bekannter unter den Vorstehern des Heeres. Da geschah es, daß ein Oheim starb, der letzte unserer Verwandten, und mir ein beträchtliches Vermögen hinterließ. Zu gleicher Zeit verliebte ich mich auch. Ach Gott, lieber Doktor, es sind jetzt viele, viele Jahre vergangen – und verzeiht mir die Worte, die ich sagen werde – ich war gerade so schwärmend wie Ihr, ich war ausschweifend in Haß und Freundesliebe, ich war ebenso strebend und vom Grunde aus gutherzig wie Ihr. Seht nur, oft habe ich gemeint, ich müsse alle Sterne an mich herunterziehen, und alle Weltteile auf dem Finger tragen. Daher tat ich mein Herz weit auf, ließ das Gefühl eingehen, und hatte meine Ergötzung daran. Ehe ich aber zur Besinnung gelangte, war ich betrogen. Ein Freund und Vertrauter, den ich auf Freiwerbung sandte, führte sie selber zum Altare. Ich wollte ihm auf das Gut, wohin er sie geführt hatte, nachreisen, um ihn zu erstechen, aber ich tat es dann nicht, und nahm mir vor, mich selber zu töten. In unserem Hause war ein langer schmaler Gang, wie sie in Soldatenhäusern gewöhnlich sind, und zwischen den Fenstern waren starke Pfeiler. Als es Nacht geworden war und die Kameraden schliefen, nahm ich eine Büchse, die ich abends geladen hatte, ging auf den Gang und stellte mich in den Pfeilerschatten, weil doch zuweilen Mannschaft vorbeiging, daß sie mich nicht sehen könnten. Als sich nach einer Weile nichts mehr rührte, stellte ich die Mündung nach meiner Kehle und griff mit der Zehe um das Zünglein. Aber ich mußte es übel gemacht haben; denn es knackte etwas, und das Eisen schürfte an meinem Hemdknopfe; da sprang plötzlich ein gemeiner Mann unserer Rotte, der mich ausgekundschaftet hatte, und aus Furcht im Mauerschatten nähergekrochen war, empor, stieß mir das Rohr von der Kehle, und flüsterte: ›Herr Graf, ich schweige, aber das müßt Ihr nicht mehr tun.‹ Ich wollte vor dem Manne auf die Kniee niederfallen, so erschrocken war ich und so verworren. Ich sagte, daß ich ihn recht lieb habe, und daß ich ihm eine Menge Geld geben wolle. Er nahm am andern Tage das Geld, und hat niemals einem Menschen etwas gesagt. – Ich ließ nun diese Gedanken fahren und verschlug aufs Gegenteil, das heißt, ich fragte nach nichts mehr, und ließ kein Übel auf mich eine Wirkung tun. Auch setzte ich mir vor, die gemachte Erbschaft zu verschleudern. Wir saßen nun manche Nacht beisammen, viele Freunde und lustige Gesellen – es strahlten die Kerzen, es klangen die Gespräche, und es verrauschte das Gut. Nach sechs Jahren war ich wieder so arm, wie vor dem Tode meines Oheims. – – Damals fing endlich der Krieg an, und was bisher in einem Hause, in einer Stadt beisammengewesen war, kam auseinander und wurde oft länderweit getrennt. Ich war in den Jahren über dreißig, und die Sachen begannen eine Wendung zu nehmen. Das Feldleben war manchmal recht ernsthaft, und ich war manche Nacht, wenn die öde Luft durch den Himmel strich, traurig über die Welt und traurig über alle Dinge. Es sollte noch erst alles kommen, was mein Leben mir versprochen hatte, und es war doch schon der größte Teil desselben dahin. Zuweilen fiel mir meine Mutter ein, die längstens gestorben war, und ihre schönen blauen Augen – zuweilen der Bach auf unserer Wiese, an dem die schönen Weiden gestanden waren. – – So zog die Zeit dahin; wir machten keine großen Eroberungen, und der Feind, der jenseits stand, machte auch keine. – In Westfalen war es endlich, wo ich dazumal ein Mittel für mein Heil gebrauchen lernte, das ich zuerst aus Scherz angefangen, und dann aus Ernst bis auf den heutigen Tag nicht mehr aufgegeben habe. Ich würde Euch gerne raten, Doktor, daß Ihr es auch anwendetet; denn ich glaube, daß ich schier alles, was ich geworden, durch dieses Mittel geworden bin. Es besteht darin, daß einer sein gegenwärtiges Leben, das ist, alle Gedanken und Begebnisse, wie sie eben kommen, aufschreibt, dann aber einen Umschlag darum siegelt und das Gelöbnis macht, die Schrift erst in drei bis vier Jahren aufzubrechen und zu lesen. Ein alter Kriegsmann riet es in meiner Gegenwart lachend einer Jungfrau an, die gerade in Liebeskummer befangen war, und sagte, daß es in diesen Fällen eine gute Wirkung tue. Ich lachte mit und dachte gleich in meinem Innern, daß ich das Ding auch versuchen würde – und wie oft habe ich seitdem den toten Mann gesegnet, daß er es sagte, und den Zufall, der es ihn im rechten Augenblicke sagen ließ. Ich ging sehr eifrig darüber und habe gleich alle freie Zeit, die uns gegeben war, verwendet, um aufzuschreiben, was ich mir nur immer dachte, und was ich für die Zukunft beschlossen hatte. Ich machte die Dinge sehr schön, faltete alle Papiere gleich groß und schrieb von außen den Tag ihrer Verfertigung darauf. In den Feldlagern, wo sie mir oft recht unbequem waren, schleppte ich die versiegelten Päcke mit mir herum. – Als ich den ersten öffnete – es geschah nicht nach drei, sondern erst nach fünf Jahren, weil ich eine Weile von meinen Sachen getrennt gewesen war – ich lag eben verwundet darnieder, von allem Nötigen entblößt, keinen Freund und Teilnehmer an der Seite – nach Mitternacht hatte ich mir den Pack hingeben lassen – und als ich ihn nun öffnete und las, so lachte und weinte ich fast in einem Atem durcheinander; denn alles war anders geworden, als ich einst gedacht hatte; vieles besser, manches schlechter – aber jedes irdischer und wahrer, als es sich einmal vorgespiegelt hatte; meine Ansichten waren gewachsen und gereift, und ich hatte die heftigste Begierde sie gleich wieder in einem neuen Packe niederzuschreiben. Ich ließ mir Papier und Schwarzstift aus dem Ledersacke suchen, der unter dem Bette lag, und schrieb auf dem Kopfkissen neben meinem Angesichte die ganze Nacht. Ach, ich wußte damals noch nicht, weil es das erste Päckchen war, das ich geöffnet hatte, daß es mir bei jedem so ergehen würde, auch bei dem, das ich jetzt so eilig und inbrünstig niederschrieb. – – Es ist merkwürdig, Doktor, daß ich so alt geworden bin, und daß ich mir erst durch diese angeratene Beschäftigung eine Denkweise, eine Rede- und Handelsweise zugebildet habe; denn aus Schriften und Büchern zu lernen, ist mir erst im spaten Alter zuteil geworden; damals hatte ich kaum Zeit, das Notdürftigste niederzuschreiben – – oft schrieb ich auf meinen Knieen, oft auf einer Trommel oder auf einem Baumstamme. Ich habe nachher schwere Schlachten gesehen, ich habe das menschliche Blut wie Wasser vergeuden gesehen, ich zeichnete mich aus, wie sie sagten, das heißt: ich half mit in diesen Dingen; aber ein Päckchen erzählte mir später meine damaligen Gefühle, die um viel besser waren, als die Auszeichnung und die ich hatte zurückdrängen müssen, um meine Pflicht zu tun. Ich lernte nach und nach das Gute von dem Gepriesenen unterscheiden, und das Heißerstrebte von dem Gewordenen. Manches

Päckchen segnete, manches verurteilte mich, und so wurde ich widerstreitenderweise mitten im Kriege und Blutvergießen ein sanfterer Mensch. Ich weiß es nicht, wäre ich es auch ohnedem geworden, weil die Jahre wuchsen, oder ist es mir erst durch die Schriften eindringlicher ins Herz gekommen. Ich fing mit der Zeit auch an, im Leben auszuüben, was ich im Geiste denken gelernt hatte. Seht, Doktor, diese Kette, die ich heute umgetan habe, weil ich die Unterredung mit Euch für einen Festtag halte, ist selber ein Zeuge davon. Ich habe einmal mit Aussetzung meines Lebens dasjenige von tausend Feinden gerettet, die man im Begriffe war zusammenzuhauen. Ich habe die Rettung begonnen, weil ich nicht leiden konnte, daß so viele Menschen, die an nichts schuld sind, wie blöde Tiere getötet würden, die uns zwar auch nicht beleidigen, deren Leben wir aber zu unserer Nahrung bedürfen. Zwischen den Kugeln beider Teile habe ich die Unterwerfung verhandelt, und den Ergebungsbrief gegen die gezückten Säbel unserer Rotten reitend zu unserm Führer gebracht. Sie wurden dann bloß gefangen, und ihr König wechselte sie später aus. Wenige Jahre vorher hätte ich noch selber den Befehl gegeben, lustig einzuhauen, und hätte es für eine Heldentat gehalten. Die tausend Männer sandten mir nach vielen Jahren den erlesenen Waffenschmuck, den Ihr oben in meinem Eichenschreine gesehen habt, ihr König tat selber den Degenknopf dazu, der so schön in Silber gefaßt ist, und der Kaiser, da ihm die Nachricht von der Begebenheit zu Ohren gebracht worden war, verlieh mir die Kette, die ich hier umhabe.«

Nach diesen Worten hielt der Obrist eine Weile inne. Er stand auf und ging in den Raum des Zimmers vor. Die Schriften, die noch immer auf dem Tische gelegen waren, nahm er weg, und sperrte sie wieder ein. Zuletzt ließ er noch die grünen Fenstervorhänge herab, die er früher aufgezogen hatte. Ich glaubte, daß er es darum tue, weil doch die Sonne zu uns herüberzurücken schien. Dann setzte er sich wieder zu mir und sagte: »Ich will Euch nun auch das Ende von meinem

Lebenslaufe erzählen. Die Jahre sind wieder vergangen, aber immer eines schneller, als das andere, und ich bin nach und nach Obrist geworden. Da ich wieder verwundet wurde, erhielt ich einen Ruhegehalt, und durfte hingehen, wo ich wollte. Ich habe einmal auf meinen Kriegszügen ein schönes Tal gesehen, das zwischen hohen Bergen lag; in dieses schaffte ich meinen Körper und meine Habe, um an dem Orte zu verbleiben. Ich fing dort an, die Bücher zu sammeln, die jetzt da sind, und die Gemälde, deren Art ich in den Niederlanden kennen und liebgewinnen gelernt hatte. Manches ist teuer gekommen, Ihr würdet es kaum denken, und es reute mich schon oft, daß ich auf meine Freude so viel verwende, das nach meinem Tode andern zugute kommen sollte: – aber sei es nun, wie es sei. – In dem Tale bekamen meine Päckchen immer mehr Gleichmäßigkeit, bis im Alter eines, wie das andere, wurde. Ich richtete mich häuslich ein, und legte rückwärts hinaus den Garten an, in welchem mir meine Pflanzen wuchsen, die ich liebe, weil sie unschuldig den Willen Gottes tun.«

Hier setzte der Obrist wieder aus, dann fuhr er fort: »Ich habe früher von einem Menschen geredet, der der erste war, der gesagt hat, daß ich ein gutes Herz habe, wie Ihr heute der zweite, und ich habe versprochen, daß ich Euch von ihm erzählen werde, damit Ihr sehet, wie sehr es mich von beiden freute. Der Mensch hat mit mir in dem Tale gelebt, es war ein Weib – mein eigenes Weib ist es gewesen – und von ihm möchte ich Euch noch etwas sagen, wenn Ihr nämlich nicht müde werdet, mich anzuhören. Ich weiß es nicht, war sie besser oder schlechter, als tausend andere ihres Geschlechtes – ich habe die andern zu wenig gekannt – aber einen Vorzug hatte sie vor allen, die da leben, und dieser war, daß ich sie sehr geliebt habe. Oft war es mir, als sei ihr Leib meiner, als sei ihr Herz und ihr Blut das meinige, und als sei sie mir statt aller Wesen in der Welt. Ich hatte sie am Rheine kennengelernt, wo sie von Verwandten hart gehalten wurde. Da ich eingerichtet war, holte ich sie herüber. Sie hatte mich nicht geliebt, aber sie war mitgegangen. Da sie am Vermählungstage unter ihren Angehörigen als verzagende Braut stand, sah sie nach meinen Augen, als wenn sie darin Treuherzigkeit suchte. Ich habe sie in mein Haus geführt, und habe sie auf der Schwelle desselben geküßt, was sie nicht erwiderte. Da ich sie in der Stube auf meinem Stuhle sitzen sah, noch den Hut auf dem Haupte, und die Oberkleider an: nahm ich mir vor, daß ich sie ehren und schonen werde, wie es mein Herz vermag. Ich rührte nun ihre Hand nicht an, ich ließ sie in dem Hause gehen, und lebte wie ein Bruder neben ihr. Da sie allgemach sah, daß sie hier walten dürfe, daß sie stellen dürfe wie sie wolle, und daß niemand etwas dagegen sage, da sie, wenn ich von der Jagd nach Hause kam – denn ich ging damals noch zuweilen – fragte, wie dieses und jenes stehe, und wie sie es machen solle: sah ich, daß die Pflanze des Vertrauens wuchs, – und daneben auch noch eine andere; – denn ihre Augen glänzten von Zufriedenheit – und so ging ihr die Seele verloren, bis sie sonst nirgends war, als in mir. Es ist nur ein verachtet Weib gewesen, das die Worte gesagt hat: ›Wie dank ich Gott, daß du so gut, so gar so gut bist‹, – und kein Lob meiner Obern, keine Freude des Sieges ist früher so in mein Herz gegangen, als die Worte des verachteten Weibes. Und als nach diesem schon viele Jahre vergangen waren, als ihr schon Mut und Vertrauen gewachsen war, als sie in meiner sichern Gattenliebe und Ehrbezeugung ruhen konnte: war sie noch demütig wie eine Braut und aufmerksam wie eine Magd – es war eben ihr Wesen so – und deshalb mußte geschehen, was geschah. –– Es ragten in der Gegend viele Schneeberge und blaue Spitzen, hinter unserem Hause rauschten Bergeswässer, und standen Wälder, in denen oft monatelang niemand ging. Alles dieses zu durchforschen, lockte mich die Lust, und einmal tat ich die Bitte, sie möge mich doch zuweilen begleiten, wann ich etwa seltne Alpenblumen suchen ginge, oder einen Baum, ein Wasser, einen Felsen zeichnete, wie ich es damals zu lernen anfing, und häufig ausübte. Nach ihrer Art sagte sie es bereitwillig zu –

und nun ging sie oft zwischen turmhohen Tannen, an brausenden Bächen, oder über harte Felsen mit mir, und sie war noch schöner und blühender neben den Bergen, als sie es zu Hause war. Wenn ich dann zeichnete, saß sie hinter mir, schlug Nüsse auf, oder ordnete die gesammelten Waldblumen zu einem Strauße, oder plauderte mit ihrem Hündchen, das ebenfalls unser steter Begleiter war, und von ihr an schwierigen Stellen sogar getragen wurde, oder sie legte aus meinem Wandersacke unser Nachmittagbrod zurecht; – oft saß sie neben mir und fragte, wie dieser und jener Stein heiße und warum diese und jene Blume nur immer im Schatten wachse. So wurde in den Wochen, was anfangs nur Gefälligkeit gegen mich war, ihre Lust und ihre Freude – sie wurde sogar stärker; denn wie die Sonne des Waldes die Blumen, Beeren und die Früchte reift, tat sie es auch mit ihr, daß ihr die Lippen und Wangen glühten, wie an einem Kinde, und daß sie mir mit den schweren Alpenschuhen, die ich ihr hatte machen lassen, auf hohe Berge folgen konnte, bis an den Rand des Eises gelangte und mit Entzücken in die Länder hinaussah, wo die Menschen ihre Werke treiben, davon kein Merkmal zu uns heraufkam. Ich hatte meine hohe Freude daran – und sie hatte ihre Freude daran. Es mußte wohl so sein, damit sich alles erfüllte. – Kennt Ihr das, was man in hohen Bergen eine Holzriese nennt? Ihr werdet es kaum kennen, da man sie hier nicht braucht, weil nur breite, sanfte Waldbiegungen sind. Es ist eine aus Bäumen gezimmerte Rinne, in der man das geschlagene Holz oft mit Wasser oft trocken fortleitet. Zuweilen gehen sie an der Erde befestigt über die Berge ab, zuweilen sind sie wie Brücken über Täler und Spalten gespannt und man kann sie nach Gefallen mit dem rieselnden Schneewasser anfüllen, daß die Blöcke weitergeschoben werden. – An einem sehr schönen Septembertage bat mich mein Weib, ich möchte sie doch auch wieder mit auf die Berge nehmen; denn sie hatte mir endlich ein Kind geboren, ein Töchterlein, und war drei Jahre bei demselben zu Hause geblieben. Ich gewährte ihr freudig den Wunsch, sie rüstete sich, und wir waren desselben Tages so hoch gewesen, daß sie mir einige Stämmchen Edelweiß pflücken und auf den Hut stecken konnte. Im Nachhausegehen verirrten wir uns ein wenig; denn die Ähnlichkeit der Wände und Spalten hatte uns getäuscht. Wir stiegen in dem Gerölle eines ganz fremden Sandstromes nieder, ob er uns etwa in das Tal abführe, oder ob er jäh an einer Wand aufhöre und uns stehenlasse. Das letztere geschah auch; denn als wir um einen Felsen herumwendeten, sahen wir es plötzlich vor unsern Augen luftig blauen; der Weg riß ab, und gegenüber glänzte mattrötlich eine Kalkwand, auf welche die Strahlen der schon tief stehenden Sonne gerichtet waren: – aber auch eine solche Riese, wie ich früher sagte, ging von unserm Stande gegen die Wand hinüber. Ich erschrak ein wenig und sah nach meiner Begleiterin um: aber diese war sehr fröhlich über die gefundene Verbindung, und wir gingen daran zu untersuchen, ob die Riese in einem guten Stande sei, und zwei Menschen zu tragen vermöge. Daß sie erst kürzlich gebraucht wurde, zeigten da, wo sie an den Felsen angeschlachtet war, deutliche Spuren geschlagenen und abgeleiteten Holzes; denn ihre Höhlung war frisch wundgerieben, auch lagen noch die Blöcke und Stangen umher, womit man die Stämme zuzuwälzen gewohnt ist, und die Fußtritte, die uns eigentlich in dem Bette des Gerölles niedergelockt hatten, schienen von derselben Handlung herzurühren. In dem Augenblicke des Überlegens hörten wir es aus einem Seitengraben, dessen Dasein wir früher gar nicht bemerkt hatten, knistern und brechen, als ob es Tritte wären, – und wirklich kam nach einigen Sekunden ein Mann heraus, den der erste Anblick sogleich für einen Holzarbeiter erkennen ließ, wie sie im Gebirge ihr mühsames Werk treiben. Er trug einen ledernen Sack und eine eiserne Kochschüssel; in der Hand hatte er die abgetanen Steigeisen und den Gebirgsstock, der langschaftig ist und vorne eine eiserne Spitze und einen Widerhaken hat. Er erschrak, da er uns sah, weil er hier keine Menschen zu finden gehofft hatte. Ich aber sagte ihm, daß wir uns verirrt hätten, und daß wir sehr gerne wissen möchten, ob die Riese gangbar wäre und zweien Menschen als Steg dienen könnte. – ›Freilich kann sie dienen‹, antwortete er, ›vor einem Augenblicke sind alle meine Kameraden hinübergegangen fünf an der Zahl; ich mußte nur umkehren, weil ich die Schüssel am Feuerplatze vergessen hatte. Sie warten an der Wand auf mich. Ihr werdet es gleich hören.‹ – Nach diesen Worten tat er einen Ruf mit der hohen Stimme des Gebirgjauchzens, daß es in allen Spalten klang; von drüben antworteten sie, daß es ebenfalls klang. Es war fast schön, da auch der Abend rings um uns herum war. Ich schlug nun vor, daß wir jetzt alle drei miteinander über die Riese gehen könnten. Er willigte ein, und sagte, daß wir die Frau in die Mitte nehmen sollten. Er richtete den Alpenstock so, daß ich ihn vorne und er hinten nahm, damit sich die Frau daran wie an einem Geländer halte. Das Hündchen hatte sie sich nicht nehmen lassen selber zu tragen. So gingen wir auf die Brücke, die in der Abenddämmerung wie eine gezogene Linie war. Ich hörte, da wir auf dem Holze gingen, nur seine Tritte mit den schwerbeschlagenen Schuhen, die ihrigen aber nicht. Als wir noch ein kleines von dem Ende der Riese waren, sagte der Holzknecht leise: ›Sitzt nieder‹, – auch empfand ich, daß der Stock in meiner Hand leichter werde, – ich schaute plötzlich um – und denkt Euch: ich sah nur ihn allein. Es kam mir ein schrecklicher Gedanke, aber ich wußte nichts weiter, meine Füße hörten in dem Augenblicke auf, den Boden zu empfinden, die Tannen wogten wie Kerzen an einem Hängeleuchter auf und nieder – dann wußte ich nichts mehr.«

Hier hörte der Obrist zu reden auf, und schwieg eine Weile. Ich dachte anfangs, daß er sich nur sammeln wolle, aber als ich genauer hinschaute, sah ich in der Dämmerung, daß ihm schnelle Tränen, eine nach der andern über den weißen Bart herabträufelten, und daß er sich sehr stille hielt, damit ich es nicht bemerke. Ich konnte vor gebrochenem Herzen auch nichts reden, und begriff nun, warum er die Fenstervorhänge herabgelassen hatte. Ich wollte die Schamhaftigkeit des alten

Mannes nicht stören, und sah nicht hin. Nach einer Zeit wischte er mit seinem Ärmel über Bart und Antlitz, und setzte dann gefaßt seine Rede fort: »Sie lag unten zerschmettert. Still sich opfernd, wie es ihre Gewohnheit war, ohne einen Laut, um mich nicht in Gefahr zu bringen, war sie hinabgestürzt. Nicht einmal der Holzknecht hatte ihren Zustand erraten, bis sie das Geländer ausließ, das wir ihr gemacht hatten, und mit der Hand in der Luft zu greifen anfing. Da rief er ihr zu, sie solle sich setzen – aber es war zu spät. Wie ein weißes Tuch, sagte er, war es an seinen Augen vorübergegangen, und dann habe er nur mich allein gesehen. Ich wankte auch vor seinen Blicken, und wäre gleicherweise hinabgefallen, wenn er mir nicht einen Stoß gegeben hätte, durch den ich die noch wenigen Schritte vorwärtstaumelte, die von der Riese übrig waren, und an ihrem Ende unter dem vielen Holze niederstürzte, das dort lag, und das man an dem Tage herübergeleitet hatte. – Als ich aus meiner Ohnmacht wieder erwachte, verlangte ich heftig, in den Abgrund niederzusteigen; denn ich konnte sie mir nicht tot denken, und dachte: wer weiß – etwa ist ihr das Bewußtsein wiedergekommen, sie liegt unten und beginnt jetzt erst zu sterben. Allein es war indessen schon ganz Nacht geworden, ich fand mich an einem großen Feuer liegen, und einige Holzknechte standen und saßen umher. Andere waren auch fortgegangen. Durch mein Flehen und meine Versprechungen, noch mehr aber, weil ich allein in der Finsternis hinabzuklettern anhob, ließen sie sich bewegen, einen Versuch zu machen, ob man über die Wand hinabgelangen könne. Es waren auch von andern Orten Holzarbeiter herbeigekommen, weil die Stelle ein Zusammenkunftsplatz war, und sie saßen an dem Feuer, wärmten sich, und hörten an, was geschehen war. Der eine erinnerte sich dieses, der andere eines andern Weges, auf dem es möglich sein müsse – aber es war immer umsonst, und die ganze Nacht verging unter fruchtlosen Bemühungen. Endlich, da ich tausend Mal zu dem Himmel geschaut hatte, erblaßten die fürchterlichen Sterne, und das schwache Grau des Morgens war in der Luft. Nun, da wir besser sahen, gelang es wirklich mit Hilfe von Stricken und Stangen bis auf den Grund hinabzukommen. Allein wir fanden die Gegend nicht, und erst, als die Sonne schon fast hoch in das Tal hereinschien, entdeckten wir sie. Es lag ein Häufchen weißer Kleider neben einem Wachholderstrauche, und darunter die zerschmetterten Glieder. – Es war nicht möglich: von dieser Höhe kann kein Mensch herunterfallen, und nur einen Hauch des Lebens behalten. Kaum so dünne, wie ein Strohhalm anzusehen, schwebte die Riese weit ober uns. – Wir gingen näher, und denkt Euch – auf den Kleidern saß das Hündlein, und war lebend und fast unversehrt. Das Weib hatte es vielleicht während des Falles emporgehalten, und so gerettet. Aber es mußte über die Nacht wahnsinnig geworden sein; denn es schaute mit angstvollen Augen umher, und biß gegen mich, da ich zu den Kleidern wollte. Weil ich schnell mein Weib haben mußte, gab ich zu, obwohl ich mir das Tierchen hatte aufsparen wollen, daß es einer der Knechte mit der Büchse, die sie zuweilen tragen, erschieße. Er hielt schräge hin, damit er die Leiche nicht treffe – und das Hündchen fiel herab, kaum daß es ein Füßlein rührte. – Ich beugte mich nun nieder, und riß das weiße Mieder auf, das sie anhatte; aber die Schulter war schon kalt, und die Brust war so kalt, wie Eis. –– O Herr! das könnt Ihr nicht ermessen – nein Ihr wisset es jetzt noch nicht, wie es ist, wenn der Leib, der so lange das Eigentum Eures guten Herzens gewesen ist, noch die Kleider anhat, die Ihr am Morgen selber darreichen halfet, und jetzt tot ist, und nichts mehr kann, als in Unschuld bitten, daß Ihr ihn begrabet.«

Hier hielt der Obrist wieder inne: dann aber fuhr er fort: »So ist es auch geschehen. Wo der Bach seinen schmalen Ausgang hat, ließ ich sie aus dem Tale bringen, und kam gegen Mittag in mein Haus. Der Ruf hatte das Unglück schon ausgebreitet. Mehrere Menschen standen auf meiner Gasse, und gute Freunde wollten mich in einen Wagen tun und fortführen, bis alles vorüber wäre. Ich aber meinte, daß dieses gegen die eheliche Treue sei, und blieb bei ihr. Bloß da die Frauen kamen, sie zu waschen und umzukleiden, ging ich an der Gesindestube vorbei zurück in das Stüblein gegen den Garten, wo mein Kind war. Ich nahm das Mädchen bei der Hand, führte es durch den hintern Gang auf die Gasse, tat es in den Wagen, den die Freunde herbeigeschafft hatten, und ließ es zu einer entfernten Bekannten führen, damit das Kind nicht sähe, was hier geschieht, und sich einmal daran erinnere. Als sie mich riefen, ging ich wieder hinvor in das Zimmer, wo die Menschen waren, und setzte mich nieder. Sie lag in dem weißen Gewande, das sie sonst hatte, auf ihrem Bette, und der Schreiner legte seinen schwarzen Zollstab zusammen, und ging hinaus. Gegen Abend kam der Sarg, der sonderbarerweise in dem rechten Maße schon fertig gewesen war, und man legte sie hinein, wo sie lang und schmal ruhen blieb. Als nach und nach die Neugierigen und die andern fortgegangen waren, und ich fast allein blieb, ging ich hin, faltete ihr die Hände anders, als es die Frauen getan hatten, und gab ihr ein Kreuz. Ich legte auch noch von ihren Blumen, die noch dastanden, etwas um das reine unbewegliche Haupt. Dann setzte ich mich nieder und blieb sitzen, wie Stund an Stund verging. Damals dachte ich oft an das alte Volk der Ägypter, daß sie ihre Toten einbalsamierten, und warum sie es getan. Ich habe in ihrem Zimmer keine Wachslichter anzünden und keine schwarzen Tücher spannen lassen, sondern ich hatte die Fenster geöffnet, daß die freie Luft hereinsah. An dem ersten Abende waren an dem Himmel draußen viele rote Lämmerwolken gewesen, daß im Zimmer lauter rote sanfte Rosen schienen; und nachts, wenn die Lampe brannte, waren weiße auf ihren Geräten, und auf ihren Kleidern -- und wenn sie in dem Nebenzimmer draußen stille waren und beteten, weil sie die Leiche fürchteten, rückte ich ihr das Hauptkissen, weil das Angesicht schief zu sinken begann. – Am zweiten Morgen wurde sie begraben. Es kamen die Träger, und ich ging mit ihnen. Auf dem Kirchhofe standen viele Leute, und der Pfarrer hielt eine Rede. Dann taten sie sie in die Erde, und warfen die Schollen auf sie. Als alles vorüber war, und drüben jenseits der Häuser die alten Wälder standen, und eine fremde leere Luft über sie floß, versuchte ich nach Hause zu gehen. Auf den Feldern gegen die Haselbestände hinauf ackerten sie, und säeten das Wintergetreide in die Erde. Ich ging durch den Garten, wo die Herbstblätter abfielen, in das sehr stille Haus. In der Stube standen noch die Sessel in derselben Ordnung, wie sie den Sarg getragen hatten, aber sie war nicht darauf. Ich setzte mich in einer Ecke nieder und blieb sitzen. An dem Fenster stand noch ihr Arbeitstischchen, und die Laden unserer Kästen machte ich nicht auf. Wie viele Afterdinge, dachte ich, wird die Welt nun noch auf meine Augen laden, nur sie allein, sie allein nicht mehr. – Und wie es lange, lange so stille war, und die Dienstboten aus Ehrfurcht draußen nur flüsterten, tat sich ungeschickt die Tür auf, und mein Töchterlein ging herein, das schon vor einer Stunde zurückgekommen war, und sich nicht aus ihrem Stüblein getraut hatte. Auf ihrem Munde war die Knospe der Rose, die sie eben begraben hatten, und in dem Haupte trug sie die Augen der Mutter. Und wie sie schüchtern vorwärtsging, und mich so sitzen sah, fragte sie: ›Wo ist Mutter?‹ Ich sagte, die Mutter sei heute früh zu ihrem Vater gegangen, und werde recht lange, lange nicht zurückkommen. Da sie sich auf das Wort beherrschen wollte, wie sie gewöhnt worden war, und sich aber doch auf dem Gesichtchen die schwachen Linien des Weinens zusammenzogen, da riß ich sie an mich, und weinte mich selber recht zu Tode. – Dann schien die Sonne, wie alle Tage, es wuchs das Getreide, das sie im Herbste angebaut hatten, die Bäche rannen durch die Täler hinaus – – nur daß sie allein dahin war, wie der Verlust einer goldenen Mücke. – Und wie ich in jener Zeit mit Gott haderte, hatte ich gar nichts, als daß ich mir fest dachte, ich wolle so gut werden, wie sie, und wolle tun, wie sie täte, wenn sie noch lebte. Seht, Doktor, ich habe mir damals eingebildet, Gott brauche einen Engel im Himmel und einen guten Menschen auf Erden: deshalb mußte sie sterben. – Ich ließ einen weißen Marmorstein auf ihr Grab setzen, auf dem ihr Name, der Tag ihrer Geburt und ihr Alter stand. Dann blieb ich noch eine lange Zeit in der Gegend: aber als die Berge nicht zu mir reden wollten, und die Pfade um die Wiesenanhöhen so leer waren, so nahm ich mein Kind, und ging mit ihm fort in die Welt. Ich ging an verschiedene Orte, und suchte an jedem, daß mein Töchterlein nach und nach lerne, was ihm guttun möchte. – Ich habe vergessen, Euch zu sagen, daß mir mein Bruder schon früher geschrieben hatte, daß ich zu ihm kommen möchte, weil er so krank sei, daß er die Reise zu mir nicht machen könne, und er habe dennoch sehr Notwendiges und Wichtiges mit mir zu reden. Ich ging, da ich mein Haus hinter dem Rücken ließ, zu ihm – und zum ersten Male seit dem Tode unsers Vaters sah ich wieder die Anhöhen um das Schloß und die Weiden an dem Bache. Er gestand mir, daß er damals einen Betrug gestiftet habe, und daß er jetzt recht gerne mit dem vergelten und gutmachen werde, was noch da sei. Ich rächte mich nicht – er stand in dem Saale vor mir, ein dem Tode verfallener Mann, ich machte ihm gar keine Vorwürfe, sondern nahm von den Trümmern des Vermögens, dessen Bücher er mir aufschlug, das wenigste, was meine Pflicht gegen mein Töchterlein noch zuließ, damit ich es nicht seinem armen Sohne entzöge, den ihm sein Weib geboren hatte, das noch bei ihm auf dem Schlosse war – und dann fuhr ich in einem Bauerfuhrwerke mit meiner Tochter wieder über die Brücke des Schloßgrabens hinaus, und hörte zum letzten Male die Uhr auf dem Turme, die die vierte Nachmittagsstunde schlug. – Es ist weiter in meinem Leben nichts mehr geschehen. – Ich bin endlich nach einer Zeit in dieses Tal gekommen, das mir sehr gefallen hat, und ich blieb hier, weil so schöner ursprünglicher Wald da ist, in dem man viel schaffen und richten kann, und weil eine Natur, die man zu Freundlicherem zügeln und zähmen kann, das Schönste ist, das es auf Erden gibt.«

Der Obrist hörte mit diesen Worten zu reden auf, und blieb

eine bedeutend lange Zeit neben mir sitzen und schwieg. Ich schwieg auch.

Endlich nahm er wieder das Wort und sagte: »Ich habe nichts, als Margarita, sie gleicht ihrer verstorbenen Mutter im Angesichte und in der ganzen Art so sehr, wie man es kaum glauben sollte, -- Doktor, tut mir nicht weh in meinem Kinde.«

»Nein Obrist, das tue ich nicht -- ich reiche Euch die Hand, daß ich es nicht tue.«

Bei diesen Worten reichte ich ihm meine Hand, er gab die seine auch, und wir schüttelten sie uns gegenseitig zum Zeichen des Bundes.

Dann blieben wir noch eine Weile sitzen, ohne zu sprechen. Endlich stand er auf, ging ein wenig in dem Zimmer herum, und trat sodann an das Fenster, dessen grünseidenen Vorhang er aufzog. Es war keine Sonne mehr an den Gläsern, aber eine ganze Flut von Frühlingshelle schlug durch sie in das Zimmer herein.

»Seht, wir werden heute ein Gewitter bekommen«, sagte der Obrist, der an dem Fenster stehengeblieben war und hinausschaute, »es geht ein dichter dunstiger Himmel über den Kirnwald herüber, und am Rande des Reutbühls ziehn sich diese milchigen Streifen, was allemal ein Anzeichen von einem Gewitter ist.«

Ich stand auch auf und trat zu ihm. Die friedliche schöne, in sanfte Gewitterschwüle gehüllte Gegend schaute zu uns herein, und grüßte huldvoll an das Herz.

Wir standen und genossen der freien Luft, die bei dem Fenster hereinströmte, das er nun auch geöffnet hatte.

Über eine Weile sagte er wieder: »Ich möchte Euch gerne zu Margarita führen – Ihr müsset miteinander reden – redet gut miteinander, daß sich alles einfach löse. Ich habe gewußt, daß es so sein wird, wie es jetzt ist. Ihr habt beide gefehlt. Margarita tat auch nicht recht, aber sie konnte nach ihrer Art nicht anders, so wie Ihr nicht anders konntet. Geht hinüber zu ihr, sucht sie nicht zu bewegen, tröstet sie eher – aber

sprecht nur miteinander, ich meine, daß es gut ist. Nicht wahr, Doktor, Ihr tut das?«
Wir blieben nach dieser Rede beide noch eine Zeitlang stehen, ich hatte keine rechte Antwort und schwieg daher verlegen, er drang auch nicht in mich.
»Nun? soll ich Euch zu ihr führen?« fragte er endlich recht sanft.
»Ja«, sagte ich.
Und nach diesen Worten nahm er mich unter den Arm, und führte mich hinaus. Wir gingen über den Gang, und dann über die feine gelbe Rohrmatte ihrer Schwelle hinein. Sie war in dem ersten Zimmer nicht.
»Wartet hier ein wenig«, sagte er, »ich werde hineingehen, und sie Euch senden. Vielleicht könnte sie nicht in der Lage sein, Euch zu empfangen. Wenn sie aber erscheint, werde ich selber nicht wieder herauskommen, sondern mit dem Schlüssel das Bücherzimmer öffnen und durch dasselbe in meine Wohnung zurückkehren.«
Er ging durch die halbgeöffnete Tür in das anstoßende Zimmer, und wahrscheinlich auch in das fernere.
Ich blieb heraußen stehen, und es war sehr stille. Endlich, da ich eine Weile gewartet hatte, bewegte sich schwach der halbe etwas offenstehende Türflügel – und sie trat heraus.
Ihre Augen waren auf mich gewendet – –
– Morgen Margarita. –

4.
Margarita

Ehe ich weitergehe und eintrage, was geschehen ist, will ich noch des Obrists gedenken, und mir seine Seele vor die Augen halten – ich muß den Mann hoch ehren, und will es in diesem Buche niederschreiben, wie er ist. Was der Obrist sagte und tat, habe ich bisher nicht nach meinem Gedächtnisse allein aufgeschrieben sondern nach der Handschrift, die er mir gelassen, und die er über diese Dinge aus seinen versiegelten Päcken genommen hat, wie ich ihn ja selber in diesem meinem Buche nachzuahmen versuche. Was ich weiter sage und eintrage, weiß ich ja schon längst, aber es ist mir nie so klar und deutlich vor die Augen gekommen, als an diesen Tagen. Wie gut er ist nicht nur gegen mich, sondern auch gegen alle andern, wie einfach und schön er ist, zeigt sich ja viel deutlicher in dem, was er tut, als es mit allen andern Worten je gesagt werden könnte.

Da hat er oberhalb des Eichenhages die Senkung gereutet, die er sich gekauft hatte, und in der nur saures Moos, geflecktes Gras, und die einzelne herbe rote Moosbeere zwischen den dünnen Föhrenstämmen wuchs, die auch in der Nässe nicht fortkommen wollten, und hat dann Graben schlagen lassen, hat unversumpfbares Erlenholz hineingeworfen, und sie wieder überwölbt, hat Abzugskanäle und Auslaufgräben mauern lassen, hat das Ganze mit Pflügen umgerissen, durch mehrere Jahre Sämereien hineingebaut, und hat jetzt eine Wiese daraus, die rechts oben an der Ecke des Meierbacher Weizenstückes beginnt, hinter den Eichen hinübergeht, und wenn man von den Sillerhöhen herabkömmt, weithin mit ihrem schönen dunklen Grüne leuchtet, wo ehedem nur kaum das Grau der kleinen Föhrenbäumchen zu schauen gewesen war, und jetzt oft schon das gelblich-rote Eichenlaub abfällt, wenn daneben noch die schöne grüne Tafel schimmert. Weil aber die Wiese von dem Hause des Obrist aus nicht sichtbar ist, und überhaupt eine sanft geschwungene Wiege bildet, in der man Menschen und Tiere nicht sehen kann, außer wenn man von den Höhen der Siller herabkömmt, so haben sich die Buben, welche in unsern Gegenden gewohnt sind auf Rainen, Gemeindeplätzen und Stoppeln einige oder die andern Stücke Rinder herumzuhüten, die Wiese ausersehen, um ihre Tiere besser und schneller zu nähren, als es sonst irgendwo der Fall gewesen wäre. Das fette Gras und die Geborgenheit mochte manchen verleitet haben, seine Pfleglinge hineinzulassen und dem frischen Weiden derselben zuzuschauen. Als man dem Obristen diese Sache hinterbracht hatte, wurde er sehr zornig und sagte, er sehe nicht ein, warum er sich so geplagt habe, um aus dem schlechten Grunde ein schönes, gezähmtes menschliches Erdenstück zu machen, wenn es jetzt so mißbraucht, und heimlich herabgewürdigt werde. Er wolle bei Gelegenheit selber hinaufgehen, und sich Recht verschaffen. – Demzufolge ging er eines frühen Morgens, als sich wieder Verdacht zeigte, es möchte an seiner Wiese Frevel begangen werden, durch die Eichen, die hinter seinem Hause einen so schönen Hag bildeten, hinauf, und da er aus den letzten Bäumen ins Freie herausgetreten war, sah er auf seiner Wiese vier schöne dunkelrotbraune Rinder weiden, und einen in Grau gekleideten Buben nicht weit davon stehen. Die Nässe tat den Füßen des Obrists von jeher nicht gut, aber dennoch ging er mit den Lederstiefeln sachte in den sehr starken Frühtau, der auf den Gräsern der Wiese lag, hinein, um den Buben zu haschen, der mit dem Rücken gegen ihn stand. Er setzte die Füße in dem hohen Grase, in welchem Wasser und Spinnenfäden hingen, vorwärts, bis er nur mehr einen Büchsenschuß weit von dem Buben entfernt war. Da fiel ihm ein, derselbe möchte zu sehr erschrecken und etwa krank werden, wenn er ihn plötzlich ergriffe. Darum machte er ein kleines Geräusch, daß er es höre und davonlaufen könne. Der Hirtenknabe hatte scharf gehört, er wendete sein Angesicht bei dem Geräusche, und da er den ehrwürdigen Obrist bis auf die Kniee im Grase wandeln sah, warf er sich herum und ergriff die Flucht. Er rannte, wie ein leichtfüßiges Reh, durch die Wiese, schwang sich über den Graben, lief immer fort, gegen die Siller hinüber, verschwand unter den Gesträuchen, die sich da gegen die Tiefe und die Felder hinabziehen, und der Obrist stand mit dem schönen Gewande im Grase. Er trieb nun die vier Rinder aus der Wiese hinaus, er trieb sie gegen das Gereute hinan, wo Weidegrund ist, und leitete sie zwischen den zerstreuten Haselbüschen, die dort stehen, auf die Weide, bis er überzeugt war, daß sie nun nicht mehr auf die Wiese zurückkehren, und auch niemanden anderm auf ein Grundstück gehen könnten. Dort verließ er sie, und ging nach Hause. Weil er den Rückweg auf einem staubigen Wege machte, und außer den Stiefeln auch manche Kleiderzipfel naß waren, kam er sehr beschmutzt nach Hause. Dem Knechte sagte er nichts über den Erfolg seines Feldzuges.

Die Sache breitete sich aber aus, und wenn jetzt ein Bube sich verleiten ließ, hinter dem Walde in die schöne Wiese mit einem Rinde hineinzukommen, so stand er immer so, daß er das Angesicht gegen den Eichenhang wendete, wo der Obrist herauszukommen drohte.

Wirklich kam der Obrist einmal eines sehr frühen Morgens aus den Eichen heraus, da eben ein Knabe zwei Kühe auf der Wiese hütete. Der Knabe sah den Obrist kommen, konnte die Kühe nicht schnell genug wegschaffen, und ergriff, sie im Stiche lassend, die Flucht. Diesmal trieb der Obrist die Kühe nicht auf die Haselweide ins Gereut hinauf, sondern als Pfand in sein eigenes Haus, wo er sie in dem Stalle anhängen ließ. Gegen Mittag kam ein Weib, eine Witwe, aus dem Sillerwalde gebürtig, zu ihm in das Haghaus herauf und sagte, daß ihr die Kühe gehören, die er gepfändet habe, daß sie ihr einziges Gut seien, daß sie den Buben schon gestraft habe, weil er in fremdes Eigentum gegangen sei, daß er es nicht mehr tun werde, und daß sie bitte, der Obrist möchte ihr die Kühe ausliefern lassen, weil sie und ihr Knabe davon leben. Der

Obrist ließ ihr die Kühe, die gut gefüttert worden waren, herausgeben, und gab ihr auch, wenn sie etwa als ein Weib mit dem Zuhausetreiben nicht zurechtkommen könnte, einen Knecht mit, der ihr helfen mußte. Weil aber später die Gerichte von dieser Sache Umgang nahmen, und, obwohl der Obrist erklärte, daß er auf allen Schadenersatz verzichte, und der Witwe alles schenke, doch von derselben mit Auslassung des Schadenersatzes den Wiesenfrevelbetrag, der von den Gesetzen auf solche Fälle gesetzt ist, unabwendbar verlangten, so blieb dem Obristen nichts über, als der Witwe die Summe zu schicken, daß sie dieselbe den Gerichten erlege. Weil er auf diese Weise nicht immer in das Gras gehen, Rinder nach Hause treiben und den Leuten den Grundfrevelbetrag geben wollte, und weil er auch dem Altknechte, der sagte, man solle nur die Sache ihm überlassen, sie doch nicht überließ, weil er sie nicht rechtmachen könnte, so fing er im Winter, ehe die Erde fror, einen Zaun um die Wiese zu ziehen an, fuhr im nächsten Frühjahre damit fort, bis, ehe die Blümchen weiß und gelb die ganze Wiese überzogen, dieselbe von allen Seiten mit einem starken stattlichen hohen Gehege umgeben war. Er hatte die Pfähle aus Eichen gemacht und unten anbrennen lassen, daß sie doch eine gute Zahl von Jahren hielten. Die Spelten zu den Mittelstücken waren Tanne, schlank gespalten, und gut ineinandergeflochten – eine Art, wie man bei uns bis dahin die Zäune nicht gemacht hatte, und wie sie ihm in andern Ländern, die er früher besucht hatte, vorgekommen waren. Zur Einfahrt der Wägen in die Wiese hatte er eine Holzgittertür machen lassen, die mit einem eisernen Schlosse verschlossen war. Schlüssel dazu wurden sieben verfertigt, die an einem schnell in die Augen fallenden Pfosten der Scheune hingen, damit niemand mit dem Aufsperren in Verlegenheit komme, wenn etwa einer, der schon einen Schlüssel in der Tasche habe, in den Feldern damit herumgehe. Wie er überhaupt gerne baute, hatte er auch kurz darauf, als er den Zaun angefangen hatte, schon seine Freude daran, er nahm mehr Arbeitsleute, ging täglich

mehrere Male hinaus, ordnete alles an, sah zu, daß es recht gemacht werde, und legte nicht selten Hand an, um den Leuten zu zeigen, was sie nicht wußten. Ich stand öfter bei ihm auf der Wiese, wenn ich ihn zu besuchen hinaufkam; die verschiedenen Feuer rauchten, an denen die Pfähle angebrannt wurden, und wir sprachen von mannigfaltigen Dingen. Als der Zaun fertig war, ging er freudig herum, rieb nach seiner Art die Hände, und sagte: »Jetzt wird keiner mehr hereintreiben. Ich hatte sehr unrecht mit der Wiese. Da sieht man gleich, wenn man nicht das rechte Mittel wählt; da ist man genötigt in die schiefen Folgen einzugehen, und wird in lächerliche Handlungen verwickelt. Nun ist alles gut.«
Auch die Wiese liebte er jetzt mehr, als früher, da er sich so lange mit ihr beschäftigt hatte, und sie sah in den folgenden Jahren noch schöner und noch grüner aus, als in allen vorangegangenen.
Seine Leute sagten, er werde durch solche Dinge sein Ansehen einbüßen, wenn er so schwach sei, wenn er sich mißbrauchen lasse, und wenn er nicht einmal ein Beispiel der Strenge aufstelle; aber er büßte es nicht ein, und wurde vielmehr von jedermann in der Gegend verehrt und geliebt. Seine Hausgenossen selber, wenn er lächelnd einen Fehler verwies, und mit Gründen in denselben einging, nahmen sich in acht, daß sie in Zukunft diesen Fehler nicht mehr machten. Freilich machten sie dafür einen andern. Er war aber auch zuweilen in Fällen, wo es sein mußte, unbeweglich, und gab nicht nach, wenn man auch mehrere Jahre an ihm Versuche machte. So war es der Fall mit der Sillerbrücke. Kein Mensch kann eigentlich, wie es niemand so weiß, wie ich, der ich zu meinen Kranken auf allen Wegen herum muß, an dem Sillerbruche, wo sie auch aus Nachlässigkeit den Waldsturz mit den so vielen Blöcken und Steinen in das Tal niedergehen ließen, über den reißenden Bach gelangen, der von dem oberen Walde herabgeht, Steine, Gerölle mitführt, Holz und Schlamm wälzt, da ich ihn nach Regen wild und gelb niederhadern sah, als wollte er alles zerreißen und zerschleudern – kein Mensch kann eigentlich

hinüber gelangen, wenn nicht in heißen Sommern die Steine meistens trocken liegen und das Waldwässerlein zahm und dunkel zwischen ihnen auf dem schwarzen Moossamt, den es selber macht, dahingeht – und dann sind auch noch solche Ausbrüche, Vertiefungen, Löcher, Knollen, daß kein Rad durchsteigen und sich herausheben kann. Die vom Gehäng, von Haslung, von Sillerau, von dem oberen Astung, der Meierbacher, die Erlehöfe, der Obrist und ich selber – wir alle nehmen das Holz von dem obern Pufter, und wir nehmen es gerne, weil er unerschöpflich ist, weil dort die schönste Weißbuche steht, und in der Wildnis sich der Brennstoff recht kräftigt und stärkt – endlich kömmt es auch ein Sechsteil billiger. Aber wir müssen an dem Sillerbruche damit vorbeifahren und müssen über den Bach kommen. War es nicht in dem Sommer vor drei Jahren eine Qual, wo weithin jenseits die Hölzer geschichtet lagen, manches mühselig durchgeschleppt, manches an bequemern Orten sogar geworfen werden mußte? Der Graf draußen, weil er zur Herstellung der Brücke, die vorlängst zugrunde gegangen war, seinen Teil durch Herkommen beitragen mußte, bewies den Umwohnern zwei Jahre lang, daß eine Brücke an jener Stelle gar nicht nötig sei, und die Leute glaubten es fast – sie durften ja dann das wenige, was ihnen zum Baue auflag, auch nicht entrichten: aber der Obrist bewies ein Jahr entgegen, daß es ein schreiendes Übel sei, was da bestehe, daß die Leute bei den mühevollen Plagen, mit denen sie größtenteils selber ihr Holz an jener Stelle weiterschaffen, ihre Zeit und ihre Gesundheit verlieren, und daß es eine Schande für die menschliche Vernunft ist, zu sagen, es sei etwas zweckmäßig, was jedem Zwecke Hohn spricht – er fuhr unablässig zu dem Amte, wir, er und ich standen zusammen, bis wir es zuletzt durchgesetzt hatten. Der Bau wurde aufgetragen, und die Schuldigkeiten waren nach und nach endlich auch alle entrichtet. Da ging der Obrist her und gab von seinem Gelde so viel, daß man von beiden Seiten Anläufe aufmauern und die Brücke hoch über dem Bache von Stein aufführen konnte. Er läßt jährlich nachschauen, und ausbessern, wenn etwas beschädigt ist, und erklärt jährlich dazu, daß es seine Schuldigkeit nicht ist, damit es sich nicht verjähre und auf seinem Haghause als Dienstbarkeit sitzen bleibe.

Da ich von Prag zu Fuße fortging, weil ich meine Lernzeit, die ich der Heilwissenschaft widmen mußte, zu Ende gebracht hatte, und ein Pergament in dem Ränzlein trug, das mich zum Doktor der hohen Kunst ernannte, und mich der Zunft der Heilmänner einverleibte; als ich viele Tage lang sachte durch das schöne Land der Böhmen gegen Mittag ging, von wo mir die Bläue des Waldes immer deutlicher und näher entgegenschimmerte – als ich endlich diesen Wald und die Gegend meiner Heimat erreicht hatte, um mich dort bleibend anzusiedeln, und den Menschen Gutes zu tun: da war ich der einzige in dem Walde, der etwas anderes gesehen hatte, als eben den Wald – die andern waren da aufgewachsen, und sahen, was sie alle ihre Jugendzeit gesehen hatten. Wer einmal Berge, auf denen die geselligen Bäume wachsen, dann lange dahinziehende Rücken, dann das bläuliche und dunkle Dämmern der Wände und das Funkeln der Luft darüber liebgewonnen hat, der geht alle Male wieder gerne in das Gebirge und in die Wälder. Ich kam nicht in die Gegend meiner Heimat zurück, um mich da zu bereichern, sondern um in all diesen Tälern, wo die Bäche rinnen, und auf den Höhen, wo die Tannenzacken gegen die weiße Wolke ragen, zu wirken, und denen, die da leben, Wohltaten zu erweisen. Ich war sehr jung. In dem Lande weit herum war kein eigentlicher Arzt, sondern manche Frau, die in verschiedenen Dingen erfahren war, riet Mittel, und gab sie den Leuten – mancher Bürger oder Bauer war in den Ruf gekommen und half in verschiedenen Schäden – mancher Krämer kam mit einer Tragbahre und hatte Fläschchen mit Dingen und Säften, die die Leute kauften und in ihren Hausschrank stellten als Mittel für allerlei Fälle, die in den Jahren hinum vorkommen konnten. Mancher, der in eine tiefe und heftige Krankheit verfiel, starb auch in der Einöde der Wälder dahin, wo ihn ein Mann, der

Erfahrung hatte, hätte retten können. Als ich zu der grauen Hütte meines Vaters kam, die nicht dort stand, wo mein jetziges Haus sich befindet, das ich zum Schutze gegen die Winde und das Wetter in die sanfte Niederung herabgestellt habe, sondern hoch oben auf dem Hügel, der jetzt hinter dem Garten, den ich anlege, emporsteigt, wie es alle die Waldhäuser gewöhnlich sind, die man auf den Hügel hinbaute, wo man zu reuten angefangen hatte, daß sich um sie herum Wiesen und Felder ausbreiten, und sie dann mit den vielen kleinen Fenstern, die in das Holz der Wand gesetzt sind, in dem Sonnenscheine des Waldes weithin leuchten -- als ich in der grauen Hütte angelangt war, auf deren flachem Dache, wie auf den andern, die vielen Steine liegen, sagte ich gleich: »Gott grüße Euch, Vater, seid willkommen, Schwestern, ich werde jetzt immer bei euch bleiben, ihr müsset mir da das Seitenkämmerlein ausräumen, dessen zwei helle Fenster auf den hohen fernen Wald hinausschauen, da will ich die Sachen hineintun, die in Kisten von Prag kommen, will die Fläschchen aufstellen, werde darin wohnen und die Leute, die krank werden, heilen.«

Der Vater stand seitwärts, und getraute sich nicht, weil er nur ein Kleinhäusler war, der ein Gespann Kühe und etwas Wiesen und Felder hatte, davon er lebte, den Sohn zu begrüßen, der ein Gelehrter geworden war und da heilen wollte, wo niemals ein Doktor oder ein Arzt gesehen worden war. Der Sohn hatte aber einstweilen das Ränzchen abgeworfen, hatte das Barett und den Knotenstock auf die Bank gelegt, und nahm den Vater an der Hand, legte den Arm um den groben Rock seiner Schulter und küßte ihn auf die Wange, aus der die Spitzen des weißen Bartes stachen, und an der das schlichte weiße Haupthaar niederhing. Der Vater weinte und der Sohn tat es schier auch. Dann nahm er die Schwestern, eine nach der andern, und sagte: »Sei mir gegrüßt, Lucia, sei gegrüßt, Katharina, wir bleiben alle beisammen und werden gut leben.«

Dann ging es sogleich an das Ausräumen. Die Schwestern

fingen an, die Schreine zu leeren, die da standen, der Vater trug selber manches Frauenkleiderstück, das ihm in die Hände kam, hinaus, der Hirtenbube Thomas, der jetzt mein Pferdeknecht ist, und den der Vater damals hatte, daß er als Bube in der kleinen Wirtschaft helfe, kam auch gegen Abend nach Hause und half mit. Es wurde der große Schrein, der immer seit Menschengedenken in dem Gemache gestanden war, und den größten Teil desselben eingenommen hatte, mit dem Beistande des Thomas, des Vaters, der Schwestern und mit meiner eigenen Hülfe hinausgebracht, der Tisch, der in dem größeren Zimmer stand, wurde hereingestellt, daß ich darauf schreiben könnte, der Vater wollte sich derweil, bis ein neuer verfertigt würde, mit einem anderen zum Essen behelfen, der bisher immer in dem Vorhause gestanden war und zusammenzufallen drohte – ein Kästchen, das in der großen Stube bisher gedient hatte, daß Nägel, Bohrer und dergleichen darinlagen, wurde in das Gemach gestellt, damit ich meine Fläschchen mit den Arzneien, wenn sie ankämen, hineintun könnte – Lucia hatte unterdessen auch ein Weib aus den unteren Häusern heraufgeholt, und man fing an, den Fußboden zu waschen und zu scheuern. –– Mitten unter diesem Getreibe wurde ich zu meinem ersten Kranken gerufen. Der Knecht des Meilhauer lag schon mehrere Tage darnieder, und alles, was ihm die Hausleute und die Bekannten rieten, hatte nicht helfen wollen. Man hatte gehört, daß ich heute nachmittag gekommen sei, und schickte einen Boten herauf, daß ich kommen und helfen möchte. Ich machte mich auf, und ging den Weg, der gar nicht kurz ist, durch den Wald, durch den Thaugrund, durch die Weidebrüche und die ebenen Felder hinunter. Es brannten schon die Lichter, als ich anlangte. Der Mann, der im Bette lag, hatte ein Fieber, das er durch starke Verkühlungen sich zugezogen hatte. Ich konnte nicht wirksam eingehen, weil ich meine Notwendigkeiten, die mir dienen sollten, noch nicht hatte, aber ich tat mit Wasser, mit Umschlägen, mit Wärme- und Kälteverhältnissen und mit Vorschrift für die Nahrung alles, was ich tun konnte. Die Menschen standen alle herum und schauten mich an, weil sie noch nie einen Arzt gesehen hatten. Da der helle Sternenschein an dem Himmel stand und ganz leichte Nebel um die Gründe woben, ging ich nach Hause. Über die frischen Höhen hin, stand die feuchte Nachtluft des Waldes, die ich schon wieder entwöhnt war, weil in der Stadt eine trockene und staubige geherrscht hatte. Sonst war es aber warm genug; denn die Zeit ging noch kaum gegen Anfang des Herbstes.

Da ich wieder in unsere Hütte kam, brannte ebenfalls auf der Leuchte ein lustiges Feuer, welches die ganze große Stube taghell erleuchtete. Als ich eintrat, wurde eine Kerze angezündet. Katharina führte mich, da sie dieselbe trug, in mein Zimmer und zeigte mir dessen Einrichtung. Wo der große Kasten gestanden war, war jetzt recht viel Raum, und das Zimmer schien selber viel größer, als es sonst gewesen war. Auf der Stelle des Kastens stand jetzt ein Bett – schneeweiße Tücher waren über dasselbe gespannt, und es harrte auf mich, um in der Nacht meine ermüdeten Glieder aufzunehmen. Der Tisch, den man mir gegeben, war ebenfalls schneeweiß gescheuert, und auf dem Fußboden knisterte der Sand, den man in der Feuchte einstweilen aufgestreut hatte. Die beiden Fenster waren offen, in dem großen Ofen brannte ein Feuer, damit das ganze Gemach lüfte und trockne. Ich dankte Katharina, sagte, es sei recht schön, und ging wieder in die größere Stube hinaus. Der Vater fragte mich, weil bei uns alle Leute sich kennen und Anteil aneinander nehmen, wie es dem Knechte des Meilhauer gehe. Ich sagte, daß das Fieber entzündlich sei, daß ich jetzt noch nicht viel sagen könne, daß ich morgen schon sehen werde, und daß ich hoffe, ihn bald herauszubringen.

»Tue das, Sohn«, antwortete der Vater, »tue das.«

Den gebrechlichen Tisch, der in dem Vorhause war, hatte man in die Stube hereingebracht, und er stand mit weißen Tüchern aufgedeckt, und mit Tellern und Eßbestecken beladen da. Daß er nicht breche, hatte man an den einen Fuß, der

der schlechteste war, einen Stab angebunden, der die Tafel stützte. Nun wurde das Abendmahl aufgetragen und wir setzten uns alle dazu. Es war sogar eine Flasche Wein da, die der Vater neulich, da er wohl meine Ankunft, aber nicht den Tag wußte, zur Feier derselben nach Hause gebracht hatte, da er auf dem Lande draußen gewesen war. Als das Mahl verzehrt und der Wein getrunken war, begaben wir uns alle zur Ruhe. Die Schwestern hatten rückwärts ein Kämmerlein, das gegen den Garten hinausging, und in dem die zwei Betten standen und ein Kasten, in den sie ihren Putz oder etwa andere Schätze taten, die sie gelegentlich bekamen. Der Bube Thomas ging in das Heu, und der Vater legte sich in das Ehebette, das in der großen Stube stand, und aus dem ihm die Gattin schon längstens, daß ich mich ihrer kaum mehr entsinne, weggestorben war. Ich schloß meine zwei Fenster, schürte im Ofen die noch übrige Glut auseinander, daß es nicht zu warm werde, und bat Gott, da ich mich zum ersten Male in mein Bett niederlegte, daß er mein hiesiges Wirken segnen wolle.

Am andern Morgen frühe ging ich zu dem Knechte des Meilhauer hinab. Als ich wieder zurückkam, waren an meinen Fenstern zwei sehr schöne weiße Vorhänge, die gestern noch nicht gewesen waren, und die Katharina aus irgend einem schönen Linnen gemacht hatte. Ich freute mich darüber und dankte ihr sehr. Es warteten bereits wieder viele Leute, die in verschiedenen Dingen meinen Rat und meine Hülfe verlangten. Ich redete recht freundlich mit ihnen, und nahm die kleine Gabe, die sie darboten, an. Ich hatte jedes einzeln in mein Gemach kommen lassen, auf dessen Tische noch nicht einmal ein einziges Blatt Papier lag, sondern nur mein Stock und mein Barett. Der Vater hatte viele Freude und ging mit einem sonnenscheinhellen Gesichte in dem Hause herum. Bei den Schwestern schien es auch, als hätten sie schönere Gewänder an, als ich es sonst an ihnen zu sehen gewohnt war. Nachmittag bestellte ich bei dem Schreiner, der nicht weit von uns wohnte, einen Tisch, das erste, was ich aus meinem Erwerbe anschaffen und aufbauen lassen wollte; dann ging ich zu jenen Kranken, die Vormittag nicht zu mir hatten kommen können, sondern nur die Bitte geschickt hatten, daß ich sie besuchen möchte.

So ging es nun fort. Nach einigen Tagen kamen die Kisten, die ich in Prag mit Dingen meines Berufes gefüllt und einem Fuhrmanne empfohlen hatte. Ich packte sie aus und richtete mein Zimmer damit ein. Es war recht schön; die Fläschchen standen in dem Kästchen, und auch außer demselben auf dem Tische herum – die anderen Sachen kamen im Laden des Kastens oder des Tisches, bis der Arzneischrein fertig wäre, den ich mir wollte machen lassen, und zu dem ich schon die Zeichnungen angefangen hatte. Die Bücher wurden außen auf dem Kasten aufgestellt, und auf den Tisch wurde Papier zum Schreiben getan und Dinte und Federn, daß ich mir aufzeichnen konnte, was ich jedem Kranken gegeben habe und wie ich bisher mit ihm verfahren sei, daß ich nicht irre und Unheil anrichte. Nachmittag schien die Sonne recht freundlich in das Gemach, ich zog die Vorhänge zu, wenn ich nach Hause kam, und dann war es dämmerig und lieb um alle Dinge, weil weiße Vorhänge das Licht nicht brechen, sondern bloß milder machen; nur daß doch hie und da ein Sonnenstrahl hereinbrach und einen Blitz auf den weißen Boden legte. Die Zimmerwände waren zwar nur von Holz, aber sie waren nach innen sehr gut gefügt, und an einigen Stellen mit Schnitzwerk versehen. Gegen hinten zu war eine Bank, die an der Wand und an dem Ofen hinlief, und alles war recht reinlich und klar. Auch die äußere Stube und die andern Räume der Hütte hielten die Schwestern viel reiner, als das alles sonst gewesen war. Das Holz um die Hütte herum, das schon im Sommer für das Bedürfnis des Winters nach und nach gesammelt wurde, war immer sehr genau geschlichtet, und die Gasse war alle Tage gekehrt. Lucia, die eine gute Köchin zu sein vermeinte, brachte bessere Gerichte auf den Tisch, zu denen ich auch bereits einen Teil beizutragen imstande war.

Der Knecht des Meilhauerbauers ist in zwei Wochen gesund geworden, er ist an einem Sonntage zu mir heraufgekommen, und hat mir von seinem Lohne ein wenig Geld geben wollen, ich habe es aber nicht angenommen, in Anbetracht, daß er ein Knecht ist.

Damals war es in der Gegend nicht so, wie es jetzt ist, obwohl nur wenige Jahre vergangen sind. Die Veränderungen sind dennoch bedeutend gewesen. Es mochte sich einst ein großer undurchdringlicher Wald über alle die Berge und Täler ausgebreitet haben, die jetzt meine Heimat sind. Nach und nach hat sich die eine und andere Stelle gelichtet, je nachdem entweder ein mächtiger Kriegsfürst oder anderer Herr große Stücke Eigentum in dem Walde erhalten, und Leute hingeschickt hat, daß sie an Stellen, die sehr bequem lagen, Holz fällen und aufschlichten sollen, damit er aus seinem Besitze Nutzen ziehe – oder ein armer Mann um weniges Geld in der Wildnis sich einen Platz gekauft hat, den er reutete, auf dem er sich anbaute, und von dem er lebte, – oder ein Teerbrenner, ein Pechhändler die Erlaubnis erhielt, an abgelegenen Orten, die sich kaum durch Jagd oder sonst etwas nutzbar machen konnten, seine Beschäftigung zu treiben, wo er sich dann anbaute und verblieb, – oder einem Wildschützen, einem Wanderer, einem Vertriebenen ein Plätzchen gefiel, an dem er sich ansiedelte, und von dem aus er wirkte. Es soll auch einen Mann gegeben haben, der eine Wünschelrute besaß, mit der er Metalle und Wasser in der Erde entdecken konnte; er ist aber sehr arm geblieben, und nachdem sie ihn draußen hatten steinigen wollen, ist er in die fernste Tiefe des Waldes entflohen. Von ihm soll sich der Anfang der oberen Brentenhäuser herschreiben. Alle diese, die sich an vereinzelten Stellen des Waldes befanden, oder wenigstens viele von ihnen hatten Nachkommen, die sich nicht weit von den Eltern ansässig machten, und so mag es gekommen sein, daß die verschiedenen Häuser, oder Orte, die an den einzelnen Hügeln des Waldes zerstreut liegen, entstanden sind. Es wird wohl ein jeder, der sich eine Hütte baute, die tieferen Orte des

Waldes, die feucht und dumpfig sind, gemieden, und sich einen höhern luftigen ausgesucht haben. Dort lichtete er den Wald um die Hütte, legte sich eine Wiese an, davon er ein paar Rinder nährte, ließ seine Ziegen und Lämmer in das Gesträuche des Waldes gehen, und machte sich wohl auch ein Feld und ein Gärtchen, das er bearbeitete. Daher kam es, daß jetzt so gerne die Waldhäuser, schier jedes allein, auf einem Hügel liegen, und von Hügel zu Hügel, von grünem Abhange zu Abhange aufeinander hinübergrüßen. Sie sind alle aus Holz gebaut, und haben flache Bretterdächer, auf denen die großen grauen Steine liegen. Wenn man auf einem Berge steht, sieht man die Fenster dieser Häuser glänzen, und wenn man tief in den Wald zurückgeht, und auf einen Kamm steigt, von dem man die Häuser nicht mehr sehen kann, so steigen von verschiedenen Stellen aus der Dämmerfarbe des Waldes Rauchsäulen auf, die ihre Lage bezeichnen. So eine Hütte war auch die meines Vaters, sie lag ziemlich weit von dem Dunkel der Tannen, gute Wiesen gingen gegen sie her, und von ihr streckte sich ein grüner Hang hinab, der sehr feucht war, aber mit einem Grün prangte, das den Schein des Smaragdsteines erreichte. Hinter der Hütte war ein Garten, in welchem Gemüse wuchsen, und sogar einige Blumen gezogen wurden. Während ich in Prag war, hatte der Vater auch auf dem trockenen Grunde ein Feld bereitet, das der Bube Thomas mit Hülfe der Schwestern besorgte.

So war es genau noch, als ich nach der Beendigung meiner Wissenschaften in meine Heimat zurückkehrte. Von dem hinteren hohen Walde, der noch in der ursprünglichen Schönheit und Unentworrenheit prangte, ging ein angenehmer Waldwinkel herum, es blickte schon hie und da ein hellgrüner Fleck, und wenn Ernte war, ein goldener aus der finstern Farbe des Waldes hervor, die Flecke wurden immer mehr, je weiter man gegen das Land hinauskam, bis endlich, wo es ebener wurde, wallende Felder gingen, mancher Kirchturm schimmerte und glänzte, und sich nur schmale Streifen vom Gehölze dahinzogen. In dem Waldwinkel, weil er sich sehr günstig bog und sich gegen die Sonne lehnte, war es im Sommer sehr warm, ja oft heißer, als man es sich denken kann, aber im Winter auch sehr kalt, es war hoher Schnee und ein Gestöber, wie man es sich ebenfalls nicht zu denken vermag. In jedem Tale und in jeder Krümme des Waldlandes zog und rauschte ein Bächlein, und floß zwischen den Gebüschen, die in dem Talgrunde und in den Rinnen standen, wie warme feuchte Waldluft, bis draußen, wo die Getreide begannen, breite Bäche flossen, ein Fluß wandelte, und eine trockne Luft über die Felder und die Häuser der Menschen ging. Die Waldbewohner nannten jenen fruchtbaren Strich nur immer das »Land draußen«.

Da ich, um mein Amt auszuüben, nach Hause kam, hatte sich der Anbau der Felder schon viel näher und unterbrechender in die Wälder hereingezogen, allein in der Gegend, wo das Haus meines Vaters lag, breitete sich noch immer viel weiter das Dunkel und Dämmer des Waldes aus, als der Schimmer und der Glanz des Getreides.

Aber etwas anderes hatte sich verbessert, dessen Nutzen ich sehr bald, als ich mich in der Gegend aufhielt, empfinden lernte. Es waren, da ich als Knabe fortzog, schier keine anderen Wege, als nur Fußwege durch die Gehölze und auf den Höhen herum. Wo man fahren konnte, hatte sich der Weg nur durch Gewohnheit gebildet, indem man nämlich die Gründe, wo ein Wagen gehen konnte, benützte, und sich so die Gleise bildeten, auf denen dann in der Zukunft die Wägen sich folgten. Aber da der Boden der Gleise ungleich dicht war, entstanden Gruben und Vertiefungen, welche das Fahren zu einer schweren Arbeit machten, wenn man Holz oder etwas anderes nach Hause zu schaffen hatte. Daß man sich auf einen Wagen setzen, und sich auf demselben fortfahren lassen könne, bloß zu dem Behufe, daß man nicht gehen dürfe, davon hatten die Waldbewohner keinen Begriff. Es wäre auch beschwerlicher und viel langsamer gewesen, als das Gehen; sie setzten sich nur auf einen Wagen, wenn derselbe zufällig leer war, um etwas fuhr, und hauptsächlich auf einem schmalen von Gestrüpp begrenzten und morastigen Wege ging, daß man nicht an seiner Seite hergehen konnte. Dann saß derjenige, der das Gespann lenkte, fast stehend auf dem obersten Rande der Leiter oder des Brettes, das den Wagen schloß, und ließ sich hin und her wiegen, wenn die Räder in Gruben niedergingen, oder aus denselben emporstiegen. Die Bewohner der Ebene aber hatten in der Zeit durch das Beispiel und die Belehrungen eines Mannes angeregt, der unter ihnen große Besitzungen hatte, angefangen, ganz ordentliche Straßen zu bauen, wie man sie immer in den Ländern sieht, wo die Fuhrleute fahren und die Waren gehen. Sie bauten diese Straßen nicht etwa bloß von Ort zu Ort, sondern, da sie den Nutzen derselben einsehen lernten, selbst in die Felder und wo überhaupt öfter ein beladener Wagen zu gehen hat. Die Schönheit dieses Dinges lenkte die Augen auf sich. Die Waldleute, da sie öfter hinauskamen, und sahen wie die Wägen auf den breiten festen und fast gewölbten Fahrbahnen dahinrollten, als ob die Tiere ledig gingen, freuten sich darüber, und bauten zwar im Gebirge keine Straßen, weil sie sagten, das geht bei uns nicht, aber sie warfen doch in die Gruben ihrer Wege Steine, ebneten die Oberfläche, räumten manches Gestrüppe weg, daß neben den Gleisen ein Fußweg wurde, und konnten den Morast auf ihren Wegen nicht mehr leiden, oder daß sich irgendein Bach eine Strecke des Weges zum Rinnsale erkor. Da sie bald sahen, welche große Beschwerde im Fahren sie dadurch beseitigten, und welche Mühsal nun aufgehört habe, da sie auch bald merkten, welche Ersparung an Zeit, Zugvieh und Wagengeschirr eingetreten war: blieben sie bei der einmal angefangenen Weise, und besserten immer auch die kleinste schadhafte Stelle, die sich zeigte, sogleich wieder aus. Ich hatte eine große Freude, wenn ich so meines Weges zu einem Menschen ging, der sehnsüchtig nach mir verlangte, und mir ein Landmann begegnete, der einige Steine auf seinem leeren Wagen hatte, mit dem er von dem Felde nach Hause fuhr, welche Steine er auf dem Felde oder auf dem steinichten Raine desselben

aufgeladen hatte, damit er sie in irgendeine Vertiefung werfe, die er auf dem Wege bemerkt hatte. Ich sah auch schon den langstieligen Hammer, den er mit führte, daß er die größeren, die sich nicht fügen wollten, zerschlage, und damit die kleineren Unebenheiten verquicke. Durch diese Reinlichkeit in ihren Wegen, und durch den strengeren Sinn, der sich nunmehr dafür kundgab, wurden sie aber auch weitergeführt. Mancher fing an sein Haus und dessen Umgebungen reiner zu halten, als sonst, hie und da entstand eine steinerne weißgetünchte Wand statt der früheren hölzernen, an Sonntagen zeigten sich manche nettere und schmuckern Gewänder, und wenn die Zither klang, so wurden zwar keine neuen Weisen, denn diese blieben in Jahrhunderten fort immer dieselben, aber die alten wurden lieblicher und freundlicher gespielt.
In diesem Zustande fand ich die Dinge, als ich in meiner Heimat ankam, um meine Tätigkeit zu beginnen. Es kamen immer mehr Leute, die von mir Rat und Hülfe verlangten. Ich sprach mit allen sehr freundlich, und wenn ich auf meinen vielen Gängen vor manchem Hause oder mancher Hütte vorbeikam, wo ich bekannt war, entweder noch von meiner Kinderzeit her, oder weil ich ihnen jetzt schon einen Dienst zu leisten imstande gewesen war, ging ich hinein und redete mit ihnen entweder von ihren eigenen Angelegenheiten, oder von andern verschiedenen Dingen. Oftmal saß ich in der Abendsonne auf der Bank vor einem Hause, und sprach oder spielte mit den Kindern, und ging dann, wenn der Himmel recht schön golden war, von den vielen Bäumen begrüßt, und von dem langsamen Sausen der Föhrennadeln begleitet durch den Kirmwald nach Hause. Die Gebirgsbewohner sind sehr verständig und meistens sind sie auch heitere umgangswürdige Leute. Ich war wohl noch sehr jung, fast bei weitem zu jung für einen Arzt: aber sie hatten als zu einem Landeskinde Zutrauen zu mir, und fragten mich zuweilen auch bei anderen Dingen als bei Krankheiten um Rat.
Ich gewann die Gegend allgemach immer lieber, und wie ich

mich früher manchmal aus der Stadt in den Wald gesehnt hatte, so war es auch jetzt wieder gut, wenn ich von Pirling, was doch nicht gar weit ist, oder von Gurfeld, von Rohren, von Tanberg, wohin ich öfter gerufen wurde, nach Hause fuhr, und das Grün der Tannen wieder von den Höhen herabgrüßte, manches Bächlein, das zwischen den Waldklemmen ging, mir rauschend entgegensprang, mancher Birkenstamm von den Bergen leuchtete, mancher dorrende Holzklotz am Wege lag, weil man hier nicht besonders darauf zu achten hat, und manche Baumversammlung sich immer dichter folgend an dem Wege stand, die wehenden Äste oberhalb hinüberstreckend und unten an einem Stamme irgendein Bildchen enthaltend. Wenn ich von den schönen fast gerade laufenden Straßen der Ebene hereinkam, war es mir, wie ein gutes Heimatgefühl, und tat mir beinahe wohl, wenn sie abbrachen, und unsere schmalen, krummen, hin und hergehenden Wege anfingen, auf denen man langsamer fahren mußte.

Weil ich gleich in dem ersten Herbste zu sehr vielen Leuten gerufen wurde, die weit auseinander lagen, daß ich es mit Gehen nicht erzwingen konnte, und weil die Fuhrwerke in den Bergen nicht zu haben sind, oder selber auf den Feldern zu tun haben, oder zu meinem Zwecke nicht taugten, kaufte ich mir selber ein Pferd, ließ in Pirling ein Wägelchen machen, und gedachte, mich in Zukunft dieser Dinge zu bedienen. Ich hatte noch im späten Herbste, da die Erde schon gefroren war, angefangen, an unsere Hütte noch einen schönen Stall aus guter doppelter Bretterverschalung bauen zu lassen, deren Zwischenraum ich zuerst mit Moos ausfüllte. Hinten wurde auch noch ein kleines Hüttchen aufgeführt, darin das Wägelchen stand, und noch ein schmaler Schlitten Platz hatte, den ich ebenfalls zu bauen im Begriffe war. Der Wirt am Rothberge hatte einen Goldfuchs. – Wie gerne war ich oft dort gesessen; wo der rötliche Stein aus der Erde hervorgeht, der Bach mit lebendigem Lärmen zwischen den Bergen herausrauscht, und drüben das Haus mit den vielen

Fenstern herüberschaut, wenn ich müde von dem vielen Herumgehen in den Krümmungen der Waldgräben herauskam, den Stock und das Barett neben mir an den Stein legte, um mich auf einen ersehnten Trunk abzukühlen, und mir die stattliche und behagliche Wirtschaft zu betrachten. Die Brettersäge kreischte hinten in dem Tale, der Bach sprudelte schneeweiß zwischen den schwarzen Waldsteinen hervor, der Platz vor dem Wirtshause war so geräumig, mehrere Bänke liefen an der Wand hin, und Leute gingen in dem Hause aus und ein, um Geschäfte zu tun. Wie oft lag der glänzendste Sonnenschein auf der Wirtsgasse, an der der schönste Fahrweg des Waldes vorbeiging, und beleuchtete die vielen Fenster, die auf den Weg hinausschauten. Wie oft aber stand auch die Sonne schon tief, machte die Holzverzierungen an dem Wirtshause, die Bänke und die Ranken, die an der Wand hinaufgingen, rot, und legte sich schief gegen den Waldrücken hinüber, daß er einen langen Schatten auf den Rothberg warf, an dem sich die Waldhäuser, wie graue Punkte, hinunterzogen. Dann ging ich, wenn ich mir alles betrachtet hatte, wenn die Hitze des Körpers vergangen war, und wenn die müden Füße ein wenig erquickt waren, über den Steg, trat auf die Gasse des Wirtshauses, und trank mein Glas, das man mir herausgebracht hatte; denn gewöhnlich sah man mich auf meinem Stein schon sitzen, und richtete das, was ich brauchte, zurecht. Dann redete ich ein wenig mit Martin, dem Wirte, wenn er nicht etwa zufällig abwesend war, oder mit einem Gaste, oder mit sonst jemanden aus dem Hause. Wenn Sonntag war und die Nachmittagsgäste die Gasse füllten, saß Josepha, die Tochter des Wirtes gerne auf dem Wiesenhange hinten, wo ein kleines Hügelchen ist, auf dem ein Apfelbaum steht, und ein Hüttchen, Tischchen und Bänklein ist, und spielte die Zither. Sie spielte sehr gut. Gewöhnlich standen ein paar Mädchen aus der Nachbarschaft bei ihr, und es trödelten ein paar Kinder zu ihren Füßen. Des Abends, manchmal auch in ganz finsterer Nacht, manchmal im Nachmittage, wenn es noch heiß war, ging ich dann an dem Buchenbestande durch das Tal des Haidgrabens zum Waldhange hinauf, wo unser Häuschen stand. – Wir redeten öfter, nämlich Martin und ich, daß es auf die Länge der Zeit nicht so dauern könne, wenn ich auf allen Wegen, die mich zu meinen Kranken führen, zu Fuße gehen sollte, daß die Mühsal endlich zu groß werde, ja daß sie immer wachse, wenn meine Arbeit sich ausdehne, und Leute in allen Richtungen um Beistand verlangen. Es ist auch eine strenge Pflicht, daß man ihnen den Beistand leiste, und wenn man zu Fuße geht, kann man nicht so viel des Tages verrichten, als etwa not täte, und wenn die Hülfe schleunig geleistet werden solle, kann man leicht später kommen, als sie noch fruchtet. Er sagte öfter, ich solle mir ein Wägelchen und ein Pferd anschaffen, und in den Wegen, wo es leicht gehe, fahren; es blieben noch genug Pfade übrig, die ich doch zuletzt zu Fuße wandeln oder erklimmen müsse. Ich antwortete ihm darauf; daß ich in unserer Hütte noch keinen Platz habe, um ein Pferd und ein Wägelchen unterbringen zu können, und daß ich daher noch eine Weile warten müsse. Aber mit der Zeit, setzte ich hinzu, wenn mich Gott segnet, und die Leute mir vertrauen, werde ich es schon tun, und es ist meine Schuldigkeit, daß ich es tue, damit ich in größerer Entfernung und schleuniger wirken könne.

»Ach unser Doktor«, sagte der Josikrämer, der einmal zufällig bei einem solchen Gespräche zugegen war, »geht schon noch eine Weile, er ist jung und gerüstet. Wenn ich mit meinem Packe auf allen Wegen bin, so sehe ich ihn auch, wie er durch den Wald, oder in den Feldern geht, und seinen Stock in den Sand stößt.«

»Ja, das Gehen durch Wald und Feld ist schön«, antwortete ich, »man kann nicht begreifen, wenn man in einer Stadt ist, daß es dort Leute gibt, die immer in der Stube sitzen, oder durch ihren Beruf in einem Laden oder Gewölbe gehalten werden, und nur des Abends unter ein paar schlechte Bäume gehen, und sagen, daß sie sich da erholen und Luft genießen. Aber wenn man von der Hast getrieben wird, wie etwa ein

Mittel, das man gab, gewirkt haben mag, wenn man nicht weiß, wieviel schlechter der wird, der einen rufen ließ, derweil man durch Wald und Feld geht, und wenn noch einer wartet, der weit drüben, jenseits der entgegengesetzt liegenden Höhen wohnt, und wenn man nach Hause kömmt, einen weglassen mußte, der doch auch vielleicht heute gehofft hatte, daß man komme, und wenn man denkt: hast du auch alles recht gemacht, du mußt gleich in den Büchern nachsehen; dann ist das Gehen zuweilen doch sauer, und ein ermüdeter Körper ist auch nicht so verständig, als ein ausgeruhter und rüstiger. Aber es tut nichts, es tut nichts, es geht schon noch eine Weile, wie Ihr gesagt habt, ich werde nicht müde – und oft ist ja ein Stein, ein umgestürzter Baumstrunk, ein Blick über alle die blauen Wälder in Weite und Breite – und dann geht es schon wieder. Wißt Ihr, Josi, wie wir selber einmal beieinander gesessen sind, Ihr mit Eurem Packe, und wie Ihr mir erzählt habt? Auch ist ja der Drang nicht immer gleich stark. Vor zwei Wochen war die Gesundheit so gesegnet, daß ich eine Freude hatte, es blühte alles rund herum, daß ich Zeit hatte, an Dingen, die ich machen lassen wollte, zu zeichnen, daß ich wo sie schon etwas arbeiteten, dabeistehen und zuschauen konnte, ferner, daß ich an Gehen so Not litt, daß ich mehrere Stunden lang spazierenging, am öftersten hinauf in das Eichenhag, wißt Ihr, wo die gar so schönen Stämme stehen, ich glaube, die schönsten in unserer ganzen Gegend. – Am Rande des Hages wäre ein Platz zu einer Ansiedlung, der ausgezeichnetste Platz, wenn man die Fenster gegen die Felder hinabrichtete, wo jetzt der Meierbacher reuten läßt, und gegen den Waldhang, wo unser Haus ist, und weiter weg gegen die Felder, die jenseits unseres Hauses am Mitterwege gegen die Dürrschnäbel und den Kirmwald hinaufgehen.«

So sprach ich damals im allgemeinen, und die Männer gaben mir ungefähr recht.

Den Goldfuchs, welchen der Rothberger Wirt hatte, kannte ich sehr wohl. Ich war in der ersten Zeit einige Male mit ihm gefahren, und später, da sich meine Tätigkeit ausbreitete, und wenn mich größere Entfernungen verlangten, hatte ich den Buben Thomas hinabschicken müssen, daß der Vetter Martin den Fuchs in Bereitschaft hielte. Wir nannten ihn immer Vetter, weil er wohl ein Verwandter von uns war, aber in solcher Entfernung, daß dieselbe niemand mehr angeben konnte. Mein Vater war immer erfreut, wenn ihn der Wirt Vetter nannte, und jetzt schien es mir, daß der Wirt es nicht ungern sehe, wenn ich ihn mit Vetter anredete.

Als der kleine Stall fertig war, den ich im Herbste zu bauen angefangen hatte, ging ich zu Vetter Martin hinab, und redete mit ihm, ob er mir den Goldfuchs zu kaufen überlassen wolle. Da er gerade nichts dagegen hatte und wir über den Preis einig geworden waren, wurde der Fuchs samt allem Geschirre, das zu ihm gehörte, von einem Knechte sogleich in den Waldhang in den neuen Stall hinaufgeführt. In kurzer Frist darauf kam auch das Wägelchen aus Pirling in die Hütte, die dafür an unser Häuschen angebaut worden war, und so hatte ich nun Wagen und Pferd, mit denen ich jetzt selber und ganz allein in den Gebirgswegen herumfuhr, deren Verbesserung ich erst jetzt recht erkannte. Den Wagen richtete ich so ein, daß ich meine Bücher, meine Werkzeuge und selbst andere Dinge, die ich etwa brauchte, darin unterbringen konnte. Mitten darin saß ich und fuhr. Da der Schnee erschien und sich in den Wegen hielt, wurde der Schlitten hergerichtet. Wie oft, wenn ich in dem ersten Winter nach Hause kam, wenn ein rechtes Gestöber war, und den Schnee, hoch wie Häuser, in den Waldlehnen zusammenjagte, oder wenn eine große Kälte war, und die Sterne so scharf am Himmel standen, als wäre ihr Glanz selber fest zusammengefroren, stand schon der Bube Thomas, wenn er meine Schellen hörte, vor der Tür der Hütte, und nahm mir das Pferd ab, den guten Fuchs, um es erst ein wenig um die Hütte herumzuführen, und dann in den Stall zu tun. Die Schwester Katharina nahm mir, wenn ich in die Stube trat, in der der hellste Glanz von der lodernden Leuchte her herrschte, und die sanfteste Wärme von dem

Ofen ging, den Pelz ab, in dem Eis oder Schnee hing, zündete Kerzen an und führte mich in mein Zimmer, in dessen Ofen auch die Tannenscheite krachten, oder ein nachgelegter Buchenstock langsam in wärmeverbreitende Glut zerfiel. Ich hatte nämlich in den Ofen von innen eine große Tür brechen lassen, und damit ich das Feuer sähe, das ich so liebe, dieselbe mit einem feinen Metallgitter zu schließen eingerichtet. Lucia kochte, und der Vater ging in dem knarrenden Schnee um die Hütte herum in die Wagenlaube, und brachte die Sachen herein, die in den Schlitten gepackt gewesen waren. Ich tat die Kleider ab, legte ein bequemes Hausgewand an, und saß unter den Meinen.

Meine Wirksamkeit breitete sich immer mehr und mehr aus. Ich nahm die kleinen Gaben, welche die Leute geben konnten, an; von den Armen nahm ich gar nichts, außer es war irgendein Kleines, von dem ich wußte, daß es ihnen nicht abgehe, und daß die Zurückweisung sie kränken würde. Von den Reichen forderte ich mehr: und wie unbemerkt die Dinge flossen, so war doch Gottes Segen dabei, und die Wohlhabenheit mehrte sich immer mehr.

Im Frühlinge konnte ich schon von Allerb ein gutes Stück Grund und Feld kaufen, das unter unserer Hütte lag, und wenn man von dem Hange hinabkömmt, recht schön eben fortläuft. Weil es dort unten viel wärmer und von Winden gesicherter ist, weil der Boden nach eben sich hinbreitet, und lieblich hie und da manche Bäume stehen, wollte ich ein Haus dahin bauen, in welchem ich alle meine Lebenszeit zu wohnen beschloß. Ich hatte den ganzen Winter daran gezeichnet, um mein Vorhaben recht klar und reinlich darzustellen, und es dem Baumeister begreiflich machen zu können. Ich konnte ebenfalls im Frühjahre den Bau schon ein wenig beginnen, insoferne die Räume bestimmt, und Baubedürfnisse herbeigeschafft wurden. Ich wollte dem Vater und den Schwestern mehrere recht schöne Stübchen herrichten lassen.

Der Gregordubs hatte zwei Füllen, welche im Alter nur um wenige Tage verschieden waren, und welche so gleichmäßig

schwarz waren, daß keines auch nicht ein einziges weißes Härchen besaß. Freilich war die Farbe in der noch etwas vorherrschenden Wolle noch nicht anders, als dunkel graubraun, aber sie zeigten, daß sie glänzend schwarze Pferde werden würden. Ich kaufte ihm die Füllen ab, und wollte sie mir recht vorzüglich für meine Zukunft erziehen. Ich nahm außer dem Buben Thomas noch einen Gehülfen für ihn auf, und beide mußten mir auf die Füllen sehen, aber die Ernährung und das sonstige Verfahren mit ihnen befahl ich selber an. Für den Sommer wurde noch ein Notstall für sie erbaut, und für den Winter würde ich schon sehen, was zu tun sei.
Der Bau konnte im Sommer schon sehr gefördert werden. Ich wollte im Zusammenhange mit dem ganzen Plane doch zuerst eine Stube für mich vollständig fertig haben, daß ich noch im Winter darin wohnen könnte, dann einen Stall, worin zuerst die drei Pferde in Sicherheit wären, eine Hütte für Wagen und Schlitten, und dann jene Räume, die zu diesen Dingen noch notwendig wären.
Diese Einrichtung war im Herbste schon fertig.
Aber ehe der Winter einbrach, starb der Vater und starben die zwei Schwestern. Ich hatte ihnen nicht helfen können, wie sehr ich gewollt. Die gute Katharina war die letzte gewesen.
Die Hütte stand nun allein. Ich konnte sie nicht ansehen, und die Schwelle nicht überschreiten.
Obwohl ich wußte, daß die Mauern noch feucht waren, und obwohl ich wußte, daß die feuchten Mauern schädlich sein konnen, ließ ich doch alle meine Sachen von der Hütte in die fertige Stube herabbringen, um da zu wohnen. Ich ließ die drei Pferde in den neugebauten Stall führen, der Knecht Thomas mußte mit herab, der andere blieb in der Hütte, um die Kühe zu versorgen, die noch da waren, und das Kalb, welches wir aufzuziehen angefangen hatten. Ich hätte sie verkaufen sollen, man redete mich darum an, aber ich konnte sie nicht wegtun. Ein Weib, welches uns kochen sollte, wurde aufgenommen, und schlief in einem Kämmerlein neben der

Notküche. Bei Tage, wenn ich aus war, ließ ich in allen Öfen, die schon zu benützen waren, heizen, und dazu die Türen und Fenster öffnen. Des Nachts stellte ich überall, wo jemand schlief, auch in den Stall, ein weites Gefäß, in welchem Pottasche war, die wir gerade vorher glühend gemacht und wieder abgekühlt hatten, damit sie die feuchten Dünste, die aus der Mauer kamen, einsaugen möchte.

Es ist ein trauriger Winter gewesen. Die Leute in der ganzen Gegend waren recht freundlich und gütig gegen mich, weil ich allein war – und wenn ich nach Hause kam, zündete ich die Kerzen an, und saß in meiner Stube, und schaute in die Bücher, oder schrieb ein, was heute notwendig geworden war.

Im Frühjahre fand ich eine Quelle, von der ich dachte, daß sie heilsam sein müsse. Sie enthält Salze, ich versuchte das Wasser und fand, daß Dinge darin seien, welche in den Quellen sind, die man als heilsam bekanntgemacht hatte.

Das Bauen wurde im Frühlinge auch wieder begonnen, da die Fröste die Erde verlassen hatten, und nicht zu befürchten war, daß wieder eine kommen könnten. Im Herbste war wieder viel mehr fertig, als in dem vorigen, und das bereits früher Fertige konnte besser eingerichtet werden. Es war das Haus, wenngleich Teile fehlten, welche in meiner Zeichnung auf dem Papiere standen, daß sie nach und nach dazugefügt werden sollten, doch für unkundige Augen so, als wäre es fertig. Wir führten die drei Kühe – denn das Kalb war unterdessen auch eine geworden – von der Hütte herab, und nahmen Geräte, die notwendig oder im brauchbaren Zustande waren, mit. Der Knecht, der das Jahr oben gewohnt hatte, kam auch in das Haus herunter.

Da dieses geschehen war, ließ ich die Hütte abbrechen. Von dem Schnitzwerke, das in meiner Kammer gewesen war, ließ ich vieles in meinen Stuben, namentlich in meinem Schreibgemache anbringen; das andere hob ich so auf. Auch manche weitere Dinge, welche mir gefielen, und welche dem Gedächtnisse meiner kindlichen Jahre merkwürdig waren, ließ ich nicht zerbrechen, sondern in mein Haus tragen und an verschiedenen Orten aufstellen. Da die Kälte des Herbstes kam und die Wiesen von dem weißen schönen Reife starrten, sah man die Hütte nicht mehr; das Auge ging über den Platz frei weg bis zu dem Walde, der weiter oben anfängt, und den weißen Abhang mit seiner schwarzen Farbe schneidet. Nur wer näher gegangen wäre, würde an den Fußtritten, die von denen herrührten, die die Hütte abgetragen hatten, dann an den Verletzungen des Rasens, die er durch das vielfältige Hinwerfen von Balken und Brettern erlitt, und endlich an dem schwarzen Erdflecke der sich hinbreitete, die Stelle erkannt haben, wo die Hütte gestanden war. Ich hatte die Erde auflockern lassen und warf Grassamen hinein, daß er im künftigen Frühlinge zum Vorschein komme. Die Steine, welche auf dem Dache gelegen waren, und diejenigen, welche den Feuerherd der Küche und der Öfen bildeten, ließ ich zu mir hinabbringen, um sie im nächsten Jahre in meine Gartenmauer einsetzen zu lassen, daß ich sie alle Zukunft vor Augen hätte.

So war also jetzt ein ganz anderer Stand der Dinge, als ich gedacht und so lieb gehofft hatte.

An demselben Herbste bekam ich auch Ursache, mit dem Wasser, welches ich gefunden hatte, zufrieden zu sein. Es kam im Monate Julius der Inbuchsbauer aus der oberen Astung zu mir herunter; er hatte seinen Buben bei sich, der früher die Füllen des Gregordubs gehütet hatte, und bat mich, ich möchte dem Buben an zwei Tagen in der Woche etwas zu Mittag zu essen geben, die andern Tage hätte er schon bei guten Leuten gefunden, und der untere Beringer habe erlaubt, daß er in seinem Heu schlafen dürfe. Die Keum Anna sei recht schlecht gewesen, ihr Fuß habe sich verschlimmert, und große Schmerzen gebracht. Da habe sie aus dem Heilwasser, welches im Grundbühel hervorfließe, getrunken, und habe in demselben Wasser, das sie ihr beim Klum gewärmt hätten, den Fuß gebadet, und sei jetzt ganz gesund. Deswegen habe er auch gemeint, daß er den Gottlieb herabführen müsse, daß er heruntenbleibe, von dem Wasser trinke, und sich in demselben bade, ob es ihn etwa auch herstellen könne. Ich sah den Buben an, und es war schier kein menschlicher Anblick, welche häßliche Wunden an seinem Halse und an seinem Genicke hervorgebrochen waren. Ich kannte den Fall mit der Keum Anna sehr wohl, und sagte, wie es ganz natürlich war, daß ich dem Buben schon die zwei Tage zu Mittage und aber auch zu Abend zu essen geben werde, und daß ich mich auch schon noch weiter um ihn umschauen wolle. Der Inbuchsbauer ist sehr arm. Er ist nur dem Namen nach ein Bauer, der Tat nach ein armer Waldhäusler in der größten Wirrnis des oberen Astungs ohne Weib und andere Angehörige. Als er sah, daß sein Bube heruntenbleiben konnte, ging er mit Trost nach Hause. Ich nahm den jungen Menschen in meine Stube, fragte ihn aus und untersuchte seinen Körper. Der Ekel ist ein seltsames Ding, und er darf nicht gelten und gilt auch nicht, wo wir einem Menschen helfen können, der auch eine Vernunft hat, und seinen Schöpfer verehren kann. Ich wusch mir meine Hände, nahm andere Kleider, und ging an der Siller hinunter spazieren. Durch die Bäume klangen recht heiter die Meißelschläge herein, mit denen die Pfosten zu meinen Türen gehauen wurden. Der Bube nahm das Wasser, wie ich es ihm vorgeschrieben hatte. Nach einer Weile sagte ich: »Was wirst du denn zu den verschiedenen Leuten essen gehen, und wer weiß, was sie dir auch geben, das das Wasser und meine Arzeneien wieder zugrunde richtet. Komme alle Tage zu mir, und esse bei mir.«

Der Bube dankte recht schön, und kam alle Tage zu mir. Er bekam in einem Kämmerlein, das hinter der Küche lag, und das wir bestimmt hatten, wenn einmal noch ein weiblicher Dienstbote mehr in das Haus käme, daß er dort wohne, ein weiches Tischchen, das der Zimmermann zusammengenagelt hatte, einen weichen Stuhl, und dasjenige zu essen, was ich meinen Leuten vorgeschrieben hatte, das er bekommen solle. Er besserte sich nun sehr. Gegen den Herbst sagte ich zu ihm:

»Es möchte nun bald in dem Heu zu schlafen zu kalt werden, komme ganz zu mir, ich werde dich schon unterbringen.« Wir hatten Räume genug, die nach und nach fertig geworden waren, und die wir nicht brauchten, weil wir unser so wenige waren. Ich suchte eine Kammer aus, die schon im vorigen Jahre getüncht war. Sie lag, wenn man von dem Tore links über den Hof ging, allein, weil die Stube, die daneben entstehen sollte, die gegen den Garten hinausging, und die ich vorhatte, mit schönen Tragebalken und anderer Schnitzerei zu verzieren, noch nicht fertig war, und Blöcke und Bretter und Erdhaufen in derselben herumlagen. Die Haushälterin, die alte Maria, richtete einen Strohsack zurechte, gab anderes Bettzeug, das wir nicht brauchten, dazu, und brachte eine Lagerstätte zustande, die recht war. Das Gestelle war aus Brettern, die wir hatten, zusammengeschlagen worden. Seinen Stuhl und Tisch bekam er aus dem Kämmerlein, in dem er bis jetzt gegessen hatte, hinüber. In dieser Stube saß er nun, wenn er nicht in der Gegend, wie ich ihm vorgeschrieben hatte, herumging. Gegen Michaelis, wo es kalt wurde, sagte ich zu ihm, jetzt müsse er mit dem Gebrauche des Wassers aufhören, und auch sonst werden wir bis zum Frühjahre nichts anwenden. Er war, wie ich meinte, vollkommen hergestellt. Die Verletzungen am Halse und am Genicke waren geschlossen, ohne eine Spur zurückzulassen, und die Augen waren heiterer und glänzender und die Wangen röteten sich. Sein Vater war zweimal herunten gewesen. Spät im Herbste, da sie meine väterliche Hütte abtrugen, war er wieder da, und wollte den Buben nach Hause nehmen. Ich aber sagte ihm, droben im Astung würde sein Sohn wieder allerlei essen, was ihm schädlich sein könnte, er solle auch im Winter bei mir bleiben, wir wollen schon sorgen, er solle von den vielen Spänen und Splittern, die im Sommer hindurch von den Bäumen, die meine Zimmerleute bearbeitet hatten, abgefallen sind, sich so viel sammeln und aufschlichten, als er wolle, damit er sich in dem grünen Öfelein, das in seiner Kammer stehe, einheizen könne. Der Vater nahm es an. Es ist unglaublich, wie sehr mir beide dankten – und oft, wenn ich in späterer Zeit von meinen Geschäften nach Hause kehrte, sah ich den Buben, wie er sich die Späne an der Mauer seiner Stube und hauptsächlich dort aufrichtete, von woher im Winter der Wind und das Gestöber kommen würden. Ich gab ihm später auch noch eine Truhe in seine Kammer, damit er sich die neuen Hemden und die Kleider, die ich ihm hatte machen lassen, aufbewahren könne.

Ich bekam jetzt wieder mehr Leute in mein Haus. Der Bube Thomas pflegte die Pferde, den Fuchs, und die zwei jungen Tiere, die wirklich so schön und glänzend schwarz geworden waren, wie Agat, und die, weil sie nicht gerne in dem Stalle blieben, polterten, emporstiegen, und Dinge herunterbissen. Die wenigen Stunden, die sie auch im Winter täglich herumgeführt wurden, reichten ihnen doch nicht hin, weil sie im Sommer schier die meiste Zeit im Freien zugebracht hatten. Außer seiner Beschäftigung mit den Pferden arbeitete Thomas noch mancherlei in dem Hause herum. Dann war der Knecht, welcher im vorigen Jahre die Kühe gepflegt hatte. Er grub den ganzen Garten um, der erst hergerichtet wurde, er besorgte mein Holz, nagelte manches an, wenn es irgendwo herunterbrach, und tat auch noch andere schwere Arbeit. Die Kühe pflegte er ebenfalls fort. Dann war die Haushälterin Maria, welche die Speisen, die Wäsche, die Kleider, die Zimmerreinigung und dergleichen besorgte, und endlich zwei Mägde, und darunter eine, der ich im vorigen Jahre auch in einer Todeskrankheit geholfen hatte.

Wir mußten einen schweren Winter überstehen. Soweit die ältesten Menschen zurückdenken, war nicht so viel Schnee. Vier Wochen waren wir einmal ganz eingehüllt in ein fortdauerndes graues Gestöber, das oft Wind hatte, oft ein ruhiges aber dichtes Niederschütten von Flocken war. Die ganze Zeit sahen wir nicht aus. Wenn ich in meinem Zimmer saß, und die Kerzen brannten, hörte ich das unablässige Rieseln an den Fenstern, und wenn es licht wurde, und die Tageshelle eintrat, sah ich durch meine Fenster nicht auf den Wald hin, der hinter der Hütte stand, die ich hatte abbrechen lassen, sondern es hing die graue lichte aber undurchdringliche Schleierwand herab; in meinem Hofe und in der Nähe des Hauses sah ich nur auf die unmittelbarsten Dinge hinab, wenn etwa ein Balken emporstand, der eine Schneehaube hatte, und unendlich kurz geworden war, oder wenn ein langer weißer wolliger Wall anzeigte, wo meine im Sommer ausgehauenen Bäume lagen, die ich zum weitern Baue verwenden wollte. Als alles vorüber war, und wieder der blaue und klare Winterhimmel über der Menge von Weiß stand, hörten wir oft in der Totenstille, die jetzt eintrat, wenn wir an den Hängen hinunterfuhren, in dem Hochwalde oben ein Krachen, wie die Bäume unter ihrer Last zerbrachen und umstürzten. Leute, welche von dem jenseitigen Lande über die Schneide herüberkamen, sagten, daß in den Berggründen, wo sonst die kleinen klaren Wässer gehen, so viel Schnee liege, daß die Tannen von fünfzig Ellen und darüber nur mit den Wipfeln herausschauen. Wir konnten nur den leichteren Schlitten brauchen – ich hatte nämlich noch einen machen lassen – der etwas länger aber schmäler war, als der andere. Er fiel wohl öfter um, aber konnte auch leichter durch die Schluchten, welche die Schneewehen bildeten, durchdringen. Ich konnte jetzt nicht mehr allein zur Besorgung meiner Geschäfte herumfahren, weil ich mir mit allen meinen Kräften in vielen Fällen allein nicht helfen konnte. Und es waren mehr Kranke, als es in allen sonstigen Zeiten gegeben hatte. Deswegen fuhr jetzt der Thomas immer mit mir, daß wir uns gegenseitig beistünden, wenn der Weg nicht mehr zu finden war, wenn wir den Fuchs aus dem Schnee, in den er sich verfiel, austreten mußten, oder wenn einer, da es irgendwo ganz unmöglich war durchzudringen, bei dem Pferde bleiben, und der andere zurückgehen, und Leute holen mußte, damit sie uns helfen. Es wurde nach dem großen Schneefalle auch so kalt, wie man es je kaum erlebt hatte. Auf einer Seite war es gut; denn der tiefe Schnee fror so fest, daß man über Stellen und über Schlünde gehen konnte, wo es sonst unmöglich gewesen wäre; aber auf der andern Seite war es auch schlimm; denn die Menschen, welche viel gingen, ermüdet wurden und unwissend waren, setzten sich nieder, gaben der süßen Ruhe nach, und wurden dann erfroren gefunden, wie sie noch saßen, wie sie sich niedergesetzt hatten. Vögel fielen von den Bäumen, und wenn man es sah, und sogleich einen in die Hand nahm, war er fest, wie eine Kugel, die man werfen konnte. Wenn meine jungen Rappen ausgeführt wurden, und von einem Baume oder sonst wo eine Schneeflocke auf ihren Rücken fiel, so schmolz dieselbe nicht wenn sie nach Hause kamen, wie lebendig, und tüchtig, und voll von Feuer die Tiere auch waren. Erst im Stalle verlor sich das Weiß und Grau von dem Rücken. Wenn sie ausgeführt wurden, sah ich manchmal den jungen Gottlieb mitgehen, und hinter den Tieren her bleiben, wenn sie auf verschiedenen Wegen herumgeführt wurden, aber es tut nichts, die Kälte wird ihm nichts anhaben, und er ist ja in den guten Pelz gehüllt, den ich ihm aus meinem alten habe machen lassen. Ich ging oft in die Zimmer der Meinigen hinab, und sah, ob alles in der Ordnung sei, ob sie gehörig Holz zum Heizen haben, ob die Wohnung überall gut geborgen sei, daß nicht auf einen, wenn er vielleicht im Bette sei, der Strom einer kalten Luft gehe, und er erkranke; ich sah auch nach der Speise; denn bei solcher Kälte ist es nicht einerlei, ob man das oder jenes esse. Dem Gottlieb, der nur mit Spänen heizte, ließ ich von den dichten Buchenstöcken hinüberlegen. Im Eichenhage oben soll ein Knall geschehen sein, der seinesgleichen gar nicht hat. Der Knecht des Beringer sagte, daß einer der schönsten Stämme durch die Kälte von unten bis oben gespalten worden sei, er habe ihn selber gesehen. Der Thomas und ich waren in Pelze und Dinge eingehüllt, daß wir zwei Bündeln, kaum aber Menschen gleichsahen. Dieser Winter, von dem wir dachten, daß er uns viel Wasser bringen würde, endigte endlich mit einer Begebenheit, die wunderbar war, und uns leicht die äußerste Gefahr hätte bringen können, wenn sie nicht eben gerade so abgelaufen wäre, wie sie ablief. Nach dem vielen Schneefalle und während der Kälte war es immer schön, es war immer blauer Himmel, morgens rauchte es beim Sonnenaufgange von Glanz und Schnee, und nachts war der Himmel dunkel, wie sonst nie, und es standen viel mehr Sterne in ihm, als zu allen Zeiten. Dies dauerte lange – aber einmal fiel gegen Mittag die Kälte so schnell ab, daß man die Luft bald warm nennen konnte, die reine Bläue des Himmels trübte sich, von der Mittagseite des Waldes kamen an dem Himmel Wolkenballen, gedunsen und fahlblau, in einem milchigen Nebel schwimmend, wie im Sommer, wenn ein Gewitter kommen soll – ein leichtes Windchen hatte sich schon früher gehoben, daß die Fichten seufzten und Ströme Wassers von ihren Ästen niederflossen. Gegen Abend standen die Wälder, die bisher immer bereift und wie in Zucker eingemacht gewesen waren, bereits ganz schwarz in den Mengen des bleichen und wässerigen Schnees da. Wir hatten bange Gefühle, und ich sagte dem Thomas, daß sie abwechselnd nachschauen, daß sie die hinteren Tore im Augenmerk halten sollen, und daß er mich wecke, wenn das Wasser zu viel werden sollte. Ich wurde nicht geweckt, und als ich des Morgens die Augen öffnete, war alles anders, als ich es erwartet hatte. Das Windchen hatte aufgehört, es war so stille, daß sich von der Tanne, die ich keine Büchsenschußlänge von meinem Fenster an meinem Sommerbänkchen stehen sah, keine einzige Nadel rührte; die blauen und mitunter bleifarbigen Wolkenballen waren nicht mehr an dem Himmel, der dafür in einem stillen Grau unbeweglich stand, welches Grau an keinem Teile der großen Wölbung mehr oder weniger grau war, und an der dunkeln Öffnung der offenstehenden Tür des Heubodens bemerkte ich, daß feiner, aber dichter Regen niederfalle; allein wie ich auf allen Gegenständen das schillerige Glänzen sah, war es nicht das Lockern und Sickern des Schnees, der in dem Regen zerfällt, sondern das blasse Glänzen eines Überzuges, der sich über alle die Hügel des Schnees gelegt hatte. Als ich mich angekleidet und meine Suppe gegessen hatte, ging ich in den Hof hinab, wo der Thomas den Schlitten zurechtrichtete. Da bemerkte ich, daß bei uns herunten an der Oberfläche des Schnees während der Nacht wieder Kälte eingefallen sei, während es oben in den höheren Teilen des Himmels warm geblieben war; denn der Regen floß fein und dicht hernieder, aber nicht in der Gestalt von Eiskörnern, sondern als reines fließendes Wasser, das erst an der Oberfläche der Erde gefror und die Dinge mit einem dünnen Schmelze überzog, derlei man in das Innere der Geschirre zu tun pflegt, damit sich die Flüssigkeiten nicht in den Ton ziehen können. Im Hofe zerbrach der Überzug bei den Tritten noch in die feinsten Scherben, es mußte also erst vor Anbruch des Tages zu regnen angefangen haben. Ich tat die Dinge, die ich mitnehmen wollte, in ihre Fächer, die in dem Schlitten angebracht waren, und sagte dem Thomas, er solle doch, ehe wir zum Fortfahren kämen, noch den Fuchs zu dem untern Schmied hinüberführen, und nachschauen lassen, ob er scharf genug sei, weil wir heute im Eise fahren müßten. Es war uns so recht, wie es war, und viel lieber, als wenn der unermeßliche Schnee schnell und plötzlich in Wasser verwandelt worden wäre. Dann ging ich wieder in die Stube hinauf, die sie mir viel zu viel geheizt hatten, schrieb einiges auf, und dachte nach, wie ich mir heute die Ordnung einzurichten hätte. Da sah ich auch, wie der Thomas den Fuchs zum untern Schmied hinüberführte. Nach einer Weile, da wir fertig waren, richteten wir uns zum Fortfahren. Ich tat den Regenmantel um, und setzte meine breite Filzkappe auf, davon der Regen abrinnen konnte. So machte ich mich in dem Schlitten zurechte, und zog das Leder sehr weit herauf. Der Thomas hatte seinen gelben Mantel um die Schultern, und saß vor mir in dem Schlitten. Wir fuhren zuerst durch den Thaugrund, und es war an dem Himmel und auf der Erde so stille und einfach grau, wie des Morgens, so daß wir, als wir einmal stillehielten, den Regen durch die Nadeln fallen hören konnten. Der Fuchs hatte die Schellen an dem Schlittengeschirre nicht recht ertragen können, und sich öfter daran geschreckt, deshalb tat ich sie schon, als ich nur ein paar Male mit ihm gefahren war, weg. Sie sind auch ein närrisches Klingeln, und mir war es viel lieber, wenn ich so fuhr, manchen Schrei eines Vogels, manchen Waldton zu hören, oder mich meinen Gedanken zu überlassen, als daß ich immer das Tönen in den Ohren hatte, das für die Kinder ist. Heute war es freilich nicht so ruhig, wie manchmal; das stumme Fahren des Schlittens im feinen Schnee war, wie im Sande, wo auch die Hufe des Pferdes nicht wahrgenommen werden konnten; denn das Zerbrechen des zarten Eises, wenn das Tier darauftrat, machte ein immerwährendes Geräusch, daher aber das Schweigen, als wir halten mußten, weil der Thomas in dem Riemzeug etwas zurechtzurichten hatte, desto auffallender war. Und der Regen, dessen Rieseln durch die Nadeln man hören konnte, störte die Stille kaum, ja er vermehrte sie. Noch etwas anders hörten wir später, da wir wieder hielten, was fast lieblich für die Ohren war. Die kleinen Stücke Eises, die sich an die dünnsten Zweige und an das langhaarige Moos der Bäume angehängt hatten, brachen herab, und wir gewahrten hinter uns in dem Walde an verschiedenen Stellen, die bald dort und bald da waren, das zarte Klingen und ein zitterndes Brechen, das gleich wieder stille war. Dann kamen wir aus dem Walde hinaus, und fuhren durch die Gegend hin, in der die Felder liegen. Der gelbe Mantel des Thomas glänzte, als wenn er mit Öl übertüncht worden wäre; von der rauhen Decke des Pferdes hingen Silberfransen hernieder; wie ich zufällig einmal nach meiner Filzkappe griff, weil ich sie unbequem auf dem Haupte empfand, war sie fest, und ich hatte sie, wie eine Kriegshaube auf; und der Boden des Weges, der hier breiter, und weil mehr gefahren wurde, fester war, war schon so mit Eise belegt, weil das gestrige Wasser, das in den Gleisen gestanden war, auch gefroren war, daß die Hufe des Fuchses die Decke nicht mehr durchschlagen konnten, und wir unter hallenden Schlägen der Hufeisen, und unter Schleudern unseres kleinen Schlittens, wenn die Fläche des Weges ein wenig schief war, fortfahren mußten.

Wir kamen zuerst zu dem Karbauer, der ein krankes Kind hatte. Von dem Hausdache hing ringsum, gleichsam ein Orgelwerk bildend, die Verzierung starrender Zapfen, die lang waren, teils herabbrachen, teils an der Spitze ein Wassertröpfchen hielten, das sie wieder länger, und wieder zum Herabbrechen geneigter machte. Als ich ausstieg, bemerkte ich, daß das Überdach meines Regenmantels, das ich gewöhnlich so über mich und den Schlitten breite, daß ich mich und die Arme darunter rühren könne, in der Tat ein Dach geworden war, das fest um mich stand und beim Aussteigen ein Klingelwerk fallender Zapfen in allen Teilen des Schlittens verursachte. Der Hut des Thomas war fest, sein Mantel krachte, da er abstieg, auseinander, und jede Stange, jedes Holz, jede Schnalle, jedes Teilchen des ganzen Schlittens, wie wir ihn jetzt so ansahen, war in Eis, wie in durchsichtigen flüssigen Zucker gehüllt, selbst in den Mähnen, wie tausend bleiche Perlen, hingen die gefrornen Tropfen des Wassers, und zuletzt war es um die Hufhaare des Fuchses wie silberne Borden geheftet.

Ich ging in das Haus. Der Mantel wurde auf den Schragen gehängt, und wie ich die Filzkappe auf den Tisch des Vorhauses legte, war sie wie ein schimmerndes Becken anzuschauen.

Als wir wieder fortfahren wollten, zerschlugen wir das Eis auf unsern Hüten, auf unsern Kleidern, an dem Leder und den Teilen des Schlittens, an dem Riemzeug des Geschirres, und zerrieben es an den Haaren der Mähne und der Hufe des Fuchses. Die Leute des Karbauers halfen uns hiebei. Das Kind war schon schier ganz gesund. Unter dem Obstbaumwalde des Karhauses, den der Bauer sehr liebt und schätzt, und der hinter dem Hause anhebt, lagen unzählige kleine schwarze Zweige auf dem weißen Schnee, und jeder schwarze Zweig war mit einer durchsichtigen Rinde von Eis umhüllt, und zeigte neben dem Glanze des Eises die kleine frischgelbe Holzwunde des Herabbruchs. Die braunen Knösplein der Zweige, die im künftigen Frühlinge Blüten- und Blätterbüschlein werden sollten, blickten durch das Eis hindurch. Wir setzten uns in den Schlitten. Der Regen, die graue Stille und die Einöde des Himmels dauerten fort.

Da wir in der Dubs hinüberfuhren, an der oberen Stelle, wo links das Gehänge ist, und an der Schneide der lange Wald hingeht, sahen wir den Wald nicht mehr schwarz, sondern er war gleichsam bereift, wie im Winter, wenn der Schnee in die Nadeln gestreut ist und lange Kälte herrscht; aber der Reif war heute nicht so weiß, wie Zucker, dergleichen er sonst ähnlich zu sein pflegt, sondern es war das dumpfe Glänzen und das gleichmäßige Schimmern an allen Orten, wenn es bei trübem Himmel überall naß ist; aber heute war es nicht von der Nässe, sondern von dem unendlichen Eise, das in den Ästen hing. Wir konnten, wenn wir etwas aufwärts und daher langsamer fuhren, das Knistern der brechenden Zweige sogar bis zu uns herab hören, und der Wald erschien, als sei er lebendig geworden. Das blasse Leuchten des Eises auf allen Hügeln des Schneees war rings um uns herum, das Grau des Himmels war beinahe sehr licht, und der Regen dauerte stille fort, gleichmäßig fein und gleichmäßig dicht.

Wir hatten in den letzten Häusern der Dubs etwas zu tun, ich machte die Gänge, da die Orte nicht weit auseinanderlagen, zu Fuße, und der Fuchs wurde in den Stall getan, nachdem er wieder von dem Eise, das an ihm rasselte, befreit worden war. Der Schlitten und die Kleider des Thomas mußten ebenfalls ausgelöset werden; die meinigen aber, nämlich der Mantel und die Filzkappe, wurden nur von dem, was bei oberflächlichem Klopfen und Rütteln herabging, erleichtert, das andere aber darangelassen, da ich doch wieder damit in den Regen herumgehen mußte, und neue Lasten auf mich lud. Ich hatte mehr Kranke, als sie sonst in dieser Jahreszeit zu sein pflegen. Sie waren aber alle ziemlich in der Nähe beisammen und ich ging von dem einen zu dem andern. An den Zäunen, an den Strunken von Obstbäumen, und an den Rändern der Dächer hing unsägliches Eis. An mehreren Planken waren die Zwischenräume verquollen, als wäre das Ganze in eine Menge

eines zähen Stoffes eingehüllt worden, der dann erstarrte. Mancher Busch sah aus, wie viele ineinandergewundene Kerzen, oder wie lichte wässerig glänzende Korallen.
Ich hatte dieses Ding nie so gesehen, wie heute.
Die Leute schlugen manche der bis ins Unglaubliche herabgewachsenen Zapfen von den Dächern, weil sie sonst, wenn sie gar groß geworden waren, im Herabbrechen Stücke der Schindeln oder Rinnen mit sich auf die Erde nahmen. Da ich in der Dubs herumging, wo mehrere Häuser um den schönen Platz herumstehen, den sie bilden, sah ich, wie zwei Mägde das Wasser, welches im Tragen hin- und hergeschwemmt haben würde, in einem Schlitten nach Hause zogen. Zu dem Brunnen, der in der Mitte des Platzes steht, und um dessen Holzgeschlacht herum schon im Winter der Schnee einen Berg gebildet hatte, mußten sie sich mit der Axt Stufen hineinhauen. Sonst gingen die Leute gar nicht aus den Häusern, und wo man doch einen sah, duckte er oben mit dem Haupte vor dem Regen in sein Gewand, und unten griff er mit den Füßen vorsichtig vorwärts, um in der unsäglichen Glätte nicht zu fallen.
Wir mußten wieder fort. Wir fuhren mit dem Fuchs, den wir wieder hatten scharf machen lassen, durch die ebenen Felder hinüber gegen das Eckstück, welches die Siller am höher stehenden Walde einfaßt, und wo mehrere Holzhäuser stehen. Wir hörten, da wir über die Felder fuhren, einen dumpfen Fall; wußten aber nicht recht, was es war. Auf dem Raine sahen wir einen Weidenbaum gleißend stehen, und seine zähen silbernen Äste hingen herab, wie mit einem Kamme niedergekämmt. Den Waldring, dem wir entgegenfuhren, sahen wir bereift, aber er warf glänzende Funken und stand wie geglättete Metallstellen von dem lichten ruhigen matten Grau des Himmels ab.
Von den Holzhäusern mußten wir wieder zurück über die Felder, aber schief auf dem Wege gegen das Eidun. Die Hufe unseres Pferdes hallten auf der Decke, wie starke Steine, die gegen Metallschilde geworfen werden. Wir aßen bei dem

Wirte etwas, weil wir zu spät nach Hause gekommen sein würden, dann, nachdem wir den Schlitten, das Pferd und unsere Kleider wieder freigemacht hatten, fuhren wir wieder ab, auf dem Wege, der nach meinem Hause führte. Ich hatte nur noch in den letzteren Eidunhäusern etwas zu tun, und dann konnten wir auf dem Wege hinüberfahren, wo im Sommer die Eidunwiesen sind, im Winter aber alle die fahren und gehen, die im Waldhange und oberem Hage Geschäfte haben. Von da konnten wir gegen den Fahrweg einlenken, der durch den Thaugrund und nach Hause führt. Da wir uns auf den Wiesen befanden, über deren Ebene wir jetzt freilich klafterhoch erhoben fuhren, hörten wir wieder denselben dumpfen Fall, wie heute schon einmal, aber wir erkannten ihn wieder nicht, und wußten auch nicht einmal ganz genau, woher wir ihn gehört hatten. Wir waren sehr froh, einmal nach Hause zu kommen; denn der Regen und das Feuchte, das in unserm ganzen Körper steckte, tat uns recht unwohl, auch war die Glätte unangenehm, die allenthalben unnatürlich über Flur und Feld gebreitet war, und den Fuß, wenn man ausstieg, zwang, recht vorsichtig auf die Erde zu greifen, woher man, wenn man auch nicht gar viel und gar weit ging, unglaublich ermüdet wurde.

Da wir endlich gegen den Thaugrund kamen und der Wald, der von der Höhe herüberzieht, anfing, gegen unsern Weg herüberzulangen, hörten wir plötzlich in dem Schwarzholze, das auf dem schön emporragenden Felsen steht, ein Geräusch, das sehr seltsam war, und das keiner von uns je vernommen hatte – es war, als ob viele Tausende oder gar Millionen von Glasstangen durcheinanderrasselten, und in diesem Gewirre fort in die Entfernung zögen. Das Schwarzholz war doch zu weit zu unserer Rechten entfernt, als daß wir den Schall recht klar hätten erkennen können, und in der Stille, die in dem Himmel und auf der Gegend war, ist er uns recht sonderbar erschienen. Wir fuhren noch eine Strecke fort, ehe wir den Fuchs aufhalten konnten, der im Nachhauserennen begriffen war, und auch schon trachten mochte, aus diesem Tage in den Stall zu kommen. Wir hielten endlich und hörten in den Lüften gleichsam ein unbestimmtes Rauschen, sonst aber nichts. Das Rauschen hatte jedoch keine Ähnlichkeit mit dem fernen Getöse, das wir eben durch die Hufschläge unsers Pferdes hindurch gehört hatten. Wir fuhren wieder fort und näherten uns dem Walde des Thaugrundes immer mehr, und sahen endlich schon die dunkle Öffnung, wo der Weg in das Gehölze hineingeht. Wenn es auch noch früh am Nachmittage war, wenn auch der graue Himmel so licht schien, daß es war, als müßte man den Schimmer der Sonne durchsinken sehen, so war es doch ein Winternachmittag, und es war so trübe, daß sich schon die weißen Gefilde vor uns zu entfärben begannen, und in dem Holze Dämmerung zu herrschen schien. Es mußte aber doch nur scheinbar sein, indem der Glanz des Schnees gegen das Dunkel der hintereinanderstehenden Stämme abstach.

Als wir an die Stelle kamen, wo wir unter die Wölbung des Waldes hineinfahren sollten, blieb der Thomas stehen. Wir sahen vor uns eine sehr schlanke Fichte zu einem Reife gekrümmt stehen, und einen Bogen über unsere Straße bildend, wie man sie einziehenden Kaisern zu machen pflegt. Es war unsäglich, welche Pracht und Last des Eises von den Bäumen hing. Wie Leuchter, von denen unzählige umgekehrte Kerzen in unerhörten Größen ragten, standen die Nadelbäume. Die Kerzen schimmerten alle von Silber, die Leuchter waren selber silbern, und standen nicht überall gerade, sondern manche waren nach verschiedenen Richtungen geneigt. Das Rauschen, welches wir früher in den Lüften gehört hatten, war uns jetzt bekannt; es war nicht in den Lüften; jetzt war es bei uns. In der ganzen Tiefe des Waldes herrschte es ununterbrochen fort, wie die Zweige und Äste krachten und auf die Erde fielen. Es war um so fürchterlicher, da alles unbeweglich stand; von dem ganzen Geglitzer und Geglänze rührte sich kein Zweig und keine Nadel, außer wenn man nach einer Weile wieder auf einen gebogenen Baum sah, daß er von den ziehenden Zapfen niederer stand.

Wir harreten und schauten hin – man weiß nicht, war es Bewunderung oder war es Furcht in das Ding hineinzufahren. Unser Pferd mochte die Empfindungen in einer Ähnlichkeit teilen, denn das arme Tier schob, die Füße sachte anziehend, den Schlitten in mehreren Rucken etwas zurück.

Wie wir noch dastanden und schauten – wir hatten noch kein Wort geredet – hörten wir wieder den Fall, den wir heute schon zweimal vernommen hatten. Jetzt war er uns aber völlig bekannt. Ein helles Krachen, gleichsam wie ein Schrei, ging vorher, dann folgte ein kurzes Wehen, Sausen, oder Streifen, und dann der dumpfe, dröhnende Fall, mit dem ein mächtiger Stamm auf der Erde lag. Der Knall ging wie ein Brausen durch den Wald, und durch die Dichte der dämpfenden Zweige; es war auch noch ein Klingeln und Geschimmer, als ob unendliches Glas durcheinandergeschoben und -gerüttelt würde – dann war es wieder wie vorher, die Stämme standen und ragten durcheinander, nichts regte sich, und das stillstehende Rauschen dauerte fort. Es war merkwürdig, wenn ganz in unserer Nähe ein Ast oder Zweig oder ein Stück Eis fiel; man sah nicht, woher es kam, man sah nur schnell das Herniederblitzen, hörte etwa das Aufschlagen, hatte nicht das Emporschnellen des verlassenen und erleichterten Zweiges gesehen, und das Starren, wie früher, dauerte fort.

Es wurde uns begreiflich, daß wir in den Wald nicht hineinfahren konnten. Es mochte irgendwo schon über den Weg ein Baum mit all seinem Geäste liegen, über den wir nicht hinüberkönnten, und der nicht zu umgehen war, weil die Bäume dicht stehen, ihre Nadeln vermischen, und der Schnee bis in das Geäste und Geflechte des Niedersatzes ragte. Wenn wir dann umkehrten, und auf dem Wege, auf dem wir gekommen waren, zurück wollten, und da sich etwa auch unterdessen ein Baum herübergelegt hätte, so wären wir mitten darinnen gewesen. Der Regen dauerte unablässig fort, wir selber waren schon wieder eingehüllt, daß wir uns nicht regen konnten, ohne die Decke zu zerbrechen, der Schlitten war schwerfällig und verglaset, und der Fuchs trug seine Lasten – wenn irgend etwas in den Bäumen um eine Unze an Gewicht gewann, so mochte es fallen, ja die Stämme selber mochten brechen, die Spitzen der Zapfen, wie Keile, mochten niederfahren, wir sahen ohnedem auf unserm Wege, der vor uns lag, viele zerstreut, und während wir standen, waren in der Ferne wieder dumpfe Schläge zu vernehmen gewesen. Wie wir umschauten, woher wir gekommen, war auf den ganzen Feldern und in der Gegend kein Mensch und kein lebendiges Wesen zu sehen. Nur ich mit dem Thomas und mit dem Fuchse waren allein in der freien Natur.

Ich sagte dem Thomas, daß wir umkehren müßten. Wir stiegen aus, schüttelten unsere Kleider ab, so gut es möglich war, und befreiten die Haare des Fuchses von dem anhängenden Eise, von dem es uns vorkam, als wachse es jetzt viel schneller an, als am Vormittage, war es nun, daß wir damals die Erscheinung beobachteten, und im Hinschauen darauf ihr Fortgang uns langsamer vorkam, als Nachmittag, wo wir andere Dinge zu tun hatten, und nach einer Weile erst sahen, wie das Eis sich wieder gehäuft hatte – oder war es kälter und der Regen dichter geworden. Wir wußten es nicht. Der Fuchs und der Schlitten wurde sodann von dem Thomas umgekehrt, und wir fuhren so schnell wir konnten, gegen die uns zunächst gerichteten Eidunhäuser zurück. Es war damals am oberen Ende, wo der Bühl sacht beginnt, noch das Wirtshaus – der Burmann hat es heuer gekauft und treibt bloß Feldwirtschaft – dorthin fuhren wir über den Schnee, der jetzt trug, ohne Weg, in der geradesten Richtung, die wir einschlagen konnten. Ich bat den Wirt, daß er mir eine Stelle in seinem Stalle für meinen Fuchs zurechträumen möchte. Er tat es, obwohl er ein Rind hinüber auf einen Platz seines Stalles hängen mußte, wo sonst nur Stroh und einstweil Futter lag, das man an dem Tage gebrauchen wollte. Den Schlitten taten wir in die Wagenlaube. Als wir das untergebracht, und uns wieder von der angewachsenen Last befreit hatten, nahm ich einiges aus dem Schlitten, was ich brauchte, und sagte, ich

werde nun zu Fuße den Weg nach Hause antreten; denn ich müsse in der Nacht in meinem Hause sein, weil manches zu bereiten ist, das ich morgen bedürfe, und weil ich morgen einen andern Weg einzuschlagen hätte, da ich die Kranken in dem oberen Lande besuchen müßte, die mich heute nicht gesehen hatten. – Den Thaugrund könne ich umgehen, ich wolle durch das Gebühl, dann durch die Wiesen des Meierbaches links hinauf, sodann durch die kleinen Erlenbüsche, die gefahrlos sind, hinüber gegen die Hagweiden und von dort gegen mein Haus hinunter, das in dem Tale steht.
Als ich das so gesagt hatte, wollte mein Knecht Thomas nicht zugeben, daß ich allein gehe; denn der Weg, den ich beschrieben hatte, wäre hüglig und ging an Höhen von Wiesen hinauf, wo gewiß überhängende Schneelehnen sind, und wo in dem glatten Eise das Klimmen und Steigen von großer Gefahr sein möchte. Er sagte, er wolle mit mir gehen, daß wir einander an den Meierbacher Wiesen emporhelfen, daß wir einander beistehen, und uns durch das Geerle hinüberziehen möchten. Unsere Fahrangelegenheit könnten wir bei dem Wirte da lassen, er würde ihm schon sagen, wie der Fuchs zu füttern und zu pflegen sei. Morgen, wenn sich das Wetter geändert hätte, würde er um den Fuchs herübergehen, und zu meiner Fahrt, wenn ich zeitlich fort wollte, könnte ich die Pferde des Rothbergerwirtes nehmen, um die ich den Gottlieb oder jemanden hinabschicken möge, wenn ja sonst Gott einen Tag sende, an dem ein Mensch unter den freien Himmel herauszugehen sich wage.
Ich sah das alles ein, was mein Knecht Thomas sagte, und da ich mich auch nicht ganz genau erinnerte – man schaut das nicht so genau an – ob denn wirklich überall da, wo ich zu gehen vorhatte, keine Bäume stünden, oder ob ich nicht einen viel weiteren Umweg zu machen oder gar wieder zurückzugehen hätte, wenn ich nicht vordringen könnte; so gestattete ich ihm, daß er mitgehe, damit wir unser zwei sind, und die Sache mit mehr Kräften beherrschten.
Ich habe in meinem Schlitten immer Steigeisen eingepackt,

weil ich oft aussteigen, und über manche Hügel hinauf, die in unserem Lande sind und steile Hänge haben, zu Kranken gehen muß, wo ich, wenn Glatteis herrscht, gar nicht oder mit Gefahr und Mühe auf den Wegen, die niemand pflegt, oder die verschneit und vereiset sind, hinaufkommen könnte. Weil es aber auch leicht möglich ist, daß etwas bricht, so führe ich immer zwei Paare mit, daß ich in keine Ungelegenheit komme. Heute hatte ich sie nicht gebraucht, weil ich immer an ebenen Stellen zu gehen hatte, und weil ich die Füße nicht an immer dauernde Unterstützung gewöhnen will. Ich suchte die Steigeisen aus dem Schlitten heraus und gab dem Thomas ein Paar. Dann steckte ich aus den Fächern des Schlittens die Dinge und Herrichtungen zu mir, die ich morgen brauchen sollte. An dem Gestelle des Schlittens oberhalb der Kufe dem Korbe entlang sind Bergstöcke angeschnallt, die eine sehr starke Eisenspitze haben und weiter aufwärts einen eisernen Haken, um sich damit einzuhaken und anzuhängen. Am obersten Ende des Holzes sind sie mit einem Knaufe versehen, daß sie nicht so leicht durch die Hand gleiten. Weil ich aus Vorsicht auch immer zwei solche Stöcke bei mir habe, so gab ich dem Thomas einen, nachdem er sie abgeschnallt hatte, und einen behielt ich mir. So gingen wir dann, ohne uns noch aufzuhalten, sogleich fort, weil an solchen Wintertagen die Nacht schnell einbricht, und dann sehr finster ist. Der Thomas hatte darum auch die Blendlaterne aus dem Schlitten genommen, und hatte sich mit Feuerzeug versehen.

Auf dem offenen Felde, ehe wir wieder in die Nähe des Thaugrundes kamen, gingen wir ohne Steigeisen bloß mit Hülfe der Stöcke fort, was sehr beschwerlich war. Als wir in die Nähe des Waldes kamen, und uns das fürchterliche Rauschen wieder empfing, beugten wir links ab gegen die Wiesen des Meierbacher hin, die eine Lichtung durch den Wald bilden, und die uns den Weg darstellen sollten, auf dem wir nach Hause gelangen könnten. Wir erreichten die Wiesen, das will sagen, wir erkannten, daß wir uns auf dem Schnee über ihrer Grenze befanden, weil die Rinde nun sanft abwärts zu gehen begann, wo unten der Bach sein sollte, über dem aber zwei Klafter hoher Schnee, oder noch höherer, stand. Wir wagten, da der Grund nicht zerrissen ist, und die Decke mit ihrem Glänzen ein gleichmäßiges Abgehen zeigte, das Hinabfahren mit unseren Bergstöcken. Es gelang gut. Wir hätten wohl mittelst der Steigeisen lange gebraucht, hinabzukommen, aber so gelangten wir in einem Augenblikke hinunter, daß die Luft an unseren Angesichtern und durch unsere Haare sauste. Wirklich glaubten wir, da wir wieder aufgestanden waren, es habe sich ein kleines Windchen gehoben, aber es war nur unsere Bewegung gewesen, und ringsum war es so ruhig, wie den ganzen Tag. Wir legten nun in dem Grunde unsere Steigeisen an, um über die Höhe und den bedeutenden Bühel emporzukommen, in denen sich die Wiese hinüber gegen die Erlengebüsche legt, auf die wir hinausgelangen wollten. Es ist gut, daß ich aus Vorsicht die Spitzen der Steigeisen immer zuschleifen und schärfen lasse; denn wir gingen über den Bühel, der wie eine ungeheure gläserne Spiegelwalze vor uns lag, so gerade hinauf, als würden wir mit jedem Tritte an die Glätte angeheftet. Als wir oben waren und an dem Rande des Geerles standen, wo man ziemlich weit herumsieht, meinten wir, es dämmere bereits; denn der Eisglanz hatte da hinab, wo wir heraufgekommen waren, eine Farbe, wie Zinn, und wo die Schneewehen sich überwölbten, und Rinnen und Löcher bildeten, saß es, wie grauliche Schatten darinnen; aber die Ursache, daß wir so trüb sahen, mußte der Tag sein, der durch die weißliche feste Decke des Himmels dieses seltsame dämmerige Licht warf. Wir sahen auf mehrere Wälder, die jenseits dieser Höhe herumziehen: sie waren grau und schwarz gegen den Himmel und den Schnee, und die Lebendigkeit in ihnen, das gedämpfte Rauschen, war fast hörbar – aber deutlich zu vernehmen war mancher Fall, und dann das Brausen, das darauf durch die Glieder der Bergzüge ging.

Wir hielten uns nicht lange an diesem Platze auf, sondern suchten in die Büsche der Erlen einzudringen und durch sie hindurchzukommen. Die Steigeisen hatten wir weggetan und trugen sie über unsern Rücken herabhängend. Es war schwer durch die Zweige, die dicht aus dem Schnee nach allen Richtungen ragten, zu kommen. Sie hielten uns die starren Ausläufe wie unzählige stählerne Stangen und Spieße entgegen, die in unsere Gewänder und Füße bohrten, und uns verletzt haben würden. Aber wir gebrauchten unsere Bergstöcke dazu, daß wir mit ihnen vor uns in das Gezweige schlugen, und Eis und Holz so weit zerschlugen und weich machten, daß wir mit Arbeit und gegenseitiger Hülfe durchgelangen konnten. Es dauerte aber lange.

Da wir endlich heraus waren, und an den Hagweiden standen, wo wir hinunter in das Tal sahen, in dem mein Haus ist, dämmerte es wirklich, aber wir waren schon nahe genug, und besorgten nichts mehr. Durch die allgemeine dicke weißgraue Luft sahen wir mein Haus, und ein gerader bläulicher Rauch stieg aus demselben empor, wahrscheinlich von dem Feuer kommend, an dem Maria, die Haushälterin, unser Mahl in Bereitschaft richtete. Wir legten hier wieder die Steigeisen an, und gingen langsam hinunter, bis wir auf ebenem Boden waren, wo wir sie wieder wegtaten.

Vor den Türen der Häuser, die in der Nähe des meinigen sind, standen Gruppen von Menschen, und schauten den Himmel an.

»Ach, Herr Doktor«, riefen sie, »ach, Herr Doktor, wo kommt Ihr denn an diesem fürchterlichen Tage her?«

»Ich komme von der Dubs und von den Eidunhäusern«, sagte ich, »mein Pferd und den Schlitten ließ ich zurück, und bin über die Meierbacher Wiesen und die Hagweiden gekommen, weil ich nicht mehr durch den Wald konnte.«

Ich blieb ein wenig bei den Leuten stehen. Wirklich war der Tag ein furchtbarer. Das Rauschen der Wälder war von ringsum bereits bis hierher zu hören, dazwischen tönte der Fall von Bäumen, und folgte immer dichter aufeinander; ja sogar von dem hohen obern Walde her, wo man gar nicht wegen der Dicke des Nebels hinsehen konnte, konnte man das Krachen und Stürzen vernehmen. Der Himmel war immer weißlich, wie den ganzen Tag, ja sein Schimmer schien jetzt gegen Abend noch lichter zu werden; die Luft stand gänzlich unbewegt und der feine Regen fiel gerade herunter.

»Gott genade dem Menschen, der jetzt im Freien ist, oder gar im Walde«, sagte einer aus den Umstehenden.

»Er wird sich wohl gerettet haben«, sagte ein anderer; »denn heute bleibt niemand auf einem Wege.«

Ich und der Thomas trugen starke Lasten, die schier nicht mehr zu erhalten waren, deswegen nahmen wir Abschied von den Leuten, und gingen unserm Hause zu. Jeder Baum hatte einen schwarzen Fleck um sich, weil eine Menge Zweige herabgerissen war, als hätte sie ein starker Hagelschlag getroffen. Mein hölzernes Gitter, mit dem ich den Hof von dem Garten, der noch nicht fertig war, abschließe, stand silbern da, wie vor dem Altare einer Kirche; ein Pflaumenbaum daneben, der noch von dem alten Allerb herrührte, war geknickt. Die Fichte, bei welcher mein Sommerbänklein steht, hatten sie dadurch vor Schaden zu verwahren gesucht, daß sie mit Stangen, soweit sie reichen konnten, das Eis herabschlugen – und wie der Wipfel sich gar schier zu neigen schien, ist der andere Knecht, Kajetan, hinaufgestiegen, hat vorsichtig oberhalb sich herabgeschlagen und hat dann an die obersten Äste zwei Wiesbaumseile gebunden, die er herabhängen ließ, und an denen er von Zeit zu Zeit rüttelte. Sie wußten, daß mir der Baum lieb war, und er ist auch sehr schön, und mit seinen grünen Zweigen so bebuscht, daß sich eine ungeheure Last von Eis daran gehängt, und ihn zerspellt oder seine Äste zerrissen hätte. Ich ging in meine Stube, die gut gewärmt war, legte alle Dinge, die ich aus dem Schlitten zu mir gesteckt hatte, auf den Tisch, und tat dann die Kleider weg, von denen sie unten das Eis herabschlugen, und sie dann in die Küchenstube aufhängen mußten; denn sie waren sehr feucht.

Als ich mich anders angekleidet hatte, erfuhr ich, daß der

Gottlieb zu dem Walde des Thaugrundes hinabgegangen und noch immer nicht zurückgekehrt sei, weil er wisse, daß ich durch den Thaugrund mit meinem Schlitten daherkommen müsse. Ich sagte dem Kajetan, daß er ihn holen solle, daß er sich noch jemand mitnehme, wenn er einen finden könne, der ihn begleite, daß sie eine Laterne und Eisen an die Füße und Stöcke in die Hand nehmen sollen. Sie brachten ihn später daher und er war schier mit Panzerringen versehen, weil er nicht überall das Eis von sich hatte abwehren können.

Ich aß ein weniges von meinem aufgehobenen Mahle. Die Dämmerung war schon weit vorgerückt und die Nacht bereits hereingebrochen. Ich konnte jetzt das verworrene Getöse sogar in meine Stube herein hören, und meine Leute gingen voll Angst unten in dem Hause herum.

Nach einer Weile kam der Thomas, der ebenfalls gegessen und andere Kleider angetan hatte, zu mir herein, und sagte, daß sich die Leute der Nachbarhäuser versammeln und in großer Bestürzung seien. Ich tat einen starken Rock um und ging mittelst eines Stockes über das Eis zu den Häusern hinüber. Es war bereits ganz finster geworden, nur das Eis auf der Erde gab einen zweifelhaften Schein und ein Schneelicht von sich. Den Regen konnte man an dem Angesichte spüren, um das es feucht war, und ich spürte ihn auch an der Hand, mit welcher ich den Bergstock einsetzte. Das Getöse hatte sich in der Finsternis vermehrt, es war ringsherum an Orten, wo jetzt kein Auge hindringen konnte, wie das Rauschen entfernter Wasserfälle, – das Brechen wurde auch immer deutlicher, als ob ein starkes Heer oder eine geschreilose Schlacht im Anzuge wäre. Ich sah die Leute, als ich näher gegen die Häuser kam, stehen, aber ich sah die schwarzen Gruppen derselben von den Häusern entfernt mitten im Schnee, nicht etwa vor den Türen oder an der Wand.

»Ach Doktor helft, ach Doktor helft«, riefen einige, da sie mich kommen sahen, und mich an meinem Gange erkannten.

»Ich kann euch nicht helfen, Gott ist überall groß und

wunderbar, er wird helfen und retten«, sagte ich, indem ich zu ihnen hinzutrat.

Wir standen eine Weile beieinander, und horchten auf die Töne. Später vernahm ich aus ihren Gesprächen, daß sie sich fürchteten, daß bei der Nacht die Häuser eingedrückt werden könnten. Ich sagte ihnen, daß sich in den Bäumen, insbesondere bei uns, wo die Nadelbäume so vorherrschend sind, in jedem Zweige, zwischen den kleinsten Reisern und Nadeln das unsäglich herunterrinnende Wasser sammle, in dem seltsamen Froste, der herrsche, gefriere, und durch stetes nachhaltendes Wachsen an den Ästen ziehe, Nadeln, Reiser, Zweige, Äste mit herabnehme, und endlich Bäume biege und breche; aber von dem Dache, auf welchem die glatte Schneedecke liege, rinne das Wasser fast alles ab, um so mehr, da die Rinde des Eises glatt sei, und das Rinnen befördere. Sie möchten nur durch Haken Stücke des Eises herabreißen, und da würden sie sehen, zu welch geringer Dicke die Rinde auf der schiefen Fläche anzuwachsen imstande gewesen sei. An den Bäumen ziehen unendlich viele Hände gleichsam bei unendlich vielen Haaren und Armen hernieder; bei den Häusern schiebe alles gegen den Rand, wo es in Zapfen niederhänge, die ohnmächtig sind, oder losbrechen, oder herabgeschlagen werden könnten. Ich tröstete sie hiedurch, und sie begriffen die Sache, die sie nur verwirrt hatte, weil nie dergleichen oder nicht in solcher Gewalt und Stärke erlebt worden war.

Ich ging dann wieder nach Hause. Ich selber war nicht so ruhig, ich zitterte innerlich; denn was sollte das werden, wenn der Regen noch immer so fortdauerte, und das Donnern der armen Gewächse in so rascher Folge zunahm; wie es jetzt, wo schier alles am Äußersten war, geschah. Die Lasten hatten sich zusammengelegt; ein Lot, ein Quentchen, ein Tropfen konnte den hundertjährigen Baum stürzen. Ich zündete in meiner Stube Lichter an, und wollte nicht schlafen. Der Bube Gottlieb hatte durch das lange Stehen und Warten an dem Thaugrunde ein leichtes Fieber bekommen. Ich hatte ihn untersucht, und schickte ihm etwas hinunter.

Nach einer Stunde kam der Thomas und sagte, daß die Leute zusammengekommen seien und beten; das Getöse sei furchtbar. Ich erwiderte ihm, es müsse sich bald ändern, und er entfernte sich wieder.

Ich ging in dem Zimmer, in das der Lärmen, wie tosende Meereswogen, drang, auf und nieder, und da ich mich später auf das lederne Sitzbette, das da stand, ein wenig niedergelegt hatte, schlief ich aus Müdigkeit doch ein.

Als ich wieder erwachte, hörte ich ein Sausen oberhalb meinem Dache, das ich mir nicht gleich zu erklären vermochte. Als ich aber aufstand, mich ermannte, an das Fenster trat und einen Flügel öffnete, erkannte ich, daß es Wind sei, ja, daß ein Sturm durch die Lüfte dahingehe. Ich wollte mich überzeugen, ob es noch regne, und ob der Wind ein kalter oder warmer sei. Ich nahm einen Mantel um, und da ich durch das vordere Zimmer ging, sah ich seitwärts Licht durch die Tür des Gemaches herausfallen, in welchem Thomas schläft. Er ist nämlich in meiner Nähe, damit ich ihn mit der Glocke rufen könne, wenn ich etwas brauche, oder falls mir etwas zustieße. Ich ging in das Gemach hinein, und sah, daß er an dem Tische sitze. Er hatte sich gar nicht niedergelegt, weil er sich, wie er mir gestand, zu sehr fürchtete. Ich sagte ihm, daß ich hinuntergehe, um das Wetter zu prüfen. Er stand gleich auf, nahm seine Lampe, und ging hinter mir die Treppe hinab. Als wir unten im Vorhause angekommen waren, stellte ich mein Licht in die Nische der Stiege und er seine Lampe dazu. Dann sperrte ich die Tür auf, die in den Hof hinausführt, und als wir aus den kalten Gängen hinaustraten, schlug uns draußen eine warme, weiche Luft entgegen. Der ungewöhnliche Stand der Dinge, der den ganzen Tag gedauert hatte, hatte sich gelöset. Die Wärme, welche von der Mittagseite her kam, und bis jetzt nur in den oberen Teilen geherrscht hatte, war nun auch, wie es meist geschieht, in die untern herabgesunken, und der Luftzug, der gewiß oben schon gewesen war, hatte sich herabgedrückt, und war in völligen Sturm übergegangen. Auch am Himmel war es, soviel ich sehen konnte, anders geworden. Die einzelne graue Farbe war unterbrochen; denn ich sah dunkle und schwarze Stücke hie und da zerstreut. Der Regen war nicht mehr so dicht, schlug aber in weiter zerstreuten und stärkeren Tropfen an unser Gesicht. Als ich so stand, näherten sich mir einige Menschen, die in der Nähe meines Hauses gewesen sein mußten. Mein Hof ist nämlich nicht so, wie es gewöhnlich zu sein pflegt, und damals war er noch weniger verwahrt, als jetzt. Das Mauerwerk meines Hauses ist nämlich von zwei Seiten ins Rechteck gestellt, und das sind die zwei Seiten des Hofes. Die dritte war damals mit einer Planke versehen, hinter der der Garten werden sollte, in den man durch ein hölzernes Gitter hineinging. Die vierte war die Einfahrt, damals auch Planke, nicht einmal gut gefügt, und mit einem hölzernen Gittertore versehen, das meistens offenstand. In der Mitte des Hofes sollte ein Brunnen werden, der aber damals noch gar nicht angefangen war. Es kam daher leicht an, daß Menschen zu mir in meinem Hofe herzutreten konnten. Sie waren im Freien gestanden, und hatten in großer Angst den Zustand der Dinge betrachten wollen. Als sie das Licht in den Fenstern meiner Stube verschwinden sahen, und gleich darauf bemerkten, daß es an den Fenstern des Stiegenhauses heruntergehe, dachten sie, daß ich in den Hof kommen würde, und gingen näher herzu. Sie fürchteten erst rechte Verheerungen und unbekannte Schrecken, da nun der Sturm auch noch dazu gekommen sei. Ich sagte ihnen aber, daß dies gut ist, und daß nun das Ärgste bereits hinter uns liege. Es war zu erwarten, daß die Kälte, die nur unten, nicht aber oben war, bald verschwinden würde. Es könne nun, da der Wind so warm sei, kein neues Eis mehr entstehen, ja das alte müsse weniger werden. Der Wind, wie sie meinten und fürchteten, könne auch nicht mehr Bäume stürzen, als in der Windstille gefallen sind; denn, als er sich hob, sei er gewiß nicht so stark gewesen, daß er zu der Wucht, mit der mancher

Stamm schon beladen gewesen war, so viel hinzugegeben hätte, daß der Stamm gebrochen wäre, wohl aber sei er gewiß schon stark genug gewesen, um das Wasser, das locker in den Nadeln geschwebt hatte, und die Eisstücke, die nur mit einem schwachen Halt befestigt gewesen waren, herabzuschütteln. Der nächste, stärkere Stoß habe schon einen erleichterten Baum gefunden und habe ihn noch mehr erleichtert. So sei die Windstille, in der sich alles heimlich sammeln und aufladen konnte, das Furchtbare, und der Sturm, der das Zusammengeladene erschütterte, die Erlösung gewesen. Und wenn auch mancher Baum durch den Wind zum Falle gebracht wurde, so wurden doch gewiß weit mehrere durch ihn gerettet und der schon im Äußersten stehende Stamm wäre auch in der Windstille, nur um eine kleine Zeit später, gefallen. Und nicht bloß herabgeschüttelt habe der Wind das Eis, sondern er habe es auch durch seinen warmen Hauch zuerst in den zarteren Geweben, dann in den stärkeren zerfressen, und habe das dadurch entstandene und auch das vom Himmel gefallene Wasser nicht in den Zweigen gelassen, wie es eine bloß warme, aber stille Luft getan hätte. Und in der Tat obwohl wir durch das Sausen des Sturmes hindurch das frühere Rauschen der Wälder nicht hören konnten, so waren doch die dumpfen Fälle, die wir allerdings noch vernahmen, viel seltener geworden.

Nach einer Weile, in welcher der Wind immer heftiger, und wie wir meinten, auch immer wärmer geworden war, wünschten wir uns eine gute Nacht, und gingen nach Hause. Ich begab mich auf meine Stube, entkleidete mich, legte mich in das Bett, und schlief recht fest bis an den Morgen, da schon der helle Tag an dem Himmel stand.

Als ich erwacht war, stand ich auf, legte die Kleider an, die ich am Morgen gerne habe, und ging an die Fenster. Der Sturm hatte sich noch gesteigert. Ein weißer Schaum jagte an dem Himmel dahin. Der blaue Rauch, der aus der Hütte des Klum herausging, zerflatterte, wie ein zerrissener Schleier. Wo sich ein Stück einer schwarzen Wolke hinter einem Walde hervorragend sehen ließ, wälzte es sich am Himmel hin, und war gleich wieder nicht sichtbar. Es schien, als sollte jeder Dunst verjagt werden und sogleich das reine Blau zum Vorschein kommen; allein es quoll der weiße Qualm immer wieder heraus, als würde er in der Tiefe des Himmels erzeugt; und braunliche, und graue und rötliche Stücke jagten in ihm dahin. Die Dächer der Nachbarhütten schimmerten naß; in den Mulden des Eises, das über dem Schnee lag, stand Wasser, und wurde gekräuselt, und in seinen Tropfen in die Lüfte zerspritzt; das andere nasse Eis glänzte schimmernd, als wäre die Weiße des Himmels daraufgeworfen; die Wälder ragten finsterer und die schwarze Farbe des Sturmes gewinnend gegen den Himmel, und wo ein näherer Baum seine Äste im Winde wiegte, stand oft augenblicklich ein langer Blitz da und verschwand, und selbst über die ferneren Wände der Wälder lief es noch zuzeiten, wie verlorenes Geschimmer und Geglänze. In meinem Hofe war es naß, und die einzelnen aber großen Tropfen schlugen gegen die andere Wand meines Hauses und gegen ihre Fenster; denn die meinigen waren dem Winde nicht zugekehrt und schauten gegen Sonnenaufgang. Bei der Fichte, an der mein Sommerbänklein steht, das aber jetzt wegen der großen Überhüllung des Schnees nicht zu erblicken war, sah ich, wie sie Leitern anlegten, und der Kajetan hinaufkletterte, um die zwei Wiesbaumseile loszulösen.

Die Gefahr, in welcher wir schwebten, war nun eine andere und größere, als gestern, wo nur für die Wälder und Gärten ein großer Schaden zu fürchten gewesen war. Wenn das Wasser von dem außerordentlich vielen Schnee, der in dem Winter gefallen war, auf einmal losgebunden wird, so kann es unsere Felder, unsere Wiesen und unsere Häuser zerstören. Der Wind war noch wärmer, als in der vergangenen Nacht; denn ich öffnete die Fenster des Ganges, um ihn zu empfinden. Wenn einmal die dichte Eisdecke, die sich gestern wie zum Schutze auf die Erde gelegt hatte, durchfressen ist, dann wird der Schnee, das lockere Gewirre von lauter dünnen

Eisnadeln, schnell in Tropfen zerfallen, die wilden Ungeheuer der Waldbäche werden aus den Tälern herausstürzen, und donnernd die Felder, die Wiesen, die Flächen mit Wasser füllen; von allen Bergen werden schäumende Bänder niedergehen; das beweglich gewordene Wasser wird, wo Felsen und jähe Abhänge emporragen, die Lawinen, welche Steine, Schnee und Bäume ballen, die Bäche dämmen und vor sich ein Meer von Wasser erzeugen.

Ich legte meine Kleider an, aß schnell mein Frühmahl und bereitete mich zu dem heutigen Tagewerke. Ich ging zu dem Knaben Gottlieb hinab, um nachzuschauen; aber er war ganz gesund und sah sehr gut aus. Ich sendete zu dem Vetter Martin, dem Wirt am Rothberge, hinunter, daß er mir heute ein Fuhrwerk leihe, denn durch den Thaugrund war der Weg durch gestürzte Bäume verlegt, und konnte so bald nicht befreit werden, obwohl nun keine Gefahr mehr unter den Bäumen herrschte. Von dem Rothberge herauf war aber alles frei geblieben; denn die Buchen mit ihren zähen Ästen hatten die belasteten Zweige zwar bis auf die Erde hängen lassen, waren aber doch dem Zerbrechen widerstanden. Auf dem Wege, auf welchem wir gestern gekommen waren, konnte der Thomas nicht in das Eidun und zu dem Fuchse hinübergelangen, weil das Eis nicht mehr trug; und ein tiefes gefährliches Versinken in den wässerigen Schnee hätte erfolgen müssen. Er sagte, er wolle es gegen Mittag versuchen, bei den gestürzten Bäumen vorbeizuklettern, und so in das Eidun zu kommen. Von den Rothberghäusern war zeitlich früh schon ein Bote heraufgekommen, der mir Nachricht von einem Kranken zu bringen hatte, und dieser hatte mir auch gesagt, daß es durch den Haidgraben und an dem Buchengehäng von dem Rothberge herauf freigeblieben war.

Während ich auf den Knecht wartete, den mir der Wirt am Rothberge mit einem Fuhrwerke senden sollte, untersuchte ich die Eisrinde des Schnees. Sie war noch nicht zerstört, aber an vielen Stellen in der Nähe meines Hauses so dünn, daß ich sie mit meiner Hand zerbrechen konnte. In muldenförmigen

Gräben rann das Wasser auf der glatten Unterlage bereits sehr emsig dahin. Der Regen hatte ganz aufgehört, höchstens daß noch mancher einzelne Tropfen von dem Winde geschleudert wurde. Der Wind aber dauerte fort, er glättete das Eis, auf dem er das dünne Wasser dahinjagte, zu dem feinsten Schliffe, und lösete durch seine Weichheit unablässig alles Starre und Wassergebende auf.

Der Knecht des Wirtes am Rothberge kam, ich nahm mein Gewand gegen den Wind zusammen, und setzte mich in den Schlitten. Ich habe an diesem Tage viele Dinge gesehen. Statt daß es gestern auf den Höhen und in den Wäldern gerauscht hatte, rauschte es heute in allen Tälern, statt daß es gestern an den Haaren des Fuchses niedergezogen hatte, flatterten sie an dem heutigen Pferde in allen Winden. Wenn wir um eine Schneewehe herumbiegen wollten, sprang uns aus ihr ein Guß Wasser entgegen, es raschelte in allen Gräben, und in den kleinsten unbedeutendsten Rinnen rieselte und brodelte es. Die Siller, sonst das schöne freundliche Wasser, brauste aus dem Walde heraus, hatte die fremdartig milchig schäumenden Wogen des Schneewassers, und stach gegen die dunkle Höhle des Waldes ab, aus der sie hervorkam, und in der noch die gestürzten Bäume übereinander und über das Wasser lagen, wie sie gestern von dem Eise gefällt worden waren. Wir konnten nicht durch den Wald fahren, und mußten durch die Hagweiden den Feldweg einschlagen, der heuer zufällig befahren war, weil die Bewohner von Haslung ihr Holz von dem Sillerbruche wegen des vielen Schnees nicht durch den Wald, sondern auf diesem Umwege nach Hause bringen mußten. Wir fuhren durch den geweichten Schnee, wir fuhren durch Wasser, daß der Schlitten beinahe schwamm, und einmal mußte das Tier von dem Knechte mit größter Vorsicht geführt werden, und ich mußte bis auf die Brust durch das Schneewasser gehen.

Gegen den Abend wurde es kühler, und der Wind hatte sich beinahe gelegt.

Als ich mich zu Hause in andere Kleider gehüllt hatte, und

um den Thomas fragte, kam er herauf zu mir, und sagte, daß er mit dem Fuchse noch glücklich nach Hause gekommen sei. Er habe die gestürzten Bäume überklettert, man sei mit Sägen mit ihm gegangen, um wenigstens die größeren Stücke von dem Wege zu bringen, und da er zurückgekommen war, sei es schon ziemlich frei gewesen. Über die kleineren Stämme und über die Äste habe er den Schlitten hinübergeleitet. Aber der Bach, der im Thaugrunde fließt, hätte ihm bald Hindernisse gemacht. Es ist zwar nicht der Bach da, aber an der Stelle, wo unter dem Schnee der Bach fließen sollte, oder eigentlich gefroren sein mag, rann vieles Wasser in einer breiten Rinne hin. Als er den Fuchs hineinleitete, wäre derselbe im Schnee versunken, der in dem Grunde des Wassers ist, daher er ihn wieder zurückzog, und selber durch Hineinwaten so lange versuchte, bis er den festen Boden des heurigen Schlittenweges fand, auf welchem er dann den Fuchs und den Schlitten durchgeführt habe. Später wäre es nicht mehr möglich gewesen; denn jetzt stehe ein ganzer See von Wasser in den Niederungen des Thaugrundes.

Ähnliche Nachrichten kamen aus verschiedenen Teilen meiner Nachbarschaft; von der Ferne konnte ich keine bekommen, weil sich niemand getraute, unter diesen Umständen einen weiteren Weg zu gehen. Selbst zwei Boten, die mir von entfernten Kranken Nachricht bringen sollten, sind ausgeblieben.

So brach die Nacht herein, und hüllte uns die Kenntnis aller Dinge zu, außer dem Winde, den wir über die weiße, wassergetränkte, gefahrdrohende Gegend hinsausen hörten.

Am andern Tage war blauer Himmel, nur daß einzelne Wölklein nicht schnelle, sondern gemach durch das gereinigte Blau dahinsegelten. Der Wind hatte fast gänzlich aufgehört, und zog auch nicht mehr aus Mittag, sondern ganz schwach aus Untergang. Auch war es kälter geworden, zwar nicht so kalt, daß es gefroren hätte, doch so, daß sich kein neues Wasser mehr erzeugte. Ich konnte auf meinen Wegen fast überall durchdringen, außer an zwei Stellen, wo das Wasser in einer solchen Tiefe von aufgelösetem und durchweichtem Schnee dahinrollte, daß es nicht möglich war durchzugehen oder zu fahren. An einem andern Platze, wo es zwar ruhig, aber breit und tief in der Absenkung des Tales stand, banden sie Bäume zusammen, und zogen mich gleichsam auf einem Floße zu einem gefährlichen Kranken hinüber. Ich hätte die andern zwar auch gerne gesehen, aber es war doch nicht so notwendig, und morgen hoffte ich schon zu ihnen gelangen zu können.

Am nächsten Tage war es wieder schön. Es war in der Nacht so kalt gewesen, daß sich die stehenden Wässer mit einer Eisdecke überzogen hatten. Diese schmolz am Tage nicht weg, wohl aber zerbrach sie, indem die Wässer in die unterhalb befindliche Grundlage des Schnees einsanken, und versiegender wurden. Es war doch gestern gut gewesen, daß ich zu dem Kumberger Franz auf dem Floße hinübergefahren bin; denn das Mittel, welches ich ihm dagelassen hatte, hatte so gut gewirkt, daß er heute viel besser war, und fast die Gefahr schon überstanden hatte. Auch zu den andern zweien konnte ich schon gelangen. Man konnte zwar nicht fahren, weil es unter dem Wasser zu ungleich war, aber mit einer Stange und meinem Bergstocke, den ich daran band, konnte ich durchgehen. Die nassen Kleider wurden, nachdem ich die zweiten, die ich mitführte, im Gollwirtshause angelegt hatte, in den Schlitten gepackt.

Am nächsten Tage konnte ich auch schon wieder durch den Thaugrund in das Eidun und in die Dubs hinübergelangen.

Es kamen nun lauter schöne Tage. Eine stetige schwache Luft ging aus Sonnenaufgang. Nachts fror es immer, und bei Tage tauete es wieder. Die Wässer, welche sich in jenem Sturme gesammelt hatten, waren nach und nach so versiegt und versunken, daß man keine Spur von ihnen entdecken konnte, und daß man auf allen Wegen, die sonst im Winter gangbar sind, wieder zu gehen, und anfangs mit Schlitten und später mit Wägen zu fahren vermochte. Ebenso hatte sich die unermeßliche Menge Schnee, die wir so gefürchtet hatten, so allmählig verloren, daß wir nicht wußten, wo er hingekommen ist, als hie und da offene Stellen zum Vorscheine kamen, und endlich nur mehr in Tiefen und in Schluchten, und in den höheren Wäldern die weißen Flecke lagen.

In den ersten Tagen nach jenem Ereignisse mit dem Eise, als die Leute sich allgemach wieder auf entferntere Wege wagten, konnte man die Zerstörungen erst recht ermessen. An manchen Orten, wo die Bäume dicht standen, und wegen Mangel an Luftzug und Licht die Stämme dünner, schlanker und schwächer waren, dann an Gebirgshängen, wo sie mageren Boden hatten, oder durch Einwirkung herrschender Winde schon früher schief standen, war die Verwüstung furchtbar. Oft lagen die Stämme wie gemähte Halme durcheinander, und von denen, die stehengeblieben waren, hatten die fallenden Äste herabgeschlagen, sie gespalten, oder die Rinde von ihnen gestreift und geschunden. Am meisten hatte das Nadelholz gelitten, weil es zuerst schon, namentlich, wo es dicht steht, schlankere zerbrechlichere Schafte hat, dann weil die Zweige auch im Winter dicht bebuscht sind, und dem Eise um viel mehr Anhaltsstellen gewähren, als die der anderen Bäume. Am wenigsten wurde die Buche mitgenommen, dann die Weide und Birke. Die letztere hatte nur die feinsten herabhängenden Zweige verloren, die wie Streu herumlagen; – wo ein Stamm dünne genug war, hatte er sich zu einem Reife gebogen, derlei Reifen man dann im Frühlinge viele herumstehen sehen konnte; ja noch im Sommer und selbst nach mehreren Jahren waren manche zu sehen. Allein, wie groß auch die Zerstörung war, wie bedeutend auch der Schaden war, der in den Wäldern angerichtet wurde, so war dieses in unserer Gegend weniger empfindlich, als es in andern gewesen wäre; denn da wir Holz genug hatten, ja, da eher ein Überfluß, als ein Mangel daran herrschte, so konnten wir das, was wirklich zugrunde gegangen war, leicht verschmerzen, auch mochten wir zu dem nächsten Bedürfnisse nehmen, was gefallen war, wenn man nämlich dazu gelangen konnte, und es nicht in Schluchten lag, oder an unzugänglichen Felsen hing. Größer aber und eindringlicher noch mochte der Schaden an Obstbäumen sein, wo die Äste von ihnen gebrochen waren, und wo sie selber gespalten und geknickt wurden; denn Obstbäume sind ohnedem in der Gegend seltener, als sonstwo, und sie brauchen auch mehr Pflege und Sorgfalt, und gedeihen langsamer, als es selbst nur wenige Stunden von uns der Fall ist, in der ebeneren Lage draußen, in Tunberg, in Rohren, in Gurfeld, und selbst in Pirling, das näher an uns ist, und an unseren Waldverhältnissen schon Teil nimmt.

Von den Gruppen von Bäumen, die in meiner Wiese und in der Nachbarschaft herumstehen, und die ich so liebe, haben mehrere gelitten. Einige sind geknickt, haben ihre Äste verloren, und drei Eschen sind ganz und gar umgeworfen worden.

Im Thurwalde, der vielleicht der höchste ist, den man vom Hage und vom Hange sehen kann, ist eine Lawine herabgegangen, und hat das Holz genommen, daß man jetzt noch den Streifen mit freiem Auge erblicken kann.

Als einige Zeit vergangen war, und die Wege an den Orten wieder frei wurden, hörte man auch von den Unglücksfällen, die sich ereignet hatten, und von wunderbaren Rettungen, die vorgekommen waren. Ein Jäger auf der jenseitigen Linie, der sich nicht hatte abhalten lassen, an dem Tage des Eises in sein Revier hinaufzugehen, wurde von einer Menge stürzender Zapfen erschlagen, die sich am oberen Rande einer Felswand losgelöst und die weiter unten befindlichen mitgenommen hatten. Man fand ihn mitten unter diesen Eissäulen liegen, da man sich am andern Tag trotz des Sturmes und der Schneeweiche den Weg hinauf zu ihm gebahnt hatte; denn der Jägerjung wußte, wohin sein Herr gegangen war, er nahm die Hunde mit und diese zeigten durch ihr Anschlagen die Stelle, wo er lag. Zwei Bauern, welche von dem Rothberge, wo sie übernachtet hatten, durch die Waldhäuser in die Rid hinübergehen wollten, wurden von fallenden Bäumen erschlagen. Im untern Astung ertrank ein Knabe, der nur zum Nachbar gehen wollte. Er versank in dem weichen Schnee, welcher in der Höhlung des Grundes stand, und konnte nicht mehr herauskommen. Wahrscheinlich wollte er, wie man erzählte, nur ein klein wenig von dem Wege abweichen, weil derselbe schief und mit glattem Eise belegt war, und geriet dadurch in den Schnee, der über einer weiten Grube lag, und unter den am ganzen Tage das Wasser hineingerieselt war, und ihn trügerisch unterhöhlt hatte. Ein Knecht aus den Waldhäusern des Rothbergerhanges, der im Walde war, und das beginnende Rauschen und Niederfallen der Zweige nicht beachtet hatte, konnte sich, als er nicht mehr zu entrinnen wußte, nur dadurch retten, daß er sich in die Höhlung, welche zwei im Kreuze aufeinandergestürzte Bäume unter sich machten, hineinlegte, wodurch er vor weiteren auf die Stelle stürzenden Bäumen gesichert war, und von fallendem Eise nichts zu fürchten hatte, da es auf dem Rund der großen Stämme zerschellte oder abgeschleudert wurde. Allein das wußte er nicht, wenn ein neuer starker Stamm auf die zwei schon daliegenden fiele, ob sie nicht aus ihrer ersten Lage weichen, tiefer niedersinken und ihn dann zerdrücken würden. In dieser Lage brachte er einen halben Tag und die ganze Nacht zu, indem er nasse Kleider, und nichts bei sich hatte, womit er sich erquicken und den Hunger stillen konnte. Erst mit Anbruch des Tages, wo der Wind sauste und er von fallendem Eise und Holze nichts mehr vernehmen konnte, wagte er sich hervor, und ging, teilweise die Eisrinde schon durchbrechend und tief in den Schnee einsinkend, zum nächsten Wege, von dem er nicht weit ab war und gelangte auf demselben nach Hause.

Auch den Josikrämer hielt man für verunglückt. Er war im Haslung am Morgen des Eistages fortgegangen, um durch den Dusterwald in die Klaus hinüberzugehen. Allein in der Klaus ist er nicht angekommen, auch ist er in keinem der umliegenden Orte, nachdem er vom Haslung bereits drei Tage weg war, erschienen. Man meinte, in dem hohen

Dusterwalde, dessen Gangweg ohnedem sehr gefährlich ist, wird er um das Leben gekommen sein. Er war aber von den letzten Höhen, die von Haslung aus noch sichtbar sind, hinabgegangen, wo das Tal gegen die wilden Wände und die vielen Felsen des Dusterwaldes hinüberläuft und sich dort an der Wildnis emporzieht, dann ist er schräg gegen die Wand gestiegen, die mit dem vielen Gesteine und den dünne stehenden Bäumen gegen Mittag schaut, und wo unten im Sommer der Bach rauscht, der aber jetzt überfroren und mit einer unergründlichen Menge von Schnee bedeckt war. Weil der Weg längs des Hanges immer fort geht, und über ihn von der Höhe bald Steine rollen, bald Schnee in die Tiefe abgleitet, so hatte der Krämer seine Steigeisen angelegt; denn wenn sich auch auf der Steile nicht viel Schnee halten kann, vor dem Versinken also keine große Gefahr war, so kannte er doch den Regen, der da niederfiel und gefror, sehr gut, und fürchtete an mancher Schiefe des Weges auszugleiten und in den Abgrund zu fallen. Da er, ehe es Mittag wurde, bei dem Kreuzbilde vorbeiging, das vor Zeiten der fromme Söllibauer aus dem Gehänge hatte setzen lassen, hörte er bereits das Rasseln und das immer stärkere Fallen des Eises. Da er weiterging, die Sache immer ärger wurde, und zuletzt Bedenklichkeit gewann, kroch er in eine trockene Steinhöhle, die nicht weit von dem Wege war, die er wußte, und in der er sich schon manchmal vor einem Regen verborgen hatte, um auch heute das Gefahrdrohendste vorübergehen zu lassen. Weil er solche eisbildende Regen kannte, daß ihnen gewöhnlich weiches Wetter zu folgen pflegt, und weil er mit Brod und anderen Lebensmitteln versehen war, indem er gar oft sein Mittagsmahl in irgendeinem Walde hielt, so machte er sich aus dem Dinge nicht viel daraus. Als er am andern Morgen erwachte, ging ein Wasserfall über seine Steinhöhle. Der Wind, welcher von Mittag kam, hatte sich an der Wand, die ihm entgegenschaute, recht fangen können, und da die Bäume wegen dem Gefelse dünner standen, so konnte er sich auch recht auf den Schnee hineinlegen, und ihn mit seinem Hauche schnell und fürchterlich auflösen. Der Krämer sah, wenn er seitwärts seines Wassers am Eingange der Höhle hinüberblickte, daß allenthalben an den Gehängen weiße schäumende springende Bänder niederflatterten. Hören konnte er nichts wegen dem Tosen des eigenen Wassers, das alles übertäubte. Auch sah er unten manchen Schneestaub aufschlagen von den unaufhörlich an allen Orten niedergehenden Lawinen; denn am oberen Rande der Wand geht schief eine Mulde empor, in welcher im Winter ein unendlicher Schnee zu liegen pflegt, der erstens aus dem Himmel selbst darauffällt, und dann von der noch höher liegenden schiefen glatten Wand darauf herabrollt. Aus diesem Schnee entwickelte sich nun unsägliches Wasser, das alles über den Hang, an dem der Weg des Krämers dahinging, niederrann und zu der Tiefe zielte, in der sonst der Wildbach fließt, jetzt aber ein unbekannt tiefes Gebräu von Schnee und Wasser stand. An den Bäumen zerstäubte manches Stück Schnee, das oben auf dem nassen Boden sachte vorgerückt war und sich losgelöst hatte. Der Krämer blieb außer dem ersten Tage noch die zwei folgenden in der Höhle. Er hatte, um sich gegen die Kälte wehren zu können, die ihn bei seiner langen Ruhe überfiel, aus seinem Packe ein Stück grobes Tuch heraussuchen und sich daraus ein Lager und eine Decke machen müssen. In der Klaus ist er aber dann auch nicht angekommen, sondern man sah ihn am vierten Tage nach dem Eissturze nachmittags mit seinem Packe an dem Hage vorübergehen. Er ging nach Gurfeld hinaus, um sich sein Tuch, das er gebraucht hatte, wieder zurichten zu lassen.

Spät im Sommer fand ich einmal auch die zusammengedorrten Überreste eines Rehes, das von einem Baume erschlagen worden war.

Ich werde die Herrlichkeit und Größe jenes Schauspieles niemals vergessen. Ich konnte es vielleicht nur allein ganz ermessen, weil ich immer im Freien war und es sah, während die andern in den Häusern waren, und, wenn sie auch durch einen Zufall hineingerieten, sich bloß davor fürchteten.

Ich werde es auch schon darum nicht vergessen, weil sich im Frühlinge darauf etwas angefangen hat, was mir auf ewig in dem Herzen bleiben wird. -- Ach du guter, du heiliger Gott! das werde ich gewiß nie, nie, nie vergessen können!

Es verging der Schnee so gemach, daß alles offen und grüner wurde, als sonst, und daß in den tiefsten Tiefen schon die Bäche zu einer Zeit niederrauschten, wo wir sonst noch manche weiße Inseln auf den Feldern sahen. Es wurde bald warm, und die Wässer des Schnees, die wir so gefürchtet hatten, waren nicht vorhanden. Sie waren entweder in die Erde eingesickert, oder rannen jetzt in den schönen plätschernden Bächen durch alle Täler dahin. Die Bäume belaubten sich sehr bald, und wunderbar war es, daß es schien, als hätte ihnen die Verwundung des Winters eher Nutzen als Schaden gebracht. Sie trieben fröhliche junge Schossen, und wo einer recht verletzt war, und seine Äste gebrochen ragten, und wo mehrere beisammenstanden, die sehr kahlgeschlagen waren, kam eine Menge feiner Zweige, und es verdichtete sich immer mehr das grüne Netz, aus dem die besten fettesten Blätter hervorsproßten. Auch die Obstbäume blieben nicht zurück. Aus den stehengebliebenen Zweigen kamen die dichten Büschel großer Blüten hervor; ja wo die feineren Zweige fehlten, saßen in den Augen der dicken, selbst der Stämme, Büschel von Blüten, waren sehr groß und hielten sich fest, da sie doch sonst in anderen Jahren, wenn sie auch kamen, klein blieben, und wieder abfielen.

Als der erste Schnee wegging, und der spätere, den mancher Apriltag noch niederwerfen wollte, sich nicht mehr halten konnte, als die Erde schon gelockert und gegraben werden konnte, kam der Obrist in unsere Gegend. Er hatte sich schier das ganze obere Hag eigentümlich gekauft, und begann an dem Eichenhage die Grundfesten eines Hauses aufwerfen zu lassen. Es war beinahe genau die Stelle, von der ich schon früher zuweilen gedacht hatte, daß hier eine Wohnung sehr gut stehen, und recht lieblich auf die Wälder herum blicken könnte. Ich kannte den Obrist nicht. Ich wußte nur – und ich hatte es bei dem Wirte im Rothberge gehört, – daß ein fremder reicher Mann in Unterhandlung um das obere Hag sei, und daß er sich ansässig machen wolle. Später sagte man, daß der Handel geschlossen sei, und man nannte auch die Summe. Ich hielt nicht viel darauf, weil ich solche Gerüchte kannte, daß sie bei wahren Veranlassungen gewöhnlich sehr gerne über die Wahrheit hinausgehen, und ich hatte auch keine Zeit, mich an der wahren Stelle um den Sachverhalt zu erkundigen, weil jener Winter gerade viel mehr Kranke brachte, als jeder andere. Im Frühlinge hieß es, daß schon gebaut werde, daß Wägen mit Steinen fahren, daß man im Sillerwalde das Bauholz behaue, welches der Zimmermann in Sillerau schon am vorigen Herbste hatte fällen lassen, und daß man bereits die Grundfesten grabe. Ich ging eines Nachmittages, da ich Zeit hatte, hinauf, weil es von meinem Hause nicht weit ist, und weil ich ohnedem gerne dort hinübergehe, wenn ich zum Spazieren eine kleine Zeit habe. Es war wahr, ich fand eine Menge Menschen mit Ausgrabungen an dem Platze beschäftigt, wo man das Haus bauen wollte. Die meisten kannten mich und lüfteten den Hut oder grüßten auf andere Weise. Viele von ihnen hatten bei mir gearbeitet, als ich in dem nämlichen Zustande mit meinem neuen Hause war. Hier aber wurde mit viel mehr Händen und mit viel mehr Mitteln zugleich angefangen, als wollte man in sehr kurzer Zeit fertig werden. Ich sah auch schon eine Menge Baustoff herbeigeschafft, und in einer hölzernen Hütte wurde vielfach an den künftigen Tür- und Fensterstöcken gemeißelt. Sogar der Garten, der neben dem künftigen Hause sein sollte, wurde schon seitwärts des Eichenhages abgesteckt. Ich sah den Baueigentümer nirgends, und als ich fragte, antwortete man mir, er sei jetzt selten gegenwärtig, er sei nur einmal gekommen, habe alles besichtigt, und habe dann den weitern Verlauf des Werkes dem Baumeister aufgetragen. Wenn es aber wärmer werde, dann werde er ganz hieherkommen, werde in einem hölzernen Hause wohnen, das er sich neben dem Eichenhage errichten lasse, und werde im Herbste schon ein paar Stuben des neuen Hauses beziehen, die zuerst fertig sein und bis dahin gehörig austrocknen werden.

Ich sah mir die Sache, wie sie hier begonnen wurde, sorgfältig an, und der Plan, wie ihn mir der Werkführer auseinandersetzte, gefiel mir sehr wohl.

Ich fragte gelegentlich auch um den Bauherrn und erfuhr, daß es ein alter Obrist sei. Weiter wußten die Leute selber nichts von ihm.

Dann ging ich wieder in meine Wohnung hinunter.

Ich baute selber in diesem Frühjahre wieder weiter. Da wir bereits genug Steine im Vorrate zusammengeführt hatten, wurde die Gartenmauer angefangen. Die lieben schönen Obstbäumchen, die ich hatte bringen lassen, schlugen in dem allgemeinen warmen feuchten Frühlinge sehr gut an; die Blätter waren auf ihre Art fast zu groß und zu dunkel, und die Zweige waren strotzig und breiteten sich in kurzer Zeit sehr breit um die Stämmchen aus. Auch die Gemüsebeete, die ersten, die ich hatte, dehnten sich schön grün in den Strahlen der Sonne hin. Die Blumen, die Rosensträuche nämlich, die Flieder, und andere – alles, alles begann sich zu rühren. Wegen der Tulpen, wegen der Zucht der Hyazinthen durch Samen und wegen der Nelken und anderer mußte ich mich erst mit dem Kaufherrn in Gurfeld bereden; denn alles konnte nicht auf einmal sein. Die Stuben im oberen Stocke sollten diesen Sommer alle hergerichtet, mit Öfen versehen und fertig sein, daß ich darangehen könnte, sie mit Geräten zu schmücken. Ich wollte alle Stuben des Stockwerkes zu meiner Wohnung bestimmen, das will sagen: die Eckstube, zu der man aus der roten Gartentür, zu der ich immer den Schlüssel führe, hinaufkann, sollte mein Schlafgemach sein, wie sie es jetzt schon ist, nur mußten alle Geräte noch anders werden. Außer dem Bette mußten allerlei Gerüste zu Schreibereien und Büchern darin sein, damit ich gleich meine Geschäfte in Ruhe versehen könne. Daran soll das wahre Schreibgemach und auch Wohngemach stoßen. Es werden wohl noch viele Jahre vergehen, ehe ich mir werde das Schreibgerüste schnitzen lassen können, auf das ich sinne, an dem ich schon mehrere Jahre zeichnete und es änderte, und zu dem jetzt immer noch nicht angefangen worden ist. Aber es wird kommen, und die Kästen werde ich mir selber zeichnen und machen lassen. Dann sollen die anderen Zimmer hergerichtet und geordnet werden, daß man von einem in das andere gehen könne. Die achteckige Kammer, die ich am Anschlusse der zwei Seiten des Hauses eigens habe machen lassen, ist wie eine Kapelle, und könnte, wenn man wollte, zu einer dienen. Wo man speisen soll, wenn ich allein bin, oder wenn Leute bei mir als Gäste sind, diese Stube soll zur Erde sein, links, wo die vorzüglichste Treppe von dem Hofe hinaufführt, und wo rechts der Gang ist, in dem man zur Küche und zur Speisekammer gelangen kann. An der andern Tür die weiter hinten in dem Hofe ist, und von welcher auch eine Stiege in das Haus hinaufführt, neben dem Thomas vorbei, der nahe an meinem Gemache schläft – an dieser Tür soll hinterwärts der Kammer, wo jetzt Gottlieb ist, gegen den Garten hin eine Stube gemacht werden, in der ich Getäfel und alle Schnitzerei anbringen lassen werde, die ich liebe. Vielleicht, dachte ich, wenn Gott mein Wirken segnet, lasse ich mir mehrere Zimmer täfeln, weil es so schön ist. Neben dem Kajetan, und an der Scheuer und Wagenlaube sollte erweitert werden, weil ich wieder einen Acker an mich gekauft hatte.

Ach! alles im ganzen ersten Stockwerke sollte desselben Sommers fertig sein, und jetzt, da ich dieses schreibe und schon der dritte Sommer ist, sind kaum die weißen Fenstervorhänge da, welche mir Maria, die alte Haushälterin, heraufbrachte, und welche ich, weil sie mich sehr darum bat, gutwillig annahm.

Wann werden die Dinge fertig sein, an denen ich so viele Freude hatte, – ich muß es sagen, bei denen mir das Herz vor Freude hüpfte?!

Der schönste Frühling kam, alles drängte, blühte und schauerte von Fülle. Alle Hügel waren grün, die Felder wogten; auch die neuen, die man erst heuer an dem Mitterwege hinauf, wohin die Fenster des Hauses des Obrists recht schön werden schauen können, angelegt hatte, wallten in der schönen blaugrauen Farbe des Kornes. Die schöne Fichte an meinem Sommerbänkchen war bedeckt mit den kleinen gelben wohlriechenden Blütenzäpfchen; alles Laubholz schwankte in den neuen, lichteren, grüneren Kronen; selbst die ferneren Nadelwälder standen nicht so schwarz da, sondern gewannen durch die neuen Ansätze, die sie im Beginne der wärmeren Jahreszeit treiben, das sanftere Dämmern und das weichere Ferngrün, in dem sie im Frühlinge stehen; und wenn man in ihnen ging, so war überall ein frisches Harzduften, und sie rührten sich gleichsam in allen Zweigen und Ästen von dem Schreien und Singen und Lärmen der Vögel. Wir hatten unsere jungen Rappen herausgetan, und übten sie schon teilweise im Fahren, aber nur sehr wenig, daß sie nur lernten, daß sie sich zusammengewöhnten, sich im Sommer und Winter über einübten, und im künftigen Jahre abwechselnd gebraucht werden konnten. Der leichte Wagen, den ich für sie bestellt hatte, und in dem ich alle die Fächer und Einrichtungen, wie ich sie brauche, selber angegeben hatte, sollte noch im Anfange des Sommers fertig werden, und es war in der Wagenlaube schon der Platz bestimmt, auf dem er stehen sollte. Wir hatten viele Leute, die im Hause arbeiteten, daß es in der Vollendung weiterschreite; alles regte sich, wenn ich nach Hause kam und zusah. Und wenn dann das Abendbrot vorüber war, und sich alle entfernten, schaute ich oft wie schön, wie freudig und wie schmerzlich in die helle rote Glut der Abendwolken, wie sie hinter dem schwarzgezackten Rande des entfernten Waldes hinauszogen, ehe ich dann ein Licht anzündete, die Vorhänge herabtat, und auf dem Papiere anzeigte, was ich heute erfahren habe, und was ich morgen unternehmen sollte.

In dem Knaben Gottlieb hatte ich mich nicht getäuscht. Wie gleich meine Meinung gewesen war, daß er wieder gesund werden würde, so hat es sich bestätigt. Er war eigentlich von der Natur aus gesund, und nur durch schlechte Nahrungsmittel war er so herabgekommen gewesen. Er sah jetzt aus, wie eine Rose, war heiter, und wenn er so bleibt, dachte ich, werde ich ihn im Sommer das Heilwasser gar nicht mehr trinken lassen. Ich bin ihm daraufgekommen, daß er sich immer sehr gerne etwas bei den Füllen zu tun machte; er liebte die Tiere, das mag daher kommen, weil er sie früher nebst anderen bei Gregordubs gehütet hatte. Er hätte gerne die Rappen überhaupt auf sich genommen, aber das taugte nicht für ihn. Ich nahm einen Mann, der täglich zu uns kommen mußte, daß er ihn unterrichte, und ich ließ ihm von meinen Kleidern einen neuen Anzug machen. Ich gebe ihn schon nicht mehr weg. Die Pferde habe ich alle und im ganzen dem Thomas anvertraut, weil er den Fuchs bisher so geliebt, und ihn so geschickt behandelt hat.

In jenen Tagen kam die Nachricht, daß der Obrist mit seiner Tochter in seiner neuen Heimat angelangt ist. Sie haben sich eine hölzerne Hütte recht bequem gebaut. Dieselbe hat drei Zimmer, eine schöne Küche und eine große Stube für die Mägde. Ein Diener, der mit dem Obrist gekommen ist, hat einen Verschlag neben der Stube seines Herrn, in dem er schläft. So wollen sie sich behelfen, bis einige Zimmer des neuen Hauses zu bewohnen sind, in welche sie dann einziehen werden. Diese Dinge habe ich gehört, und habe nicht weiter darauf geachtet. Ich hatte wohl früher schon die Hütte selber aufschlagen gesehen, und hatte bemerkt, daß der Bau des Hauses aus der Erde hervorgerückt sei; aber da ich länger nicht zu der Stelle hinaufgekommen war, wußte ich nicht, wie weit die Sache jetzt sei, und kam auch ferner nicht hinauf.

An einem Sonntage in der Kirche sah ich sie zum ersten Male, den Vater und die Tochter. Ich fahre gerne, wenn ich Zeit habe, zum Hauptgottesdienste hinaus, sonst muß ich mit dem Frühgottesdienste vorliebnehmen, den ich im Sommer, wo ich zeitlich ausfahre, oft schon weit von meinem Hause entfernt, in einer Ortskirche anhöre. Der sehr alte Pfarrer von Sillerau, der eben, als ich aus meinem Wagen stieg, von dem

Pfarrhause in die Kirche hinüberging, sagte zu mir: »Seid Ihr mit Eurem neuen Nachbar herübergefahren, Doktor?«
»Nein«, antwortete ich, »ich kenne ihn noch gar nicht.«
»So ist er allein herausgekommen«, sagte der Pfarrer; »denn da steht ja schon sein Wagen, er kömmt jeden Sonntag, und da ich Euch heute auch hier sehe, meinte ich, Ihr seid gleich hintereinander herausgefahren.«
»Ich habe freilich diese Sonntage her nicht kommen können«, antwortete ich, »weil es zu viele Hülfsbedürftige gab, und ich war genötigt, mein göttliches Wort bald in dieser Kirche zu suchen, bald in jener; in der Dubs, im Haslung, und einmal war ich gar schon in Pirling draußen.«
»So ist es, so ist es«, sagte der alte Pfarrer, »Ihr habt viel zu tun, und müsset an manchen Orten helfen. Der Kirchen gibt es ja auch andere. So sind die Kranken wieder mehr geworden?«
»Nein«, antwortete ich, »sie sind um viele weniger, als in der vorigen Woche; der Frühling hilft mir, und in dieser guten Luft werden alle gesund, daß ich eine große Freude habe. Darum konnte ich ja heute mit Ruhe zu Euch herausfahren.«
»Das ist schön, das ist schön. Nun so werdet Ihr Euren neuen Nachbar in der Kirche sehen. Er ist ein sehr vorzüglicher Mann, und gar nicht stolz, wenn auch alle Leute sagen, daß er sehr reich und vornehm sei. – Ich wünsche Euch einen sehr gesegneten Morgen, Doktor.«
Mit diesen Worten verbeugte sich der Pfarrer, und ging, das schneeweiße Haupt ein wenig vorgebeugt, über den schönen Rasenplatz, der vor der Kirche ist, dem kleinen Pförtlein zu, das in die Sakristei führt.
Ich hatte ihm sehr ehrfurchtsvoll gedankt, und blieb noch ein wenig, um den Wagen des Obrists anzuschauen. Es waren braune Pferde vorgespannt, nicht mehr gar jung; aber schön gehalten, und sehr frisch. Der Wagen war wohl gebaut, und gut. Der Knecht sagte mir, daß er später ausspannen und in die Kirche gehen werde, wie es mein Thomas auch immer tut.

Die Pferde stehen in dem trocknen und reinen Stalle des Wirtes gut genug. Die vielen und mancherlei Wägelchen der Bauern, die von der Ferne zur Kirche gefahren kommen, bleiben angespannt auf der Gasse, die Tiere werden angebunden, und einige Leute des Wirtes sind auch schon angewiesen, auf sie die Aufsicht zu führen.

In der Kirche sah ich den Obrist. Ich erkannte ihn sogleich vor den andern. Er saß mit seiner Tochter vorne in dem Querstuhle. Mein Sitz ist in der Mittelreihe neben den Bewohnern des Hanges. Ich habe ihn mir erst recht spät nach dem Tode meines Vaters bestellen können. Der Obrist hatte einen schwarzen Rock von Sammet an, darauf sein weißer Bart, den er gestutzt trug, mit sanftem Scheine niederfiel. Sein Haupthaar sah ich mit Freude an: es war länger, als man es gewöhnlich trägt, war glänzend weiß und fiel sehr reinlich gekämmt gegen den Nacken zurück. Daraus sah das Angesicht mit den vielen feinen Falten und den weißen Augenwimpern heraus. Seine Tochter war auch in Sammet, aber in dunkelgrünen gekleidet. Ihre braunen Haare waren über der Stirne abgeteilt. Ich kann die bestaubten Perücken, die man aufsetzt, nicht gerne anschauen, darum gefiel es mir, daß beide so gekleidet waren.

Als ich aus der Kirche kam, mich in meinen Wagen gesetzt hatte, und nach Hause fuhr, sah ich sie, da ich einmal umschaute, hinter mir in einiger Entfernung nachfahren. Allein, da mein Thomas auf die Vortrefflichkeit unseres Fuchses stolz ist, und wahrscheinlich wußte, daß die Braunen hinter uns liefen, holten sie uns nicht ein. Wo der Weg dann abwärts lenkt gegen Thal ob Pirling, fuhren sie seitwärts hinüber gegen das Hag, wo ihr Haus steht. Die Braunen liefen gut, wie wir es sehen konnten, sie hielten die schöne Richtung, und es flog unter ihnen der Staub des Feldweges auf.

Man hat den Ort, wo mein Haus steht, immer den Hang oder auch Waldhang genannt. Dies war noch so, als mein Vater seine Hütte bewohnte, auch noch so, als ich nach Prag ging:

aber wie die Häuser mehrere wurden, und Zahlen erhielten, nannten sie uns Thal ob Pirling. Dieses erscheint darum so, weil wir, obwohl wir in einem Tale sind, viel höher liegen, als Pirling, zu dem unsere Wässer hinabfließen. Ich kann mich an eines nicht gewöhnen, und sage und schreibe, wie das Volk, bald das eine, bald das andere: Hang oder Thal ob Pirling.

Da die Kranken immer weniger wurden, gleichsam, als wollte der Frühling alles gutmachen, was der Winter, namentlich sein Ende, Übles getan hatte, das so viele Krankheiten, wenn auch wenig Tod gesendet hatte – so gewann ich Zeit, nicht bloß bei der Arbeit in meinem Hause nachzuschauen, sondern auch manchmal in der Gegend herumzugehen, wie ja das Gehen meine Gewohnheit ist, und wie ich, wenn die Kranken weniger sind, in den Wäldern herumgehen muß, Pflanzen anschauen und nach Hause nehmen, oder unter einem Baume sitzen, etwas lesen, oder etwas auf ein Papier aufschreiben, oder gar nur auf die Täler und Waldrücken hinausschauen, die so schön sind, und auf denen das liebe Blau liegt, und aus deren Schoße manchmal ein dünner, lichter, freundlicher Rauchfaden aufsteigt. So kam ich einmal durch das Eichenhag, das ich sehr liebe, hervor, und wollte den Bau des Hauses ein wenig anschauen. Da ich im Grase stand, kam der Obrist über ein Brett zu mir herüber, lüftete sein Barett, grüßte mich, und sagte: »Ihr seid der junge Arzt, von dem in der ganzen Gegend so viel Gutes gesagt wird.«

»Ich bin der Arzt«, sagte ich, »jung bin ich auch, und wenn die Gegend Gutes sagt, so vergißt sie zuerst dem zu danken, von dem alles Gelingen kömmt; ich kann nichts tun, als das Gelernte anzuwenden. Wenn ich Dank verdiene, so könnte es eher sein, weil ich auch zuweilen außer meinem ärztlichen Berufe mich bestrebe, den Leuten einiges Gute zu tun.«

»Weil ich Euch hier bei meinem angefangenen Werke sehe«, fuhr der Obrist fort, »so erlaubt, daß ich Euch eine Bitte vortrage. Ich will hier, in dieser ursprünglichen Gegend, den Rest meines Lebens zubringen. Darum möchte ich mit einigen Nachbarn, mit denen ich in Beziehungen geraten werde, und die ich nach ihrem Rufe schon im voraus schätzen muß, in liebe Bekanntschaft und freundlichen Umgang kommen. Erlaubt mir daher, daß ich Euch in diesen Tagen in Eurem Hause einen Besuch abstatte, der mir als dem Ankommenden und Fremden geziemt, und der als Anfang guter Nachbarschaft gelten möge. Meine Tochter müsset Ihr entschuldigen. Ich werde sie nicht mitbringen; denn da Ihr unvermählt seid, möchte es sich nicht schicken, daß ich sie Euch in das Haus führe. Sagt mir, wenn ich Euch in Euren Arbeiten am wenigsten beirre?«

»Ich werde es mir zur Ehre rechnen, Euren Besuch zu empfangen«, antwortete ich, »und weil Ihr so gut seid, Euch nach meiner Zeit richten zu wollen, so wählet die Nachmittagszeit um zwei Uhr, drei Uhr, oder vier Uhr; vormittags bin ich nie zu Hause, weil ich zu denen muß, die auf mich harren.«

»Ich werde zu dieser Zeit kommen«, antwortete er. »Ihr baut ja auch«, fuhr er fort, »da Ihr also an dieser Sache Anteil nehmt, so besehet ein wenig diese Anlage, Ihr werdet schon daraus zum Teile entnehmen können, wie das Ganze werden wird. Ich möchte für mich und die Meinigen für diesen Herbst schon ein Plätzchen fertighaben, darin ich den Winter notdürftig zubringen könnte. Denn seht, ich habe den Entschluß, daß ich nicht wieder fortgehen und mein angefangenes Werk allein stehenlassen mag. Im nächsten Sommer wird dann weitergearbeitet. Unter Dach und Fach aber möchte ich bis Mitte dieses Sommers sein.«

Er begleitete mich, da ich nach diesen Worten in den Bau hineinging, selber in denselben, und setzte mir, da wir darin herumgingen, den allgemeinen Plan auseinander. Da wir noch Verschiedenes, aber hauptsächlich über das Bauen gesprochen hatten, beurlaubte ich mich, und nahm meinen Weg nach Hause. Er begleitete mich bis an die Grenze seines Besitztumes, die durch abgesteckte, weit auseinanderstehende Pfähle angezeigt war.

Das war also der Anfang dieser Bekanntschaft.

Ich erkannte im Hinabgehen zum Hange gleich, daß er viel geschickter, ineinandergreifender und auch viel schneller baue, als ich. Er mußte in dem Dinge bedeutend mehr Erfahrung besitzen.

Als ich zu Hause angelangt war, besuchte ich noch meine Leute, diese grüßten mich freundlich, und arbeiteten lustig fort, während die warme Luft durch die leeren Räume meiner Zimmer strich, und schöne weiße Frühlingswolken über den Wald her bei den Fenstern hereinschauten. Kajetan trieb die Rinder bei dem Gittertore herein, die Mägde trugen Wasser, weil der Brunnen, der mitten in meinem Hofe sein sollte, immer noch nicht angefangen war, und den Thomas hörte ich aus dem Stalle, wo er mit den Pferden beschäftigt war, bis in meine Stube herauf singen.

Nach zwei Tagen kam der Obrist zu mir zum Besuche. Er war vom Hage herabgegangen. Er hatte wieder einen dunkeln Rock, dazu die weißen Haare gut standen; auf dem Haupte hatte er aber kein Barett, sondern einen Hut, wie sie bei den Soldaten in der Armee gebräuchlich waren, und in der Hand trug er ein Rohr mit einem schönen Knopfe.

Ich führte ihn in meine Stube hinauf; denn ich hatte ihn kommen gesehen und war ihm entgegengegangen. Wir setzten uns nieder und redeten eine Weile. Er fragte mich um meine Wirksamkeit, und ich setzte ihm dieselbe auseinander. Dann sprachen wir über die Leute, wie sie so in dem Walde vorkommen, und wie sie fügsam oder unfügsam sind. Wir sprachen von den Pflichten der Kirche und Schule, und von denen der Bürger und Untertanen. Bei dieser Gelegenheit erfuhr ich, daß er sein Besitztum so erkauft habe, daß es ganz frei ist, ohne Hörigkeit und Lasten, die er schuldig sei. Als er aufstand, zeigte ich ihm mein Haus, wie er mir das seinige gezeigt hatte, und sagte ihm, was ich für Pläne hatte. Er lobte alles und sagte doch hie und da etwas, aus dem ich lernen konnte. Ich zeigte ihm auch meine jungen Pferde, die ihm sehr gefallen hatten. Er mußte viel mit Pferden umgegangen sein. Die Rinderzucht des Kajetan lobte er auch, und bat mich, wenn ich überhaupt Kälber aus diesem Schlage weggebe, daß ich ihm einige zukommen lassen möchte, er würde sich aus dieser Zucht einen Anfang zu der seinigen wählen. Ich versprach es ihm gerne.

Da er fortging, begleitete ich ihn ebenfalls, wie er mich begleitet hatte. Ich ging mit ihm bis über die Stelle hinauf, wo die Hütte meines Vaters gestanden war. Dort sagte ich ihm, daß hier die Grenze meiner Besitzung sei, und daß ich mich hier beurlauben werde. Als wir Abschied nahmen, als er mir die Hand reichte, als wir so beisammenstanden, er der alte Mann, und ich der ganz junge – als ich ihm dann, da er fort war, ein wenig nachschaute, und darauf wieder gegen mein Haus hinabging, dachte ich: es ist gut, daß dieser Mann gekommen sei, daß ich mit ihm reden könne, daß ich mit ihm umgehe und von ihm etwas lerne.

Nach zwei Tagen, ebenfalls Nachmittag, wo ich wieder ganz frei war, erwiderte ich seinen Besuch. Ich habe nämlich nicht dafürgehalten, daß mein zufälliges Zusammentreffen mit ihm bei seinem Baue für einen Besuch zu rechnen sei. Ein alter Diener, den ich fragte, führte mich in das hölzerne Haus hinein. Der Hauptgang des Hauses, der an der Küche vorüberführte, hatte zwei Türen gegenüber, die eine rechts, die andere links. Der Diener führte mich durch die Türe rechts zu dem Obristen hinein. Er saß auf einem niederen Holzstuhle und fütterte selber die zwei schönen Wolfshunde, die ich dazumal zum ersten Male sah, und die mich jetzt so lieben. Die Hunde knurrten auf mich, weshalb er einige Worte zu ihnen sagte, auf die sie sich sogleich, wie im Verständnisse, beruhigten. Das Zimmer war sehr leicht, nur aus genagelten Brettern aufgeführt, einige Koffer standen da, Papiere und Bücher lagen herum, und die wenigen Geräte waren aus weichem Holze zusammengeschlagen.

Der Obrist stand auf, als er mich hereingehen sah, legte die Dinge, die er in der Hand hatte, weg, und sagte: »Seid gegrüßt, Doktor, ich muß die eingebildeten Narren manchmal selber füttern, sie meinen, was sie nicht Gutes bekommen, wenn ich ihnen etwas hineinschneide. Wir sind ein wenig weit spazieren gewesen. Wir waren durch das ganze Eichenhag hindurch und gar oben auf den Weiden. Da habe ich selber erst spät mein Mittagmahl gehalten, und dann meinen zwei Begleitern das ihrige gegeben. Ich wollte Euch zum Sitzen einladen, wenn hier etwas wäre, darauf man mit gutem Fuge sitzen könnte.«

Ich legte mein Barett ab, und saß auf einen hölzernen Stuhl neben dem tannenen Tische nieder, an dem er stand. Der Obrist gab den zudringenden Hunden noch schnell den Rest, den er bei meinem Eintritte weggelegt hatte, rückte sich dann einen zweiten Stuhl an den Tisch, und setzte sich zu mir nieder.

Wir sprachen wieder von verschiedenen Dingen, wie es bei einem solchen Besuche der Fall zu sein pflegt. Dann sagte er, er wolle mir seinen Bau zeigen, wie ich ihm den meinigen gezeigt hätte. Wir gingen in das Haus, sahen herunten alles an, und stiegen dann auf die Gerüste und betrachteten den bisherigen Fortgang. Er führte mich auch in die Hütte, wo die Steinmetzarbeiten gemacht wurden, und zu dem Platze, wo man mit Kalkbrennen und mit Löschen desselben beschäftiget war. Ich sah, wenn der Mann in diesem Sommer mit dem Hause fertigwerden wolle, daß dies auf die Weise kaum gehe, wie es bisher betrieben worden war. Und in den Herbst und Winter hinein konnte er ja doch nicht in den Bretterstuben wohnen bleiben, wenn die Gemächer, die er im neuen Hause beziehen wollte, nicht gehörig ausgetrocknet wären. Ich trug ihm daher an, ich wolle ihm für diesen Sommer alle meine Leute, welche bei der Förderung meines Hauses arbeiteten, überlassen, da er sonst doch keine andern bekäme. Bei mir wäre es einerlei, ob ich sie habe oder nicht. In meinen Stuben, die einmal zu unserer Unterkunft eingerichtet wären, könnten wir fort wohnen, sie bedürfen keiner weitern Vorrichtung, und die andern Gemächer könnten heuer so gut leer bleiben und unvorgerichtet, wie sie es im vorigen Jahre gewesen sind. Im nächsten Sommer würde ich sie dann schon machen lassen, und er und ich, wir könnten uns dann in die Leute teilen, wie wir es für zweckmäßig fänden.

Der Obrist sah ein, daß dieser Vorschlag gut sei, und nahm ihn sehr gerne an.

Da er mir noch die ganze Bretterhütte gezeigt hatte, wie sie eingerichtet sei, freilich schlecht und nur zu dem augenblicklichen und sommerlichen Bedürfnisse auslangend, da wir auch in dem Behältnisse gewesen waren, in dem derweilen die Braunen standen, und der Wagen aufbewahrt wurde, gingen wir wieder in sein Gemach, wo ich ihn zuerst mit den Hunden angetroffen hatte. Als wir uns in dem Gange befanden, aus dem man durch die Tür rechts in sein Gemach kömmt, öffnete er die Tür links, die gegenüber war, und rief hinein: »Margarita, komme dann auf einen Augenblick zu mir herüber.«

Nach einem kleinen Weilchen, da wir wieder an dem tannenen Tische saßen, ging sie bei der Tür herein. Sie war heute in ganz weißen Kleidern, und diese Kleider hüllten sich recht gut um ihren Körper. Da sie näher trat, war sie in dem ganzen Angesichte sehr errötet. Der Obrist stand auf, ich auch sogleich, er nahm sie bei der Hand, stellte sie vor mich, und sagte: »Margarita, das ist der Arzt, der unten im Hange wohnt. Er ist ein sehr rechtschaffener Mann. Wenn wir ihn auch noch nicht näher kennen, so spricht doch der allgemeine Ruf nur lauter Gutes von ihm. Du wirst in ihm, wie ich mir zu hoffen getraue, in Zukunft unsern guten Nachbar und unsern Freund verehren.«

Dann sagte er, indem er sich zu mir wendete: »Diese ist meine Tochter Margarita, sie hat nur mich allein, und wohnt jetzt mit mir in dieser Bretterhütte, und wird dann mit mir in dem Hause wohnen, wenn es einmal fertig geworden ist.«

Sie hat zu diesen Worten nichts gesagt, sondern nur die Augen niedergeschlagen, und sich verneigt.

»Du kannst nun schon wieder hinübergehen in dein Zimmerchen, mein Kind«, sagte er.

Worauf sie sich noch einmal verneigte, und fortging.

Wir blieben noch eine Weile beieinander sitzen, und dann nahm ich Abschied und ging nach Hause.
Am andern Tage sagte ich meinen Arbeitern, was ich für ein Abkommen mit dem Obrist getroffen habe, und daß sie nun fürder bei ihm arbeiten werden, der ihnen in Anbetracht der Nötigkeit des Dinges einen etwas größeren Lohn geben wolle, als ich, wenn sie in den neuen Vertrag willigen wollten. Wir hätten es, nämlich er und ich, so ausgemacht. Sie willigten alle ein, und zogen dieses Tages mit ihren Werkzeugen und Vorrichtungen von mir fort, und standen am nächsten Tage bei ihm ein.
Nachdem wir diese zwei Anfangsbesuche gemacht hatten, wobei wir beide in unsern schönsten Kleidern waren, ging die Sache schon in einem leichteren Geleise. Die Krankheiten des Winters hatten sich so glücklich gehoben und der Gesundheitszustand des schönen Sommers war so vorzüglich geworden, daß ich viele Zeit freihatte und zu meinem Belieben verwenden konnte. Das Bauen hatte für mich eine solche Annehmlichkeit gewonnen, und meine Zimmer und mein Haus erschienen mir so leer, seit ich die Leute zu dem Obrist hatte hinaufgehen lassen, daß ich öfter selber in das Hag hinaufging, um dem Bauen zuschauen zu können. Die Sache ging jetzt wirklich sichtbar rascher, seit er die mehreren Hände gewonnen hatte, als früher, obwohl es da auch, wie ich schon gesagt habe, viel schneller vonstatten ging, als einstens bei mir. Der Obrist kam auch häufig zu mir, und wir sahen sehr bald schon nicht mehr darauf, wer dem andern einen Besuch aus Höflichkeit schuldig sei, oder nicht, sondern wie es einen anmutete, daß er zu dem andern gehen sollte, nahm er sein Barett und ging. Es ist eine wahre Freude für mich geworden, die Gespräche dieses Mannes anhören zu können, und es tat mir auch wohl, von dem, was ich dachte, was ich erforschte und was ich für die Zukunft vorhatte, zu ihm reden zu können. Ich war jetzt gewöhnlich vor meinem Mittagsmahle schon mit meinen Tagesgeschäften fertig, und ging nachmittags, wenn die Sommersonne wie ein glänzendes

Schild zu den Abendwäldern sachte hinüberging, gerne zu ihm hinauf, um die Zeit bis zu dem lauen Abende mit ihm zubringen zu können, worauf ich wieder heimging, um mich bei meinen Forschungen und bei meinen Vorbereitungen für den folgenden Tag zu beschäftigen. Wenn ich eines Tages länger aufgehalten war, und vielleicht nach dem Essen etwas mehreres anzuordnen hatte, als gewöhnlich, weil da die Boten warteten, die ich mit Mitteln zu den verschiedenen entfernten Kranken schicken mußte, von denen sie gekommen waren: so kam er schon herunter und sagte, er wolle sehen, ob ich krank sei, oder ob ich so viel zu tun hätte, daß ich nicht zu ihm hinaufkommen könnte. Wenn er dann sah, daß ich nur so viel zu schaffen gehabt hatte, daß ich nicht zu ihm kam, war es ihm schon recht.

Seine Tochter Margarita war sehr schön. Ich habe einmal eine in Prag gekannt, Christine, die Tochter eines Kaufherrn, die sehr schön gewesen ist, aber Margarita war viel schöner.

Das einzige, was in meinen Sachen dieses Sommers gefördert wurde, war der Wagen, welchen ich für die zwei jungen Pferde bestellt hatte und welcher ankam. Wir versuchten die Tiere darin, und der Obrist war herunten, und gab uns in vielen Kleinigkeiten hiebei seinen Rat, der uns außerordentlich zum Vorteile war. Er nahm einmal sogar selber die schlanken Rappen in die Leitriemen zusammen, und fuhr mit ihnen so geschickt den Weg entlang, als wären sie seine Wolfshunde, die ihm sehr folgen. Der Wagen war schön, leicht, und war in seinen Einrichtungen und in seiner Gestalt zu meiner Zufriedenheit ausgefallen. Der Obrist zeigte dem Thomas mehrere Anstalten, wie er die jungen Pferde behandeln solle, damit sie im besten Gedeihen fortlebten.

Mehrere Tage nach der Sonnenwende wurde das Dach auf das Haus des Obrists gesetzt. Es war der Richter der oberen Häuser, worunter das Hag gehört, zugegen, es war der alte Pfarrer von Sillerau mit dem Wagen des Obrists abgeholt worden, es war der Gutsherr von Tunberg mit seiner Frau und seinen Töchtern hereingekommen, es war der Vetter, der

Wirt vom Rothberge zugegen, und es waren mehrere Bauern und Nachbarn, die in den Waldhäusern herum wohnen, eingeladen worden. Als die letzte Sparre aufgerichtet worden war, an welcher der Fichtenwipfel befestiget war, an dem die bunten Bänder wallten, vorzüglich rot- und blauseiden – ich wußte damals noch nicht, warum diese Farben – als man unten die erste Latte angenagelt hatte, dann sogleich an ihr die nächstobere, und als es mit den vielen Händen, die beschäftigt waren, im Taktschlage rasch aufwärts ging, bis endlich die oberste und letzte am First befestigt war und die drei Daraufschläge als Zeichen, daß es nun vollendet sei, nach den rollenden Axtschlägen noch einzeln erschollen waren: da erhob sich ein Zimmergeselle neben dem Fichtenwipfel in seinem Sonntagsstaate, von dessen Hute zwei lange rote und blaue seidene Bänderenden herunterhingen, am Rande des Brettes stehend, das man über die obersten Querbalken der Sparren gelegt hatte, und sagte den Zimmermannsspruch auf uns herunter, die wir im Grase standen und hinaufschauten. Als er mit dem Spruche fertig war, nahm er eine Kristallflasche, die hinter ihm auf dem Brette gestanden war, schenkte sich aus der Flasche einen Wein, der in derselben enthalten war, in ein Glas, das er in der Hand hielt, und trank den Wein auf uns heruntergrüßend aus. Dann warf er das leere Glas hoch in einem Bogen in das Eichenhag hinüber, daß es in den Ästen zerschellte. Hierauf reichte er die Flasche dem zunächst hinter ihm auf dem Brette stehenden, welcher sich auch in ein Glas schenkte, austrank, und das leere Glas in das Eichenhag warf. Und so taten alle hintereinander auf dem Brette stehenden Gewerksgesellen, bis es auf den letzten kam. Dieser nahm die Flasche, die bei ihm leer geworden war, zu sich, alle gingen sie auf den Querbalken seitwärts, kletterten an den Latten zum Rande des Daches herunter, kamen auf die Gerüste, und gingen aus der letzten Stufe zu uns auf den Anger heraus. Die leere Flasche wurde dem Bauherrn übergeben, weil in sie Dinge verschiedener Art getan, sie dann verschmolzen und in den Grundstein vergraben werden sollte, wenn man sein Fest feiern würde. Als dieses geschehen war, wurde auf mehreren Tischen, die aus rohen Brettern in verschiedenen Gestalten zusammengeschlagen worden waren, ein Imbiß aufgesetzt. Alle, welche aus der Gegend helfen gekommen waren, standen an einem Tische. Es ist nämlich die Sitte, wenn an einem neuen Hause gelattet wird, daß alle aus der Gegend, denen es gefällig ist, zusammenkommen und helfen. Es ist da eine Auszeichnung, wenn man mit den Äxten, mit deren umgekehrten Häuptern die Lattennägel eingetrieben werden, einen schnell rollenden Taktschlag machen konnte, und wenn man sich dann in der Nachbarschaft zu rühmen vermochte, daß man ein Dach von soundsoviel Geviertklaftern in soundso kurzer Zeit eingelattet habe. Am zweiten Tische stand der Zimmermeister mit seinen Gewerken und tat auch einen Spruch, als alle ihre Gläser gefüllt hatten, und sie eben an den Mund setzen wollten. Am dritten Tische standen wir, die Geladenen, nebst dem Obrist, und an die andern Tische konnte gehen, wer da immer aus der Umgegend kam, namentlich die Armen, und sich Wein zum Trinken einschenken und einen Bissen vom Tische zum Essen nehmen wollte. Als der Spruch des Zimmermeisters aus war, und als man die ersten Trinkhöflichkeiten herumgebracht hatte, durften wir auch zu dem Tische der Gewerke gehen, es durften die andern herüberkommen, und alle untereinandergehen und miteinander sprechen. Als der Imbiß aus war, und als man insbesondere den ärmeren gekommenen Gästen Zeit gelassen hatte, alles, was auf ihren Tischen war, zu verzehren, ging man auseinander, und von den Werkleuten wurden die Tische ebenso schnell auseinandergeschlagen, als sie gestern auf dem grünen Rasen, wo früher keine Spur gewesen war, entstanden waren.

Am darauffolgenden Tage begann man die Deckung des Daches, und es wurden die Stuben, die der Obrist im Winter zu bewohnen gedachte, und welche bereits eingedielt waren, im Innern vorgenommen, daß sie herausgeputzt würden, daß man die Kamine verziere, die Fenster setze, und wenn die

Mauern gehörig ausgetrocknet wären, sie mit einer sanften Farbe übertünche.
Der Sommer war aber auch so überaus günstig, wie selten einer über unsere schönen Wälder herabgekommen ist. Es war oft eine Reihe von Tagen hintereinander, einer schöner, als der andere, und wenn auch Wolken erschienen, so dienten sie bloß zur Verzierung des Himmels, indem sie am Tage in Silber und Edelsteinen schimmerten, und abends in rotbrennenden Bändern und Schleiern über die Bäume, über die Berge, und über die Saaten hinausstanden. Und weil der viele Winterschnee so langsam geschmolzen ist, so war trotz der langen Regenlosigkeit keine Dürre, sondern die tiefe innere Feuchtigkeit der Erde machte ein Grün auf unsern Wäldern und Feldern, daß einem das Herz lachte, und die Quellen und Bäche der Täler hüpften und sprangen ohne Abgang des Wassers, als würden sie heimlich immer wieder von Geistern oder Engeln genährt.
Als das Haus des Obrists eingedeckt war, als alle Dielen und Fußböden gelegt waren, als man von außen die Mauern herab beputzt und die Fenster eingesetzt hatte, sah es, noch ehe die heißen Tage des Erntemonats vorübergegangen waren, von außen aus, als ob es schon vollkommen fertig wäre. Die Gerüste und alle die Balken und rohen Werkzeuge des Baues waren entfernt, und das Haus blickte, von dem dunklen Eichenhage sich abhebend, so schön auf die Waldstreifen und auf die Mitterwegfelder hinaus, wie ich es vorhergesehen hatte, daß es sein würde. Es ward fortan nur mehr im Innern fortgebaut, und gereinigt und verziert. Selbst der Garten ward sofort umgegraben und mit einem Gitter eingehegt, weil der Obrist noch im Herbste allerlei Knollen, Pflanzen und Bäume setzen wollte, daß er sich in dem nächsten Frühlinge darüber freuen könnte. Er schien zu eilen, weil er sich alt fühlte, und doch die wenigen Stunden seines Abends in seinem fertigen und herausgeputzten Hause zubringen wollte.
Als die goldgelben Wagen des Kornes und der Gerste in die

Scheuern gingen, kamen eines Tages auch andere Wagen, die mit Truhen und Verschlägen bepackt waren. Sie enthielten Sachen des Obrists, mit denen er in die fertigen Gemächer seines Hauses einziehen wollte. Als die Dinge abgepackt, herausgenommen, und nach ein paar Tagen gestellt waren, führte er mich in die Zimmer hinein. Das Haus des Obrists hat kein Stockwerk, wie das meinige, sondern die Wohnungen sind an der Erde und nur um einige Stufen gehoben, weil unter ihnen Vorratskammern, Obstlagen und andere derlei kühle Behältnisse angebracht waren, deren kleine vergitterte Fenster nur wenig oberhalb des Sandes des Gartenweges herausschauten. Das Innere des Hauses enthält einen Gang, dessen eine Seite durch sehr große Glasfenster geschlossen ist, außer denen ein gläsernes Haus ist, in welchem Gewächse stehen. Die andere Seite enthält die Türen zu den Wohnungen; eine zu zwei Zimmern des Obrists, eine andere zu denen Margaritas. Zwischen beiden ist das Bücherzimmer; man kann aber durch dasselbe von dem Obrist zu Margarita kommen. Das eine Ende des Ganges, gleich neben Margaritas Tür, ist durch ein großes Zimmer geschlossen, das viele und große Fenster hat, weil das Zimmer ebenfalls bestimmt ist, im Winter Blumen und Gewächse zu enthalten. Das andere Ende führt in drei Zimmer, die noch nicht fertig sind. Zu beiden Enden des Ganges stehen sehr schief hinüber auf einer Seite die Gemächer der Diener, die Küche und anderes, auf der anderen der Pferdestall und das Wagenbehältnis. Die Scheuer ist weiter zurück gegen das Eichenhag, und neben ihr werden Ställe für andere Tiere gebaut. Als mir der Obrist seine zwei Zimmer gezeigt hatte, führte er mich auch zu Margarita hinüber. Hier verkündete sich die Reinlichkeit schon von außen; auf der breiten Schwelle, die zwischen dem Türfutter der sehr dicken Mauer ist, lag eine feine gelbe Matte aus Rohr, die genau in den Raum paßte, und diente, daß man sich die Sohlen abwische. Der Obrist klopfte an, und es tönte ein Herein. Wir gingen hinein und fanden sie mitten in dem ersten Zimmer stehen, und wahrscheinlich im Begriffe, zu sehen, wie all die Sachen stünden, und ob nichts abgeändert werden müsse. Eine Dienerin ging eben von ihr und hatte verschiedene Dinge auf dem Arme. Das Zimmer war ganz rein gefegt, es war kein Stäubchen, und die Dinge standen in der vollkommenen Ordnung. Die braunen Haare Margaritas legten sich so schön an das Haupt, und die braunen Augen blickten so klar, wie das Zimmer. Das Mädchen ist so gesund, daß man nicht denken kann, wie es eine Krankheit beginnen sollte, hier Eingang zu finden. Sie zeigte uns die Sachen, wie sie gestellt seien, und fragte uns, ob es so bleiben könnte. Als wir beide sagten, daß es sehr gut sei, antwortete sie, daß sie die Dinge alle Tage anschauen werde, und da müsse sich schon zeigen, ob man es ändern solle. Wir gingen auch in das zweite Zimmer. Da stand hinter hohen geschlossenen Vorhängen ihr Bettlein. Auf einem kleinen Tischlein war ein Kruzifix von sehr guter Arbeit. Gegenüber war ein Kasten, in dem nette Bücher standen, und daneben war ein Tischlein, wo sie lesen konnte und ihre kleinen Aufsätze schreiben. Der Obrist führte mich durch das Bücherzimmer in seine Wohnung zurück. Es waren aber noch keine Bücher in dem Zimmer, sondern die Wände standen ganz leer.

In diesem Sommer trockneten die Mauerwerke so schnell, daß man es kaum glauben sollte; desohngeachtet schliefen der Obrist und Margarita immer in der hölzernen Hütte, und waren nur am Tage, wo alle Fenster offenstanden, in ihrer Wohnung. Alles, sagte der Obrist, sollte so trocken sein, als es nur immer möglich ist, und dann würden sie erst im späten Herbste, wenn es in der Bretterhütte bereits zu kalt würde, ganz und gar in ihre Wohnung hinübergehen. Auf gleiche Weise hielt er es mit den Dienstbotenzimmern und dem Stalle, die auch schon fertig und zu beziehen waren.

Als die Arbeit an dem Hause und deshalb auch die Aufsicht immer weniger wurde, gingen wir an den Nachmittagen, weil die Hitze sich milderte, und die sanfteren Tage des Herbstes heranrückten, sehr viel in der Gegend herum. Wir gingen täglich spazieren. Ich führte den Obrist an manche Stellen der

Wälder, wo der Eistag des Winters große Zerstörungen angerichtet hatte, und die dorrenden Bäume noch übereinanderlagen; denn ich kannte viele Stellen sehr gut, und fand sie, wenn ich auf meinen Gängen die Wälder in verschiedenen Richtungen durchschnitt, oder oft ohne allen Weg über einen Bühel oder eine Waldschneide gerade herüberging. Wir waren auch in der Höhle im Dusterwalde gewesen, in welcher der Josikrämer drei Tage und Nächte des Winters hatte zubringen müssen. Margarita war meistens mit uns. Wir gingen öfter durch das ganze Eichenhag hinaus, wir gingen über die Weidebrüche, in die entfernteren Ortschaften, auf einen Berggipfel, so zwar, daß schon manchmal die Sterne flimmerten, und oberhalb uns das leise nächtliche Laub raschelte, wenn wir auf einem Waldwege zurück nach dem Hause des Obrists gingen.

Zuweilen besuchten sie mich auch in meinem Hause. Als Margarita zum ersten Male herunten gewesen war, zeigte ich ihr meine schwarzen Pferde, ich zeigte ihr auch meinen Hühnerhof, wo die Geflügel zwischen einer großen Einzäunung herumgehen können, und ich zeigte ihr dann den Vorrat der Scheuer, und die schönen Kühe, welche Kajetan und die Magd pflegen und zu meiner Zufriedenheit so rein halten. Als sie die Kälber sah, sagte sie, wenn ich schon dem Vater eines geben wolle, wie es im Vornehmen sei, so sollte ich ihm doch dieses geben. Sie hatte eines ausgesucht mit sehr schönem weißen Kopfe, mit weißer Fahne, und dunkelbraunen Lenden. Sie gehen nicht häufig mit einer solchen Zeichnung in unsern Waldweiden herum. Ich sagte ihr, daß ich wohl selber gedacht habe, dieses würde ich hinaufsenden, und sobald der Stall im Hage oben im bewohnlichen Zustande wäre, so würde das Kalb geschickt werden und mit ihm ein anderes, das fast ebenso aussähe, nur in dem Augenblicke nicht hier sei, damit ein Anfang gemacht würde zu schönen, glänzenden, zutulichen Rindern.

Als der Winter hereinbrach, war er so milde, wie ich mich nicht erinnere, je einen solchen in unserem Lande erlebt zu haben. Der Obrist und Margarita zogen im späten Herbste, da sonst lange schon Reife und Fröste auf unseren Wiesen gewesen waren, heuer aber noch immer eine milde Spätsonne herunterlächelte, in ihre Wohnung. Sie wendeten auf meinen Rat ebenfalls das Mittel der ausgeglühten Pottasche an; aber dieselbe zeigte, wenn sie eine Zeit in der Wohnung gestanden war, so wenig Zuwachs an Wasser, daß die äußeren Dicken der Mauern gewiß als vollkommen trocken angesehen werden konnten. Der Obrist ließ im Winter immer in seinen noch nicht fertigen Räumen ein wenig fortarbeiten.

Weil sich mit dem Eintritte der nasseren und trüberen Jahreszeit, wie immer, die Übel der Menschen vermehrten, so minderte sich meine freie Zeit, und ich konnte weniger in der Gesellschaft meiner Nachbarn sein. Einmal, da ich in der tiefen Nacht von dem Wege der Weiden herabging, weil ich in dem Gehänge gewesen war, und da ich links von mir in dem dichten herabrieselnden Winterregen das Eichenhag nur undeutlich, wie einen schwarzen Dunst sehen konnte, daneben aber deutlich und klar ein Licht glänzte, glaubte ich, es sei das von dem Zimmer des Obrists wo er etwa mit Margarita sitze und lese oder sonst etwas Ähnliches tue. Deshalb beschloß ich, auf das Licht zuzugehen und ein wenig bei dem Obrist zu bleiben. Allein ich kam, da ich doch auf bekanntem Boden ging, in die Wiesen des Meierbacher, und dann gar in ein Gesumpfe, das nach meiner Meinung eigentlich nicht da sein sollte. Als ich mit jedem neuen Schritte immer mehr hineingekommen wäre, kehrte ich um, damit ich den festen Boden wieder gewinne, den ich verlassen hatte. Ich begriff nun, daß ich von einem Irrlichte getäuscht worden war, und daß ich mich gar nicht da befinden müsse, wo ich glaubte. Solche Lichter entstanden manchmal in der Senkung, wie sie früher war, ehe sie der Obrist hatte reuten lassen, und sie wurden zu verschiedenen Zeiten gesehen. Sie wanderten da gleichsam bald an diesen Ort, bald an jenen, oder sie entstanden vom Ursprunge an bald hier, bald da. Plötzlich wenn man auf eins recht hinschaute, war es gar nicht da, dann ging es an dem

Gehege hinunter, wie eine Laterne, kam aber am Ende des Geheges nicht heraus, und konnte überhaupt nicht gesehen werden. Auf einmal stand es weit unten an den Eschen, als wartete es. Ich kenne derlei Lichter sehr wohl, weil ich oft in der Nacht herumgehen muß, wie die hiesigen Menschen nicht tun, sondern in ihren Häusern bleiben – in mancher feuchten Nacht des ersten Winters, des späten Herbstes, des schädlichen Märzen, oder nach Mitternacht im Sommer, wenn die weißen sanften Streifen sich an den Wiesen ziehen. Als ich auf den Platz zurückgekommen war, an dem ich von meinem Wege weg auf die Wiese gegangen war, war es gleichwohl nicht derselbe Platz – es standen wohl die drei Föhren da, die früher da gestanden waren, aber es war nicht, als ob es dieselben drei Föhren wären, auch konnte ich mich nicht entsinnen, daß ich meines Weges genau geachtet hätte, da ich auf eine Kranke dachte, die mir sehr an dem Herzen lag. Ich hatte von meinem Großvater gelernt, dem es auch wieder ein alter Schwede sagte, der nach dem Kriege als erster Ansiedler in das Haslung gekommen war, daß man, wenn einem ein bekannter Weg anfange, wirrig und entfremdet zu sein, sogleich umkehren und zurückgehen solle, bis alles wieder ein Ansehen gewinne, das man vollständig kenne; dann soll man ein wenig stehenbleiben, und dann den gewünschten Weg aufs neue einschlagen. Ich ging also von den drei Föhren an, noch weiter zurück. Die dunklen Büsche, die sich in dem Regen duckten, und aneinanderkauerten, gingen an mir vorüber, dann standen zerstreute Fichten, welche in schmalem Buschwerke von unten bis oben bewachsen sind, und ein schwarzer Zaun ging neben mir. Ich kannte alles nicht. Als ich an die Stelle zurückgekommen war, wo sich das Geleise von dem Wege trennen und gegen den Sillerwald hinübergehen solle, war das Geleise gar nicht da. Ich ging also noch weiter zurück, und zu meiner Verwunderung führte es aufwärts. Plötzlich stand ich ganz oben auf der Schneide des Abhanges, und plötzlich erkannte ich, daß ich mich ja noch gar nicht unterhalb des Eichenhages befinde, wo man auf das

Haus des Obrists hinübersehen könne, sondern daß ich noch weit oberhalb desselben war, und zwar auf der Schneide des Gehänges der Weidebrüche, ich erkannte auch, daß das Irrlicht in der Senkung gestanden war, und daß ich in das Sumpfwasser derselben hineingegangen sei. Das Irrlicht war aber während meines ganzen Rückweges, auf dem ich mich öfter umgeschaut hatte, nicht mehr sichtbar gewesen, sondern überall lag die gleichförmige schwarze Finsternis. Als ich noch auf dem Abhange stand und herumschaute, erzeugte sich ein etwas lichter Streifen an dem Himmel, und ich sah, daß das nicht das Hag gewesen sei, was ich dafür gehalten habe, sondern daß eine Herbstwolke an dem entfernten Dürrwalde gehangen, und ihn wie einen näheren Waldklumpen gezaubert hatte. Als ich noch immer schaute, stand plötzlich mein Irrlicht wieder weit von mir entfernt drüben – es stand in derselben Richtung, aber auf einem andern Grunde, nicht auf der Stelle, wo ich es früher gesehen hatte. Ich starrte recht deutlich in das Licht hinein. Und wie die lange schlanke weiße ruhige Flamme drübenstand, oder auch wie ein feuriger Engel, der ein weißes Kleid anhat, und wie der hohe finstere Wald dahinterstand, und wie die Nacht so leise fortregnete, und immer schwieg und finster war, und wie sich überall ringsherum niemand befand, als ich allein: war es fast schön anzusehen, wie es war. Weil ich nun das bekannte Ansehen der Gegend hatte, das mein Großvater und der Schwede verlangen, trat ich meinen gewünschten Weg wieder an. Ich ging den Pfad, der neben dem schwarzen Zaune lag, hinunter – jetzt kannte ich ihn recht wohl – die dunklen Büsche, die sich früher verstellt hatten, waren mir auch sehr bekannt, und ich hatte sie früher oft gesehen. Ich ging des Weges nacheinander dahin. Und wie ich neben den Schlehenbüschen war, die wie ein schwarzer kriechender Zug fortwanderten, und wie die Erlen, die von meinem Wege links standen, durch das Licht gingen, ich aber an das Fieber der Maria Hartens dachte, das mir stets in dem Sinne und in dem Herzen war: duckte das Lichtlein einmal ganz leicht nieder, und war verschwunden. Es kam auch gar nicht wieder zum Vorscheine. Ich ging des Weges vollends hinab, und wie sich das wirkliche Eichenhag, das ich nun sah, um mich hinüberschob, kamen erst die wahren Lichter von dem Hause des Obrists zur Erscheinung – sie standen in einer Reihe recht klar, recht vernehmlich und recht freundlich da. Ich ging aber nicht mehr hinüber, weil ich auch sehr beschmutzt war, sondern ich ging sofort in mein Haus hinunter, und las in derselben Nacht noch recht lange in vielen meiner Bücher wegen der armen Maria.

So hatte ich oft verschiedene Zufälle auf meinen Wanderungen.

Als der Winter weiter vorrückte, und der Schnee schon eingefallen war, ging ich öfter, wenn ich erst spät nach Hause kam, wie es bei der Jahreszeit fast täglich der Fall war, noch im Abende, oder in der Dunkelheit der Nacht in das Haghaus hinauf. Der Obrist hatte in das Bücherzimmer eine sehr große Heize machen lassen, darin man die Scheite, welche hineingetan wurden, durch ein feines Gitter hindurch lodern sehen konnte. Auch hat er Geräte, von denen, welche angekommen waren, hineingestellt, daß man auf ihnen herumsitzen, und den Schein des Feuers auf dem Fußboden anschauen konnte. Wenn dann die große Lampe kam, die auf den Tisch gestellt, das ganze Gemach mit Licht erfüllte, sahen wir Schriften an, wovon der Obrist manche aus verschiedenen alten und merkwürdigen Zeiten hat, oder Bücher, in denen etwas gelesen wurde, oder wir saßen bloß vergnügt in der so freundlichen Stube und redeten von den verschiedensten Dingen der Welt. Und wenn ich dann nach Hause ging, und ein Gestöber war, oder die weiche Schneefläche vor mir lag, die in der trübsten Nacht einen feinen Schimmer gab, begleiteten mich gerne die zwei Wolfshunde, sie gingen oft bis an den Hügel mit, auf welchem die Eschen stehen, und liefen dann zurück, daß es im Schnee stäubte, und ich, wie ich nach meinem Hause hinunterging, noch manchen einzelnen Laut von ihrem Jauchzen vernehmen konnte.

Im Winter kamen auch Verschläge an, in denen Bilder waren, welche der Obrist in verschiedenen Zeiten seines früheren Lebens erworben hatte. Wenn ich dann an einem schönen klaren Wintertage hinaufkam, zeigte er mir sie, lehrte sie mich kennen, und ihre Vollkommenheiten empfinden. Einige sehr schöne hing Margarita in ihren Zimmern auf, die anderen wurden in den Zimmern des Obrists an verschiedenen Stellen, die er recht sorgfältig auswählte und prüfte, aufgemacht. Ich habe nie so schöne Dinge gesehen, oder ich habe sie in den früheren Zeiten meines Lebens nicht erkannt.

Als der Frühling kam, der heuer so früh eintrat, wie ihn niemand vermutete, fing der Obrist, da nur erst der Schnee weg war, und die Erde weich wurde, sogleich alle seine Arbeiten wieder an. Er ließ das Eichenhag, insoweit es sein Eigentum war, reinigen, das dichtere unnützere Gestrippe mußte weg, der Boden wurde von den häßlichen Abfällen befreit, und daß er schönes Gras treibe, mit eisernen Rechen gerechet. Die dürren Bäume wurden umgehauen, und wo einer auch nur einen verdorrten Ast zeigte, wurde derselbe an ihm, wie man es kaum an einem Obstbaume tun könnte, mit der größten Sorgfalt weggesägt. Die Senkung, wie ich es schon am Eingange dieser Schrift gesagt habe, ein lichtbraunes faules Moor, darauf nur die kleinen Sumpfföhren, und die roten Moosbeeren wuchsen, und ein gelbes Gras war, dessen Spitzen braun wurden, hatte er an sich gekauft, und fing an, es, wie ich schon oben aufgeschrieben habe, zu einer Wiese umzugestalten. Auch seine Felder, die er zugleich mit dem Hausplatze gekauft hatte, wurden in Arbeit genommen und zur Saat vorbereitet. Er hatte deshalb Knechte genommen und Zugtiere gekauft, und ihnen die vorgerichteten Wohnungen, die in dem heiteren Winter gut austrocknen konnten, in seinem Hause eingeräumt. Er wollte den Anbau des Weizens in dieser Gegend emporbringen, den höchstens nur einige, gleichsam wie zum Versuche im kleinen, begonnen hatten.

Deswegen hatte er Sommerweizen aus anderen harten und winterlichen Berggegenden kommen lassen, um ihn zu versuchen, wie er hier anschlage. Die Wintersaat hatte er im Herbste so gut gemacht, wie man es in diesen Wäldern eigentlich nicht zu sehen gewohnt ist. Auch der Garten, um den das Holzgitter gemacht worden war, wurde bearbeitet, und die Glasdecken, unter denen die Frühgemüse und andere Dinge wachsen sollten, über ihre mit Dünger ummauerten Gruben gelegt.
Um diese Zeit kamen auch die Bücher an. Mehrere große Truhen von weichem Holze wurden abgeladen, in denen sie waren. Sodann wurden sie ausgepackt. Der Obrist hatte die traulichen Geräte, unter denen wir den Winter zugebracht hatten, aus der Stube fortgeschafft, und Haufen von Büchern lagen herum. Die mehreren Schreine, in welche sie kommen sollten, waren fertig geworden und wurden an den Wänden an ihren Stellen aufgestellt. Wenn der Obrist nicht Zeit hatte, weil ihn die verschiedenen Arbeiten bald hierhin bald dorthin riefen, und bei sich behielten, half ich selber die Bücher ordnen und an ihre gehörigen Plätze stellen. Eine solche Bücherei wäre eigentlich meine rechte Freude. Oft stand ich auf der Doppelleiter, die man hatte machen lassen und deren Füße mit Tuch überzogen waren, daß sie den Boden nicht beschädigen, und stellte die Bücher, eines nach dem andern, auf verschiedene Plätze, wie es mir tauglich schien und wie sie sich der Natur zufolge reihen sollten. Margarita stand unten, und reichte sie mir dar. Dann schrieben wir auf, wie wir sie gestellt haben, daß man sie wiederfinden könne, und daß aus diesen Zetteln eine allgemeine Übersicht zu verfassen sei, daran man sogleich den Stand und Ort jedes Buches ersehen möge, wenn man es suche. Später sollten wieder, wie der Obrist vorhatte, wenn nur einmal die Bücher in Ordnung wären, recht vertrauliche und liebliche Geräte in die Stube kommen, insbesondere mehrere gute und weiche Sitze, der große Lampentisch und andere Dinge, die uns schon einfallen

würden, damit wir den kommenden Winter wieder in dieser Stube unter den Büchern und bei dem Scheine der großen Heize recht freundlich zubringen könnten.
Margarita hatte jetzt noch mehrere Bilder in ihre Zimmer bringen und dort aufhängen lassen. Sie führte mich zu manchen hin und zeigte mir, wie ihr dieses daran gefalle, und dann dieses, und dieses.
Da die warmen Tage heranrückten, und das weiche grüne Gras die Hügel bedeckte, obwohl der harte Obstbaum noch keine Knospe trieb, und nur erst das niedere Gesträuch an den Bächen, dann die Hollunder, die Weiden sich mit kleinen Blättern und grauen Kätzchen bedeckten, wurde das Fest der Grundsteinlegung des Hauses gefeiert. Es waren ungefähr die nämlichen Menschen zugegen, wie damals, da der Zimmermannsspruch bei der Aufstellung des Dachstuhles abgehalten wurde. Man öffnete die Marmorplatte des Steines, der unter dem Haupteingange des Hauses lag, welcher Eingang durch ein Vorgemach in den Blumensaal führte, aus dem man dann in den Gang kam, an den die Wohnzimmer des Obrists und Margaritas grenzen. Unter der gehobenen Marmorplatte kam ein hohler Würfel, ebenfalls aus Marmor, zum Vorscheine, der durch eine sehr starke Glasplatte geschlossen war. Als man auch diese Platte gehoben hatte, zeigte sich der hohle Raum, der bestimmt war, die Gedenksachen, die man hineintun wollte, aufzunehmen. Der Raum war ganz mit Glas, welches nämlich gar keiner Art Fäulnis unterliegt, gefüttert. Man stellte die Flasche, aus welcher der Zimmermann bei seinem Dachstuhlspruche Wein eingeschenkt hatte, in den hohlen Raum. In der Flasche waren alle Silber- und Goldmünzen enthalten, welche jetzt gangbar sind, und ihr Gepräge war von dem letzten Jahre, dann war ein viereckiges Goldstück dabei, eigens zu dem Zwecke gemacht, daß darein der Jahrestag der Grundsteinlegung geschnitten wurde, dann lag noch ein Pergament in der Flasche, auf welchem die notwendigen Dinge des Herganges aufgeschrieben waren. Die Flasche ist am Munde ihres Halses mit einem Glasstücke

zugeschmolzen worden. Da dieses Denkmal hineingestellt worden war, legten viele der Anwesenden auch noch Dinge dazu, die sie entweder schon deshalb mitgebracht hatten, oder die ihnen erst jetzt einfielen. Ein Buch, einen kleinen Ring, eine Mundschale von Porzellan, einen Uhrschlüssel, beschriebene Blätter, einer warf eine Rose hinein, die er aus einem Gewächshause mit hiehergebracht hatte, und die Mädchen und Frauen taten Bänder hinein, daß man einst wisse, was dazumal in diesen Dingen für eine Mode geherrscht habe. Als dieses vorbei war, legten die Gewerke die Glasplatte wieder auf die Öffnung, daß sie sehr gut gefügt war, dann wurde die Fügung, die rings um das Glas lief, mit einem dichten Kitte verstrichen, der erhärtet und dann keine Luft keinen Regen und keinen Dunst durch sich hindurchläßt. Über der Glasplatte wurde der Deckel aus Marmor in seinen Falz getan, und derselbe ebenfalls mit dem Kitte verklebt, worauf über der Platte der gewöhnliche Stein gelegt wurde, mit denen der ganze Gang und rings ein Streifen des Hofes gepflastert ist, daß man nicht mehr unterscheiden konnte, unter welcher Stelle die Dinge ruhten, die man eben unter die Erde getan hatte. Hierauf begaben sich alle Menschen, die herumgestanden waren, in das große Blumenzimmer, das man zu einem Erquickungssaale eingerichtet hatte. Es waren von den Gewächsen, welche der Obrist selbst in diesem Winter schon in dem Zimmer gehabt hatte, ringsum grüne Gestelle gemacht worden, und wo Blößen gewesen wären, wurden sie mit solchen Zweigen bedeckt, welche schon die ersten und zarten grünen Frühlingsblätter zeigten. In der Mitte des Zimmers stand ein Tisch, auf welchem sich Wein und einige Speisen befanden. Der alte Pfarrer von Sillerau sprach ein Gebet um Segen für die Speisen, wovon er dann die Veranlassung nahm, weshalb man zu diesen Speisen versammelt sei, und Gott auch um Segen für das Haus und alle, die es je bewohnten, anflehte. Sofort schloß er dann mit einer Anrede an die Versammelten, und bat sie mit einigen Worten, daß sie immer so friedlich, so einig und so nachbarlich gesinnt bleiben möchten, wie sie es heute sind, wo sie sich zu dieser gemeinschaftlichen feierlichen Angelegenheit wohlwollend eingefunden hätten. Hierauf wurde von dem Imbiß unter verschiedenen Gesprächen etwas verzehrt, und dann entfernten sich die Gäste, einer früher, der andere später, bis der letzte von dem Obrist Abschied genommen hatte, und er wieder mit seinen Leuten allein war, die daran gingen, das Blumenzimmer in den Stand zu setzen, in dem es vor der Feierlichkeit gewesen war. Ich bin gleich nach dem Gebete des Pfarrers fortgefahren, weil ich noch zu viel zu tun hatte, und der Schluß des Ganzen ist mir nachher von Margarita und dem Obrist erzählt worden. Die Armen sind dieses Mal auf eine andere Weise und gewiß auf eine für sie weit bessere bedacht worden. Der Obrist hatte unter sie, in Anbetracht, daß der Winter zu Ende ging, und die Vorräte des vergangenen Jahres leicht nicht denen des künftigen die Hand reichen könnten, heimlich verschiedene Notwendigkeiten gebracht, und sie denen gegeben, die ihrer am bedürftigsten zu sein schienen.

Der Obrist, deucht mir, hat solche Feste, wie die zwei, die er jetzt gegeben hatte, nur darum veranstaltet, daß die Nachbarschaft zusammenkam, daß er sich mit ihnen in ein Verhältnis setze, und zeige, wie er freundliche Gesinnungen pflegen wolle, und freundliche Gesinnung gegen sich erwecken. Nach diesem Feste war es bei ihm wieder so stille, wie vorher, und blieb fortan stille.

Nur die Arbeiter hatte er im Hause, die zu den Dingen notwendig waren, die noch hergerichtet werden mußten, daß das Haus gleichsam als fertiges betrachtet werden konnte. Dann hatte er noch an Gesinde im Hause, was er zur Bearbeitung und Herrichtung der Grundstücke und zur Versehung der Hausarbeit brauchte. Ich hatte ihm auch heuer an Leuten wieder überlassen, was ihm nötig sein mochte, ohne daß er um die Abtretung etwas wußte. Ich förderte in meinem Hause so viel wie gar nichts, ich bin noch jung und kann alles nachholen, er aber ist alt, hat an dem, was er hier

angefangen hatte, Freude, und soll sie noch so viel genießen, als es in dem Überreste des Lebens möglich ist, den er noch hat.
Es war von Besuchen und Leuten, die kommen sollten, bei ihm nun gar nichts vorhanden: nur ich allein, wie der Frühling mit aller Pracht und Herrlichkeit hereinbrach, und mir, wie gewöhnlich, eine große Verminderung meiner Berufsgeschäfte brachte, ging beinahe täglich zu ihm hinauf – und ich glaube, daß ich sehr gerne gesehen worden war; denn wenn ich doch eines Tages verhindert wurde, weil etwas Unversehenes ausbrach, daß ich bis tief in die Nacht zu fahren oder gehen hatte; oder wenn ich wegen einer Angelegenheit, die mir schwer denken machte, bei den Büchern, oder in eigenem Nachdenken sitzen mußte, daß ich nichts verfehle; so sandte er gleich jemanden herab, um fragen zu lassen, ob ich wohl sei, oder ob sonst etwas Wichtiges eingetreten wäre, daß ich nicht gekommen sei. Ich ließ ihm immer die Ursache genau zurücksagen. Nur eins fiel mir ein, das mir großes Denken verursachte: er kam jetzt schier gar nicht mehr zu mir herab, während er doch früher öfter mit Margarita bei mir gewesen war, und alle meine Anstalten angeschaut hatte – ja sie waren sogar manchmal bei dem großen Behältnisse der Arzeneien gestanden und hatten gefragt, was dieses und jenes sei, wie es zusammenhänge, was es wirke, und welche Tugenden in ihm eingeschlossen seien, was ich immer gerne und mit Freuden beantwortete; und von manchem Kranken mußte ich mit ihnen reden, wie er jetzt sei, und wie ich vorhabe, mit ihm im weiteren zu verfahren. Der Obrist ließ sich sogar zuweilen das Buch zeigen, in dem die Krankheit stand, und las mit Aufmerksamkeit darinnen. – Mit der Aufrichtigkeit, die ihm eigen ist, sagte er mir einmal selber die Ursache, warum er nicht mehr herabkomme, daß es nämlich nicht dem ähnlich sähe, daß er seine Tochter gleichsam wie eine angetragene Braut zu mir herabführe, und die Leute solches redeten. Als ich meinte, weil ich täglich zu ihm hinaufgehe, könnten sie ebensogut sagen, ich gehe als Bräuti-

gam zu Margarita, antwortete er, das könnten sie tun, daran sei nichts Übles.
Ich ging also täglich in das Haghaus hinauf, wie es meine Berufsgeschäfte gestatteten, und wie meine Zeit aus war, die ich an diesem Tage zu meinen Pflichten anwenden mußte. Eine liebliche, eine schier unaussprechlich schöne Zeit war auf uns herabgekommen, meine Felder standen in wirklicher Pracht, die des Obristen auch, und wir hatten unsere Freude darüber. Ich zeigte Margarita einmal meine Rappen, weil ich schon zuweilen mit ihnen fuhr, und sie liebte die schönen, schlanken und herrlichen Tiere, die so lustig und jugendlich, und fromm und folgsam waren. Wir gingen weit und breit in den Feldern und Wäldern herum. Ich nannte Margariten die kleinen Blümchen, die oft da waren, die kleinsten, die ein Äuglein aufmachen, das man im winzigen Grün nicht sieht; und sie wunderte sich darüber, daß ich das Ding nennen könnte; worauf ich sagte, daß alles seinen Namen habe, diese kleinsten unscheinbaren Dinge so gut und oft einen so schönen, wie die großen und prächtigen, die wir in unserem Garten haben. Da sie sagte, ich möchte ihr alle Namen sagen, und möchte ihr die Blümchen und Kräuter zeigen, so tat ich es: ich nannte ihr die einzelnen, wie sie in unserer Gegend sind, und zeigte ihr sie, wenn die Gelegenheit der Blüte gekommen war; dann wies ich ihr die Geschlechter, in denen sie nach gemeinsamen Kennzeichen zusammengehören, und sagte ihr, wie sie in schönen Ordnungen auf unserer Erde stünden. Wir pflückten Sträuße, trugen sie nach Hause, bewahrten manches auf, ich nannte es, erzählte sein Leben, das es gerne führe, die Gesellschaft, in der es sein will, und anderes, das die Menschen wissen. Sie merkte auf, wiederholte es, und lernte die Eigenschaften kennen und erzählen. Dann meinte sie, wie oft das kleine Ding jetzt, das in dem Grase der Berge stehe, das sie sonst nicht angeschaut und fast verachtet hatte, eigentlich schöner sei, als andere große in dem Garten, die oft nur die eine schöne Farbe haben, und nur groß sind. – Ich nannte ihr aber nicht bloß die Gewächse, die

wir sahen, sondern auch die Steine, manche Erden, und die kleinen Flimmer, die hie und da auf unserem Wege lagen; denn ich hatte diese Dinge nicht nur einstens sehr gerne gelernt, und aus meinen Büchern sehr oft wiederholt, sondern ich trieb sie auch fort, da ich in meine Heimat gekommen war, und unter ihnen herumging. Ich liebte sie, wie meine Gesellschaft, die ich bei meinem Berufe um mich habe. Margarita hatte ein flaches schwarzes Täfelchen bei einem ihrer Fenster im ersten Zimmer machen lassen, darauf lagen nun viele Steinchen, glänzende Stückchen, und andere solche Dinge, und sie legte Zettelchen, darauf sie die Namen geschrieben hatte, dazu.

Da der Obrist nirgends etwas Zweckloses oder gar Zweckwidriges leiden kann, ohne daß er den Versuch machte, es seinem Zwecke, zu dem er es dazusein erachtete, wieder zuzuwenden: so machte er mir auch in diesem Frühlinge einen Vorschlag, den ich zuerst seltsam nannte, und der mir dann sehr gefiel. Es liegt abseit des Reutbühls, gleich dort, wo man zu ihm aus dem Kirmwalde hinüberkömmt, eine steinige Stelle, die ziemlich weit hingeht, wo etwas Lehm, magerer Grund, und sehr klein geklüfteter Fels, fast Gerölle, ist. Die Leute nennen den Fleck das Steingewände, obwohl er eben, und keine Wand ist; aber es ist in der Gegend gebräuchlich, jeden solchen Fleck ein Steingewände zu nennen. Dieses Steingewände nun schlug mir der Obrist vor mit ihm gemeinschaftlich zu kaufen, da es jetzt leicht und billig zu haben sei. Auf meine Frage, was wir denn mit dem unfruchtbaren Grunde tun würden, antwortete er, der Grund sei nicht mehr unfruchtbar, die unendlich feine Zerklüftung zeige, daß die Verwitterung in ihrem Fortgange beginne, und daß der Grund vielleicht zu einer Föhrenpflanzung sehr tauglich sei. Als ich wieder fragte, was wir denn mit einer Föhrenpflanzung täten, da überall herum ohnedem so viele Wälder ständen, die bereits viel besseres Holz hätten, als Föhren zu liefern vermöchten, sagte er: »Die Föhrenpflanzung wird noch stehen, wenn viele andere Wälder, daraus wir jetzt Holz nehmen, verschwunden sind, und in Felder und Wiesen verwandelt wurden. Die Föhrenpflanzung wird stehen, weil sie dann noch nicht zu einem Feld- und Wiesengrunde wird tauglich sein, aber Holz werden die Menschen aus ihr nehmen, wenn Holz schon kostbarer geworden ist, als jetzt. Und wenn die Föhren ihre Nadeln fallen lassen, und unter sich die Feuchte und den Regen erhalten, wird sich der Grund verbessern und lockern, und in tausend Jahren kann vielleicht auch die Föhrenpflanzung in Feld verwandelt werden, wenn alsdann die Menschen dichter wohnen, und ihnen das Erträgnis des Feldes wertvoller erscheint, als das Holz, das die Föhren liefern.«

Ich willigte freudig ein, als er dieses gesagt hatte, und schämte mich, einen so kleinen Zweck gehabt zu haben.

Wir erstanden recht leicht und um ein billiges Geld das Steingewände, und mancher Nachbar, der davon hörte, hielt die Sache für ebenso unklug, als ich sie selber anfangs dafür gehalten hatte. Der Obrist schickte einen Mann hinaus, der in den Abständen, in denen die Pflänzchen zu stehen kommen sollten, kleine Vertiefungen in die Steine machen, und sie unten lockern mußte. In diese Vertiefungen wurde dann Erde getan, aber eine nur um ein kleines bessere, als sonst in den Rissen des Steingewändes war, damit die Pflänzlein wenn sie die ersten Wurzeln in dem Guten geschlagen und dasselbe gewöhnt hätten, nicht dann stürben, wenn sie ihre Fasern in den Fels treiben müßten. Der Obrist wählte den Samen dann von Föhren, die oberhalb des Gehänges in noch steinigerem Grunde standen, als der unsere war, damit ihm der bessere Grund wohltue, und er in demselben gut anschlagen möge. An einem Tage legten wir mit Hülfe mehrerer Leute den Samen in die mit Erde gefüllten Vertiefungen, und deckten ihn wohl zu. Margarita hatte vorher die schönsten Körner ausgesucht.

Der Obrist hatte auch noch einen andern Plan, der ihm aber viel schwerer auszuführen schien, woran er aber demohngeachtet nicht verzagte, wie es ja schon seine Natur war. Er

wollte die Leute der Gegend vermögen, aus den obwohl gut erhaltenen Wegen doch noch bessere, nämlich gleich Straßen zu machen. Er sagte, er hoffe auf die Zeit. Vorerst aber legte er als Beispiel ein Stück einer solchen Straße auf seinem Grunde an, wo nämlich der Weg von Sillerau durch ihn nach Haslung führt, auf welchem Wege doch so manche Menschen Gelegenheit hatten zu gehen und zu fahren, und das neue Ding in Augenschein zu nehmen.
Aus dem Frühlinge war endlich der Sommer geworden. Der Baum des Waldes, der Strauch des Hages, das Obst der Gärten, das Gras der Wiesen, und die Frucht der Felder, alles stand recht schön. Ich hatte, wenn ich um drei Uhr oder auch um vier Uhr des Morgens aufbrach, bis gegen Mittag all meine Dinge abgetan, und brachte den Nachmittag im Haghause zu. Wenn ich hinaufging, und die Hunde mir nicht entgegensprangen, wußte ich, daß der Obrist nicht zu Hause, sondern mit ihnen auf irgendeiner Stelle seiner Felder sei. Wenn dann unter dem Gesinde, das sich rührte, oder unter den Knechten, die die Arbeit taten, Margarita mit ihrem feinen Strohhute stand, gingen wir miteinander, den Vater zu suchen, oder wir gingen auch in dem Felde, oder in dem Walde dahin und redeten von verschiedenen Dingen. Ich legte ihren Arm sanft auf den meinigen.
Eines Tages gingen wir auf dem Wege des Lidenholzes. Sie war in dem aschgrauen, geglänzten Gewande, das so schön ist. Sie trägt nicht die Kleider, wie es jetzt die Frauen so anfangen, daß sie von den Hüften wegstehen, sondern sanft hinabgehend, daß die junge Gestalt freundlich ausgedrückt ist. Das Lidenholz wurde vor vielen Jahren an vielen Stellen ausgehauen, daß man überall die Durchsicht hat, und an vielen Plätzen auf freien mit Stöcken und hohem Grase besetzten Flächen dahingeht. In den Holzschlägen wachsen verschiedene Blumen gemischt, und oft seltnere und gewiß schönere, als man sie auf gewöhnlichen Wiesen zu finden vermöchte. -- Da fragte ich Margarita, ob sie mich recht liebe. -- Wir standen vor einer Grasstelle, wo die hohen

äußerst dünnen Schäftchen aus derselben emporstanden und oben ein Flinselwerk trugen, grau oder silbern, in welchem die Käfer summten, oder Fliegen und Schmetterlinge spielten. Aus dem Holzschlage ragte mancher einzelne Baum hervor, der wieder emporgewachsen war; und jenseits, von ferne herüber, schaute der blaue Duft des Kumwaldes, der ganz ruhig war. So stille war es, daß man zu Zeiten durch die blaue heitere Luft, wie ein sehr schwaches entferntes Donnern, gar das Schießen von Pirling herüberhören konnte, womit der untere Wirt von Pirling, der alte Bernsteiner, einen Keller in die Felsen des Steinbühel sprengt. -- Margarita, als sie meine Frage vernommen hatte, schlug die Augenlider über die sehr schönen braunen Augen herab, sah in die Schäftchen nieder, wurde ganz glüh im Angesichte, und schüttelte leise das Haupt. -- Ich sagte kein Wort, und wir gingen auf dem Wege wieder dahin. Wir sammelten aus den Blumen, die wir der Mühe wert hielten, einen Strauß. Margarita nannte die Namen derselben, und wo sie einen nicht wußte, nannte ich ihn. Wir kehrten auf dem Wege bald wieder um, und gingen nach Hause. Sie hatte den Arm, den ich am Ausgange des Waldes, da wir auf die Wiese kamen, wie sonst in den meinigen getan hatte, auf demselben sanft ruhen lassen.

Als wir in das Haus kamen, fanden wir den Obrist in dem Bücherzimmer. Er saß vor dem Tische, hatte etwas Wein vor sich, und von den runden weißen Broden, die er so gerne ißt. Er sagte, daß er auf dem Felde sich sehr viel Hunger gesammelt habe, und daß er hier sein Nachmittagbrod halte. Margarita setzte sich neben ihm auf einen Stuhl, redete einige Worte, schwieg dann, und sann. Ich blieb auch nicht lange, sondern, als er mit seiner Erquickung fertig war und in den Garten ging, nahm ich Abschied und begab mich auf den Heimweg.

Als ich über den Hügel, wo die Eschen stehen, hinabwandelte, ging die Sonne, wie ein prachtvolles goldenes Schild zwischen mehreren Bergen von Wolken unter, die sogleich zu brennen anhoben. Durch den ganzen Himmel war Herr-

lichkeit, und auf die ganze Erde war Herrlichkeit gebreitet. Ich war in meinem Innern so selig, wie ich es gar nicht auszudrücken vermochte.
Da ich in meinen Hof hineinging, kam mir der Bube Gottlieb entgegen, und zeigte mir sein Buch, in das er schreibt, und wie er schon große Fortschritte gemacht habe. Ich erzählte ihm, was ich eigentlich hatte verschweigen wollen, daß ich ihm schon ein Stück Wiese gekauft habe, das er einst bekommen wird, und daß ich schon für ihn sorgen werde, wenn er gut lernt und ein ordentlicher braver Mann wird, der sich eines Geschäftes annimmt. – Dann ging ich in meine Stube.
Es kam jetzt eine schöne Zeit. Ich liebte meine Kranken, es tat mir das Herz jetzt oft viel weher, wenn ich ein Kindlein in dem Bette liegen sah, die armen Augen auf mich geheftet, und wenn ich nicht imstande war, die Krankheit zu beschleunigen, daß das unschuldige Wesen bald befreit werde – oder wenn ich einen Jüngling sah, dessen rosige Wangen durch das Fieber noch röter und dunkler und von harter Farbe wurden, und er mich bat, ich möchte ihm nur etwas geben, daß die Hitze aufhöre; denn dann sei er schon ganz gesund; ich aber einsah, daß durch diese Hitze, die er so leicht wegzubringen vermeinte, leichtlich seine ganze heitere rosenfarbene Zukunft abgeschnitten werden möchte – oder wenn ich zu einem alten Mütterlein kam, das niemanden mehr hatte, dem alle weggestorben waren, das in Ergebung auf den Tod wartete, und dennoch, wenn ich fortgehen wollte, den Blick auf mein Auge heftete, ob sie darin Hoffnung lesen könnte. Ich gab manchmal dem Kranken die Arznei und ein Stück Geld dazu, daß er sich eine Suppe verschaffen konnte.
Als ich am andern Tage, da ich die Frage an Margarita getan hatte, wieder in das Haghaus hinaufgekommen war, ging sie mir entgegen, nahm mich bei der Hand und führte mich in ihr Zimmer hinein. Sie führte mich an das Tischchen, auf welchem die Steine lagen, daneben heute die Zettel umgekehrt waren, und sagte die Namen aller Steine her, ohne einen einzigen zu fehlen. Dann führte sie mich gegen ihren Bücher-

schrein, wo auf dem Tische die Pflanzen lagen, die wir gestern gebracht hatten. Sie sagte auch die Namen aller, ohne ebenfalls einen zu fehlen. Dann gingen wir mit dem Obrist auf seine Niederwiese hinüber und sahen zu, wie Heu gemacht wurde, und wie man eben das gut getrocknete nach Hause führte.

Sie zeigte mir auch ihre Hühner und das andere Geflügel, und führte mich in den Stall, und zeigte mir die zwei Kälber, wie sie schön seien und wie sie sich jetzt schon völlig ausgewachsen hätten. Wenn sie groß würden, und wieder Nachkommen hätten, dann würde das andere Vieh nach und nach weggetan, und nur das von ihnen gekommen, aufbehalten.

Ich brachte ihr, wenn ich in Thunberg oder in Pirling draußen gewesen war, bald eine Blume mit, bald ein Steinchen, das sie noch nicht hatte, oder ein Band, oder sonst etwas, zum Beispiele, ein Ding, wohinein sie ihre Nadeln und Scheren legen konnte. Sie fing auf einem seidenen Tuche Blumen zu sticken an, und sagte, das würde über die große Tasche gespannt werden, in welcher ich immer meine Papiere hätte; dann machte sie mit Gold und Seide ein Ding auf mehrere Bänder, und erklärte mir, das müsse auf die Halsgeschirre der Rappen getan werden, wenn ich einmal im Winter im Putze mit ihnen ausführe.

Wir fuhren an allen Sonn- und Festtagen in die Kirche nach Sillerau. Da sahen alle Menschen nach ihrer Schönheit hinüber, wenn sie in dem Querstuhle vorn neben ihrem Vater saß. Er hatte an allen großen Festtagen die goldene Kette um, die ihm der Kaiser einmal gegeben hatte, und sie hatte alsdann ein seidenes Gewand mit einem kleinen Zipfel als Schleppe. Mir war sie aber immer lieber, wenn sie in ihrem Hausgewande neben uns in dem Bücherzimmer war, oder in Feld und Wald, und sich nicht so sehr darauf achtzugeben hatte, als auf das seidene.

Gegen Ende des Sommers kletterte ich einmal um eine seltene Blume auf die Schneide des Dusterwaldes, weil ich wußte, daß sie dort um diese Zeit blühe, und brachte sie ihr. Sie hatte eine sehr große Freude darüber.

So ging der Sommer dahin. Wir wandelten wieder, wie im vorigen, in allen Wäldern, Wiesen und Feldern herum, nur daß wir heuer oft noch viel weiter waren, als im vorigen Jahre, und manchen beschwerlichen Weg machten, um irgendeinen Platz zu besuchen, von dem man Pracht und Schönheit der Wälder überblicken konnte, oder wo die schauerliche Majestät war, da sich Felsen türmten, Wasser herabstürzten, und erhabene Bäume standen.

Ich hatte den ganzen Sommer hindurch nicht mehr gefragt, ob sie mich liebe. Einmal aber, im späten Herbste, da wir im Eichenhage draußen bei der großen Eiche ihres Vaters standen, alle Gesträuche schon die gelben Blätter fallen ließen, nur die Eichen noch ihren rostbraunen Schmuck recht fest in den Zweigen hielten, fragte ich sie wieder: »Margarita, habt Ihr mich wohl lieb?«

»Ich liebe Euch sehr«, antwortete sie, »ich hab Euch über alles lieb. Nach meinem Vater seid Ihr mir der liebste Mann auf der Welt.«

Sie hatte dieses Mal die Augen nicht niedergeschlagen, sondern sie sah mich an, aber auf die Wangen ging doch ein recht schönes sanftes Rot, als sie dieses sagte.

»Ich liebe Euch auch recht innig«, antwortete ich, »ich liebe Euch mehr, als alle andern Menschen dieser Erde, und da mir alle Angehörigen gestorben sind, so seid Ihr auf dieser Welt das Höchste, das ich liebe. Ich werde Euch auch in alle Ewigkeit lieben, Euch ganz allein, – hier auf dieser Welt, solange ich lebe, und im Jenseits wieder.«

Sie reichte mir ihre Hand. Ich faßte sie, und wir drückten uns die Hände. – Wir ließen dann dieselben nicht los, sondern hielten uns an ihnen. Wir blieben noch länger stehen, schwiegen, und sahen in das verdorrte Gras nieder. Einzelne gelbe Blätter lagen von den Gesträuchen, die unter den Eichen wuchsen, und die schwach wärmenden Sonnenstrahlen der späten Jahreszeit spielten zwischen den Stämmen und den Zweigen rötlich herein.

Dann gingen wir in das Haghaus, und sie mußte dem Vater an dem Tage noch lange vorlesen. Ich hörte zu, und ging in der Nacht nach Hause.

Ach – es war jetzt so schön auf der Erde, – so mit Worten unaussprechlich schön. Ich kniete einmal auf den Schemel, der in meiner Stube vor dem Fenster ist, nieder, da draußen Nacht war, und unendlich viele Herbststerne an dem Himmel glänzten, und dankte Gott für mein Glück.

Seit meine Angehörigen gestorben waren, war keine so schöne Zeit gewesen.

Ich ging jeden Tag in das Haghaus hinauf. Selbst als der Winter gekommen war, und als ich nicht nur den Vormittag, wie sonst, sondern meistens auch den Nachmittag in meinen Geschäften zubringen mußte – denn erstens konnte ich wegen der großen Finsternis nicht früh genug ausfahren, und zweitens hatten sich die Krankheiten vermehrt – ging ich doch noch immer, wenn nur die Nacht nicht zu weit vorgerückt war, in das Haus hinauf, und sah die letzten Scheite in der großen Heize in dem Büchergemache verglimmen. Wenn ich zuweilen ganz durchnäßt nach Hause kam, weil es nicht selten von dem Wagen oder Schlitten weg noch durch wilde Schneehaufen oder Wässer zu einer Hütte, in der ein Kranker lag, zu klettern war: kleidete ich mich um, daß ich wieder alles an dem Körper trocken hatte, und trat meinen Weg an dem verschneiten Felde des Meierbacher und über den Eschenhügel hinauf an.

Wenn das Gedränge der Ratholenden geringer war, und ich gesagt hatte, daß ich morgen schon am Nachmittage bei scheinender Sonne kommen würde, so stand sie unter der Tür des Hauses, machte wegen des Glanzes der Wolken und des Schnees, der auf den Höhen lag, mit ihrer Hand einen Schirm über die Augen, und sah der Fläche nach hinab. – Sie sagte mir nachher, daß sie nach mir ausgeschaut hatte.

So floß der Winter nach und nach vorwärts. Wir lasen etwas

aus den Büchern oder aus den seltenen Schriften des Obrists, deren er eine ganze Sammlung hat, oder wir sprachen von verschiedenen Dingen. Der Obrist fragte um alle möglichen Verhältnisse der Menschen des Waldes, und wenn ich ihm sagte, was mir bekannt war, sah ich, daß er alles ohnehin schon am richtigsten wußte. Oft war wohl auch ein Mann aus der Umgegend da, der Obrist setzte ihm ein Glas Wein und Brod vor, und ehe die Nacht weit vorwärtsrückte, machte sich der Besuchende wieder auf, und begab sich nach Hause.

Wenn solche lichte Nachmittage waren, wie ich oben sagte, sahen Margarita und ich sehr gerne die Bilder an, die da waren. Sie zeigte mir vieles und erklärte mir vieles; denn hier wußte sie mehr als ich, weil sie seit ihrer Kindheit immer die Bilder um sich gehabt und von dem Vater die Einsicht in dieselben bekommen hatte – es ist unglaublich, welch Wunderbares und Schönes in diesen Bildern liegt. Manchmal gingen wir dann hinaus, und sahen die Wolken und andere Dinge an, und erkannten und freuten uns, daß sie auf den Bildern so gemacht waren, wie sie sind. Ein anderes Mal sagte sie mir wieder alles auf, was sie von mir gelernt hatte, und fragte mich, ob es so recht sei.

Zu verschiedenen Zeiten tat der Obrist Entwürfe und Zeichnungen auf den Tisch, wie er dieses und jenes ändern, dieses und jenes verzieren, dieses und jenes neu anlegen wolle. Wir schauten die Sachen an, sie waren sehr schön, und immer so reinlich gezeichnet, als hätte sich ein junger Mensch mit großem Eifer und großer Freude dazugesetzt. Ich bekam bei diesen Dingen mehr Einsicht, als ich früher hatte, und änderte den Riß, den ich zu verschiedenen Zeiten zu meinem Schreibgerüste gemacht hatte, daß es in festem Eichenholze geschnitzt würde, wieder ganz und gar ab. Ich nahm mir vor, den Riß, ehe die Arbeit in Holz angefangen würde, dem Obrist zu zeigen.

Ein paar Male war er mit Margarita auch sogar bei mir herunten, und das letzte Mal ließ ich seine Braunen heimlich in das Haghaus zurückgehen und führte ihn dann mit Margarita mit meinen Rappen hinauf, da sie zum ersten Male die schönen Bänder, die ihnen von Margarita gemacht worden waren, auf sich hatten.

Manchmal, wenn wir so an späten Abenden beieinandersaßen, draußen strenge Kälte herrschte, und herinnen in der Heize die großen Blöcke glommen, ihren roten Schein mit dem weißen der Lampe im Raume des Zimmers mischten, der Obrist an seinem schönen weißen Barte von der Glut rosenfarben angeleuchtet in dem Armsessel saß, und ich und Margarita nebeneinander ihm gegenüber: so legte sie gerne ihre Hand auf die meine, wir faßten unsere Hände, und hielten uns längere Zeit dabei, während von ganz fremden Dingen der Welt draußen, oder von anderen, die uns schon näher angingen, die Rede war. Der Obrist hat dieses gesehen, er hat aber nie etwas darüber gesagt. Wenn andere eine Neigung zueinander haben, suchen sie dieselbe zu verheimlichen, wir aber taten dieses nicht, sagten aber auch nichts, und lebten so miteinander fort. Wir haben auch zu uns selber nichts mehr von unserer Zuneigung gesagt, seit jenem Abende, wo wir im Eichenhage einander vertrauten, daß wir uns sehr lieben. Ich hatte nicht den Mut, sie von dem Obristen zu meinem Weibe zu begehren – es kam mir auch vor, daß es noch nicht Zeit sei. Er, obwohl er es wußte, redete nie von Dingen, die hieher einen Bezug haben könnten, sondern war immer freundlich und heiter, und sprach von allem, das in dem Reiche seiner Betrachtungen war, oder dem er zu einer Handlung oder irgendeiner Gestaltung, wie sie ihm geläufig war, eine Zuversicht abzugewinnen vermochte.

So war der Winter endlich dahin, und wieder der Frühling gekommen, die liebliche Freude unserer Wälder. Da geschah etwas, das alles änderte.

Zwar der Obrist ist nicht geändert worden. Wenn ihm sogar etwas Böses angetan wird, so erkennt er es für einen Irrtum, hat Mitleid und trägt nicht nach. Ist nicht die schöne Unterredung, die er mit mir hatte, selber ein Beweis davon? –

Ich habe mich so gerne bei der Zeit meiner Ankunft verweilt, ich habe mich gerne bei der Zeit verweilt, in der ich zu bauen und zu wirtschaften angefangen habe; es war eine einfache schuldlose Zeit – ich weilte gerne dabei, wie der Obrist gekommen ist, mit ihr, der Lieben, der Guten; es war eine glückselige Zeit -- alles ist aus -- und sie, gerade sie hat mir so große Schmerzen gemacht; aber es ist nicht sie, ich erkenne es jetzt wohl, sondern ich, ich allein. – Es liegt die lange schwere Zeit vor mir, und viele Jahre wird es brauchen, bis ich mich in sie hineinlebe.

Ich will alles eintragen.

Als die Tage der Blüten gekommen waren – mein Vogelkirschbaum, der liebe große kronenreiche Baum, den ich noch von Allerb auf mich gebracht hatte, war mit einem ganzen weißen Meere von Blüten bedeckt; in den Wäldern, wo man noch durch das dünnbelaubte Zweiggitter den Himmel sah, fuhr ich doch oft schon durch eine Wolke von Duft und Blumenstaub, der durch die Räume ging – alles – alles war so schön – und siehe, dacht ich, welch ein Sommer wird erst auf diese Weise hereinrücken -- und nun sag ich, welcher wird kommen! --

Als, wie ich oben anfing, die Zeit der Blüten über uns war, fand sich in dem Haghause ein Besuch ein, auf den alle nicht vorbereitet waren. Es kam Rudolph, der Bruderssohn des Obrists. Einen schöneren Jüngling würde man sich wohl kaum denken können. Es gingen von dem rosenfarbenen Angesichte die dunklen schwarzen Haare zurück, und die großen Augen blickten sehr wohlgebildet aus dem Angesichte. Sein Vater und seine Mutter waren schon vor längerer Zeit gestorben. Er war gekommen, um eine große Summe, die in Vorschein gekommen, und verloren geglaubte Schuldgelder, die eingegangen waren, mit dem Oheime zu teilen, dem einstens Unrecht geschehen war. Der Obrist nahm ihn mit vielen Freuden auf, zeigte ihm große Liebe und gab ihm viele Geschenke, die er als Denkmale seines Aufenthaltes bei seinen Verwandten auf sein Schloß mitnehmen und aufheben

sollte. Von der Summe aber nahm er nicht den Teil, den ihm der Jüngling geben wollte, sondern, wie in früherer Zeit, wieder das wenigste, das sich noch mit seinen Pflichten gegen Margarita vertrug. Rudolph lebte mit einem Manne, einem Amtmanne seines Vaters, den er sehr liebte und ehrte, ganz allein auf dem Schlosse, und bewirtschaftete sein Vermögen. Mir wurde er, da ich in jenen Tagen hinaufkam, vorgestellt, und er war immer sehr bescheiden und ehrfurchtsvoll gegen mich. Da man ihn sehr bat, blieb er viel länger bei dem Oheime, als er sich eigentlich vorgenommen hatte.
Als ich einmal in dem Lidenholze heimlich auf die Wulst der Felsen, die sich da in der Nähe des Holzschlages überneigen, geklettert war, weil ich dort mehrere sehr seltene Steinbrechen wußte, die in Blüte gehen sollten, und die ich Margarita bringen wollte: sah ich plötzlich auf dem Wege durch das Lidenholz unter mir Margarita und Rudolph herausgehen. Ein schöneres Paar ist gar nicht auf der Erde. Er war um eine halbe Hauptlänge höher, als sie, war so schlank, wie sie, das feine Gewand war so anspruchslos an ihm und die schwarzen Augen blickten sanft und milde: sie schimmerte neben ihm so klar, wie immer, hatte das weiße Gewand an, und wurde durch ihn fast schöner, als gewöhnlich. Mir stürzten die bitteren Tränen aus den Augen -- wer bin ich denn - was bin ich denn? -- ich bin nichts - gar nichts. -- Ich wäre hinabgeklettert, ich hätte die Felsen umschritten, und wäre zu ihnen hingegangen - aber ich konnte es jetzt noch nicht. - Sie wandelten neben den Blumen hin, die in dem hohen Grase des Holzschlages standen, sie wandelten neben dem zarten Gesträuche und Gestrüppe, das sich manchmal an den Weg herandrängt - er sprach zu ihr, sie sprach zu ihm - er hatte ihren Arm in dem seinigen, sie legte ihre Hand auf die seine, drückte sie, und streichelte dieselbe sanft.
Ich wollte nun gar nicht zu ihnen hinabgehen, sondern ich nahm meinen Stock, den ich in die Gräser niedergelegt hatte, und zerschlug mit demselben alle Steinbrechen, die in der Tat noch nicht blühten, daß der Ort wild und wüst war. Dann

stieg ich rückwärts an dem Felsen wieder hinab, wo ich hinaufgekommen war – denn an anderen Stellen ist die Wulst kaum zugänglich – ich stieg so schnell hinab, daß ich mir die Hände blutig riß. Dann ging ich nicht nach Hause, obgleich das Mittagessen auf mich wartete. Ich war gerade darum recht bald zu meinen Kranken gefahren, und war bald zurückgekommen, damit ich zu den Steinbrechen gehen, und ihr die Blumen, wenn ich einige fand, noch vor dem Essen bringen könnte. Jetzt waren keine Blumen notwendig, und jetzt war es nicht notwendig, daß ich nach Hause zu meinem Essen ging. Ich stieg vielmehr von dem Lidholze immer mehr nieder gegen die Talrinne, in der das Lidwasser geht, das kaum jemand besucht, weil es so enge zwischen den Waldwänden hingeht, ein seichtes Wasser ist, und überall wilde Steine liegen, daß kein Weg in der Länge der Talrinne möglich ist. Vorwärts gegen die grauen Felsen, die manchmal aus dem Schwarz und Grün der Wand hinaussteigen, schaut das Gedämmer und die Ruhe des Kirmwaldes herein, der sich aber auch immer drehte und hin und her rührte, wie ich abwärts stieg, bis er verschwand, und an den hohen Strebnissen des Grases, des Nachwuchses, der dürren Stämme, der Steine nichts niederschaute, als der einzige schwermutige Himmel. Ich ging ganz tief bis in den Kessel zurück, wo das Wasser ruhig im Grunde steht und seine stahlblauen Flecke zwischen den grünen Inseln, die auf ihm schwimmen, hervorleuchten – daneben steht der feuchte Stamm der Tanne, und der graubraune Fels, von dem das Wasser beständig, wie ein Firnis, niederglitzert. Auf dem Wege dahin hatten mich die blauen Scheine unseres Waldenzianes gegrüßt und die breiten grünen Augen des Huflattichs, wo mein Fuß in den weichen brodigen Waldboden einsank. Ich beachtete sie nicht.

Ach, ich bin ja sonst nicht so zornig – es ist meine Art nicht so. Ein Rückfall in meine Kindheit mußte es sein, wo mich, wie der Vater sagte, meine früh verstorbene Mutter verweichlichte, daß ich oft, wenn mir ein Hindernis entgegenkam, mich zu Boden warf und tobte. – –

Ich stieg von dem Lidkessel durch das Sandgerölle empor, indem ich die Hand wieder in die Gesträuche schlug, daß sie blutete, und mich an den hervorstehenden scharfen Steinen hielt, daß ich nicht niederrollte. – Ich kam an dem Rotheck heraus, wo sich die Ockersteine am Gipfel des Berges in die Luft drängen, und der Blick in die jenseitigen Länder geht; wo sich die lange Linie des Rothberges hinzieht, und die dortigen Waldbühel blau an blau hinausgehen. Das Haus des Vetters Martin war nicht sichtbar, an dem Himmel streckten sich weiße stehende Wolken hin und auf meinem Boden war der Sand so rot gefärbt, daß ich mir die Schuhe beschmutzte, wie ich darüber hinging, und gegen meine Linke abneigend wieder in die finstere Gesellschaft der Tannen einbog.

Ich hatte mir nun alles festgesetzt, wie ich tun solle. – Ich ging in der großen Krümmung des Waldes herum, daß ich fast gegen Abend oberhalb des Eichenhages herauskam, durch das ich in das Haus des Obrists ging. – Er selber war nicht zu Hause. Margarita, sagten sie, sei in dem Garten. Ich schritt durch das Hoftor in den Garten, sah sie aber dort nicht, und vermutete sogleich, daß sie in das angrenzende Feld hinausgegangen sein möge, weil das Hintergitter des Gartens offenstand. Ich sah sie wirklich, da ich das Gitter erreicht hatte und den Blick in das Freie tat, an dem breiten Wiesensaume, der neben dem Korne lief, wandeln, wie sie in der lauen schönen Abendsonne den langen Schatten über das Getreide warf. Sie war allein – es war dieses nichts Wunderbares – aber ich verwunderte mich darüber. Nur die zwei schönen Wolfshunde ihres Vaters gingen ruhig neben ihr, sie lieben das Mädchen sehr, gehen ihm immer zu, und sind viel ruhiger, wenn Margarita in unserer Gesellschaft ist. Als ich in der Öffnung des Gartengitters erschien und sie mich erblickten, sprangen und tanzten sie lustig gegen mich zu, und auch Margarita ging etwas schneller mir entgegen, da sie merkte, daß ich auf sie zueile. Sie hatte das weiße Kleid an, war so schlank und schön, wie am Vormittage, und trug das reine Angesicht meinen Augen entgegen, so schimmernd und sanft, wie es am Vormittage gewesen war.

Sie nahm zuerst das Wort und sagte: »Ach – Ihr seid nun da – wir waren schon in Sorge, daß Euch etwas zugestoßen sein könnte; denn der Vetter Rudolph ist fort, und ist im Nachmittage noch bei Euch gewesen, um Abschied zu nehmen – da sagten Eure Leute, daß Ihr wohl mit den Pferden schon nach Hause gekommen, aber wieder fortgegangen, und dann nicht einmal zum Mittagessen zurückgekehrt seid. Der Vater meinte, Ihr würdet wohl zu einem Hülfsbedürftigen gemußt haben, und es sei alles an der Sache nicht auffallend. Er hat den Vetter Rudolph bis zu dem Wirtshause am Rothberge begleitet, wohin die Reisepferde bestellt sind, dann wird er mit unseren Pferden wieder heimkommen.«

»Margarita, Ihr liebt mich gar nicht!« antwortete ich.

Sie richtete ihre Augen auf mich, und sagte: »Wie kömmt denn diese Rede zu Euch? – ich liebe Euch ja mehr, als Ihr ahnen könnt: ich bin so freudig, wenn Ihr heraufkömmt, es tut mir leid, wenn Ihr fortgeht, und ich denke auf Euch, wenn Ihr fern seid.«

»Ihr liebt mich nicht«, sagte ich wieder, und sie mochte bemerken, wie es in meinem Angesichte vor Schmerz zuckte.

»Was ist Euch denn«, sagte sie, – »Ihr könnt ja eigentlich nicht so reden. – Seid Ihr krank? Ihr müßt wohl einen weiten Weg gemacht haben, ich sehe es an Euren Kleidern. Habt Ihr schon etwas gegessen?«

»Nein, ich habe noch nichts gegessen«, antwortete ich.

»Nun so kommt nur schnell in das Haus herein«, erwiderte sie, »ich werde Euch etwas geben, es sind noch Dinge genug da, Ihr müsset gleich etwas essen?«

»Ich esse nichts«, antwortete ich.

»So wollt Ihr etwa mit dem Vater reden«, sagte sie, »kommt, wir wollen uns auf die Gartenbank setzen, wo man den Weg weit übersieht, auf dem er kommen wird.«

»Ich will nicht mit dem Vater reden«, antwortete ich, »aber Euch habe ich etwas zu sagen, daß Ihr nämlich den Vetter Rudolph viel, viel mehr liebt, als mich.«

»Ich liebe den Vetter Rudolph«, sagte sie, »weil es sich gebührt, aber ich liebe Euch mehr – ihn liebe ich anders – und Ihr müßt selber sagen, ob er es nicht wert ist, da er sich so schön gegen uns, seine Verwandten gezeigt hat?«

»Ja, ja, er ist es wert und Ihr werdet ihn immer mehr und mehr, und endlich sehr lieben«, erwiderte ich.

»Ich werde ihn auch sehr lieben«, entgegnete sie, »wenn er noch öfter wird zu uns gekommen sein, wie er es gesagt hat.«

»Nun, so ist es gut, und wir sind in Ordnung«, antwortete ich.

Jetzt gingen wir eine Weile schweigend nebeneinander her, bis wir zu dem Gartengitter gekommen waren, wo die Rosen stehen, deren Reiser wir miteinander eingelegt hatten. Dort blieb sie stehen, wendete ihr Angesicht und ihre Augen auf mich und sagte: »Ich bitte Euch, lieber, teurer Freund, seht ich bitte Euch aus der innersten Inständigkeit meines Gemütes, lasset diese Dinge und diese Worte aus Eurem Herzen fahren.«

»Ich lasse ja die Dinge alle«, antwortete ich, »Ihr liebt mich nicht, und ich lasse die Dinge aus meinem Herzen fahren.«

»Ich habe im Eichenhage zu Euch gesagt«, erwiderte sie, »daß ich Euch außer meinem Vater mehr liebe, als alle andern Menschen auf der Erde.«

»Ja, Ihr habt es gesagt«, antwortete ich – »ob es aber auch wahr ist!?«

Auf diese Rede erwiderte sie gar nichts. Sie sagte kein Wort mehr. Sie ging durch das Gartengitter hinein, und ich auch. Sie zog einen Schlüssel aus der Tasche ihres Kleides, machte das Gitter zu und sperrte mit dem Schlüssel das Schloß. Dann ging sie auf dem geraden Wege durch den Garten, der gegen das zweite Gitter führt, durch das man in den Hof des Hauses gelangt, – ich ging immer neben ihr, und es war mir, als ob sie scheu von mir wegwiche. Da wir das Gitter erreicht hatten, ging sie durch dasselbe in den Hof, tat es hinter sich zu, aber sperrte es nicht ab, weil es nie abgesperrt wird. Im Hofe redete sie wieder das erste Wort, indem sie sagte: »Wenn Ihr auf den Vater warten wollt, so will ich mich zu Euch auf die Bank setzen, und so lange warten, bis er da ist.«

»Ihr könnt ihm in meinem Namen eine gute Nacht sagen«, antwortete ich, »ich gehe nach Hause.«

»So werde ich es tun«, sagte sie, indem sie stehenblieb.

Ich wendete mich von ihr, ging neben dem Blumensaale durch das große Tor hinaus, und schritt auf dem Wege nach meinem Hause hinunter.

Am andern Tage hatte ich nur zu dem Erlebauer zu fahren, der etwas bedeutend krank war, dann zur Mechthild, die ein Gallenfieber hatte, und dann noch zu einigen andern von geringer Bedeutung. Ich fuhr sehr frühe des Morgens aus, damit ich bis zu Mittag mit allen meinen Kranken, und mit dem Schreiben, das notwendig geworden war, fertig wäre.

Als ich die Suppe, die ich als einzige Speise an diesem Mittage zu mir nahm, gegessen hatte, ging ich in das Haghaus hinauf.

Ich ging zuerst zu dem Obrist, der in einem Buche las. Er stand auf, grüßte mich, wie sonst, und war um gar nichts anders, als er sich stets gegen mich benommen hatte. Er sagte mir nach einigen gewöhnlichen Worten, daß gestern sein Vetter Rudolph fortgereiset sei, daß er mich noch gesucht, aber nicht gefunden habe, und mir daher durch ihn die schönsten Grüße zum Abschiede sagen lasse. Er fügte dann noch hinzu, daß der junge Mann ein vortrefflicher Mensch sei, daß er sich freue, daß nun der Hader in der Verwandtschaft ein Ende habe, und daß, wenn der Jüngling in seiner Gesinnung so fortfahre, aus ihm ein einfacher, gutherziger und starker Mann hervorgehen könne. Ich pflichtete den Worten bei, wie sie auch in der Tat ganz der Wahrheit gemäß waren.

Von unsern andern Dingen sprach der Obrist kein Wort.

Nach einer Weile der Unterredung sagte ich, daß ich zu Margarita hinübergehen müsse. Er stand auf, und ich beurlaubte mich. Es war mir zu allen Zeiten erlaubt gewesen, allein zu Margarita hineinzugehen, und der Obrist hatte es nie so eingerichtet, daß dieses nicht geschehen durfte.

Ich ging durch den Gang zu ihr hinüber. Als ich die Türe geöffnet hatte, sah ich sie an ihrem Tischchen stehen, und sie schien mich erwartet zu haben. Sie war manchmal, wenn sie wußte, daß ich zu ihrem Vater hineingegangen sei, voll Freude herübergekommen; heute war das nicht der Fall gewesen. Sie war recht schön gekleidet, aber das Gewand war ein anderes, als gestern. Auf dem Wandtische neben der Tür lag noch der welke Strauß Feldblumen, den sie gestern gepflückt hatte, und seine Stengel waren noch mit demselben Feldgrase gebunden, das sie gestern genommen hatte. Ich erkannte, daß er einige Blumen enthielt, die in unserem Kräuterbuche noch nicht waren, oder die wir schlecht gepreßt hatten.

Da ich bis zu ihr vorwärtsgekommen war, und gegen ihre Augen geblickt hatte, sagte sie: »Ich habe Euch heute erwartet, und da muß ich Euch die Worte sagen, die ich mir in der Nacht gedacht habe, und die Euch zu wissen notwendig sind. Ich habe recht gerne Eure Gattin werden gewollt, der Vater hat Euch auch in hohem Grade lieb; – aber da nun alles anders geworden ist, muß ich Euch sagen, daß es nicht mehr geschehen kann.«

Ich sah sie an. Da ich in das Haghaus hinaufging, wußte ich noch nicht, was ich sagen werde, nur die Empfindung war mir klar, daß ich heute recht bald, sobald als möglich hinaufgehen müsse; aber als Margarita die obigen Worte gesagt hatte, erschrak ich sehr. Ich nahm sie bei der Hand, die sie mir gerne ließ, und führte sie gegen das Fenster vorwärts. Sie setzte sich auf das gepolsterte Bänklein, das in der Fenstervertiefung steht, nieder, weil sie dachte, daß ich mit ihr reden wolle. Ich setzte mich auf das andere Bänklein, ihr gegenüber, und redete zu ihr. Ich redete sehr lange – aber was ich sagte, weiß ich nicht mehr, und kann es nicht in dieses Buch einschreiben. Was sie antwortete, weiß ich auch nicht mehr; aber das weiß ich, daß es nicht so war, wie ich wollte, und daß sie ihren Entschluß nicht änderte. Dann schwieg sie ganz, und wie ich eifriger und hastiger fortredete, verstummte sie immer mehr, und als ich endlich sehr heftig und dringend wurde, sagte sie plötzlich die Worte: »Da muß ich den Vater um Hülfe rufen.«

Auf diese Worte sprang ich auf, und sagte: »Nein, das dürfet Ihr nicht tun, das sollt Ihr nicht nötig haben – es ist schon alles gut, gut, gut.«

Und da war es, wo eine solche Vergessenheit aller Dinge des Himmels und der Erde über mich kam!! – – Ich wendete mich um, ging zur Tür hinaus, gewann durch das Tor das Freie, und eilte nach meinem Hause hinunter. – –

Es war nun alles gleich. Ich wollte die Dinge der Welt zerreißen, vernichten, strafen. – – –

Ich habe es im Anfange dieses Buches eingeschrieben, wie ich in den Kirmwald zu einer Birke hinaufgeeilt bin, die mir in den Gedanken gekommen war, und wie mir der Obrist an jene Stelle nachgegangen war, und mit mir in dem Walde geredet. – – –

Es ist eine sehr lasterhafte Tat gewesen, die ich habe begehen gewollt, und sie hat meine Seele tief erschreckt. – Ich habe sonst meine Geschäfte ruhig getan, und weiß nicht, wie ich dazu gekommen bin, daß ein solcher Gedanke in meinem Haupte entstehen konnte. – Ich weiß es heute noch nicht. – – – –

Ich muß mein Amt mit noch größerem Eifer verwalten, ich muß in die tiefsten Dinge desselben niedersteigen, und muß die größten Schwierigkeiten und die kleinsten Pflichten desselben tun, damit wieder alles ausgeglichen werde.

Ich habe diese Sache darum auch gleich am Anfange dieses Buches eingeschrieben, weil sie mich so erschreckt hat, daß nur eine Möglichkeit gewesen ist, daß ein solches Beginnen in meinen Sinn und in meine Denkweise kommen konnte!!

Ich bin sehr traurig gewesen. Am Abende bin ich nach Hause gegangen, und habe mich in das Bett gelegt – nicht zum Schlafen. Den andern Tag habe ich mit mir allein zugebracht. Am folgenden bin ich zu dem Obrist hinaufgegangen. Er hat mir seine Lebensgeschichte erzählt, und hat mich sehr erschüttert. Dann hat er mich gefragt, ob ich zu Margarita hinübergehen wollte, um mit ihr gütig zu reden; und da ich eingewilligt hatte, führte er mich durch den Gang und über die gelbe Rohrmatte in ihr erstes Zimmer hinein. Als sie in demselben nicht war, sagte er, ich solle hier warten, er werde sie holen – dann werde er selber nicht mehr herauskommen, sondern durch das Bücherzimmer in seine Stube zurückgehen. Er kam auch nicht mehr heraus – es öffnete sich schwach der halbe Türflügel, den der Obrist hinter sich offengelassen hatte, und Margarita trat heraus. Ihre Augen waren auf mich gerichtet. Sie war so einfach schön, wie das Ding, wovon sie den Namen hat; denn Margarita heißt ja in der alten Römersprache die Perle. Der Obrist hatte nichts von dem gesagt, was ich hatte tun wollen, ich erkannte es wohl; denn sie hätte mich nicht mehr angesehen. Sie ging bis in die Mitte des Zimmers hervor, wo ich stand, ich reichte ihr die Hand, wie wir es gewöhnlich taten, wenn wir in früheren Zeiten zusammengekommen waren, sie nahm die Hand an, und dann ließen wir sie wieder los.

»Margarita«, sagte ich, »Euer Vater hat bei Euch fürgesprochen, daß ich zu Euch herüberkommen, und mit Euch reden dürfe. Wir werden nun nicht mehr so oft zusammenkommen, und werden nicht so oft miteinander durch die Felder und Wälder gehen wie bisher – – ich werde weniger in das Haghaus heraufgehen können, als es in den vergangenen Zeiten der Fall gewesen ist – – – fürchtet Euch nicht, ich werde heute nicht so reden, wie vorgestern, sondern gut und ruhig – ich werde Euch um nichts bitten.« – –

Sie hatte während dieser Worte nicht geantwortet, obwohl sie in Zwischenräumen gesagt worden waren, sondern war vor

mir gestanden, und hatte ihre Arme an ihrem Kleide niederhängen lassen.
»Margarita«, sagte ich dann wieder, »verzeihet mir.«
»Ich habe Euch nichts zu verzeihen«, antwortete sie, »Ihr habt mir nichts getan.«
Während wir diese Worte sprachen, kam der Obrist wieder durch das Bücherzimmer zu uns herüber, und trug etwas in der Hand. Da er bis zu uns gelangt war, legte er es auf den Tisch nieder und sagte: »Hier sind einige getrocknete Stämmchen Edelweiß. Sie sind die Hälfte von denen, welche mir meine Gattin gepflückt und auf den Hut gesteckt hat, als sie an ihrem letzten Tage mit mir auf dem hohen Gebirge gewesen war. Ihr werdet beide diese Pflanze nicht kennen, da sie hier nicht wächst, und werdet sie daher auch nicht in euren Kräuterbüchern haben. Ich gebe euch diese mehreren Stämmchen, teilt sie untereinander, und bewahret euch dieselben auf.«
Als er dieses gesagt hatte, wendete er sich um und begab sich wieder durch das Bücherzimmer in seine Stube. Ich ging an den Tisch und sah das Edelweiß an. Es waren zwölf Stämmchen. Ich legte sechs auf diese Seite, und sechs auf jene Seite, und sagte: »Margarita, ich habe die Pflanzen auseinandergeteilt; diese hier sind die Eurigen, diese die meinigen. Ist es so recht?«
»Ja«, sagte sie.
Hierauf schwiegen wir wieder eine Weile – dann sagte ich: »Ich werde jetzt mein Amt recht eifrig erfüllen, und allen Hülfsbedürftigen, nah und ferne, den willfährigsten Beistand leisten.«
»Ja, tut das, tut das«, sprach sie lebhaft.
Dann fuhr ich fort: »Denkt zuweilen an mich, Margarita, und wenn auch alles anders wurde, lasset doch mein Bild in mancher Zeit vor Eure Augen treten.«
»Ich habe geglaubt, daß Ihr sehr gut und sehr sanft seid«, antwortete sie.
»Ich bin es«, sagte ich, »ich bin es, Margarita, nur könnt Ihr

es jetzt noch nicht sehen, und könnt es jetzt noch nicht glauben. Drum lebet wohl Margarita, lebet recht wohl.«
»Wartet noch ein wenig«, sagte sie.
Dann trat sie an den Tisch, nahm jene Abteilung des Edelweißes, die ich als die ihrige bezeichnet hatte, legte sie auf meine Seite und sagte: »Nehmet dieses.«
Ich sah auf sie, konnte aber ihr Angesicht nicht sehen, weil sie sich abgewendet hatte.
»Margarita«, sagte ich, »lebet recht wohl.«
Ich konnte nicht hören, daß sie etwas antwortete, sah aber, daß sie mit der Hand winkte.
Es war nun alles vorüber. Ich nahm das Edelweiß, das sie mir gegeben hatte, von dem Tische, tat es in das Buch, das ich immer bei mir trage, und ging zur Tür hinaus. Ich schritt zum letzten Male über die gelbe Rohrmatte, ich ging durch die große Blumenstube, in welcher manche fremdartige Gewächse standen, und trat aus derselben auf den Grundstein hinaus, den wir mit so vieler Freude und Fröhlichkeit gelegt hatten. Dann kam ich durch den Torbogen in das Freie. Ich wollte den Obrist nicht mehr besuchen, sondern langsam meine Wege gehen. Aber ich sah ihn, da ich herausgekommen war, in dem feinen Grase des Rasens stehen, der sich vor den Fenstern seines Hauses hinbreitet. Wir gingen aufeinander zu. Anfangs sagten wir gar nichts, dann aber sprach er: »Wir werden Euch ein wenig begleiten.«
Es waren nämlich auch seine zwei Hunde bei ihm. Er ging ein Stück des Weges, den ich eingeschlagen hatte, mit mir, dann sagte er: »Lasset eine Zeit verfließen. Wie ich Euch schon in meiner Stube gesagt habe, so wiederhole ich es auch hier, ihr habt beide gefehlt. Denkt an meine Gattin: sie stürzte ohne den leisesten Angstruf in den Abgrund, damit sie mich nicht erschrecke. Margarita gleicht ihr sehr. Sogar darin ist sie ihr ähnlich, daß sie eine solche Vorliebe für weiße Kleider hat, obwohl ihr niemand erzählt hat, daß es bei ihrer Mutter auch so gewesen ist. Sie ist ebenso stark und ebenso demütig und zurückweichend vor dem harten Felsen der Gewalttat.«

Ich antwortete im Augenblicke nicht auf diese Rede. Es war heute das erste Mal gewesen, daß der Obrist von dem Stande der Dinge zwischen mir und Margarita gesprochen hatte. Wir gingen noch eine Weile nebeneinander, bis ein Weg seitwärts gegen seine Wiese hineinging. Dort beurlaubte er sich, und wandelte auf dem Wege, der ihn gegen die Wiese führte, mit seinen Hunden dahin.

Der Pfad aber, den ich eingeschlagen hatte, war nicht der zu meinem Hause hinunter, sondern der, welcher von dem Haghause weg durch die Felder emporgeht, und dann in die Weidebrüche einlenkt, wo man im Sommer die Rinder hütet. Ich schlug den Pfad darum ein, weil ich noch zur Haidelis gehen mußte, die krank ist, und weil der Weg durch die Weidebrüche zu ihr führt. Ich ging nicht zum Essen nach Hause; denn ich dachte, ich könnte ja in das Gollwirtshaus gehen, wenn mein Leib etwas verlangte, oder sonst irgendwohin, wo mein Weg mich vorbeibringt.

Als ich zwischen die Haselstauden der Weiden hinaufgekommen war, und nicht gesehen werden konnte, blieb ich ein wenig stehen. Ich richtete mir das Barett zurechte, welches schief gesunken war, und sagte mir gleichsam selber die Worte: »Wenn dir nun in Zukunft noch ein Widerstand in den Weg kommt, Augustinus, den du nicht überwinden zu können meinst, so denke an den Obrist und seine standhafte Tochter.«

Dann ging ich wieder zwischen den Haselbüschen weiter.

Ich hatte jetzt niemanden mehr, als meine Kranken, und es schien mir in dem Augenblicke, als warteten sie alle auf mich.

Ich sollte zwar erst gegen Abend zur Haidelis hinaus, und hatte mir vorgenommen zu fahren; aber da es doch etwas weit ist, so dachte ich, werde ich bei langsamem Gehen, wenn auch der Tag noch hoch steht, doch erst gegen den Abend hinkommen. Ich mochte von dem Obrist nicht nach Hause gehen, und meine Pferde holen. Ich ging langsam – langsam und denkend durch die Wälder dahin. – Auch war ich ein wenig bei dem hinteren Wirte in dem Schlagholze, und aß etwas von der Kost, die an seinem Mittagstische übriggeblieben war.

Als ich von der Haidelis weg durch andere Wälder nach Hause ging und die Sonne schon ziemlich nahe gegen ihren Untergang neigte, schien es sich erfüllen zu wollen, was der Obrist heute gegen Mittag vorausgesagt hatte; denn von der Scheide des Hochwaldes herüber, von woher im Winter die Wolken mit dem Regen gekommen waren, der den schrecklichen Eissturz gebracht hatte, zog es sich wie Gewitterbildung zusammen, und die Sonne mußte sich auch im Abend durch zerstückte und an ihren Enden anbrennende Wolken hinunterarbeiten. Ich betrachtete mir so, da ich in das Freie gekommen war, das Zurechtrichten und die Vorbereitungen an dem Himmel.

Zu meinem Hause ging ich nur hinzu, um den Fuchs anspannen zu lassen, damit ich noch zu dem Erlebauer hinausführe, zu dem ich vor Abends mußte, und wieder zurückkäme, bevor das Gewitter ausbräche.

Als ich mit dem Thomas durch die letzten Bäume des Thaugrundes zurückfuhr, leuchteten schon die Blitze durch die Zweige herein, und zogen manchmal über den fernen Wald ihre geschlungenen Geißellinien. Auch an dem Abendhimmel war es nun anders. Wo die Sonne zwischen rotschimmernden Wolken und blaßgelb leuchtenden Stücken heiteren Himmels untergegangen war, war nun alles zusammengeflossen, und aus der dunkeln Lagerung der Wolken brach zu Zeiten Feuer hervor. Ich habe darum den Fuchs zu dieser Fahrt genommen, weil er das himmlische Feuer nicht scheut. Die jungen Rappen entsetzen sich davor.

Als ich von dem Wege ablenkte, und durch mein Gitter in meinen Hof hineinfahren wollte, sprengte in der Dämmerung, in der die ruhigen Bäume standen und die Blitze zuckten, ein Mann herbei, und rief mich an, ich möchte augenblicks kommen, ich sei bei dem untern Aschacher sehr notwendig. Sie tragen ihn eben von dem Schwarzholze herein, wo ihn ein fallender Baum fürchterlich verwundet habe. Er, der dieses sage, sei selber dabeigewesen, sei vorausgelaufen, habe ein Pferd genommen und sei hergeritten, um den Doktor in größter Schnelle zu holen. Ich befahl dem Thomas umzulenken, und wir fuhren hinter dem Boten, der vor uns herritt, zu dem wohlbekannten Hause des untern Aschacher hinab, wohin es nicht weit war. Als wir ankamen, hatten sie ihn schon da, er lag auf dem Bette, und sie hatten ihm die Kleider von dem verwundeten Fuße geschnitten. Es war durch die Tanne, die sie umschnitten und die dann fiel, nur die Haut von dem Fuße gestreift worden, aber nie habe ich so furchtbar und gräßlich menschliches lebendes Fleisch entblößt gesehen. Der Mann wäre gestorben, wenn ich damals in dem Kirmwalde meine Tat verübt hätte! Sie hätten ihm Pflaster auf die Verwundung getan und den Brand gelockt. – Ich befahl Wasser von dem Brunnen zu holen, und ließ ihm von dem Eise zukommen, das ich immer in der Grube unter meinem Hause aufbewahrt halte.

Das Gewitter ist nicht hereingebrochen. Als ich mit dem Thomas auf dem schlechten Feldwege zurückfuhr, zogen seine regenlosen schwarzen Stücke über den Lidwald hinaus, man hörte schier keinen Donner, und nur die zeitweisen Blitze zielten gegen die ferneren Länder hinaus, die von uns gegen Morgen liegen.

Es verging eine ängstliche, unruhige Nacht. Ich war sehr düster!

5.

Thal ob Pirling

Es war am folgenden Tage, da der untere Aschacher sich so schwer verwundet hatte, wieder ganz heiter. Nicht ein einziger Tropfen war in der Nacht gefallen. Ich ging um fünf Uhr früh den näheren Weg durch die Felder zu ihm hinunter. Sie hatten die ganze Zeit getan, wie ich gesagt hatte, und ich befahl wieder, daß sie stets, wenn das Eis ausgeht, ein neues Teil von mir holen sollten. Es war die Verwundung gerade in dem Stande, wie ich es an dem vorhergegangenen Abende vorausgesehen hatte, und ich konnte den Jammernden die Versicherung geben, daß er ganz gewiß gesund werden würde.

Als ich heraufging, stand die Sonne wie ein klares, blühendes Rund über der Dunkelheit der Wälder, und die Gräser und die Gesträuche glänzten in farbigen Punkten an meinem Wege.

Da ich über die Stiege zu meiner Schlafstube hinaufstieg, in welche mir die alte Maria immer mein Frühmahl stellt, fand ich in dem Vorgemache ein Weib, welches meiner harrte. Ich kannte sie, es war Susanna, die Einwohnerin des Klum. Als ich sie in meine Stube hineingeführt hatte, tat sie ihr blaues Tuch auseinander, das sie sonst gewöhnlich um die Schultern hatte, und in dem sie heute etwas eingewickelt trug, und sagte, sie sei gestern in dem Birkengehege im Kirmwalde gewesen, und habe sich etwas dürres Holz und Reisig gebrochen, um es sich nach Hause zu tragen. Da habe sie in einer Hecke dieses Tuch gefunden, und Hanna, meine Magd, habe ihr gesagt, daß es ein meiniges sei. Sie bringe es daher, und habe es in ihr Schultertuch eingewickelt, daß es nicht schmutzig werde.

Ich hatte nur ein wenig hingeschaut, und erkannte, daß es

mein buntes Tuch sei, das ich auf dem Birkenplatze im Kirmwalde weggeworfen hatte.

Ich gab dem Weibe ein kleines Geschenk, weil sie arm ist – das Tuch aber ließ ich ihr auch. –

Dann, als ich alles hergerichtet hatte, was zu dem heutigen Tage notwendig war, wurden die Rappen eingespannt, und die Rundfahrt zu den Kranken angetreten.

Ich dachte über mein Amt, das mir die Gottheit gegeben hatte, nach. Es kann nicht recht sein, daß man dasjenige, was andere getan und gefunden haben, in mehrere Bücher zusammenträgt, dasselbe sich sehr gut in das Gedächtnis prägt, und es dann in der gleichen Gestalt immer ausübt – es kann nicht recht sein. Man muß die Gebote der Naturdinge lernen, was sie verlangen und was sie verweigern, man muß in der steten Anschauung der kleinsten Sachen erkennen, wie sie sind, und ihnen zu Willen sein. Dann wird man das Wachsen und Entstehen erleichtern. Es wissen auch die großen Bücher, welche ich auf meinen Tisch und auf mein jetziges Schreibgerüste lege, und in denen ich lese, nicht viel. Wer erkennt es genau, ob die Arkana, und die Sympathien und die Zeitverbindungen die Hilfe bringen, die in ihnen liegt? Und es ist nicht klar abzumerken, daß Gott in die großen Zusammensetzungen der Stoffe unser Heil gelegt hat, weil wir es nicht finden würden, wenn wir die Zusammensetzungen noch nicht kennten. Es liegt gewiß irgendwo sehr nahe bei uns. Womit würde sich denn der Hirsch heilen, und der Hund, und die Schlange des Waldes, wenn die Arzenei, die ihnen hilft, in meinem Schragen stünde, weil sie ja nie zu ihm kommen? Es wird ein Ding in dem kühlenden fließenden Wasser sein, es wird eins in der wehenden Luft sein, und es werden Zustimmungen zu unserem Körper aus der Eintracht aller Dinge jede Stunde, jede Minute in unser Wesen zittern und es erhalten. – – Ich will sehr eifrig in den Büchern lesen, und das lernen, was sie enthalten – und ich will hinter dem Hirsche, hinter dem Hunde hergehen, und zusehen, wie sie es machen, daß sie genesen. Die Kräuter der Berge kenne ich; jetzt will ich auch die anderen Dinge ansehen, und will die Krankheiten betrachten, was sie sprechen, was sie zu uns sagen und was sie heischen. --

So dachte ich und so hatte ich vor.

Als ich mit meinem Wagen zurückgekommen war, ging ich noch einmal zu dem untern Aschacher hinab. Sein Übel, wie es ihn auch ergriff, war doch in sehr gutem Stande. Ich ging von nun an täglich zweimal zu ihm.

Nach einiger Zeit kam dieses Buch, wie ich es in Thunberg bestellt hatte. Große Blätter von Pergament, in Korduanleder gebunden, und mit guten messingenen Spangen zu verschließen. Ich wollte es auch so machen wie der Obrist, wie er es in Westfalen von einem alten Krieger gelernt hatte. Aber ich nahm mir vor, das Geschriebene nicht in Päcke einzusiegeln, wie er, weil ich nicht immer herumreisen muß, und das große Buch recht gut in seiner Truhe von schönem schwarzen Holze ruhen kann. Aber die Blätter mit dem Eingetragenen wollte ich doch vor dem Lesen versperren. Ich tue mit den guten Messern, die sie in Rohren verfertigen, einen Schnitt in dieselben, ziehe seidene Bänder durch, und siegle dieselben zusammen. Zu den seidenen Bändern habe ich die rosenrote und blaue Farbe gewählt, weil Margarita, wenn sie an Festtagen oder an Sonntagen in großem, vorzüglich in seidenem Putze war, und die weiten bauschigen Falten des Schoßes recht schön an ihr niedergingen, vorzüglich diese Farben an den Schmuckbändern des Kleides liebte. Ich sah das Buch an, als es mir gebracht wurde, und es gefiel mir wohl. Ich versuchte die Spangen, und sie flogen bei dem Drucke gut auf, und zeigten das reinliche Weiß der Pergamente. Ich zeichnete mit meiner roten Dinte die Zahlen der Seiten ein bis auf die letzte. Dann schrieb ich nach und nach dasjenige ein, was ich in den ersten Tagen, weil ich nicht warten konnte, unterdessen auf Papier aufgeschrieben hatte. Ich verwendete alle jene Zeit zum Schreiben, in der ich sonst in den Feldern gegangen bin, die Gewächse, die Bäume, das Gras angeschaut und betrachtet habe – und dann in das Haghaus hinaufgegangen bin. Es blieb mir, außer daß ich viel lernte und beobachtete, nun doch noch viele Zeit übrig. Wenn ich von dem Schreiben aufstand, ging ich noch in meinen Garten, der immer schöner wurde, sah die Blumen an, und die Gemüse, und die anderen Kräuter, die zu meinem Amte gehören, und die Obstbäume, welche ich entweder schon selbst gepflanzt habe, oder welche mir von den früheren Besitzern des Grundes geblieben waren. Indessen taten meine Leute ihre Geschäfte, die sie in dem Hause hatten, und sahen mich recht freundlich an, wenn ich gelegentlich an ihnen vorüberkam. Öfter ging ich auch, wenn die Dunkelheit schon aus den Gründen der Erde stieg, noch in dem Walde herum, und sah, wie die Nadeln schwarz wurden, und die Dämmerung gleichsam durch die feinen Zweige und Haare der Tannen rieselte, oder um die starken Äste der Buchen, der Ahornen, der Eschen war.

Nach einer Woche, seit ich zum letzten Male in dem Haghause gewesen bin, kam der Obrist zu mir herunter, und erzählte mir, daß er Margarita habe fortreisen lassen. Es seien nun vier Tage, daß sie frühe am Morgen fortgefahren sei. Er habe sie eine Tagereise weit begleitet, und sei vorgestern zurückgekehrt. Sie werde einige Zeit bei einer weitläufigen Verwandten, einer lieben alten und kinderlosen Frau, wo sie wie eine Tochter werde gehalten werden, verweilen, und dann wieder nach Hause zurückkehren.

Ich sagte auf diese Mitteilung nichts – ich fragte auch nicht, wie lange Margarita ausbleiben würde. Wer weiß, wie lange es ist – wer weiß, was sich ergibt, dachte ich, – und wer weiß, ob sie nicht etwa aufhören wird, eine Bewohnerin des Haghauses zu sein. – –

Ich zeigte dem Obristen mein rotes in Leder gebundenes Buch, sagte, daß ich seine Einschreibungen nachahme, und erklärte ihm, wie ich es mache. Er billigte es und erkannte die rot- und blauseidenen Bändlein gar wohl.

Dann gingen wir zum Aschacher hinunter, und er tröstete

den leidenden Mann. Hierauf schlug er den Weg in das Haghaus hinauf ein und ich begleitete ihn die größte Strecke desselben. Als wir Abschied genommen und uns die Versicherung gegeben hatten, daß wir in der Zukunft einander oft besuchen wollen, kehrte ich um, und ging wieder zu meinem Hause hinunter.

So will ich denn nun Thal ob Pirling, dachte ich, über dem der traurige Himmel ist, ausbauen, und verschönern, hier will ich machen, was meinem Herzen wohltut, hier will ich machen, was meinen Augen gefällt – die Dinge, die ich herstelle, sollen mich gleichsam lieben; ich werde mich mit dem umringen, was mir Freude macht, ich werde hier immer bleiben, und werde die Menschen lieben, die in meinem Hause sind, und werde die Tiere lieben, die mir dienen, oder die sonst bei mir erzogen werden. Dann sollen diejenigen, die, wenn sie den Namen Thal ob Pirling aussprechen, nur immer mein Haus allein dabei im Auge haben, nicht aber die Gruppe von Hütten, die früher diesen Namen trugen, noch mehr Recht bekommen, wenn sie nur das Haus so benennen.

Der Brunnen, den der Grunner im Frühlinge herausgemauert hatte, ist ohnehin nun fertig. Ein Strahl des klarsten Wassers schießt in die Granitschale, wenn man an dem Metallknopfe des Geständers zieht. Ein anderer silberglänzender lebendiger Strahl soll noch immer in dem Garten fließen, dazu sie die Steinkufe im Schwarzholze hauen; denn Quellen gibt es ja in der Gegend genug. Die Bäume, Balken, Pfosten, die noch überall von dem Baue herumliegen, sollen weg, daß der Hof rein und gefegt sei, und der Saum des Steinpflasters um denselben sich klar ins Gesicht stelle.

Weil ich aus Güte die meisten meiner Leute, so wie einstens zu dem Obrist, so jetzt zu dem Wirte Bernsteiner nach Pirling gehen gelassen hatte, der in die Felsen des Steinbühels einen Keller sprengt, und denselben vor seinem Schützenfeste, das er den nächsten Sommer übers Jahr gibt, fertighaben möchte, so befand ich mich jetzt selber im Mangel. Aber ich will an allen anderen Orten nach Arbeitern suchen; und von ihm auch noch diejenigen, die er entbehren kann, zu mir herüberziehen.

Ich werde unverweilt die lieblichen Schnitzereien, mit denen ich die Hinterstube gegen den Garten zur Freundlichkeit und Annehmlichkeit meines Gemütes verzieren lassen will, ins Werk geben; ich werde das Schreibgerüste, daran ich schon so lange denke, anfangen, werde die Risse zu den schwersten Arbeiten dem Künstler und Holzschneider Pirger nach Prag schicken, daß er sie darnach forme, und werde endlich die Geräte und die Herausputze und die Einrichtungen des inneren Hauses zu verfertigen und zu vollenden beginnen. – –

So habe ich in jenen Tagen gedacht, und so habe ich es gleich in Tätigkeit gesetzt.

Ich kaufte desselben Sommers für den Buben Gottlieb auch noch ein kleines Grundstück, damit ich es ihm dereinst, wenn es ihm nützlich ist, geben könnte. Ich habe beschlossen, den Buben nicht mehr von mir zu tun, und für ihn, wie es ihm frommt, zu sorgen. Es ist unglaublich, wie er dankbar ist, und wie er arbeiten möchte. Er hat eine Freude, wenn er für mich einen Gang tun kann, daher ich ihm auch, daß er sich freue, oft einen Botengang auftrage, den er mit Genauigkeit vollbringt. Sein alter Vater, wenn er zuweilen herunterkömmt, zeigt großen Dank und große Zufriedenheit, daß es so ist. Wenn der Bube Lust und Geistesvermögen hat, lasse ich ihn vielleicht künftig unterrichten, und er mag mein Amt antreten und wirken und sorgen.

Ich kam, da die schönen langen Sommertage dauerten, oft zu dem Obrist hinauf, und er oft zu mir herunter. Er sah alle Dinge, die bei mir in der Arbeit waren, wir redeten von den verschiedensten Sachen, saßen manchmal auf meinem Sommerbänklein unter der schönen Fichte beisammen, oder gingen in dem Walde herum, oder waren bei ihm in dem Garten, oder in der Stube, in der er die Bücher hat.

Von Margarita sagte er nie ein Wort. Ich fragte auch nicht.

So verging endlich der Sommer, so verging der Winter, und es kam der nächste Sommer.

Wie wunderbar, wie reizend doch die Natur ist. In jenen Tagen, da die Wärme sich recht lieblich neu aufschloß, was alle Jahre geschieht und was uns alle Jahre wie ein Wunder wohltut, stand ich vor dem Vogelkirschbaume, der mit einer unermeßlichen Anzahl der reinsten und weißesten Blüten beladen war – so weiß, wie sonst gar nichts in der Welt, außer etwa der Schnee, oder öfter der Ränderglanz der fernen beleuchteten Sommerwolken, wenn sie hinter dem dunkeln Walde hervorstechen – ich stand, und hatte zum ersten Male den Gedanken, den ich eigentlich schon längst hätte haben sollen; wie der Baum erstlich der Blüten wegen da ist, und wie zweitens aus diesen weißen Blümlein dann die schwarzen Kirschen entstehen, die wieder so schwarz sind, wie die Blüten weiß, nämlich so schwarz, wie nichts anders in der Welt. Wie die Natur diese starke Gegenstellung macht, und sie allezeit verbindet durch die sanften grünen Blätter. Wenn die Frucht vorüber ist, werden die Blätter rot und gelb und braun, und bekommen allerlei andere glänzende Farben.

Da ich dann von dem Garten in den Hof ging, schauten mich die Herdsteine, die Dachsteine, und andere, die ich von der Hütte meines Vaters hatte nehmen lassen, und die in die Gartenmauer eingesetzt waren, recht freundlich an, wenn auch mancher verwittert, und mancher fast dunkelschwarz war. Ich habe nämlich die Gartenmauer nicht tünchen lassen, damit nicht immer der unliebe weiße Strich in den grünen Farben des Tales stehe.

In dem Sommer habe ich auch, was mir schon früher einmal in den Sinn gekommen ist, das achteckige Eckzimmer meines Hauses wie zu einer Hauskapelle einzurichten begonnen. Ich bekam den Gedanken, daß das Bildnis der heiligen Margarita als Schutzherrin darinnen stehen müsse, dann werden jedes Sommers am dreizehnten Julius abends zwei große Wachskerzen brennen. Über die Fenster sollte doppelte mattweiße

Seide gespannt werden, daß in der Hauskirche so sanfte Dämmerung sei, wie in der großen. – –
Auch mit den Menschen ist es mir anders geworden. Es sind mir die Augen aufgegangen, daß viele um mich wohnen, die ich zu beachten habe. Ich bin mit diesem und jenem zusammengekommen, ich habe dieses und jenes geredet, habe Rat gegeben und empfangen, und habe von den Schicksalen der Welt erfahren: wie sie hier leben, wie sie dort leben, wie sie hier Freude haben und dort leiden und hoffen. Und überall, wie sich die Fluren hindehnen, schlagen allerlei Herzen von Menschen und Tieren, und blicken allerlei Augen – aber alle bauen sie an einem kleinen Orte der Fluren einen Wohnplatz, wie ich, über dessen Rand sie kaum hinaussehen auf die andern, die überall leben. – –
So verging mir ein Tag wie der andere, so verging eine Jahreszeit nach der andern – und so wandelte die ganze Zeit. –
Es waren endlich drei Jahre dahin, seit der Obrist allein in dem Haghause wohnt. – – –
O Vater, o Mutter, daß ihr nicht mehr lebt, um zu sehen, wie sich eure Hütte verändert hat – und auch ihr, Schwestern, daß ihr nicht mehr seid, um es zu schauen! Das Haus steht nunmehr fertig, und die Sonne scheint auf sein glänzend Dach hernieder – der Garten schreitet in die Weite, und die Fruchtbäume, einst das Eigentum der Nachbarn, stehen schön darinnen, und jetzt besser gepflegt, lassen sie wie in Dankbarkeit die Last ihrer Äste bis zu meinen Fenstern herüberschimmern. Ich schreite von Gemach zu Gemach; aber einsam – nur eine heilige Margarita steht jetzt schon auf dem Hausaltare, und grüßt mich, wenn ich eintrete, mit dem goldenen Schimmer. – Die Luft des Abends weht in den weißen Fenstervorhängen, und umfließt mich Wandelnden, während sie von dem Hofe herein die Hufschläge meiner jungen Pferde trägt, die der Knecht von der Abendschwemme zurückbringt. – Manch roter Pfeil der Abendsonne schießt durch die Zimmer, und zeigt mir ihre Größe und

Leere. Das Schreibgerüste ist fertig, und auf seinem hölzernen Himmel sitzt nun allein der ausgestopfte Luchs, den man erlegt und mir zum Geschenke gebracht hat.

Und dann nehme ich an Nachmittagen ein Buch, gehe durch den Hof, wo Hühner und Geflügel sind, durch den Garten voll Sperlingsgeschrei, die meine Kirschen stehlen, hinaus in die Felder, wo meine Ernte reift – ein viel zu großes Feld für mich einzelnen – bis ich in den Wald gelange, bei dessen Birken ich jetzt wieder gerne bin, und der mir die Gedanken leicht und stille aus dem Buche lesen läßt und mir neue gibt.

So steht und gedeiht alles. Meine Kranken genesen. Der untere Aschacher, dessen Fuß so fürchterlich geschält war, geht wieder lustig und krückenfrei herum. Ich vermag in die fernsten Gegenden zu wirken – und es wird das frevle Wort immer weniger wahr, das ich einmal niedergeschrieben habe: »Einsam, wie der vom Taue gerissene Anker im Meere, liegt mir das Herz in der Brust.«

Ich habe das Wort nicht in dieses Buch eingetragen, weil ich mich schämte.

Das Wort wird immer weniger wahr, und das Herz liegt nicht mehr so. Wenn einige gute Kräfte tätig sind, schaut das Herz zu, und es kann nicht anders, es muß ja vergnügt darüber sein.

Auch kleine Dinge erscheinen, die mich freuen. Morgen kommt der geschnitzte lange Schrein, der in das Schreibgemach gestellt wird – der Kreuzenzian, den ich in dem Garten versuchte, gedeiht recht gut, und die Mägde müssen ihn morgen jäten – und so ist noch anderes und anderes – manches Liebliche und manches Heitere.

6.

Das Scheibenschießen in Pirling

Ich bin mehrere Tage zitternd, bebend, zu Gott betend gewesen. Wenn ich auf und nieder ging, legte ich die Hände auf die Brust, daß sie ruhig sei. Wie ernst und schwer oft Fälle des menschlichen Lebens sind! Es ward ein schöner starker Jüngling zu mir gebracht und lag in meinem Hause. Sie hatten ihm auf eine kleine Wunde, die er sich durch Zufall in die Brust geschlagen hatte, Pflaster von Pech und andern Klebedingen gelegt, und ihn an den Rand des Grabes gebracht. Als ihnen die Sorge stieg, brachten sie ihn von weit jenseits des Hochwaldes, wo ich noch nie gewesen war, zu mir herüber. Ich legte ihn in das grüne Zimmer, weil es meiner Stube am nächsten ist. Ich entfernte alle Afterdinge, Unglücksbildungen und bereits begonnene Zerstörungen, bis es mich selbst schauerte – ich hatte Vater und Mutter nicht zugelassen, damit sie durch Schreien oder Gejammer nicht die Ruhe zerstörten, – das Messer ward durch die Wissenschaft immer weitergeführt – – ich empfahl meine Seele Gott – und tats. Als ich fertig war, war sehr vieles, und an einer Stelle schier alles weg, so daß ich an dieser Stelle durch das einzige innerlich gebliebene Hautchen die Lunge wallen sehen konnte. Ich sagte nichts, ging hinaus, und sendete Vater und Mutter heim. Dann ging ich wieder hinein, und führte die Sache weiter. Ich war ganz allein, und hatte niemanden, der mir helfen konnte. Ich gab dem Kranken nur das wenigste zu essen, daß er nicht erhungere, damit die Glut der Entzündung nicht komme und zerstöre. Er lag geduldig da, und wenn seine ruhigen und unschuldigen Augen, da ich an ihm vorbeiging, auf meinem Angesichte hafteten, wußte ich, wie viel meine Miene wert sei, und bat Gott, daß er sie gelassen zeige. Kein einziger Mensch wußte, wie es sei. Nur den Obristen führte ich einmal hinein und zeigte ihm die Sache.

Er sah mich sehr ernst an. Weil der Jüngling stark und wohlgebildet war, erschienen nach wenigen Tagen schon die ersten Spuren der Genesung, und in kurzem war sie in vollem Gange. Da das war, dann hatte ich die Bäume, die Wälder, das Firmament und die äußere Welt wieder. Vor der Festigkeit der Pflicht, wie sinkt jedes andere Ding der Erde zuschanden nieder! – Nach gar nicht langer Zeit war er völlig gesund, und ich konnte ihn zu seinen Eltern über den Wald hinübersenden. – – –

Bald darauf hat sich etwas recht Liebes und Schönes zugetragen.

Die Halme unseres Kornes hatten sich zur Reife geneigt, die heißeste Waldsonne, welche alle Jahre um diese Zeit über unsern Häusern zu stehen pflegt, war schon eine etwas kühlere geworden – die Gerste, die in unserer Gegend ganz besonders gedeiht, lag schon gefällt auf den Äckern in den gewöhnlichen Mahden wie in goldenen Zeilen dahin – der Weizen, der auf das Beispiel des Obrists hin nun sichtbarlich mehr und fast mit Vorliebe gebaut wurde, war schon in die Scheuern gebracht, ich fuhr zu meinen Kranken, die sehr unbedeutend waren, herum, – der Obrist kam öfter zu mir herab, ich zu ihm hinauf – die Zeit näherte sich allmählich dem milderen Herbste: da geschah es, daß ich einmal mit dem Obrist im Thaugrunde an dem Wege stand. Er zeigte mir, wie auf sein Vorbild die Leute schon an den Wegen die Verbesserungen in dem Sinne machen, daß sie Straßen werden – so ging namentlich durch den Thaugrund schon ein schönes gewölbtes Stück mit Gräben an beiden Seiten durch, wo vor zehn Jahren noch der morastige fürchterliche Weg gewesen war – und dann fragte er noch gelegentlich, ob ich dem bevorstehenden Schützenfeste in Pirling beiwohnen werde, er würde zugegen sein. Ich erwiderte, daß ich auch kommen würde, wenn sie mich einladen; nur, bemerkte ich, könne ich einige Tage vor dem Schützenfeste nicht zu ihm hinaufkommen, weil sie mich zu einem sehr entfernten Kranken zur

Beratung gerufen haben, wo ich wohl ein paar Tage abwesend sein werde. --

O Pirling, du freundlicher Ort, ich bin dir immer geneigt gewesen; aber wer hätte gedacht, daß du mir so teuer werden würdest. Wie erfreut sich mein Herz, wenn es deiner Schönheit gedenket: wie du so lieblich einsam auf deinem sammetgrünen Hügel liegst, und deine weißen Häuser auf den Fluß herabsehen, der seinen Saum benetzt, und der so emsig durch deine Holzbrücke rollt, auf welcher das rote Türmchen steht, das das Bildnis des heiligen Johannes enthält – sei mir von heute an gesegnet, und sei mir in Ewigkeit gegrüßt.

Ich will alles in dieses Buch einschreiben.

Die Siller ist bei uns ein Bach, dann wird sie größer und rollt über geglättete Kiesel dahin. Dann geht sie hinaus in die freieren Länder, wo die grünen Wiesen sind, und die unzähligen Gesellschaften der Laubbäumegruppen stehen. Im Eidun wandelt sie um eine Waldecke herum, ist schon gelassener, und geht dann in einer Wiege zwischen zwei sanften und breiten Waldrücken gegen Pirling hinaus. Dort schaut der Saum der grünen Wiesenhügel, auf denen der Ort steht, in ihre Wasser, dort ist die erste große Brücke über sie geschlagen, und von dort geht sie mündig mit großen Schlangen in die noch weitern, noch ebenern Länder hinaus, während alle Bäche, die aus den Waldtälern, aus den Hügelrinnen hervorkommen, fortfahren ihren Zoll zu ihr hinzuzutragen.

Aus den Feldern Pirlings, die links an der Siller liegen, und von den Häusern aus angesehen sich gegen Sonnenaufgang breiten, steigt ein seltsamer Fels empor. Er steht ohne Vorbereitung geradezu mitten aus dem Getreide empor. An seinen Seiten ist mancher Baum und Strauch, aber auf dem Gipfel trägt er eine große Versammlung von Fichten, Föhren, Birken und anderen Bäumen. Wenn man hinaufsteigt, so sieht man, daß der Fels nicht klein ist, wie man von weiten hinschauend dachte, sondern daß er sich nach allen Richtungen dehnt, daß man auf seinem Haupte unter den Bäumen herumwandeln, daß man sich auf manchen Stein, auf manches hervorragende Felsstück und auf manches Hügelchen niedersetzen kann. Außer den mit Bäumen besetzten Stellen hat er auch freie, namentlich die höchsten, die einen großen Umblick in der Landschaft gewähren. Der Fels heißt der Steinbühel. Man hat eine sehr schöne und geräumige hölzerne Hütte auf ihm erbaut, die eigentlich wie ein kleiner Saal ist, und viele Menschen um ihren Tisch versammeln kann. Man hat auch Ruhebänke, Tischchen, Rasenstellen und dergleichen angebracht. Der untere Wirt Bernsteiner hatte an einer Stelle, welche ihm von der Gemeinde und dem Marktgerichte zugewiesen wurde, einen Keller in den Stein sprengen lassen, der im vorigen Sommer fertig geworden war. Es ist auch ein Schießstand auf dem Felsen, und weil sich gegen Sonnenaufgang von der Steinwand weg nur ein kleines Feldlein zieht, dann ein Wieschen steigt und an einen Wald grenzt, so stehen jenseits des Feldleins und der Wiese an dem dunkeln Saume dieses Waldes die weißen Scheiben. Neben dem Schießstande, der sehr schön geschnitzt ist, steht noch ein einziges grün angestrichenes Häuschen mit Fenstern, in welchem Häuschen ein Tisch ist, an dem der Schreiber der Schützenangelegenheiten sitzen kann. Weil man den Felsen so aufgeputzt hatte, so führt von dem eine Viertelstunde entfernten Pirling ein anmutiger Pfad zwischen den Getreidefeldern zu ihm hinzu, und dann in einem geschlängelten Gange auf ihn hinauf. Aus der Ursache, weil er so wunderlich war, und weil man die Anlagen auf ihm gemacht hatte, ist der Fels der Platz der Pirlinger Volksfeste geworden. Im Sommer sind alle Sonntage Leute draußen. Meistens hört man auch da das Knallen der Büchsen, wie auf die Scheiben geschossen wird, und manchmal tönen darunter Waldhörner oder andere Musik. Auf dem Gipfel flattern die bunten Windfahnen der Schützen, und man sieht die weißen Tücher und Kleider der Pirlinger Frauen und Mädchen zwischen dem Grau der Steine und dem dunkeln Grün der Bäume schimmern. Zuweilen sind größere Schützenfeste; dann kommen Leute aus den

benachbarten Ortschaften herzu, und mancher reist noch aus weiteren Entfernungen nach Pirling, um in dem Schützenkampfe ein Teilnehmer zu sein.
Als ich von meiner kleinen Reise, auf die man mich zu einer ärztlichen Beratung gerufen hatte, zurückgekehrt war, fuhr ich an dem Tage vor dem Scheibenschießen, das heuer wieder abgehalten werden sollte, in Geschäften nach Pirling. Ich traf den ganzen Marktflecken in Vorbereitungen zu dem morgigen Tage. Als ich auf der oberen Straße, die von den Eidunhäusern herabführt, durch das Tor hereingefahren, und bis zu dem Marktplatze und dem obern Wirtshause gekommen war, schwenkten meine Rappen, welche gewohnt waren, daß ich sie da stehenlasse, gleichsam von selbst auf den Platz vor dem Wirtshause hinum, und hielten da an. Ich stieg aus, und befahl dem Thomas, daß er bei den Tieren bleiben und auf sie acht haben solle, weil sie noch jung seien und sich leicht schreckten. Er führte die Pferde und den Wagen ein wenig seitwärts an die Mauer des Hauses, um dort, wie gewöhnlich, auf mich zu warten. Der Wirt stand auf der Gasse und hatte sein grünes Barett auf. Vor ihm wurde ein sehr schöner langhaariger weißer Bock gewaschen. Es wuschen mit Seife drei Knechte an ihm, und der Wirt beaufsichtigte die Sache. Als ich ausgestiegen war, tat er sein Barett ab, grüßte mich und sagte: »Seid Ihr wieder glücklich zurückgekommen, Doktor, glucklich zurück? Seht so muß man seine Sache waschen und reinigen lassen, ich bin heuer Schützenmeister, und der Bock ist ein Preis. Der Tanz ist bei dem untern Wirte, Ihr kennt ja die Sitte: wenn auf den einen Wirt das Schützenamt fällt, ist der andere Tanzgeber; sonst wechseln wir ab. Gestern habe ich die Taler mit Seife und einer Zahnbürste gewaschen, und sie darauf mit Wolle und Kreide geputzt. Sie werden heute gefaßt. Ihr werdet uns wohl auch auf dem Steinbühel die Freude machen, Herr Doktor, nicht wahr, Ihr werdet?«
»Wenn ich geladen bin«, antwortete ich.
»Muß ja die Schützenkanzlei schon herumgeschickt haben«,

sagte er, »muß ja schon herumsein. Seht, der untere Wirt tut auch schon seine Schuldigkeit.«
Ich sah in diesem Augenblicke den alten ernsthaften Bernsteiner mit einem großen Wagen voll Tannenreiser die obere Gasse hereinfahren, wahrscheinlich zu Triumphbogen, Ehrensäulen und dergleichen. Er grüßte mich recht freundlich, da er mich sah, und seine drei Söhne, die mit Hacke und Streumesser neben dem Wagen hergingen, hatten ebenfalls die fröhlichsten Angesichte, und grüßten ehrerbietig herüber.
Als ich das kleine Gläschen Wein, welches mir der Wirt jedesmal aufnötigt, von dem Teller seines Töchterleins genommen und getrunken hatte, schickte ich mich an, meine Kranken zu besuchen, derentwillen ich hereingekommen war. Ich nahm mein Rohr und verschiedene andere Dinge aus dem Wagen, und machte mich auf den Weg.
Die Kranken waren nicht von Bedeutung, und gerade die übel zu werden gedroht hatten, hatten sich gebessert; aber da ich so herumkam, sah ich erst recht das Rüsten zu dem morgigen Tage. Der Kaufherr des Ortes, der wohlhabendste Mann, ein Mann in vorgerückten Jahren, stand auf der Gasse, und tat sein Barett ab, und grüßte die Vorübergehenden. Ich trat in sein Haus ein, obwohl kein Kranker darinnen war. Da sah ich Mädchenkleider herrichten, und auf dem Gange hinten Büchsen putzen. Der Marktschreiber im Hause daneben hatte sein schönes Gewand auf den hölzernen Gang des Hauses in die Sonne gehängt, und die Schuhe danebengestellt. Bei der Tischlerei waren Scheiben, bretterne Gestalten, und andere Holzdinge. Unter dem Säulengewölbe vor dem Rathause zählten sie, der Schützenschreiber und mehrere andere, große eiserne Stifte auseinander, die zum Schießen gehörten; weiter zurück in dem Säulengange wurden Fahnenstangen geputzt, und Papier angestrichen und geklebt, hinter welches Lampen gestellt werden würden. Der eine richtete und reinigte seinen Büchsensack, der andere seine Büchse. Vor dem untern Wirtshause wurde an einem Gerüste gelattet

und genagelt – und als ich an der Schule vorbeiging, hörte ich mehrere Waldhörner aus derselben, auf denen Stücke eingeübt wurden. Diejenigen, welche auch gerade nicht wegen des Schießens etwas zu tun hatten, machten sich doch aus Ursache des heutigen Tages einen Feiertag, gingen herum, und nahmen sich Anlaß hier und da ein kleines Glas zu trinken. Die Weiber sagten, daß ihre Männer närrisch seien: aber sie selbst richteten Kleider und Bänder auf morgen, und bei mancher wurden zum Vorrate Kuchen gebacken. Als ich wieder zu dem oberen Wirtshause zurückgekommen war, und in den Wagen steigen wollte, kam die Wirtin heraus und sagte: »Fahret nur fort, Doktor; wenn die Räder Eures Wagens bei dem letzten Eckhause der obern Gasse hinaus sind, dann ist der einzige vernünftige Mann, der heute in Pirling gewesen ist, fort. Mit unserm Wirte ist es schon recht schwer: wir durften seit Wochen den Bock nicht mehr schlagen, und da er jetzt gewaschen ist, würde er ihn in unser Ehebette legen, wenn er nur sonst darin liegenbliebe. Kommt morgen nicht gar spät, Herr Doktor, ich werde Eure Flasche und Euren Becher hinausbringen lassen, Ihr sollt den Wein von uns haben, den Ihr schon kennt, und er wird in ein Eisgefäß gestellt werden.«

Ich habe dieses alles darum eingetragen, weil es mir zu Herzen gegangen ist. Es ist mir lieb und treu gewesen seit meiner Kindheit her. Hätten sie mit fürstlichem Aufwande ein Schießen gerüstet, es hätte vor meinen Augen nicht eine Binse schwer gewogen.

Da ich auf meinem Heimwege wieder auf die Felder hinausgekommen war, und von dem hinter mir arbeitenden Pirling kein Ruf, kein Hammerschlag mehr vernehmbar war, sondern nur mehr ein sanftes Läuten seiner Glocken hinter mir herschwamm: war ich fast traurig. – Ich legte das Buch, in welchem ich gerne zu lesen pflege, in dem Wagen seitwärts, lehnte mich auf dem Sitze zurück, kreuzte die Arme, und sah so empor. Der herbstliche Himmel spiegelte heiter, lag ganz unbeschreiblich glänzend über den Wäldern, und diese standen ruhig und empfanden die Wärme der Mittagssonne – mein Thomas saß unbeweglich vor mir, mir den Rücken und den großen Hut zuwendend, und nur von Zeit zu Zeit die Zügel leichthin regend, indes meine jungen Rappen freudig in der heitern Luft vor ihm hertanzten und fast unnatürlich in diesem Sonnenscheine glänzten. Ach diese guten, diese treuen, diese willigen Tiere – sie sind am Ende doch das einzige auf dieser Erde, was mich so recht vom Grunde aus liebt. – – So dachte ich mir. – – Die Felder flogen rasch zu meinen beiden Seiten zurück und funkelten; sie waren zum Teile geackert, zum Teile in Stoppeln: aber es war kein Mensch auf ihnen – es war sehr stille, selbst das Mittagläuten von dem Turme zu Pirling konnte ich nicht mehr vernehmen – die Waldwiege lag sanft vor mir und in ihrer Tiefe war ein kaum sichtbarer Dunststreifen, den Lauf der Siller anzeigend. Es gibt solche Herbsttage, in denen es ruhig auf Feld und Wäldern spinnt, wie ein Traum, ich kenne sie von meinem Herumfahren sehr gut – – und wie ein Traum war es mir auch, daß das die nämlichen Felder und Gründe sind, wo ich so oft als Knabe gewesen bin und mich sehr gefreut hatte, wenn ein so großes Scheibenschießen bevorstand, zu dem ich mit dem Vater und oft auch im Geleite der Schwestern hinabgehen durfte. Nun fahre ich hier, ein tätiger geehrter Mann mit dem Zurückdenken an jene ferne liegende Zeit.

Wir waren unterdessen in die Waldwiege gekommen, und fuhren in ihrem Schatten. Als wir wieder jenseits ihr hinausgelangten, waren wir auf den Feldern des Eidun. Man sieht dort die Siller wieder, und sie ist in dieser Tageszeit gewöhnlich glänzend, gleichsam als wäre ein geschlungener Silberblitz in das Tal geworfen worden. Wir fuhren durch die weitzerstreuten Häuser des Eidun hin, unsern bekannten Waldbeständen zu. Die Pferde witterten die Heimat und liefen lustiger dahin. Rechts hatten wir das Schwarzholz, in dem wir vor drei Wintern das fürchterliche Rauschen des Eissturzes zuerst gehört hatten, und vor uns war der Thaugrund, dem wir uns näherten. – Rascher rollte der Wagen, als wir diesen Wald erreicht hatten, auf der festgestampften von dem Obrist veranlaßten Straße in ihn hinein, und als sich die letzten Bäume desselben wieder auseinandergetan hatten, lag der weiße Punkt meines Hauses vor uns und ich sah hinter ihm den Obstgarten, dessen Bäume mich gleichsam erwarteten, daß ich nachsehe, wie es stehe, und ob keinem ein Ast gebrochen sei. Die Pferde flogen durch das Grün, und in wenig Augenblicken knirschte der Wagen durch den Kies meines Hofgitters hinein. Ich sprang ab, klopfte die Rappen auf ihren Nacken und lobte sie. Die klugen Tiere nickten und schmeichelten mit den Köpfen, als verstünden sie es – und sie verstanden es auch. Dann warfen sie die Augen und Ohren freudig herum, daß sie endlich daheim seien, und miteinander zum Mittagmahle gehen würden. Ich aber ging in das Haus, und sah in dem Speisezimmer bereits den Tisch gedeckt: eine Flasche, ein Glas, und ein Gedecke. Auf demselben lag ein großer gesiegelter Ladebrief zu dem Scheibenschießen, der in meiner Abwesenheit gekommen war.

Nachmittag ging ich zu einigen, wo zwar keine Hilfe notwendig war; aber Trost.

Am andern Tage fuhr ich sehr früh aus, damit ich meine Pflicht getan hätte, und nicht gar zu spät zu dem Scheibenschießen käme, was die Einladenden gekränkt hätte. Auch dachte ich daran, daß ich dem Obristen meine Gesellschaft versprochen hatte. Es war nichts Wichtiges vorgefallen, ich tat alles ab, und um zwei Uhr nachmittags ließ ich meine müden Tiere langsam auf den Feldern, wo man von dem Eidun herabkömmt, gegen Pirling hineingehen. Als ich durch die obere Gasse vorwärtsgekommen war, lenkten die Pferde wieder dem Wirtshause zu und waren sichtlich erfreut. Ich hatte eigentlich durch den Ort durch, und auf dem Feldwege bis zu dem Fuße des Felsens fahren wollen; aber die Zuversicht der Tiere, mit welcher sie hier, wo ihr gewöhnlicher Ruheplatz war, zubogen, und ihre Müdigkeit, die sie sich am ganzen Vormittage gesammelt hatten, dauerte mich, und ich sagte dem Thomas, er solle nur vollends auf die Wirtsgasse hinzufahren. Er tat es; aber kein Wirt und keine Wirtin kamen auf die Gasse, uns zu bewillkommen; der ganze Marktplatz war verödet, und nicht einmal ein Hund bellte; denn alle waren sie in den Steinbühel hinaus. Ich half also selber dem Thomas die Pferde ausspannen und in den Stall bringen, wo ich ihnen eine eigene Kammer halte, in die nie andere Pferde kommen, damit sie mir gesund bleiben. Ich empfahl die Tiere der Obhut des Thomas, sagte, wenn er ebenfalls auf den Steinbühel hinausginge, solle er zusperren und den Schlüssel zu sich stecken; dann nahm ich meinen Stock und ein Buch aus dem Wagen, schloß die anderen Behältnisse ab, und machte mich auf den Weg zu dem Festschießen, das heute alles vereiniget hatte. Mir fiel die Öde des Ortes auf. Außer der gewöhnlichen sonntäglichen Ruhe war heute noch eine ungewöhnliche. Nur auf mancher Bank vor einem Hause saß ein Greis, und es taten ihm die Strahlen der auf ihn scheinenden Herbstsonne bereits wohler, als ihm die Freude auf dem Steinbühel draußen getan hätte. Obwohl heute nicht mein Krankentag für Pirling war, so besuchte ich doch, weil ich einmal da war, einige von ihnen. Auch bei denselben waren nur ganz alte Mütterlein zur Pflege geblieben.

Als ich dies abgetan hatte, und am unteren Ende des Ortes in das Freie getreten war, schaute der für heute so merkwürdige Fels schon aus den Feldern herüber, und ich erkannte mit meinen ziemlich guten Augen sehr bald, daß man ein Gezelt zwischen den Bäumen gespannt haben müsse; denn es schimmerte deutlich und festtäglich weiß zwischen dem dunklen Föhrengrün herüber. Ich ging durch die Felder dahin. Sie waren meistens schon nur mehr mit Stoppeln bedeckt; bloß der Haber stand noch von Getreide da; aber er neigte auch schon ins Gold, und hatte seine Körner an den leichten Fäden neben mir hängen. Da ich dem Felsen nähergekommen war, sah ich auch, wie hoch über den Wipfeln seiner Bäume das Schützenfähnlein wehte, eine lange wallende Zunge, rot und weiß, welche Farben sich sanft von der tiefen Bläue des

Himmels abhoben. Auch manches bläulich geringelte oder weiße Rauchwölklein ward zuweilen über den Laubkronen sichtbar, und man konnte schon die einzelnen Schüsse vernehmen.

Da ich endlich an dem Fuße des Felsens angekommen war, wandelte ich langsam auf seinem geschlungenen Pfade empor, den ich als Knabe, wenn ich mit den Meinigen zuweilen hatte herabgehen dürfen, und als junger Student, wenn ich die Herbstfeiertage zu Hause zubrachte, niemals einschlug, sondern gerade aufwärtskletternd durchschnitt.

Als ich bis zu dem Schießstande emporgekommen war, trat ich ein. Es mußte eben ein guter Schuß getan worden sein, wie ich aus dem Krachen des Feldmörsers, den man aufgestellt hatte, und aus dem Jauchzen des Schützenzielers vernahm. Der Stand hatte das gewöhnliche Aussehen, wie es an solchen Tagen ist. Zwei lagen vorne mit ihren Büchsen am Schießbaume und zielten und warteten – andere standen hinter ihnen in Bereitschaft, wenn sie abgeschossen hätten und weggegangen wären, einzutreten – wieder andere waren noch weiter zurück, und arbeiteten an ihren Büchsen, um sie zurechtzurichten – der alte Bernsteiner wischte sein schlechtes Gewehr, und schleuderte die schwarzen Lappen seitwärts. Wenn man es mir auch nicht gesagt hätte, daß er bisher den besten Schuß getan habe, so hätte ich es doch aus seinem freudigen Gesichte erraten. Auch den oberen Wirt sah ich, den Forstmeister, den Marktschreiber und viele andere Bekannte.

Es streckten sich mir mehrere Hände, und wie es bei uns gebräuchlich ist, manches Glas zum Gruße entgegen. Ich dankte nach den verschiedenen Seiten und tat Bescheid. Und als ich die Einladung, daß ich doch heute auch mitschießen möge, mit den Worten abgelehnt hatte, daß ich nicht mehr so schießen könne, wie in meinen Schuljahren, und daß mir meine Geschäfte auch keine Übung erlauben: schaute ich die Anstalten an. Die hölzernen Säulen des Standes waren mit Flittern umwunden. Auf dem Gipfel des Gebäudes hing die schwere große Schützenfahne nieder, zum Unterschiede der schmalen langen, die über den Baumwipfeln des Felsens flatterte. Alle Nadeln und Finger der Pirlinger Mädchen hatten daran gearbeitet, und hatten breite feurige Bänder dazu gegeben. Die Hinterwand des Saales war mit berühmten Scheiben der Vergangenheit bedeckt. Ich erkannte beinahe mit Herzklopfen manche darunter aus meiner Kindheit, und andere, in denen noch die Löcher meiner eigenen einstigen Kugeln waren. Unter den Scheiben saßen solche, die da aßen und tranken, lauter Männer; denn die Frauen und Mädchen durften während des Schießens nicht herein. Auf einem lichtgrün angestrichenen Gerüste, das seitwärts des Schützenschreiberhäuschens war, stand, von einem Geländer umfangen, daß er nicht herabkönne, der blütenweiße langhaarige Bock des oberen Wirtes. Die Spitzen seiner Hörner waren vergoldet, und zwischen denselben trug er einen großen aufrechten Kranz aus Blumen und Bändern eingeflochten, in welchem Kranze wieder sieben eingefaßte leuchtende Taler zu sehen waren. Von dem Kopfe des Tieres hingen überdies noch Bänder und Fransen herab, und in die schön gekämmte Mähne und in den Bart waren zuletzt noch seidene rosenrote Schleifen gebunden. Hinter dem Bocke, auf einem Pfeiler ins Kreuz gesteckt, war der zweite Preis: zwei himmelblaue Seidenfähnlein mit eingewirkten Goldstücken. Dann war ein Blumenstrauß, aus lauter kleinen Silbermünzen zusammengesetzt. Er stand in einem Geschirre auf einem Tischlein. Zuletzt war ein mit Bein und Perlenmutter eingelegtes Horn, zum Aufbewahren des Pulvers. Dasselbe hing mit einem zierlichen Bande gebunden an einem Baumaste. Außerhalb des Schießhauses, weil sie ebenfalls nicht hineindurften, standen dicht gedrängt die Pirlinger Buben, und staunten, wie einstens ich selber, den Bock, die Schützen und die anderen Sachen an. Ein wenig weiter weg war in die Zweige mehrerer nebeneinanderstehender Föhren ein Gerüste gebaut worden, auf welchem, in den Wald der Nadeln eingehüllt, die Hornbläser saßen, und die eingelernten Stücke von Zeit zu Zeit vernehmen ließen. In dem Schießhause waren auch

Trompeten, die auf jeden glücklichen Schuß in lustiger Weise tönten.
Als ich alles eine Weile angeschaut hatte, trat ich wieder unter die Bäume hinaus. Ich hatte mir vorgenommen, ehe ich in das Gezelt ginge, und nach dem Obristen forschte, den Gipfel des Felsens zu besuchen, um den eine so reine und klare Umsicht liegt. Ich hatte sie schon lange nicht gesehen, und wollte sie ein wenig anschauen. Ich trat unter die Bäume hinaus, und es wehte mich eine duftende Waldluft an, die gegen den Pulverrauch recht angenehm wirkte. Ich ging an mehreren sehr jungen Mädchen vorüber, die eine hölzerne, an einer Schnur hängende Taube nach einem Ziele stoßen ließen – ich ging dann an einer Rasenbank vorbei, auf welcher zwei Frauen saßen, die ich nicht kannte, sie mußten Fremde sein – das Gezelt und die hölzerne Hütte hatte ich links liegen lassen – dann kam ich noch an mehreren hervorragenden Steinblöcken vorüber, die Bäume und Gesträuche hörten auf, ich ging über den Rasen und gelangte auf den freien Gipfel empor. Es war kein einziger Mensch auf demselben, weil sie alle unterhalb in dem Gebüsche und in dem Wäldchen waren, wo sie sich der Lustbarkeit ergaben.
Die Sonne war schon tiefer gesunken, fast in die Mitte des letzten Vierteiles ihrer Bahn. Es lagen unter mir die einfärbigen falben Stoppeln der abgemähten Getreidefelder – jenseits derselben stand der einsame Kirchturm und die Häuser des verlassenen Pirling, und weiter zurück der blaue, duftige Wald, in welchem das Eidun und meine Heimat ist. In dem Tale konnte man die Siller erblicken, aus welcher die schiefstehende Sonne dahinrinnendes, geschlängeltes Silber machte.
Als ich noch schaute, war der Obrist zu mir heraufgekommen. Er war hinter mir auf dem gewöhnlichen Wege gekommen, und ich bemerkte ihn erst, als ich seine Tritte hörte. Ich wendete mich um und grüßte ihn recht freundlich. Er ging noch die wenigen Schritte zu mir herauf, stellte sich neben mich, dankte dann meinem Gruße und sprach: »Ich wußte es

schon, daß Ihr hier seid, und habe Euch gesucht. Ich habe Euch etwas Notwendiges zu sagen. Ich konnte es Euch nicht früher sagen; denn drei Tage seid Ihr abwesend gewesen, und da ich gestern nachmittags zu Euch hinabgegangen bin, habe ich Euch nicht zu Hause gefunden. Margarita ist angekommen. Ich habe ihr geschrieben, daß sie kommen solle, ich habe die Anstalten zu der Reise gemacht, aber ich habe den Tag ihrer Ankunft nicht gewußt. Da kam sie, als ich es Euch nicht melden konnte. Sie ist unten in dem Gezelte bei den anderen Frauen und Mädchen, denen sie erzählen muß. Ich aber habe mir gedacht, daß ich Euch suchen und Euch die Sache anzeigen werde.«

»Ich danke Euch«, antwortete ich ihm, »und ich muß Euch sagen, daß mein Herz eine große Freude hat, daß sie da ist. Ich habe immer an sie gedacht.«

Er schwieg eine Weile, dann sagte er: »Ich weiß es, ich weiß es. -- Lieber, teurer junger Freund! werbt um sie. Wißt Ihr noch, wie ich einmal sagte: lasset nur eine Zeit verfließen, es wird alles gut werden? – Es ist gut geworden. Ich habe euch beide sehr lieb, Ihr werdet es wohl wissen. Ich habe euch beiden ein Opfer dargebracht. Ich habe Margarita mit Absicht fortgegeben. Ich habe, da ich mit der Zeit geizen muß, weil ich alt bin, doch drei Jahre meiner Freude hingegeben. Ich tat es, um zu sehen, wie alles werden würde. Es ist gerade so geworden, wie ich es vorhergesehen habe. Margarita ist so gut zurückgekehrt, wie sie fortgegangen ist – oder eigentlich zu sagen, sie ist noch besser geworden. Sie hat sogleich nach Euch gefragt. Sie war sehr freudig, daß sie mich wiederhabe, und sie hat gebeten, daß ich sie nicht mehr fortschicken solle. Wir sind in den Tagen, da Ihr auf der Reise zu dem fernen Kranken waret, auf allen jenen Plätzen gewesen, wo sie sonst mit Euch gewesen ist – ja, daß ich Euch alles sage, wir waren sogar bei Euch. Heute waren wir bei Euch. ›Ich habe ihm sehr weh getan‹, hat sie gesagt, ›ich muß ihm freundliche Worte sagen.‹ Da ich Euch gestern nachmittags nicht antraf, gab ich Euren Leuten gar keine Botschaft in der Sache auf, sondern wir nahmen uns vor, Euch heute früh zu besuchen, ehe Ihr fortfahret, um Euch einen freundlichen guten Morgen zu wünschen. Wir ließen unsern Wagen, in dem wir gleich nach Pirling fahren wollten, langsam gegen den Thaugrund vorausgehen, und gingen in Euer Haus. Aber Ihr waret ebenfalls schon fort. Wir schauten alles an, und Margarita bemerkte die Veränderungen, die seit ihrer Abwesenheit geschehen waren, besser als ich. Wir gingen durch alle Eure Zimmer – nur die Hauskapelle zeigte ich ihr nicht. Eure alte Maria führte uns herum. Es muß die letzten Tage niemand vom Haghause zu Euch hinabgekommen sein; denn die Maria wußte noch nichts von der Ankunft meiner Tochter, und hatte große Freude, als sie dieselbe sah. Obwohl noch sehr starker Tau lag, so ging doch Margarita auch einige Schritte in den Garten hinein, um zu sehen, welche Blumen Ihr habt, und wie alles geordnet und eingeteilt ist. Dann wendeten wir uns wieder um, gingen durch Euren Hof hinaus, und wandelten dann langsam auf der schönen Straße durch den Thaugrund hinüber, an dessem Rande, wo die Eidunfelder beginnen, der Wagen auf uns wartete. – Seht, Doktor, ich bin recht freudig über die Güte dieses Kindes. Ich habe sie vielleicht zu sündhaft lieb, aber es ist ein Naturspiel da, das wunderbar ist. Ich habe Euch schon gesagt, daß ich am Begräbnistage meines Weibes bemerkt hatte, daß auf dem Munde der dreijährigen Margarita die Knospe der Rose war, die sie eben begraben hatten, und daß in ihrem Haupte die Augen ihrer Mutter standen. Nach und nach ist sie ihr immer ähnlicher geworden; und seit sie fort war, ward sie ihr vollkommenes Ebenbild. Als wir dieser Tage so durch die Wiesen und Wälder wandelten, bemerkte ich, daß sie den Gang ihrer Mutter habe, daß sie dieselben Worte sage, und daß sie bei Gelegenheit den Arm so hebe, den Leib so beuge, gerade wie sie. Ich mußte meine runzligen Hände anschauen, um nicht zu glauben, ich sei jung, und es gehe mein junges Weib neben mir, und sammle mir Blumen, und pflücke Nüsse, wie einst in jenem Walde. Darum liebe ich sie gar so sehr. – Als wir heute durch Eure Zimmer gingen, und sie Eure Geräte und sonstige Anordnung sah, erblickte ich auf ihrem Angesichte denselben gewinnenden Schimmer, wie einstens an meiner Gattin, da sie in meinem Hause schalten und walten und stellen durfte, wie sie wollte. Ich erkannte hieraus auch, daß Margarita in dem Augenblicke das nämliche empfinde, wie damals ihre Mutter. –– Seht, so ist es mit Margarita. – Ich weiß auch, wie es mit Euch ist, und wußte es immer. Ich erkannte es, weil Ihr schwieget – ich kenne das männliche Verschließen in der Brust, anstatt zu klagen – und das treuliche Erfüllen seines Berufes. Ich wußte es, wenn ich auch bei mir stilleschwieg. Ich muß Euch, weil ich jetzt rede, meine ganze Schwäche sagen. Da ich einmal von Euch fortging, kamen mir bitterliche Tränen in die Augen, weil ich gesehen habe, daß Ihr eine heilige Margarita, deren Sinnbild ich gar wohl kenne, auf Euren Hausaltar gestellt habt, um Euer Herz zu trösten. – Wißt Ihr noch, wie ich einmal an dem traurigen Tage, da ich Euch meine Lebensgeschichte erzählte, gesagt habe, Ihr hättet eine schöne Lage in der Biegung des Tales, Ihr wäret noch jung, und wenn Ihr Euch bestrebtet, könne es ein schönes Besitztum werden, das seinen Herren und seine Frau erfreut, wenn einmal eine einzieht. Wißt Ihr es noch? Wie hold ist es jetzt, daß Margarita eingeht, die Ihr immer so gerne gewollt habt! –– Ich muß Euch, lieber Doktor, weil die Sache einmal so ist, und wir darüber reden, auch das noch sagen; Margarita ist nicht reich, denn ich bin in meinem ganzen Leben arm gewesen; aber sie kömmt auch nicht ohne Mittel in Euer Haus. Ich habe in meinen letzten Tagen gespart, wie ich in meinen ersten verschwendet habe, und das wenige, welches für sie von meinen Vorfahren herstammt, habe ich zusammengehalten. Sie bekömmt einmal das Haghaus mit dem, was dazugehört, sie bekömmt die Bilder, die Bücher, und dann alles das andere, was noch da ist; denn ich habe ja niemand weiter, als euch beide.« ––

»Hört auf, Obrist«, rief ich, indem ich ihn unterbrach, »redet nicht von diesen Dingen – wie kann ich Euch denn für Eure

Liebe danken, und wie kann ich es denn begreifen, daß Ihr so gut und groß seid.«

»Nein, ich bin nicht gut«, antwortete er, »ich suche in Euch nur meine Freude. Wir bleiben nun alle beisammen. Ihr werdet in dem oberen Hause wohnen, oder auch in dem unteren, oder es mag Margarita, wie es das natürlichste ist, bei Euch sein, und ich oben in meinem Hause. Ihr werdet oft bei mir sein, ich oft bei Euch, und es wird sich ein Umgang spinnen, der noch freundlicher ist, als bisher. Ich kann Euch nur sagen: Ihr erhaltet in Margarita ein sehr gutes Weib, das Ihr ehren müsset, und sie wird in Eurem Hause so glücklich sein, wie es meine Gattin in dem meinigen gewesen ist, gebe ihr nur Gott dereinst einen späteren und einfacheren Tod, als ihrer Mutter. – Aber jetzt Doktor, müssen wir zu den anderen hinuntergehen. Sie wissen schon, daß Ihr da seid, Ihr müßt ihnen auch eine kleine Zeit gönnen, da Ihr ohnehin immer durch Euer Amt aufgehalten seid, und zu solchen Dingen gewöhnlich erst spät kommen könnt.«

»Wartet noch einen Augenblick, Obrist«, sagte ich, »Ihr wißt wohl, wie ich Euch stets verehrt und geliebt habe; aber Ihr tut mir noch immer mehr Gutes, als ich erwarten und verdienen konnte. Ich muß Euch hier meinen großen Dank dafür sagen, und muß Euch sagen, seit Ihr in der Gegend seid, ist es mir, als hätte ich wieder einen Vater, und wäre nicht mehr, wie früher, allein.«

»Ihr habt es ja erfahren, ich bin es auch, ich bin Euer Vater«, antwortete er, »und werde es in der Zukunft noch mehr sein. – Aber jetzt kommt, laßt uns hinuntergehen, die anderen warten schon und möchten es übelnehmen, wenn gerade wir zwei nicht an der Fröhlichkeit Anteil nähmen.«

Nach diesen Worten wendeten wir uns beide von dem Gipfel des Felsens, und stiegen auf dem Wege, der um Steine und graue Klippen geht, hinunter. Wir hatten oben von der allgemeinen Freude nicht viel vernommen. Die Schüsse hörten wir nur gedämpft, und von dem Wäldchen mochte manchmal ein einzelner Ruf heraufgekommen sein, den wir nicht beachteten. Da wir aber hinabgingen, näherten sich uns gleichsam wieder die Schüsse, die Töne der Waldhörner, die Rufe der Knaben und Mädchen, und das ruhige Gemurmel des allgemeinen Durcheinandersprechens der Menschen. Wir schlugen weiter unten einen andern Weg ein, als den ich heraufgegangen war, und näherten uns der hölzernen Hütte, dem Gezelte und überhaupt dem Platze, wo die Menschen mehr zu ihrer Lust zusammengedrängt waren.

Wir kamen wieder zu wandelnden Gruppen, und zu spielenden Kindern. Auf einem grünen Platze unter den Bäumen war ein Stand aufgeschlagen, wo man Lebkuchen verkaufte, und nicht weit davon war einer, in welchem der Josikrämer stand, und seine Sachen zum Verkaufe ausgelegt hatte. Er hatte gerade diejenigen gewählt, welche für den heutigen Tag die passendsten waren. Weil ich und er die einzigen waren, die in der Gegend am meisten herumkommen, und auf ihren Wanderungen sich öfter treffen, ging ich zu ihm hinzu und sprach mehrere Worte mit ihm. Der Obrist redete mit den Kindern und gab ihnen Geschenke, wovon er die Taschen seines Gewandes vollhatte.

Endlich kamen wir zu dem Gezelte. Es war nicht ein von allen Seiten geschlossenes, sondern man hatte über einen großen Tisch, an welchem die vorzüglicheren Bewohner der Gegend saßen, gleichsam einen weißen Baldachin in die Baumäste geknüpft, um die Sonnenstrahlen abzuhalten; aber es war dennoch, wie ein ringsherum begrenzter Saal, weil gerade um den Platz die schönsten und die dichtesten Föhren und Birken standen. Als wir durch den Eingang eingetreten waren, sahen von dem oberen Ende des Tisches zwei sanfte Augen auf mich herüber – ach Gott! ich erkannte sie gleich – es waren Margaritas Augen, – sie blickten mit dem schönen demütigen Lichte, das einst meine Freude und mein Entzücken gewesen war. Wir gingen an den Menschen, die an dem Tische saßen, nacheinander hinauf, damit ich sie begrüße, und damit wir, der Obrist und ich, die Stühle einnähmen, die man an ihrer Seite für uns leergelassen hatte. Da ich bis zu ihr gekommen war, sagte ich: »Seid mir herzlich schön gegrüßet, Margarita, ich bin abwesend gewesen, da Ihr angekommen seid, sonst hätte ich meinen Willkommensgruß schon in das Haghaus hinaufgebracht. Euer Vater hat es mir erst vor wenigen Augenblicken gesagt, daß Ihr auf dem Steinbühel seid. Seid mir recht, recht schön gegrüßt.«

Sie war aufgestanden, als ich zu ihr getreten war, und zog den Handschuh aus, um mir die Hand zu reichen. Sie war errötet und die Hand, die sie mir reichte, zitterte sehr.

»Seid mir auch gegrüßt«, antwortete sie. »Ich war schon drei Tage zu Hause, während Ihr fort waret, und heute morgens sind wir bei Euch gewesen, um Euch selber meine Ankunft zu sagen; aber Ihr seid sehr früh ausgefahren, und waret schon lange fort, da wir kamen. Seid mir vielmal gegrüßt.«

Wir faßten uns bei den wechselseitig dargereichten Händen, und drückten uns dieselben recht freundlich.

Sie zog dann den Handschuh wieder an, und setzte sich nieder. Obwohl sie zu Hause immer in bloßen Händen ist, und uns auch so auf unsere Spaziergänge und zum Pflücken der Blumen begleitet hatte, so hielt der Obrist doch bei solchen Gelegenheiten darauf, daß sie den Anstand beobachte, und die Anwesenden ehre. Darum war er selber auch in einem schönen dunklen Gewande. Er saß auf dem Stuhle zu ihrer Rechten, und ich setzte mich auf den, der links war, und den man mir aufgehoben hatte. Ich setzte mich ein wenig weiter weg, und gab acht, daß ich an ihrem Gewande nicht streife.

Ich wußte jetzt eigentlich nicht, was ich sagen sollte.

Es waren viele Menschen zugegen, welche ich kannte. Es saß der Kaufherr von Pirling mit seinen Töchtern gleich neben dem Obrist; es waren Bürger von Thunberg da: Frauen und Männer von Pirling; es war der sehr alte ehrwürdige Pfarrer von Sillerau zugegen, und saß neben seinem Amtsbruder aus Pirling; es waren Frauen und Töchter von Ratsherren da, deren Männer und Väter aber in dem Schießhause drüben waren; es waren geachtete Landleute da, der Erlebauer mit seinen Töchtern, der Vetter Martin, der Wirt am Rothberge, mit seiner Tochter Josepha; dann einige aus Haslung, aus dem Eidun und andere. Ich kannte beinahe alle. Sie grüßten mich, als ich niedergesessen war, und einige machten mir den Vorwurf, warum ich denn so spät gekommen sei. Ich antwortete, daß meine Geschäfte von dem Zufalle abhingen, daß ich sie mir nicht auf eine gewisse Stunde lassen oder mir vorarbeiten könne, und daß ich daher erst zu erscheinen vermöge, wenn sie abgetan sind, und mich entlassen.

Die obere Wirtin von Pirling kam mit einer sehr schönen gleichsam in Kristallen geschliffenen Flasche, in der Wein war, nebst einem Glase mit meinem Namen, das sie mir einmal hergerichtet hatten, daß ich daraus trinke, wenn ich in Pirling bin, zu mir her, und sagte: »Zur Tafel seid Ihr, wie jedesmal bei solchen Gelegenheiten, zu spät gekommen. Diesen Wein gibt Euch die Schützengesellschaft als Ehrentrunk; er ist der beste, der zu haben ist, er ist aus dem Keller meines Mannes, des Schützenmeisters, und ist heute für unsere geehrten Gäste herausgebracht worden. Er steht unten in mehreren Flaschen in Eisfutter, und muß sehr kühl sein. Die Speisen, die Ihr bekommen werdet, sind von dem unteren Wirte, Bernsteiner, dem der Keller des Steinbühels gehört, und bei dem der Schützentanz sein wird. Er wird sie Euch auch im Namen der Schützengesellschaft senden.«

Als sie noch kaum ausgeredet hatte, kam die Tochter des alten Bernsteiners nebst zwei Mägden, welche Kuchen, allerlei kalte Speisen, schön verziert, und angenehm geordnetes Obst vor mich hinstellten.

Ich dankte für die Aufmerksamkeit, und sagte, daß ich von den Dingen schon nehmen werde. Ringsherum auf der Tafel standen vor denen, die da saßen, ähnliche Sachen, die Beschlußstücke eines gehaltenen Mahles. Die Männer hatten Wein, die Frauen und Mädchen Kuchen, Obst und dergleichen, und an mehreren Stellen stand auch ein Becher süßen Weines für manche ältliche Frau.

Der Obrist redete mit dem Kaufherrn und mit dem Forstmeister, der von dem Schießhause herübergekommen, und hinter ihre Stühle getreten war. Sie verhandelten alle Verhältnisse, die eben an der Zeit waren, und für die Gegend größere oder kleinere Dringlichkeit hatten. Ich sprach einige Worte zu dem Pfarrer von Sillerau, und zu anderen, die in meiner Nähe waren. Einige fragten mich um verschiedene Kranke, wie es ihnen gehe und ob Hoffnung zur Besserung sei. Ich hatte die Freude, ihnen sagen zu können, daß ich gar keinen schwer Erkrankten habe, und daß alle, die jetzt liegen, bald aufstehen würden.

Die Mädchen und Frauen hatten ihre sonntäglichen Kleider an und manche waren sehr geputzt. Man erblickte silberne und sogar goldene Verzierungen auf den Miedern und Spangen. Margarita saß recht einfach neben mir auf ihrem Stuhle. Sie hatte ein graues geglänztes Kleid an, welches sie nach den weißen am meisten liebt. Auf dem ganzen Gewande war keine andere Zierde, als eine kleine rotseidene Schleife am Halse, wo das Gewand geschlossen war. Den feinen Strohhut, den sie im Sommer gerne trägt, hatte man ihr von dem Haupte genommen, und ihn an den Ast einer Birke gehängt. Obwohl sie nicht ihren sonntäglichen oder gar festtäglichen seidenen Putz anhatte, in dem sie mir immer gleichsam etwas fremd vorkam, so hielt ich doch dafür, daß sie unter denen, die hier versammelt waren, die schönste sei, noch schöner, als die Tochter des Erlebauer.

Wir konnten nicht viel reden, und sagten nur gewöhnliche Dinge. Ihre Antworten waren recht lieb und gut und hold und freundlich. Ich weiß nicht, ob die Leute wußten, in welcher Beziehung ich zu Margarita gestanden war; aber niemand sagte ein Wörtlein, das dahin abzielte, oder eine Andeutung auf die Sache ahnen ließ, selbst dann nicht, als ich aufgestanden war und längs des Tisches hinabging, um mit allen, die ich näher kannte, ein freundliches Wort zu reden. Sie hatten alle zu viele Achtung für mich, als daß sie es taten.

Nachdem diese Unterredung aus war, und nachdem ich noch

manchen andern, die herumstanden oder ein und aus gingen, auf ihre Fragen eine Antwort erteilt hatte, ging ich wieder zu meinem verlassenen Sitze zurück. Da sah ich an der Seite des Obrists und Margaritas, wo man Platz gemacht hatte, zwei fremde dunkelgekleidete Frauen; es waren die nämlichen, welche ich, als ich auf den Gipfel des Felsens ging, auf einer Rasenbank hatte sitzen gesehen. Der Obrist stellte mich ihnen vor, und sagte, das sei die Muhme, bei der Margarita die Zeit her gewesen ist, und die andere sei die Gesellschaftsfrau derselben, auch eine um nur etwas weniges entferntere Muhme. Die beiden Frauen hätten ihm die Freude gemacht, die Rückreise Margaritas zu benutzen, um ihn, wie er sie bittend eingeladen habe, zu besuchen. Sie hätten sich eben die Freuden und die Ländlichkeit des Steinbühels besehen, und seien ganz vergnügt darüber. »Uns ist es etwas Gewöhnlicheres«, setzte er hinzu, »wir haben das schon öfter gesehen, und machen es allemal auf gleiche Weise.«

Die Frauen waren beide alt, freundlich und einfach. Man hatte zufällig nach ihrer Entfernung ihre Sitze besetzt, und räumte sie ihnen jetzt wieder ein. Sie sprachen zu mir und fragten mich um einige Dinge, wie das bei ersten Bekanntschaften der Fall zu sein pflegt. Es sprachen auch der Forstmeister, die Bürgermeisterin, der Kaufherr, und der Pfarrer mit ihnen, wie man Fremde auf höfliche Weise in einer Umgebung einheimisch zu machen sucht. Indessen hatte sich auch die Gesellschaft um mehrere Schützen vermehrt, welche die ihnen zugewiesenen Schüsse ausgeschossen hatten, und jetzt hier im Gezelte bei ihren Frauen, Schwestern oder anderen Angehörigen waren, und sich vergnügten.

Als die Gespräche so gingen, kam der Kutscher des Obrists herein, ging zu seinem Herrn, und sagte ihm, daß der Wagen heute gar nicht gemacht werden könne, weil der Schmied nicht eine einzige Kohle zu Hause habe, und weil er keine am Sonntage von dem Meiler, wo sie liegen, hereinbringen dürfe,

und weil auch gar niemand zu Hause sei; denn das alles habe ihm nur die alte Großmutter des Schmiedes gesagt.
»Ich habe es wohl so erwartet«, antwortete der Obrist.
Auf meine Frage, was es sei, sagte er, es sei ihnen ein Nabenring an dem Wagen zersprungen, es habe nicht so viel auf sich, aber es sei doch nicht so zuversichtlich zu fahren.
»Freilich nicht«, antwortete ich, »die Nabe könnte zerfallen, und dann wären Rad und Speichen auf die Straße gestreut. Nehmt von mir den Wagen und die Pferde, Obrist, und laßt den Eurigen in Pirling, daß er morgen gemacht werde.«
Als er sich hierauf weigerte, und sagte, es wäre schon genug, wenn ich ihm nur den Wagen gäbe, er könne seine eigenen Pferde einspannen, stand ich auf, ging zu ihm hin, da er mit dem Kutscher abseits an die Bäume getreten war, und sagte: »Nein Obrist, nehmt auch die Pferde – laßt mir die Freude, daß sie meinen Wagen gebraucht, als wäre er schon der ihrige. Ich nehme ein offenes Wägelchen in Pirling, spanne Eure Pferde vor, und fahre mit Eurem Kutscher hinter Euch nach. Ihr könnt dann morgen, wenn der Reifen geschweißt ist, das Wägelchen nach Pirling schicken, und mit den Pferden Euren fertigen Wagen zurücknehmen.«
Hierauf willigte er ein, ich gab seinem Kutscher den Auftrag, wenn er meinen Thomas sehe, ihm zu sagen, daß er den zweiten Sitz unseres Wagens in Bereitschaft richten, und wenn der Schützenzug in Pirling angekommen wäre, gefaßt sein möchte, jeden Augenblick einspannen zu können. Als der Kutscher dieses vernommen und sich entfernt hatte, fragte ich den oberen Pirlinger Wirt, der indessen auch seine Schüsse ausgeschossen hatte und zu uns hereingekommen war, ob er sein offenes Wägelchen zu Hause habe, und ob er es mir bis morgen mittag leihen könne. Er bejahte beides, und daher war diese Sache in Ordnung.
Es waren in dieser Zeit die Sonnenstrahlen immer schiefer in das Gezelt gekommen und der Tag neigte sich zu seinem Ende. Das Schießen war schon früher vereinzelter geworden, und jetzt hörte man nur zuweilen einen verspäteten Knall,

gleichsam wie einen Nachzügler zu einem Heere. Die Schützen waren immer mehrere zu uns herübergekommen, und auch die Kinder der verschiedenen Gäste, welche heute hatten mitgehen dürfen, fanden sich von den zerstreuten Spielplätzen aus dem Wäldchen ein, und stellten sich zur Mutter oder hingen sich an den Vater, zum Zeichen, daß sie ausgespielt hatten und die Heimatmüdigkeit eingetreten war. Auch die Versammelten im Zelte standen endlich gruppenweise nach manchem nachträglichen und schnell noch zu Ende geführten Gespräche auf, und man zerstreute sich in dem Gehölze.

Die Scheiben standen leer und ihrer Pflicht entbunden, von dem rosenroten Lichte der Sonne beleuchtet, am Walde draußen. In dem Schützenstande, in welchen jetzt alles hineindurfte, richtete mancher Schütze seine Geräte in seinen Büchsensack zusammen, oder ließ es von seinem Diener tun; der Schützenschreiber tat sein Buch in das lederne Fach, das er zusammenschnallte, und der Schützenmeister, der obere Wirt, befahl, daß alles in gehörige Bereitschaft gesetzt werde.

Es war gebräuchlich, daß die ganze Schützenschaft nach solchen Tagen einen Einzug in Pirling halte, und daß die anderen Anwesenden gewöhnlich vom Steinbühel bis Pirling hinter dem Zuge hergehen. Heute sollte es auch so sein, nur ward befohlen, daß man erst die Sonne untergehen lassen müsse.

Margarita, der Obrist und die zwei fremden Frauen standen in einem Kreise von Pirlinger Bewohnern, meistens Frauen, und redeten. Ich ging daher noch einen Augenblick auf den Gipfel des Felsens. Aber wie war der Anblick jetzt verändert: auf den Stoppeln und den Wäldern lag der Abendschein, in dem ferneren Tale waren die Gründe nicht mehr zu unterscheiden, nur lag die Siller jetzt als eine Goldschlange in ihnen, und hinter Pirling flammte ein gelber Baldachin des Himmels; denn die Sonne war eben in dem Augenblicke untergegangen. Gar schön war es aber gerade unter mir im

Birkenwäldchen, es zitterte gleichsam wie Rauschgold in jedem der dünnen Zweige.

Ich ging gleich wieder hinab, weil es jetzt sehr bald zum Heimgange nach Pirling kommen würde. Aus der hölzernen Hütte, in welcher viele aus den niedereren Ständen gewesen waren, Knechte, Diener und andere, sah ich manche herauskommen, und den Hügel hinabgehen, weil sie vor dem Einzuge in Pirling sein mußten. Darunter war mein Thomas, der sich sehr beeilte, damit er, wenn wir angekommen sein würden, angespannt hätte, und mit dem Wagen in Bereitschaft stünde.

Die Scheiben waren abgeschlagen und hereingetragen worden, der weiße Baldachin war aus den Bäumen gelöset, und selbst Tische und Stühle wurden den Felsen hinabgetragen, wo ein Wagen wartete, daß sie nicht in dem Nachttaue draußenblieben. Die Menschen hatten sich meistens unter den Föhren neben dem Schießstande eingefunden, wo der Zug sich ordnen und anfangen sollte. Der Schützenmeister las endlich aus einem Papiere vor, wie sie sich alle stellen müssen, und so wie er es gelesen hatte, stellten sie sich, und da die Musik das Zeichen dazu gab, fingen sie an zu gehen.

Zuerst war der geschlungene Weg über den Felsen hinab zurückgelegt, und dann dehnte sich der Zug über die Felder hin. Hinten fuhr der Wagen mit den Tischen und Stühlen nach.

Es nahm sich seltsam aus, wie die Menschen so gingen. In den rötlich scheinenden Stoppeln der Felder bewegte es sich Pirling zu. An der Spitze ging der Schützenbote und trug die große Schützenfahne, nach ihm kamen zwei Schützenbuben mit den kleineren langzüngigen Windfahnen. Dann folgten die Trompeter und Waldhornbläser, dann, von sechs buntgekleideten Zielern getragen, die Scheiben, und hinter ihnen die Preisgewinner und Preise. Es war zuerst der Bock, der von zwei rot- und weißgekleideten Schützenbuben geführt wurde; neben ihm ging der alte Bernsteiner, dem der Preis geblieben war; es hing ihm ein langes rotes Band von dem

Hute herunter; dann wurden von Schützenbuben die anderen Preise getragen, und die Gewinner, gleichfalls mit Bändern geschmückt, gingen daneben. Hierauf folgte die Schützenkanzellei, und dann ging der Schützenmeister an der Spitze sämtlicher Schützen. Hinter ihnen folgten alle wir anderen Leute, die heute in dem Steinbühel gewesen waren. Neben mir ging die liebe Gestalt Margaritas, dann die schöne dunkelgekleidete ihres Vaters, der die ältere seiner Muhmen führte. Die andere wurde von dem Kaufherrn geführt, und dann gingen der Bürgermeister, die zwei Pfarrer, und Frauen und Mädchen nach verschiedenen Weisen eingeteilt. Wenn man zurücksah, stand der verlassene Steinbühel schon schwarz in der bereits nächtlich dunkelnden Luft.

Wie wir uns Pirling näherten, standen an dem Wege schon hie und da Zuschauer, und sie wurden immer mehr, je mehr wir uns dem Orte näherten, und waren endlich dicht gedrängt an Büschen, Hecken und Planken. Es waren solche, die zu Hause geblieben, oder von dem Steinbühel früher hereingegangen oder von benachbarten Ortschaften herzugekommen waren, um die Sache zu sehen. Am Eingange des Marktes war, wie gewöhnlich, eine Musik aufgestellt, die uns erwartete und empfing.

Da der Zug bis zu dem unteren Wirtshause gekommen war, in welchem in dieser Nacht der Schützentanz sein sollte, erkannte man erst, warum es nicht erlaubt gewesen war, vor Sonnenuntergang vom Steinbühel hereinzuziehen; denn ein weiter großer Eingangsbogen von Tannengrün war vor dem Tore aufgebaut, strahlende Lampen waren rings in ihm eingeflochten, und über ihm brannten durchsichtige Papierbuchstaben, hinter denen Lampen standen, und die die Ankommenden willkommen hießen.

Der ganze Zug ging, wie es gebräuchlich ist, samt dem Bocke in den Tanzsaal. Dort gaben die Schützen ihre Büchsen, und die anderen Schießvorrichtungen an Diener, oder selbst an Söhne ab, welche sie nach Hause trugen. Der alte Bernsteiner hob die Talerkrone dem Bocke vom Haupte und gab sie seiner freundlichen ebenso alten Gattin, daß sie zu anderen Schützensiegeszeichen in den Glasschrein des Schlafzimmers gestellt werde. Der Bock aber mußte jetzt in den Stall.

Die Zeit von der Ankunft im Tanzsaale bis zum Beginne des Tanzfestes verwendeten die Einheimischen gerne zu einem Gange zu den Ihrigen, zum Umkleiden oder dergleichen. Die Fremden blieben in dem Gasthause, und richteten sich auch zu dem her, was da kommen sollte. Wir hatten beschlossen auf den Anfang des Tanzes zu warten, und dann nach Hause zu fahren.

Ich wurde in dieser Zwischenzeit sogar zu einem gerufen, der plötzlich krank geworden war. Es war von keiner Wichtigkeit und ich gab ihm ein betreffendes Mittel.

Als ich wieder in den Saal zurückgekehrt war, waren die meisten schon anwesend, und es wurde zur Einleitung des Festes geschritten. Die Tische in den Speisegemächern waren besetzt, die Paare in dem Saale stellten sich an, die Musik begann, und durch einen ruhigen schönen Einleitungstanz wurde das Schützennachtfest eröffnet. Der Obrist zeigte Margariten und den zwei Frauen alles, wie man es hier mache, er blieb bei den zwei ersten Tänzen mit ihnen als Zuschauer, dann aber empfahlen wir uns als solche, die noch einen weiten Weg nach Hause zu machen haben und daher beizeiten aufbrechen. Viele Grüße und freundliche Wünsche wurden uns zugerufen, und wir gingen dann über die Treppe hinab, um uns in das obere Wirtshaus zu begeben, wo unsere Sachen waren. Auf der Gasse stand schon der Thomas mit meinem bespannten Wagen und harrte. Der Obrist und die Frauen hatten nur ihre Überkleider zu nehmen, um einzusteigen und fortzufahren. Da begab sich etwas, das das Schönste an diesem Abende war.

Ich hatte an dem Wagen gewartet. Margarita war mit den Frauen aus dem Hause gekommen, der Obrist aber noch nicht. Ich half den Frauen in den Wagen, und wollte es mit Margarita desgleichen tun. Ich faßte ihre Hand, die sie aus dem Überrocke hervorgestreckt hatte, aber ich half ihr nicht

auf den Wagentritt, sondern ich hielt die Hand einen Augenblick, und sagte, weil mein Herz so gerührt war: »Margarita, werdet Ihr mir es verzeihen, daß ich einmal so heftig an Euch gehandelt habe?«
»O verzeiht Ihr mir nur«, antwortete sie, »daß ich so gewesen bin – einziger, lieber Freund meiner Jugend – o ich weiß es schon und der Vater hat es gesagt, was Ihr für ein herrlicher Mann geworden seid.«
»Nein, Margarita«, sagte ich, »Euer Vater ist gut, er weiß es schon, welche Fehler ich habe – und Ihr seid ein Engel!«
Ich vergaß mich, und schlang meine Arme um ihren Nacken, wie man eine Schwester nach langem Entferntsein begrüßet. Sie tat ihre Arme auch um meinen Hals, drückte ihr Angesicht an das meinige, und fing so heftig zu weinen an, daß ich es gar nicht fassen konnte. Ich empfand das Naß ihrer Tränen auf meinen Wangen. Ich beugte nur einen Augenblick zurück, und wir drückten dann mit einem Male unsere Lippen aneinander. Ich hielt sie fest an mein Herz gepreßt, wie eine verlorene und wiedergefundene Braut.
Es war hier das erste Mal in unserm Leben gewesen, daß wir uns geküßt hatten.
Als sich die Arme wieder gelöset hatten, und ich ihre liebe Hand hielt, sagte ich: »Margarita, darf ich morgen Euren Vater um Euch bitten?«
»O bittet«, antwortete sie, »es ist gut für uns beide.«
Dann wandte sie sich zu den Frauen, die im Wagen saßen und sagte: »Nehmet es mir nicht übel, was ich tat; er ist mein Bräutigam.«
»Steiget jetzt ein, Margarita«, sagte ich, »morgen komme ich sehr, sehr bald zu Euch hinauf. Gute Nacht.«
»Gute Nacht«, antwortete sie, und wir drückten uns sehr innig die Hände.
»Steige nur ein«, sprach plötzlich der Obrist, der neben uns stand, »ihr werdet recht glückliche Menschen miteinander sein.«
Margarita warf sich an sein Herz, er hielt sie einen Augen-

blick sanft, und half ihr dann in den Wagen. Ich nahm ihn bei der Hand, drückte sie und konnte nichts sagen, weil meine Augen voll Wasser standen.

»So ist es also offenkundig geworden, daß diese zwei Brautleute sind, und Ihr dürft es unten bei dem Feste verkünden. Ich wollte es noch ein wenig geheimhalten, aber sie haben sich selber verraten«, sagte der Obrist zu dem oberen Wirte, der ein wenig weiter zurückstand, weil er von dem Tanzsaale heraufgegangen war, um den Obrist zu dem Wagen zu geleiten.

»Das ist ein erfreuliches Ereignis«, sagte der Wirt, »das ist ein erfreuliches Ereignis.«

»Jetzt gute Nacht, Doktor«, sprach der Obrist zu mir, »und kommet morgen bald zu uns hinauf.«

»Gute Nacht«, antwortete ich, und war ihm behülflich, wie er in den Wagen stieg.

Dann ging ich zu dem Thomas hinvor, und sagte ihm, daß er acht habe, und vorsichtig fahre, damit den Freunden kein Unglück zustoßen könne. Hierauf regte der Thomas die Zügel, sprach zu den Pferden, und sie liefen rasch mit dem Wagen in die obere Gasse hinein.

»Ich wünsche recht viel Glück, Doktor«, sagte der Wirt, »ich wünsche recht viel Glück.«

»Ich danke«, antwortete ich, »ich danke. Aber Mann, das ist ein Weib, welches ich erst verdienen muß.«

»Ihr seid aber auch der rechte Mann zu ihr«, sagte er, »und das wird eine Freude in der Gegend sein.«

»Wird es«, erwiderte ich, »nun so freut es mich, und es tut mir sehr wohl, wenn man mir Margarita gönnet. Aber jetzt seid so freundlich, und lasset mir Euren Wagen richten, damit ich ebenfalls nach Hause fahren kann. Ich muß morgen sehr früh wieder fort.«

»Ist schon gerichtet, und darf nur angespannt werden«, antwortete er.

Als die Braunen des Obrists in das offene Wägelchen des Wirtes gespannt waren, ich meinen Oberrock genommen hatte und eingestiegen war, fuhr der Kutscher des Obrists mit mir durch die obere Gasse auf die Felder hinaus, wo die Straße gegen das Eidun und gegen meine Heimat zielte. Ich konnte von den Vorausfahrenden nichts mehr vernehmen, weil wahrscheinlich mein Thomas aus Eifer und Ehrgeiz sehr gut und auch sehr schnell dahinfuhr.

An dem Himmel über mir standen unzählige schöne freundliche Sterne – und in meinem Herzen war eine Freude, welche ich noch niemals in meinem Leben empfunden habe. Ich ging schon gegen die dreißig Jahre, und es war so wohl, so süß, so herrlich in mir, als wenn ich im achtzehnten wäre, wo man ein Kind ist, unerfahren ist, und die ganze Welt an das Herz drückt, damit es nur gestillt werde.

Ich dachte: »O mein Gott, o mein Gott, was ist es für ein Glück, zu wissen, daß ein einziges Herz in dieser Welt ist, das uns liebt, das es durchaus und vom Grunde gut und treu mit uns meint: und wenige Schritte vor mir fahren zwei, die beide so gegen mich sind. Was ist es für ein Glück.«

Ich fuhr in der dunklen stillen Nacht hin, und kam endlich bei meinem Hause an. Ich gab dem Kutscher eine Belohnung und schickte ihn mit den Pferden zu seinem Herrn hinauf. Die meinigen waren schon zu Hause, ich ging noch in den Stall hinein und streichelte die guten Tiere, die sie unverletzt in ihre Wohnung gebracht hatten. Dann ging ich in mein Zimmer. Ich zündete mit Freude meine Lichter an, ich war heute zum ersten Male gleichsam nicht mehr allein, und setzte mich zu meinem Schreibgerüste nieder.

Es war eine Ruhe, Stille und Feierlichkeit in meinem Hause. – –

Aber ich blieb nicht lange sitzen, sondern ich stand auf, ging zu dem Fenster, öffnete es, und lehnte mich hinaus. Auch draußen war Ruhe, Stille, Feierlichkeit und Pracht – und es rührten sich die unzähligen silbernen Sterne am Himmel.

7.
Das Nachwort

So weit habe ich, der Urenkel, aus dem Lederbuche des Doktors ausgezogen, und so weit ist alles an ihm, der uns immer wie ein Wundermann erschienen war, gewöhnlich, wie bei allen andern Leuten, und wird auch in dem ganzen Buche fort gewöhnlich sein. Es ist noch recht viel übrig; aber das Lesen ist schwer. Oft ist kein rechtes Ende, oft deutet sich der Anfang nur an, manchmal ist die Mitte der Ereignisse da, oder es ist eine unverständliche Krankengeschichte. Ich habe in den mit dem Messer verwundeten Blättern geblättert. Ich mußte da über viele Jahre gegangen sein; denn es war ein häufiger Dinten- und Schriftwechsel, es standen Witterungsbeobachtungen, häusliche und Feldarbeiten, daß man sah, daß zur Ansammlung dieser Schriften Jahre vergangen sein mögen. Oft waren ganze Abteilungen in das fahleste Eisenockergelb geschossen, indessen oft Randbemerkungen aus späteren Zeiten mit dem glänzendsten Schwarz dastanden, wie übermütige Ansiedler und Anbauer, welche die armen Ureinwohner fast zu verdrängen strebten. Auch ist die Handschrift oft sehr schwer zu entziffern. Wie gewöhnlich, und nur für ihn geschrieben manches auch ist, so ist wieder vieles lieb und schön und oft wahrhaft erhebend.

Ich habe noch recht viel zu erzählen, und werde es in der Zukunft tun, wenn ich es zu Ende geziffert, und ausgezogen habe: Wie die Hochzeit gewesen ist, wie Margarita von allen Bewohnern des Doktorhauses geliebt worden ist, wie er mit dem herben, weichen, kindlichen Mädchen gelebt habe. Wie ihr Vater, der Obrist uralt geworden, wie er gestorben sei, und eine Ruhestätte neben seinem Weibe habe, wie der Doktor fortgewirkt, wie er bei der Einführung der Kartoffeln so viele Hindernisse gehabt habe, wie er, wenn die früheren Pferde alt und untauglich wurden, immer wieder Rappen hatte, wie er zu Kranken weit und breit ging, wie viele in sein Haus kamen, und dann bei den Ihrigen erzählten, daß eine schöne, milde, alternde Frau in seinem Hause herumgehe, wie er selber sehr alt geworden ist – ich muß endlich erzählen, wie das obere Haus weggekommen ist, ich muß erzählen, wie die Bilder fortgekommen sind, sowohl die, welche Margarita zur Aussteuer erhalten hat, als auch die, welche sie erbte. –

Mein Großvater hat erzählt, daß der Doktor, als er sehr alt war, als ihm seine Strümpfe schlotterten, als sein Rücken gekrümmt war, als ihm die Schnallenschuhe zu groß geworden waren, oft an seinem kunstreich geschnitzten Schreibgerüste, auf das er in seinem langen Leben so viel gelegt und gestellt hatte, daß er am Ende selber kaum Platz hatte, gesessen war, und in einem großen Buche gelesen habe, von dem rote und blaue Siegel niederhingen.

Seine letzte Heilung ist ein Kind gewesen. Er war schon lange nirgends mehr hingegangen, in der Gegend waren drei neue Doktoren aufgestanden – da war im Eidun ein Kind krank, ein schönes Mädchen freundlicher Eltern – man hat ihm alles gegeben, was möglich war, aber das Kind wurde immer schlechter. Die Ärzte sagten endlich, es sei vergebens, das Kind müsse sterben. Da fiel den Eltern der alte Doktor ein, der zu Thal ob Pirling ein Haus habe, dort wohne und in dem Garten sitze. Sie gingen zu ihm und baten recht dringend. Er fuhr hinab, und ging an seinem Stabe mit den schneeweißen Haaren und gebeugt zu dem Kinde hinein. Da er es gesehen und um alles gefragt und eine Weile geschwiegen hatte, sagte er huldreich: »Das Kind wird nicht sterben.«

Er gab den Leuten etwas, und sagte, daß man morgen zu ihm kommen und wieder etwas holen solle. – Die Eltern trugen den alten Mann fast wie einen Engel zu seinem Wagen hinaus. Sie gaben dem Kinde täglich, was sie von dem alten Doktor holten, es ward gesund, und blühte noch lange, da der Greis schon in seinem kühlen Grabe lag.

Er hatte zuletzt so weiße Haare, wie sie einst der Obrist

gehabt hatte, nur daß der Obrist auch den weißen Bart trug, während der Doktor immer sauber rasiert ging.
Weil er gut gewirkt hat, ist er nie ein Kinderspott geworden.
Bei seinem Tode trug sich etwas Rührendes zu. Als man den Leichenzug ordnete, gingen plötzlich alle Zigeuner mit, welche sich zuweilen in den Wäldern gezeigt und niedergelassen hatten, weil er sie einstens zu mehreren Malen freiwillig behandelt, und manche aus ihnen geheilt hatte.
Mein Vater hat den zweiten Band der Mappe gar nicht gekannt. Er war in der alten Truhe und wurde erst von mir gefunden. Er war nicht gebunden, sondern nur in Hefte geteilt, wahrscheinlich, daß er bequemer sei, und man nicht immer die ganze Last mitzuschleppen habe. Es hat sich an ihm etwas gezeigt, was dartut, daß, wieviel man auch Verstand habe, doch im Alter die lebenssüße Gewohnheit und die Einfalt des Fühlens über ihn herrsche. Allen Anzeichen nach war der Doktor schon achtzig Jahre alt, als er den zweiten Band seiner Lebensmappe machte und vorrichtete – und dennoch machte er diesen Band so dick, wie den ersten, ja er hatte sogar um zweiundfünfzig Seiten mehr, und alle waren sie zum voraus schon mit roter Dinte eingetragen. Wie viele Blätter aber blieben leer, wie wenige Hefte waren beschrieben, und wie hingen an den letzteren noch die alten Siegel, weil er, damit ich seinen eigenen Ausdruck gebrauche, früher fortgemußt, ehe er sie hatte öffnen können.
Friede mit ihm!

Vergleichstexte

Die Geschichte der zween Bettler

[Aus der »Urfassung«]

1.

So lese ich im Lederbuche des Urgroßvaters:
Gut, die Figur ist fertig und wohl geraten. Ist sie auch nicht so schön wie die Engel und Heiligen, so ich in der Teinkirche gesehen, so ist ja auch der Hausaltar nicht so schön, wie derjenige zu Prag. Die Vergoldung mag gut sein, die Falten sind sehr gut, ebenso der gehobene Fuß. Nun muß der Tischler einen Lindwurm machen, der unter den Fuß gehört, daß sie auf ihn trete, wie die auf dem Altarbilde zu Oberplan. So. Zwei große Wachskerzen gehören dazu, den 13. Juli zu brennen den ganzen Tag. Gut. Das grüne Eckzimmer, klein, hoch und kühl – wenn ich noch weißseidene Vorhänge über die zwei Fenster rechts und links machen lasse, daß ein schönes Dämmerlicht hereinfalle, so ist es wie eine vollkommene Hauskapelle. Gut.
Es geht ja recht gedeihlich, Augustinus, es geht ja recht gedeihlich, – in dem was du in dem Jahre gelernt hast, und noch lernen wirst, du alter Schüler. – Heiliger Gott, geh mit mir nicht ins Gericht, wie ich die Zeit her darauflos kurierte – es ist ja was ganz Entsetzliches um so einen Doktor!! und die gefälligen Leute wurden mir gesund, wie die Frühlingsfliegen, ich kann sie zeitlebens vor Dankbarkeit nicht freundlich genug ansehen. Nun aber geht es bereits schon besser, und ginge noch besser, wenn nur alle die vielen Bücher, womit ich Bücherschrein und Schreibschragen belade, selber mehr wüßten? – Es kann nicht wahr sein, und es ist auch nicht wahr, was in ihnen steht – solche schändliche Composita kann uns Gott nicht aufhalsen wollen in unserm Kranken-

elend, – womit heilte sich denn sonst der Hirsch, wenn er erst zu mir kommen müßte, daß ich ihm aus meinen Arzneigaben zehn Säfte mische, die er dann nicht mag? Da wird wieder in dem goldnen Büchlein Natura gewiß ein Mittel liegen, so einfach, daß wir staunen; etwa fließt es in dem kühlen Wasser, vielleicht wallt es in der blauen Luft, oder zittert als Elektrikum jede Stunde und Minute in unser Wesen? Und da wird dann so ein Kolumbus kommen und das Ei auf die Spitze stellen. In der Zeit aber, Augustinus, geh hinter dem Hirsche, geh hinter dem Hunde her, und sieh zu, wie sie es machen, daß sie genesen. Dann lies getrost auch immer fort und fort in jenen verruchten Bänden, und lerne, was sie Lernenswertes enthalten.

Da saß ich da in der goldnen Zeit der Unwissenheit und des guten Geschmacks, mir nagte es nie am Herzen, ob ich es recht mache; denn im Buche der Schule hatte ich es ja gelesen, wie es zu machen, – und da genasen sie und ich war liebenswürdig, und dreißig Mädchen wollten mich heiraten, nur eine nicht: jetzt, da ich täglich und stündlich in den Bergen forsche, von Kranken zu Kranken fahre, und über den großen Pergamentbüchern bin, jetzt will mich die eine wahrscheinlich noch nicht, und die andern dreißig aber auch nicht, und zudem grübelt sachte der Zweifel; – aber zurücktauschen möchte ich doch nicht – sie sollen nur sehen!! – rüstig, Mann, bis du mit dem Tüchtigsten gleichstehst, und dann etwas mehr bist, was du selber gefunden. Über mehr kann selbst der Obere nicht richten.

So. Und dann schreibe fleißig in das Lederbuch, das Mittel ist gut, und lies es erst in drei Jahren, wie der Obrist tat, ob du dich dann auch vorwärtsgehend findest, aber es muß ja, es *muß* – – o daß er nur schon zu alt ist, und vielleicht nicht mehr den Neid erlebt, wie ich dastehe, so prächtig als er, oder etwa gar noch mehr. Nur vorerst den Jähzorn, den vermal – den Jähzorn gewöhne dir ab, dieses verdammte Kraut, das um das beste Licht der Augen bringt – und dann wirst du sehen, wie liebreich alles vorwärtsdringt – und dringt es denn nicht schon jetzt?! – O Vater, o Mutter, daß ihr nicht mehr lebt, zu sehen, wie sich eure Hütte verändert hat – und auch nicht Bruder und Schwester ist da, es zu schauen! Das Haus steht nunmehr fertig, und die Sonne scheint auf sein glänzend Dach hernieder, der Garten schreitet in die Weite, und die Fruchtbäume, einst das Eigentum der Nachbarn, stehen dicht darinnen, und jetzt besser gepflegt, lassen sie, wie in Dankbarkeit, die Last ihrer Äste bis zu meinen Fenstern herüberschimmern – ich schreite von Gemach zu Gemach, aber einsam, nur eine heilige Margarita wird bald im grünen Eckzimmer auf dem Hausaltare stehen, und mich, wenn ich eintrete, mit ihrem goldenen Schimmer grüßen – die Luft des Abends weht in den weißen Fenstervorhängen, und umfließt mich Wandelnden, während sie vom Hofe herein die Hufschläge meiner jungen Rappen trägt, die der Knecht von der Abendschwemme zurückbringt – manch roter Pfeil der Abendsonne schießt durch die Zimmer, und zeigt ihre Größe und Leere; nur ein ausgestopfter Geier hängt über meinem Schreibtische, und auf dem Schnitzgeländer desselben sitzen und passen unzählige geschnitzte, glänzende Frösche.

Und dann nehme ich ein Buch, gehe durch den Hof, wo Hühner und Geflügel sind, durch den Garten voll Sperlingsgeschrei, die meine Kirschen stehlen, hinaus in die Felder, wo meine Ernte reift, ein viel zu großes Feld für mich einzelnen, bis ich in den Wald gelange, der mir die Gedanken leicht und stille aus dem Buche lesen läßt, und mir neue gibt.

So steht und gedeiht und prangt alles, meine Kranken genesen, selbst Tom, der Holzknecht, ob ihm gleich ein Waldbaum seinen Körper fast wörtlich entzweigeschlagen hatte, geht wieder lustig und krückenfrei herum – in die fernsten Gegenden vermag ich zu wirken, und es wird der Satz immer weniger wahr, den ich vor einem Jahre in der festen Meinung seiner Ewigkeit niedergeschrieben hatte: »Einsam, wie nach gerissenem Taue der Anker im Meere, so liegt mir das Herz in der Brust.« ––

Es liegt nicht mehr so; denn alle Kräfte haben zu tun, und das

Herz sieht zu, und kann nicht anders, es muß ja vergnügt darüber sein!
Mehrere Dinge freuen mich auf morgen: erstens kommen die Geräte und die zwei geschnitzten Schreine für die große Stube, dann gedeiht im Garten die Gentiana cruciata recht wohl, und morgen müssen sie die Mägde jäten, und endlich werde ich morgen die alte, die drollige trübselige Geschichte der zween Bettler aus meinem Kopfe hervorsuchen, und einmal aufschreiben, ob ich etwa mich zurückschreibe in jene wilde selige Zeit.
So für heute genug, und nun werde das Blatt mit Wachs an seinen Nachbar geklebt, und erst in drei Jahren losgelöst. Wie wird es dann sein!?

2.

Sollte der Himmel wollen, daß aus mir Nachkommen würden, und einer findet dies beschriebene Buch, so denke er nicht, daß die Geschichte der Bettler, wie sie hier anhebt, Zeitvertreib sei; nein, sie ist bittere Wahrheit, und wenn sich von ihr ein Ende zuträgt, so wird es gewiß im Lederbuche zu finden sein.
Mit Gott:
Die zwei Bettler hatten ein sehr verschiedenes Temperament, und sind dennoch die besten Freunde geworden. In einer sehr großen alten Stadt gingen sie herum, zuerst jeder allein, dann miteinander. Der erstere hatte meistens einen modischen schwarzsamtnen Rock an, und ein schönes Barett auf; der zweite hatte auch einen schwarzsamtnen Rock an, und auch ein schönes Barett auf, und so fanden sie sich eines Tages, und erkannten sich, und gingen fortan miteinander in der großen alten Stadt herum. Damals wußten sie noch gar nicht, daß sie Bettler seien, sondern nur, daß sie ein so wunderlich seltsam verschiedenes Temperament hätten, und sich immer mehr und mehr zankten und liebten, und drollige Streiche taten. Augustinus war der ältere, und schritt durch die Gassen, als wäre es ganz und gar nicht wahr, daß von allen den Häusern

gar keines sein gehöre, sondern er bot Trotz, sowohl den grünen Erkern und Giebeln, den großen Toren und spitzbögigen Fenstern, als auch den funkelnden Augen darinnen – nein, denen bot er nicht Trotz, sondern er meinte, sie würden sich erquicken, wenn er recht freundlich hinaufgrüßte, daher er auch sogleich die Menge seiner braunen Haare zurückschlug, und sein ganzes Antlitz hinaufleuchten ließ zu Bürgermeisters Jodoka – und da pfiff er sich eins, dem Hause entlangschreitend, und dachte nicht mehr an Jodoka, sondern war auf Weltverbesserungsplänen aus –– siehe, da trat just des Tages um die Ecke herum, aus der breiten glänzenden Gasse heraus, Eustach, der andere Bettler, der um einundfünfzig Tage jünger war als Augustinus. Er war flink herfürgegangen, und hatte gar nicht hinaufgeschaut an irgendein Fenster, oder einen Giebel, auch nicht zu des reichen Kaufherrn Tochter Christina, die im Erker stand, sondern seine großen, sanften, schwarzen Augen, die er närrisch genug zu den reichlichen lichtblonden Haaren empfangen hatte, vor sich hertragend, als hätte er sie ausgeliehen, und gäbe nur auf sie acht, eilte er daher, seine jungen roten Wangen geradeaustragend, als wäre es ordentlich eine Schande, daß er gar so vergnügt sei.

Dieses Tages nun, da sie sich so begegneten, wie hier gemeldet, war es auch, wo sie erfuhren, daß sie Bettler seien; Eustach hatte es bei einem Glase Wein erwiesen, und sie glaubten es fortan beide.

Das Ding war so. Da ihn Augustinus selig, wie einen glänzenden Reiter aus Lebkuchen, die Gasse herausschweben sah, so rief er ihm zu: »Ei, ei, Felsensteine und Herzklopfen, was bist du denn wiederum so unverschämt vergnügt, als hättest du den Altstädter Ring gestohlen, und bist doch nicht einmal imstande, des feigen Krämers Tochter zu christlich erlaubter Liebe zu verführen, und issest doch Freitag für Freitag an seinem Tische mit ihr –– sie sagen ohnedem auf dem Carolin, sie bohre dir den Gecken –– nun so sage doch etwas.«

»Grüße dich Gott, Augustinus«, sagte der andere, »du weißt ja, daß ich gar nicht mehr viel auf dem Carolin verkehre; denn da habe ich nur mehr die zwei Rigorosa zu bestehen, und dann, sagen sie, müsse ich hingehen, und mich um ein Amt bewerben -- und Christine ist ein recht liebes, feines Mädchen, das mir noch immer einschenken will, wenn der Vater schon längst auf seinem Stuhle einzuschlafen anhob, und sohin –«

»Nun, und sohin, Friedensjüngling«, fiel ihm Augustinus ins Wort, «sohin sag an, wo wolltest du denn eben hin, da du so schimmernd die Häuserreihe herabkamst, und mich hier stehen fandest?«

«Ich komme von der lustigen und ernsten Stadtchronik; gehe mit, Augustinus, es wird um so viel schöner werden, ich gehe auf die Insel, um dort Melniker zu trinken.«

»Mel – Mel – ja sage, du Abenteuerlichkeit, hast du wirklich den Altstädter Ring gestohlen?«

»Nein, aber siehe«, antwortete der sanfte Eustach, »ich habe da die Wochen her auf viele Blätter Papier Hirngespinste geschrieben, ich habe die Tage und Stunden daran gegrübelt und gemalt, bis mir auf einmal die Verwegenheit kam, daß ich auf die Schreibstube der lustigen und ernsten Stadtchronik rannte und alles vorzeigte. Da haben sie es nun gedruckt, einen wildfremden Namen vorangesetzt, und mir fast eine halbe Handvoll Goldstücke gegeben. Da nun dies das erste Geld ist, das ich nicht erbettelt, sondern verdient habe, so will ich hingehen und viel Melniker trinken.«

»Melniker trinken, betteln«, fuhr Augustinus los, »gut – sage, *hast* du nicht etwa schon viel Melniker getrunken – was ist denn das für Aberwitzreden mit dem Betteln?«

»Nun«, sagte Eustach, indem er ihn mit den schönen treuherzigen Augen ansah, «keine Aberwitzreden, du bettelst ja auch schon seit Jahren.« –

»Nun Kaukasus und Zedernbäume«, fiel Augustinus ein, sich in Positur stellend, »ehe ich dich aufreibe, zeige einmal, wie dies zu nehmen ist, und zu erweisen?«

»Ei, das habe ich mir recht schön ausgedacht«, erwiderte Eustach, »und bin dann traurig geworden, aber es ist eigentlich zum Totlachen, und wenn wir unten auf der Insel sitzen, und hübsches Eis in den Wein geworfen haben, so will ich es dir auseinandersetzen. Die Goldstücke, die wir heute nicht mehr vertrinken, werde ich dir zum Aufheben geben.«

»So, du eitler siebenfacher Tor, ich vertäte sie in einem Tage – im Gegenteile, wenn es *mir* einmal widerfahren sollte, daß ich Hirngespinste schriebe, und Goldstücke bekäme, so gäbe ich sie *dir* aufzuheben – aber dir stehlen sie's wieder. – In Hinsicht des Melnikers bin ich nicht abgeneigt, und wenn wir getrunken haben, so geh nach Hause, tue die andern Goldstücke in einen ledernen Beutel, und schreibe wieder Hirngespinste. Aber eins, du dusiger Geselle, befolge mir, du goldherziger Bruder, laß dich nicht hudeln auf dem Collegium – stich einen durch drei Finger, ich schlage es dir vor, oder in die Schulter, wovon er nicht stirbt, und es wird besser sein, als hättest du noch mehr Hirngespinste geschrieben.«

Eustach aber antwortete nicht, sondern lächelte sanft und verschmitzt. Sie gingen hinunter und ließen sich auf die Insel überführen.

Und so saßen sie denn nun, die zwei seltsamen Freunde, auf der Insel im dichten Laubgeflüster, das karfunkelrote Blut des Weines in den Gläsern, von nichts unterbrochen als dem Rollen und Prasseln entfernten Kegelschiebens, dem gelegentlichen fernen Rufen und Lachen der Schiebenden, und von dem zeitweisen Schrei eines Stares; sie wußten nicht, sei er irgendwo in einem Vogelhause oder sitze er im Baume ober ihnen. Und da legte denn Eustach die glänzend schwarzen ausgeliehenen Augen gegen den lichten heißen Sommerhimmel und das erquickliche Baumgrün und sagte: „Es ist doch so, drehe um das Glas, wie du willst, es ist doch so – die Verachtung wird eingeteilt in die feine und grobe: diese bekommt nur jene Klasse von uns, die geradehin auf der Gasse oder an den Türen bettelt, die feinere – und oft ist sie so fein, daß ihr Spender sogar meint, er habe sie nur innerlich und lasse sich ja äußerlich ohnehin genug herab – diese feinere wird denen zuteil, die in der Art betteln müssen, daß sie vorerst etwas leisten, wofür ihnen dann (vertragsmäßig oder nicht, das gilt oft gleich) ein Entgelt zukommt, den der Geber immer für viel größer hält als die Leistung, daher das Ganze ein so hübsches Schwestergesicht der Bettelei bekommt, z. B. auf der Gasse Musik machen – Kinder erziehen – und was tun denn wir zwei in all den dornigen Studentenjahren her anderes, als Unterricht geben aller Welt, und in allen Dingen?«

Augustinus glotzte den Sprecher verblüfft an, und wußte von sich selbst nicht, sei er zornig oder etwas anderes; eigentlich hatte er seinen Freund doch immer für sehr harmlos gehalten, und wußte nun nicht, tische er eben nun bloß Schalkheit oder Bitterkeit auf. Der Freund aber schwang sich unverzagt zum dritten Glase, die schwarzen Augen leuchteten, die roten Wangen wurden noch röter, daß daneben die blonden Haare fast wie lichte Goldfäden herumhingen.

»Darum, mein Lieber«, fuhr er fort, »darum sann ich in der Betrübnis meines Herzens auf die Hirngespinste, daß sie mir ein heimliches Eigentum würden, das ich zu Hause versteckt hielte; denn siehst du, das fraß oft an mir: Wenn ich so dasaß, und eine Stunde dozierte, und warm wurde, und in der Gutheit des Herzens ganze Stücke meiner eigensten Seele hinreichte –– dann stehst du auf, empfängst demütig deine Karte, und gehst dahin, indes dein Schüler an dem Fensterglase steht und trommelt, und wenn er dich nun unten weggehen sieht, von den vorbeirollenden Wagen mit Kot bespritzt, so meint der Tropf sogar, er sei weit mehr als du –– und so gehst du – in der ganzen Wüstenei der Stadt hast du kein einziges Herz, bis du auch wieder einen solchen närrischen Informator findest, wie ich dich –– sieh, teurer Augustinus, da will ich dir mein Geheimnis endlich sagen: du hast den großen Koffer in meiner Stube, mit Dachshaut überzogen – es ist gar keine Wäsche darinnen, auch keine Kleider, denn das hängt alles zwischen den Doppeltüren, sondern viele, viele Päcke von Schriften; er ist fast voll davon – siehe, wenn draußen Mondschein war, und weiße lichte Wolken um ihn flatterten, oder die dunklen Teintürme in ihm aufragten, oder wenn Sturm und Schnee tosten, und im Nachbarhause Ball war, daß man die Wägen rollen, und fast die Musik klingen hörte, oder auch wenn die ganze Stadt schlief, und eine mausestille Sommernacht darüber hing – da schrieb ich sie alle diese Päcke, samt und sonders habe ich sie selbst geschrieben, da ging ich nachts in der Stube herum, und redete mit mir selbst, und da kam es über mich, als wär' ich einziger eine versammelte Menge, die braust und ratschlagt – und dann war es mir wunderselig und hold, wenn ich hin und her rannte, und schrieb und schluchzte – –«

Und wie er dies sagte, so erglühte sein Gesicht von knabenhafter Scham, und die Augen wurden schwärmend, wie bei zärtlicher Liebe, so daß Augustinus fast erstaunte, aber dann aufsprang und von einem närrischen Gefühle bewältigt den Freund beim Halse nahm, und ihn so tüchtig ins Gesicht küßte, wie er es kaum den wunderschönen Lippen Jodokens getan hätte, wären sie ihm anders in den Wurf gekommen, und er rief ihm zu: „Aber du geliebtester aller übergeschnappten Studenten, mich packt eine Todesangst, ob nur das geschriebene Zeugs auch etwas wert ist?«

Ganz leise antwortete ihm Eustach: »Sei stille, das habe ich mir selbst schon gedacht, aber wenn ich herzwund obensaß, und es immer mehr in die Mitternacht ging, da ich schrieb oder älteres las, so war es mir oft ja ganz und gar nicht anders, als sei das Ding mehr wert, als die ganze Stadt unter mir.«

»Und es ist auch mehr wert«, rief Augustinus aus, »d. h. dein Herz ist mehr wert, und wenn du dieses Herz des weitesten und breitesten so aufzuschreiben vermöchtest, so sind am Ende, weiß Gott, und bei allen Teufeln, die Schriften auch noch etwas wert – ja, und toll wäre es, gar zu toll, wenn du zuletzt gar ein Dichter wärest, wie etwa Homeros oder Torquato Tasso, du, den sie zu hänseln wagten, und den ich, verzeih mir Gott, selber hänselte.«

»Nicht Homeros, nicht Tasso«, sagte Eustach beleidigt, »das ist bloß Frevel, aber so ist es: wenn ich so den heißen treibenden Tag herumgehe, und so ein Wust Menschen reitet, fährt, schiebt, drängt, als wäre ein Narrenhaus los, so wird es mir so gewiß unliebsam in der Seele – dann, wenn ich meinte, diese Familie hat dich lieb, aber doch wieder sah, wie ich dennoch bloß ein Schlucker sei, an den sie nicht denken, – dann, wenn ich noch bloß erlebte, wie alle nur nach Leibesgütern und Leibesfreuden haschen, und in Selbstsucht jedes Maß des Guten verlernen: da wurde es mir unsäglich weh und leid um die Welt, und wenn ich die Treppen zu meiner Stube erstiegen, betäubt und ermüdet, und wenn der Veitstanz unten nach und nach aufhörte, und Gott die stillen Himmelsblüten, die Sterne, nacheinander über der staubenden Stadt aufhing, silbern und rein – dann nahm ich mir von *diesem* Gute ein Unmaß, weil es andere eben nicht beachten, und wenn ich mein Herz recht damit angefüllt – siehe, dann ist es ja kein Wunder, wenn ich vergnüglich seine Fächer auftue, alles überzähle, und mich, wie es so in Blättern und Heften quillt, daran erlabe, ohne an Homeros oder Tasso zu denken, weil eben nur die Sache und alles das innere Wogen und Walten so schön und so freudenreich ist.«

»Und das hast du alles so in deinem Koffer?« fragte Augustinus.

»Ja, recht schön und sorglich eingepackt, daß nichts naß und staubig werde.«

»Aber die Wäsche und Kleider zwischen den Doppeltüren werden muffig und staubig. Gut.«

»Sie sind ja ohnehin nicht viel wert – aber Augustinus, gewöhne dir nur das abscheuliche Sprichwort ab. *Gut,* wenn etwas schlecht ist.«

»Gut, ich werde es mir abgewöhnen – aber Eustach, hast du nicht etwa auch noch ein anderes Geheimnis im Koffer?«

Eustach wurde blutrot, sagte aber pfeilschnell: »Nein.«

»Gut«, sagte der andere, »gut, blödester Studiosus, aber nun höre auch du mein Geheimnis, laß fahren derweil Schriften und Koffer und höre: Mein Geheimnis aber ist dieses: da steht ein herrlicher Wein vor uns in den Gläsern, und in der Flasche ist auch noch einer, und das ist schöner, als in Mahoms Himmel; bleibe sitzen, wir wollen hier das Menschengeschlecht verachten. Gut. -- Verachtest du schon, Eustach, siehe, ich verachte schon -- da lege ich ein großes Silberstück auf die Tischecke, das werden wir noch ganz vertrinken, ehe wir fortgehen. Sie sind alle ein Pack, und ich habe sie längst verachtet, vorzüglich all die junge öde Milchsuppe auf der Schule – aber das hast du gut in deinem blonden Kopfe ausgedacht, daß wir Bettler sind, und ich verachte sie drob noch wilder – und ich könnte in meiner Rache augenblicklich hingehen, und den Bürgermeister einen Esel heißen, aber ich tu es nicht, denn sieh, ich bin eigentlich fröhlich wie ein junger Hase. Ferner ist mein Geheimnis auch dieses: *du* schreibe Hirngespinste fort, *ich* will Kröten, Hunde und Katzen kurieren, daß wir uns beide auch ehrenhaften Lohn verdienen, in der Zeit aber lernen wir, daß die Kinnbacken Funken geben -- außerdem will ich noch übermütig sein, alle schönen Mädchen lieben, alle großen Stadtherren verspotten, und wenn sie mich anschießen, wild sein, wie ein Eber, und am letzten Ende werde ich noch die gewaltig schöne Christine küssen, daß sie es abbüße, dieweil sie alle Mannswelt in unleidlicher Sprödigkeit höhnt – und dann, wenn ich alles dieses ausgeführt, dann löse ich mit Taxen und Prüfungen ein Diplom, und -- abiit, excessit, erupit – etc. – Dann ist es mit dem Bettelstande aus; denn ich gehe heim, und heile weit und breit, was Odem hat im Lande meiner Geburt. – So, nun trinke. Du aber, Eustach, tue desgleichen, außer dem Küssen, das kannst du nicht, sondern eines Tags bestehe plötzlich deine Rigorosa, und fahre in ein Amt; denn die Päcke im Koffer möchten dich am Ende doch nicht so nachhaltig aus dem Stande herausführen, in dem wir jetzo wandeln. Im übrigen, meine ich, sollen alle lustigen Bettler hochleben!«

Eustach sah seinen Freund etwas besorgt an, wie er ihm gegenübersaß, und an allen Enden seines Geistes zu funkeln

anhob, aber da er aus Erfahrung wußte, daß er beim Weine leicht Feuer fing, dann aber immer auf einem Punkte stehenblieb wie eine Magnetnadel (denn er hatte eiserne Nerven der Augustinus), so schlug er sich die Sorge flugs aus dem Kopfe, und tat nur innerlich schnell das Gelöbnis, daß er achthaben wolle, daß nicht etwa er selber überschnappe, dann aber stieß er an und rief: »Sie sollen leben!«
Das Himmelblau schaute so frisch herein, die Bäume regten so goldig grüne Blätter, und die Freunde blieben sitzen, und redeten und scherzten fort, und es war dies fast der erste Tag seit ihrer langen Bekanntschaft, daß sie nicht zankten, sondern sie kamen tiefer und tiefer ins Geplauder über dies und über das, über Aussichten und Pläne, ja endlich riß sogar der Witz ein, und da die Schleuse der Lachlust einmal geöffnet war, so weiß jedermann, wie der Bach jener Lust dann immer von selber fortfließt, wie wenig er auch Nahrung habe. So geschah es auch hier, und sie saßen noch immer, da schon die Glut des Abends durch alle die tausend Augen des Laubgewölbes hereinblickte, und die schönsten roten zuckenden Flammen aus dem Weine küßte – dann standen sie auf, tranken noch einige Gesundheiten, bis kein Tropfen mehr in Gläsern und Flasche war, dann bezahlten sie, und gingen so fröhlich von dannen, als hätten sie auf der Insel, wie einst jene drei Römer auf der ihrigen, die Welt miteinander geteilt.
Sie gingen Arm in Arm durch die große Gasse, wo Jodoka wohnte, dann über die schöne Brücke, und durch allerlei Gassen, in denen Staub und Abendröte war, und an der Treppe zu Eustachs Stube trennten sie sich, als schon alle jene «Himmelsblüten« am Firmamente hingen und prangten.
»Gute Nacht, Eustachius.« – »Gute Nacht, Augustinus«, und Eustach lief sogleich die Treppe hinauf, und schaute noch einmal närrisch mit dem freundlichen Gesichte von oben herab auf den in der Dunkelheit fortschreitenden Freund. Dieser aber ging die lange Gasse hinab, und wurde im Gewühle und in der Dämmerung immer undeutlicher vor den nachschauenden Augen Eustachs; er war betrübt über den

Freund, den gemütreichen phantastischen Menschen, der am Ende doch vielleicht gescheiter sei als sie alle, aber hülflos wie ein Kind; –– jetzt, dachte Augustinus, wird das erste sein, daß sie ihm die andern Goldstücke stehlen, dann wird er zum zweiten das Unglück haben, daß er sich um kein Amt bewirbt, und da wird er uralt in der muffigen Stube sitzen, und indessen einen ganzen Berg von Hirngespinsten geschrieben haben, in denen die ungeheuersten Sachen liegen mögen, aber weit eher noch weiß Gott, welche wunderlichen Dinge, daß man früher närrisch wird, ehe man sie ausgelesen hat. Wenn nicht einmal ein Weib um *ihn* anhält, so bleibt er auch im ledigen Stande. Gut.

Und somit schritt Augustinus in das Haus hinein, wo er wohnte.

3.

Und wie wurde es weiter mit den zwei Bettlern?

Sie blieben noch viele Wochen und Monate in ihrem Stande, und gingen immer miteinander um, und liebten sich fort, obwohl es dem Augustinus nicht gelang, den andern tüchtiger, und dem Eustach nicht, den andern vernünftiger zu machen – ja trotzdem, daß es dem Augustinus in mancher Stunde aufdämmern mochte, um wieviel eigentlich Eustach doch geistiger sei als er, konnte er es doch nicht lassen, ihn zu necken, was der andere kannte und litt, da er keinen Menschen für trefflicher hielt als den Augustinus, sich selbst am allerwenigsten.

Die auf der Universität höhnten den Augstinus, wie er denn mit dem kopfhängenden, semmelfarbnen Nankingbeinkleide, dem Eustach, so immerfort umgehen möge; aber er schlug sich erst mit zweien, und hieb ihnen etwas stärkere Fetzen vom Leibe, als er einst dem Eustach geraten, den andern aber drohte er, daß er sie erwürgen wolle, wenn nur einer von ihnen den Eustach noch semmelfarben heiße. Sodann hatte er Ruhe, und sie wurden beide recht artig gegrüßt, wenn sie auf dem Carolin den Gang hinabschritten, Augustinus mit langen, Eustach mit viel kürzeren Schritten.

Wie lange noch die Geschichte ihrer Liebe und Freundschaft gedauert hätte, das weiß man nicht, aber sie nahm folgendes trübseliges Ende:

Eines Tages sehr früh morgens kam ein junger Herr, der auf dem Amte im Rathause arbeitete, ein weitschichtiger Bekannter des Augustinus, und, wie man sagte, Bräutigam der schönen Christine – die Leute aber wollten wissen, sie tue ihm nichts als eitel Schabernack an – dieser Herr, obwohl er sie sonst nie betreten, kam also sehr früh morgens auf Augustinus' Stube, und sagte ihm, wie er soeben vernommen, daß der Eustachius heute nacht flüchtig geworden, und daß man eben auf dessen Wohnung die Pfändung vornehme wegen einer Menge Schulden; er erzähle es ihm, weil er sich für den jungen Mann interessiert habe, da er ihn öfter im Hause seines künftigen Schwiegervaters, des Kaufherrn Emerich Polzer, in der Altstadt gesehen, und weil er wisse, daß Augustinus dem Flüchtigen auch gut gesinnt war, so könnten sie zusammen helfen – –

Augustinus aber hatte ihn nicht ausreden lassen, sondern sprang aus dem Bette, fuhr mit beiden Füßen zugleich in die Kleider, sagte zu dem dastehenden Herrn: »Käsegesicht, Eustach hat gar nie Schulden gehabt«, rannte die Treppe hinab, und pfeilgerade auf Eustachs Stube.

Da er ankam, stand auf dem Gange die Mietfrau seines Freundes, Cäcilia, und weinte entsetzlich, als sie den Augustinus heranstürmen sah, und rief ihn an: »O, lieber Herr, das ist ja ungeheuer betrübt, alle die blütenweißen Hemden, die ich selber gewaschen habe, er ließ sie aber auch immer unachtsam auf den Brettern zwischen den Türen herumfahren, und hatte auf nichts acht, er setzte nie eine Schlafmütze auf, obwohl er oft Kopfweh hatte, und da kam nun alles heraus.« – –

»Gut, und was kam heraus?« fragte Augustinus, »ist jemand in seiner Stube?«

»Nein, sie sind schon alle fort.«

»Nun gut, wenn eine Möglichkeit dazu vorhanden ist, so sagt einfach, was ist es denn?«

»Ich habe ihn nie leiden können, wenn er so um den gutherzigen Eustach tänzelte und schwänzelte.« ---

»Korschitzki«, fuhr Augustinus los.

»Ja, dieser war immer da, seit mein armer junger Herr das viele Geld aus der Druckerei bekommen hatte, und da lief Eustach gestern fort, und kam die ganze Nacht nicht heim, und heute früh morgens kamen die Herren vom Stadthaus, und brachten ein Papier ins Haus, und zeigten immer darauf; seht, lieber Herr, da hat er einfältig seinen Namen daraufgesetzt, und nun wollten sie alle seine Sachen. Ich begriff nun alles, und warum er gestern so verwirrt gewesen ist, mehr als sonst immer. Wie sie nun das Leinenzeug und die schönen Kleider herausrissen, so wollte mir das Herz im Leibe zerspringen, ich hatte alles selbst geglättet, und ließ ihn selber die neuen Hemden nicht anziehen, weil er nichts schonte, und da fiel mir in der Angst ein, wie er selber einmal gesagt hat, in seinem Koffer habe er Reichtum genug, und ich dachte, ehe sie die Sachen verschleudern, könnten sie ja lieber das Geld selbst nehmen, und sagte daher, daß im Koffer genug sei, – aber, o lieber Herr, als sie den Koffer erbrochen hatten, war nichts darin, als lauter Papier, und noch dazu ganz angeschriebenes, mit schönen rotseidnen Bändern in lauter Päckchen gebunden, – die Herren warfen alles nacheinander heraus, und als endlich der nackte Boden des Koffers erschien, da sahen sie sich einander an, und ich war erschrokken und voll Scham, sie aber nahmen die Papiere wieder vor, rissen viele Bänder entzwei, und fingen zu lesen an – und da sie so lasen, so begannen zwei von ihnen zu lachen, der dritte aber greulich zu fluchen, und dem Eustach Schimpfnamen zu geben, die ich nie gehört habe, und gar nicht nachzusagen vermöchte. Die Schriften ließen sie alle liegen, die andern Sachen warfen sie in den Koffer, und versiegelten ihn. Ich bitt

Euch, Herr, redet dem Eustach zu, daß er wieder komme, und sauber Ordnung mache.«
»Ja, weißt du, wo er ist?«
»Das wird wohl in dem Briefe stehen, den ich Euch geben soll.«
»Brief, nun Räderwerk und Mühlenklappern, so gib, und rede nicht Unsinn – Gott der Herr, da wird alles darinnenstehen, und sie wärmt ihn in der Tasche und schwätzt«, rief Augustinus zornig, entriß ihr den Brief, stürzte in das Zimmer, und riß ihn auf, aber auch darin fand er keine Befriedigung.
»Lieber Augustinus! Lese alles; du darfst alles lesen, und dir gebe ich es auch ganz und gar in die Obhut. Ich habe es aus der Tiefe und Liebe meines Herzens geschrieben, und vermache dir alles; denn es ist meine Seele und meine Liebe darinnen. Zwei Päcke, nimm gleich Nr. 1 und 2 dazu, laß drucken, das wird sie bezahlen, aber die andern nimm zu dir in deine Wohnung und liebe sie; denn jedes kleine Stückchen ist dein Eustach. Auch die Briefe, die im achten Packe versteckt sind, darfst du lesen, denn jetzt ist alles aus, es ist ganz und gar aus; nun wird fortan Unehre auf meinem Namen haften, und ich darf an all das nicht mehr denken. Ich habe für einen Freund gebürgt, der reiste aber ab, und kam nicht zu rechter Zeit zurück, und sie forderten das Geld von mir – morgen wird gepfändet. Du wirst mich schon zu rechter Zeit einstens wieder einmal sehen, und so lebe wohl, Augustinus, und weine nur nicht.«
Dieser aber heulte laut auf vor Grimm und Schmerz, Cäcilia lief erschreckt davon, er rannte blind im Zimmer auf und ab, und wußte nicht, was er denn anpacken solle, und was er denn zertrümmern solle, und gegen wen er denn fluchen solle, – ein solch Übermaß von Wut und von Weh kam über ihn, daß er sich nicht zu helfen wußte, und in seiner Ohnmacht meinte, er müsse sich jetzt auf den Koffer niedersetzen, und sich alle Haare ausraufen – auch wühlte er so mit der Faust darinnen, als wolle er mit jedem Augenblicke den

Entschluß wahr machen; und zum Elend war's ihm um die Stirne so dick wie Blei, daß er nicht einen Gedanken aufhaschen konnte, obwohl es ihm war, als schwämmen tausend zerstückte Glieder derselben in seinem Gehirne herum, und im Momente, als er sich kaum ermannte, fiel er wieder derselben ohnmächtigen Pein seines Affektes anheim, und der Unerträglichkeit desselben, die ihn die Hände mit solcher Inbrunst gegeneinander schlagen ließ, daß sie schmerzten, und daß er rief: »O du verruchter Freund, o du dummer Eustach!« Und dann jammerte er wieder: »Jetzt wird er dahingegangen sein, der verdammte Hasenfuß, und wird sofort verzagt haben, und sich in der Übereilung ein Leides angetan -- und einen Namen hinterläßt er – aber bei allen heißen Teufeln, dem ist ja am Ende abzuhelfen!« -- und eine solche Freude kam bei diesem Gedanken in sein Herz, daß er beinahe gelacht hätte. »Du einfältiger Eustach«, sagte er zu sich, »ja da werden sie froh sein, deine Päcke zu haben, und läge die ganze griechische Weisheit drinnen – da will ich etwas Besseres bringen«, und somit ging er auf den Gang hinaus, lachte der Cäcilia ins Gesicht, so daß sie jetzt über sein Lachen noch mehr erschrak, als früher über seinen Zorn, nahm sie beim Arme und sagte: »Gut, Gespenst, warum hast du den Brief nicht *gestern* gebracht – schweig, Weib – ich weiß alles – jetzt sperre das Zimmer zu, und laß niemand hinein, sonst zerschlag ich dich auf zweihundert kleine Trümmer – und wenn der Hund, der Mäkler kommt, so sag ihm, er solle sich sein Geld auf dem Stadthause holen. Gut. Aber wieviel ist denn all das Ding?«

»Fünfundsechzig Taler, lieber Herr.«

»Gut.«

Und nun lief er die Treppe hinab, und Cäcilia sagte ihm noch nach: »Das ist erst ein wilder Mensch, ein abscheulicher!« Augustinus hörte es wohl, aber er schoß unaufhaltsam die Gasse hinab dem Stadthause zu. Dort angekommen, verschaffte er sich Gehör, und sagte in Sachen des Studenten Eustach aus, daß selber abgereiset sei, und ihm fünfundsechzig Taler hinterlassen habe, für die er gebürgt, daß sie im Notfalle erlegt werden können; er aber habe die Sache sündhaft vergessen, und erfahre eben zufällig, daß man Eustachs Habschaften pfänden wolle, er bitte deshalb, die lieben Herren möchten so viel Geduld haben, bis er nach Hause gegangen, und das Geld geholt. Auf die Frage eines jungen Ratsherrn, ob er dies beschwören könne, schwieg er und sah wild darein, aber ein alter Herr, der hinzutrat, sagte: »wenn die Zahlung geleistet werde, so dürfe das übrige dem Gerichte gleichgültig sein«, und hiebei blickte er den Augustinus freundlich an, daß dieser hoch errötete; denn es war der Bürgermeister gewesen, der gesprochen. Er mußte noch Namen und Wohnort zu Papier sagen, und wurde dann entlassen. Sofort lief er von dannen, zerrte einen Gassenjuden auf sein Zimmer, verkaufte an ihn solange, bis die Summe da war, und der größte Teil seiner Habseligkeiten dahin, dann jagte er den Juden fort, ging wieder auf das Gericht, und erlegte das Geld gegen dem, daß nun Eustachs Stube freigegeben werde.

So. Das eine war nun getan, und Augustinus um ein beträchtliches heiterer. Die guten Gedanken kamen nun Schlag auf Schlag. Er ging ungesäumt zu einem Pferdeverleiher, dessen Kunde er längst war, lieh auf Borg einen Klepper, ritt sanft davon, solange ihn der Eigentümer sehen konnte, dann aber, wie ein feuriger Irrwisch, dem Stadttore zu. Draußen angekommen, legte er sich auf Fragen und Forschen bei jedem Hause, bei jeder Schenke, bei jedem begegnenden Wandersmanne, bei jedem an der Straße sitzenden Mütterlein, ob sie nicht ein Ding gesehen, wie er ihnen den Eustach beschrieb; aber alle antworteten »nein« vom Anfange an bis auf ein gut Stück Meilen in die Straße hinein. So tat er des andern Tages auch auf der zweiten, des folgenden auf der dritten, und so auf allen Straßen, ja zuletzt auf allen Fußwegen, und überall sagten sie »nein«. Es war ihm endlich wirbelig, und er dachte, der arme Eustach könne nicht anders als aus der Stadt *geflogen* sein – oder – oder – nun fing er plötzlich an wie ein

Uferwächter am Strome zu forschen, ob er keine Leiche ausgeworfen, und nach Notizen und Befundzetteln zu jagen, ob nicht an diesem oder jenem Ort ein ertrunkener Mann gefunden worden sei – aber auch das blieb länger denn einen Monat umsonst, daher er endlich alle Hoffnung fahren ließ, den Eustach aufzutreiben und entsetzlich ausschelten zu können; er fügte sich deshalb geduldig, ob er nicht etwa von selber einmal daherkomme. Aber er kam nicht, und Woche um Woche verging.

Da setzte sich endlich auch einmal Augustinus nieder, um die Papiere, die er in seine eigene Wohnung hatte bringen lassen, durchzulesen, was denn um Gottes willen für Jammerzeug in den mächtig vielen Päcken stehen möge. Zuerst nahm er jenen angezeigten achten Pack vor, und löste ihn, da fiel ein ganzer Stoß von Briefen heraus, alle auseinandergefaltet, der Reihe nach geordnet, und mit schöner himmelblauer Seide umwunden. Er hatte ihm ja erlaubt, selbe zu lesen, dennoch betrachtete sie Augustinus mit einer Art von Scheu, und wollte sie fast lieber unberührt zurücklegen, bis der Freund wieder komme – ach, ihm ahnte damals nicht, wie lange er im Besitze dieser seltsamen Briefe bleiben sollte, und ob sie ihm nicht etwa gar bis zum Lebensende verbleiben? Nur in der Hoffnung, daß sie ihm Aufschluß über die Lage des Flüchtlings geben könnten, ging er an die Lesung. Wohl gaben sie einen Aufschluß, aber einen ganz andern, als er je ahnen konnte. Einer der Briefe, wahrscheinlich der jüngste, lag noch zusammengefaltet, und war der Sammlung noch nicht einverleibt. Diesen entfaltete und las Augustinus zuerst.

»Lieber, teurer Eustach! Beruhige dich, es kann nie geschehen, und wenn er hundert Jahre freite. Du mißachtest mich, wenn du nur eine Sekunde zweifelst. Ich verachte sie, die da bloß eine schöne Feder auf das Barett stecken und ihren Leib in Seide hüllen – ich verachte sie – und wem ich mein Herz einmal aus freier Wahl gegeben, dem bleibt es auch in Ewigkeit – du tust dir unrecht, wenn du dich nur einen

Augenblick mit solchen in Vergleich setzest. Lieber Eustach, noch eine schüchterne Frage: sollte denn jener wilde Augustinus, mit dem du immer zusammen bist, wirklich so trefflich sein, als du sagst? sollte er denn imstande sein, das Gold deines Herzens zu erkennen, und die Gewalt deines Geistes? es täte mir weh, wenn es nicht so wäre, und doch weiß ich, es kennt dich ja nur *eins* auf dieser Erde, nur dieses einzige kennt dich. Lebe wohl, komm bald, bringe aber nicht so wilde Dichtungen wie das letzte Mal.«

Christine P.

»Ei Hexe – und siehe – nun, schau, schau, so? so? so? und besser als du kennt er sotanes Gold! – und der Eustach! nun schau die heilige Geduld den Tuckmäuser an!« Es entfiel dem Augustinus fast das Blatt, und er sah käferhaft in die Stube hinaus. Dann nahm er den Pack, riß die Seide auseinander, und sah die Unterschriften an: »Christine – Christine – Christine – alle von ihr und eine ganze Menge!! – nun Komplott und Bartholomäusnacht, ich will just jetzt noch nicht närrisch werden, sondern alle diese Schreiben lesen.« Aber sie waren ihm beim Durchsehen der Unterschriften und in der Hast durcheinandergekommen, und beim Ordnen, da er immerfort Verwunderungsgeschütze von allen Kalibern losschoß, und sich sputete, glitschten ihm die feinen glatten Blätter wie Reis in den Händen durcheinander, und die Nummern, statt sich zu reihen, sprangen immer toller auseinander, so daß er zuletzt alles hinwarf und es las, wie es eben lag.

Nr. 9. Küssen Sie in Zukunft erst meine Handschrift, wenn es unsere Magd nicht mehr sieht, – aber größer ist es jedenfalls, wenn Sie dieselbe wie neulich zerreißen und die Stücke dem Winde geben. Ich soll Sie auf morgen zu Tische bitten.

Christine.

Nr. 13. Der Vater bittet Sie zu Mittag, und ich, daß Sie wieder, wenn er schläft, solche Dinge lesen.

Christine.

Nr. 19. Es kann sein, es kann nicht sein – lassen Sie künftig die Hefte weg –– ein seltsamer – sehr seltsamer Mensch – oder bringen Sie doch wieder solche Hefte. Reden Sie nicht mehr solche Dinge, wie sonntags in dem Garten, und kommen Sie bald, der Vater wünscht es – doch wozu, mich empört es, falsch zu sein, an mir, wie an Ihnen, – ich will aus Stolz nicht falsch sein. *Sie* schreiben die Hefte, und Christine wünscht, daß Sie bald kommen. So ist es, und nun leugnen Sie noch, wenn Sie dürfen.«

Christine.

»Ei die Hexe hat Humor«, sagte Augustinus, »und am Ende kennt sie ihn doch mehr als ich, laß also weiter sehen, Nr. 7, Nr. 10, Einladungen, das ist nichts –– Nr. 22, laß sehen.«

Nr. 22. Ich habe Ihr Blatt in meinen Schrein gelegt, und es dünkt mir, eine glühende Kohle liege darinnen. Verstehe ich es, soll ich darauf antworten? Was enthält es? Nichts. Was enthält es? Alles. Da steht ein Ding in der Luft! –– Sie sagen nichts, und doch stellten *Sie* es hin –– ahne ich es, ahne ich es nicht? o berühren Sie es nicht – es schwebe zwischen uns – fürchten Sie die Zukunft! Ich zittere; entweder muß ich hier abbrechen, oder ich schreibe gleich einen Bogen voll wie Sie. Gott sei mir gnädig, ich berühre es am Ende selber – ein selig angstvoll Ding baut sich zwischen uns, ich soll, ich *muß* Sie tadeln, denn *Sie* machten es so – was ist es dann? – es ist, wie es alle Tage seither war, und doch ist es nicht so – wir sprechen Worte, wie alle andern Leute sie sprechen, aber es ist, als wären es nicht diese Worte – Ihr Brief spricht dieselbe Rätselsprache, und bei meinem heiligen Gotte, Sie verstehen die Sprache – und ach –– ich verstehe sie auch, doch um keines Haares Breite weiter! ich bitte Sie – wenn Sie mich ––

lassen Sie schweben die Blume, berühren Sie selbe nicht, ich *flehe* darum – ich weiß nicht, warum mir so todesängstlich ist, als fielen dann plötzlich alle ihre Blätter nieder. Leben Sie recht wohl, mehr wohl, als Ihre

Christine.

N. S. Dieses Schreiben soll Sie auf Sonntag in unsern Garten einladen.

Augustinus suchte nun mit Angst und Hast nach Nr. 23.

Nr. 23. Teurer, einziger Freund! Es mußte so kommen, aber da das Wort gefallen ist, das ich so gefürchtet, und laß es mich sagen, nach dem ich so geglüht habe – so gelte es nun auch mit all der furchtbaren Innigkeit, – unsäglich für Zeit und Ewigkeit – sage, wie ist mir denn? da mit jenem Worte all die starre Vergangenheit hinwegzuckte, wie ein Blitz: so steht eine Zukunft da, als wäre sie dunkelselig, aber ach, ich begreife sie noch nicht, und zage dem Glück entgegen -- es mußte so kommen – schon Wochen und Tage her wogte es mir zu, daß es so kommen werde – das Herz, vor dem ich anfangs bangte, so rein, so schön, so gut und so glühend – erst sah ich es dunkel träumend, dann entzückt, wie es an mich heranschwoll, so sachte, so innig, und immer mehr, und immer mehr, so voll, so ahnungsreich zitternd, bis die bebende himmlische Frucht dicht vor meinen Augen hing – da verzagte ich, -- ach, Eustach, wenn du wieder kommst, schone die Flammen meiner Wangen.

Christine.

Dem Augustinus wurde es fast schwindelig vor den Augen, und er legte das Blatt weg, und sah vor sich hin – seine Stube, ihre Wände und Fenster und der Marktplatz draußen kamen ihm ganz anders vor: »Solche Seligkeit gibt es auf Erden! armer, armer Eustach! wo wirst du jetzt sein, und wie hab ich dich verkannt! wie schmählich hab ich mich gebrüstet, wenn

ich der gezierten Jodoka etwa beim Tanze einige schale Faseleien vorsagte – und dieser trägt das größte Glück und schweigt.«
Es war dem Augustinus, wenn er nur *jetzt* den Eustach, nur auf eine Stunde dahätte – es war ihm so unerträglich allein zu sein. Er ging einige Male in der Stube hin und her, und setzte sich dann wieder hin, um weiterzulesen. Und immer tiefer und immer zärtlicher, aber auch sanfter wurden Christinens Briefe; ein Frauenherz, wundervoll schön, entfaltete sich in ihnen, so daß Augustinus plötzlich die tiefste Achtung bekam vor seinem Freunde, und erst jetzt recht neugierig auf *seine* Briefe gewesen wäre, da sie solche Fülle aus einem duftigen Weiberherzen hervorlocken konnten, denn Augustinus wußte damals noch nicht, wie reich das Herz eines Weibes sein könne.

Nr. 36. Teurer Freund! Es ist nicht möglich, du mußt dich aufreiben, – schreibe nicht mehr nachts, ich bitte dich drum, seit jenem ersten Abende, – die Herbstblätter raschelten in dem finstern Laubgange, und die Musik des Vaters wogte gedämpft aus dem Gartenhause herüber, und deine Worte fielen wie glühende Funken auf meine Seele – seit »jener Flamme um unsern Mund«, wie du es nanntest – – o Eustach, nicht einmal ein weiblicher Mund hat noch meine Lippe berührt – – seit jenem Abende habe ich ein Recht, daß du mich schonest, und heiter und glücklich seiest. Ich habe deine Nachtgedanken gelesen: ach ich liebe dich ja, und möchte nichts als in Ewigkeit fort von dir geliebt werden – du hast ein sonderbares Herz – und so habe ich es von Kindheit auf gewollt und geträumt: ein Herz, größer als die ganze Welt, müsse mein sein mit einer Liebe, die ohne Grenzen ist, – ich habe es mir gesucht, es erkannt – und nun lasse mich tauchen in den Abgrund, Seel um Seele, Herz um Herz, daß rings keine Welt sei, nicht einmal die Sterne. Nur den Spott, den leisen Hohn, der öfter durch deine Zeilen schweift, Eustach, den laß weg, er ist nicht dein, er ist eher deines Augustinus;

denn dein gütig Auge sagt ja nie etwas dergleichen. Bist du denn nicht glücklich!? Was Besitz? Was Ehe? Nicht ein einzig herzlich Wort soll die rohe Männerschaft von mir erlangen; du blickst ein ander Mädchen kaum an, wie solltest du auch, wie kann sie dich denn so lieben wie ich – und so – laß uns bewahren das süße Geheimnis, laß uns selig sein im süßen Geheimnis, und so immerfort, immerfort, mögen Zeiten um Zeiten kommen, ich flehe nichts, als daß sie sich nicht ändern – und so immerfort eine einzige seelenvolle Gegenwart und Ewigkeit. Du willst Werke herausgeben – tu es nicht, nimm ihnen nicht den holden Duft, den Dichtungen, die uns vereinten. Du willst ein Amt haben, willst dann um mich werben. –– Tu es, oder tu es nicht, das ist Außending, und ändert an dem Herzen nichts. Bist du stark und demütig in deinem Mute, so bin ich stark als handelnd Weib und demütig in deiner Liebe. Der Himmel segne und schütze dein liebes Haupt. Lebe wohl.

Christine.

Und so, und noch heißer waren alle Briefe. Ein kraftvoll keusches Weiberherz lag darinnen ausgeprägt mit aller stillen Glut an dem sanfteren und heißeren des Freundes hängend.

Dem armen Augustinus ging damals ein neues ungeahntes Reich auf, nachdem er schon längst alles gelesen, saß er noch immer auf dem Koffer, und brütete – wie dürftig und wie dürre war all sein bisherig Leben – es kam eine Sehnsucht über ihn, die fast unerträglich war, da sie lohe aufwallte, ohne etwas, das sie fasse, ja es war ihm, als liebe er selber unmäßig diese stolze prangende Christine – es wurde so stille in ihm, wie nie, und mit eins so wehe, so unaussprechlich wehe, wie nie in seinem Leben; sein starkes Herz wehrte sich dagegen, und zuckte doch unter diesen Gefühlen, es wehte eine Ahnung auf dasselbe herein, als schwebe draußen schon irgendwo ein überherrlich Wesen, nur harrend, daß er an dasselbe verfallen werde, mit der überschwenglichsten Liebe und gewiß auch mit der unglückseligsten. Es sollte bald und sonderbar wahr werden.

Und dann legte er die Briefe wieder der Ordnung nach zusammen, umwickelte das Päckchen mit der himmelblauen Seide, und legte es wie ein Kleinod in seinen Schrein, und viele Tage und viele Wochen später, wenn er gegen Abend zu arbeiten aufhörte, las er öfter in den Briefen, und in den andern Päcken, aber nie hat ein Mensch bis auf den heutigen Tag von Augustinus erfahren können, was denn in den vielen Heften des Eustach stehe.

Desselben Tages, da er die Papiere alle unter Schloß und Riegel gebracht hatte, ging er auf den Schloßberg, und schweifte dort weit und breit im Grünen herum, und sah auf die alte schwarze duftige Stadt hinab, und war fast so träumerisch, wie einst sein nunmehr verlorengegangener Freund. Des Sonntags darauf ging er zu Predigt und Messe in die Domkirche, und sah während der ganzen Zeit niemanden an, als nur stets die schöne und reiche Kaufherrntochter Christine.

Woche um Woche verging, Monat um Monat verging, ohne daß Eustach kam, oder auch nur ein Hauch einer Nachricht von ihm. Augustinus fing mit einem Male so zu arbeiten an, daß er sich fast des ganzen Tages keine Stunde der Ruhe gönnte, und daß sich alle diejenigen sehr verwunderten, mit denen er sonst herumgeschlendert hatte. Er aber wußte wohl, warum er dies tat. Um diese Zeit fing er auch an, allerlei Geschichten zu ersinnen und in die lustige und ernsthafte Stadtchronik zu setzen, die so abgefaßt waren, und sämtlich dahin zielten, um den Eustach zu locken, daß er sie verstehen sollte, daß alles aufs beste ausgegangen sei, und daß er sofort wieder zurückkommen möge; – aber Eustach verstand sie nicht, oder las sie nicht, und kam auch nicht.

Und so lebte Augustinus fort. Es war ihm oft recht öde und langweilig um den verlornen Freund, und oft zürnte er ihm, und wenn Sonntag kam, dann ging er in die Kirche, um

Christinen zu sehen. Da saß sie im eignen gesperrten Stuhle ihres Vaters in reichen Kleidern und Schmucke, und schön wie der Morgen, so daß hundert Blicke der jungen Herren beharrlich auf ihr weilten, und im voraus neidisch waren auf den, der sie einstens bekommen würde – Augustinus aber stand abseits, und schaute trübselig in die schönen großen tiefsinnig lodernden Augen.

Eines Sonntags aber stand er nicht in der Kirche, denn er war in der Woche vorher zum Doktor der Heilkunde promoviert worden, und nachdem er dem Schufte Korschitzki, der mittlerweile zurückgekommen war, in einem Zweikampfe, worin er ihn fast zu drei Vierteilen umbrachte, die fünfundsechzig Taler abgedrungen hatte, machte er sich unverweilt aus der großen Stadt fort, um den Stadthäschern, die nach ihm des Zweikampfes wegen lugten, aus den Augen zu kommen, und um sich in seiner Heimat endlich einmal zur Praxis niederzulassen.

So endete die Geschichte der zwei Bettler. Der eine blieb verschollen und in der alten großen Stadt funkelt traurig ein unschätzbar Juwel, das er verschleudert, und der andere sitzt in einem Alpentale, und schreibt in einem großen Lederbuche. Auch über ihn ist ein leuchtend Meteor in der Zwischenzeit aufgegangen, aber dann wurde es wieder finster und stille. Er ist nun kein Bettler mehr, sondern hat sich ein neues Haus gebaut und hat Garten und Feld – o Eustach, dort im polierten Schreine liegen alle deine Päcke, in dem verschlossenen schwarzen glänzenden Kästchen liegen die Briefe Christinens – du aber bist auf und davon gegangen, weil du ein Narr warst. – – Wo er nur sein mag – da werden sie ihm nun alles antun, und er wird alles leiden, wie eine Henne, denn die Kinder dieser Welt sind klüger als die Kinder des Lichtes – o wenn du nur hier wärest so könntest du oben sitzen in der großen Stube, und vor deines Lebens Ende noch Bergeslasten und Hügelketten von Hirngespinsten schreiben, oder du könntest auch manchesmal mit deinem Freunde auf den Reutbühel steigen, und ihm helfen hinüberschauen auf das weiße Haus im Eichenbestande oberhalb Grünberg, in welchem das andere Juwel funkelt, welches der andere Bettler verschleudert.

»Margarita, süßes sanftes Perlenlicht, ich segne dich, wenn du noch mein gedenkst, ich segne dich auch, wenn du schon auf mich vergaßest!«

Die Selbstmord-Episode

[Vgl. »Studienfassung« S. 28–31]

Urfassung

Der Aufsatz ist der erste, der im Lederbuche im ersten Tomus steht, und die Begebenheit, die darin erzählt wird, scheint sogar die Veranlassung zu dem ganzen Lederbuche gegeben zu haben. Er beginnt mit einem Philosopheme des Doktors, das ihm nach meiner Meinung viele Ehre macht, und denen viele Schande, die da meinen, die Historia der Menschen sei ein eitel Fortgehen in der Tretmühle, sauber wechselnd mit Blutvergießen und Narrheit, sonder Fortschritt und Endzweck. Doch man höre den Doktor.

»Wenn mein Vater gesagt hätte: ›Bube, jetzt werde ich eine Welt erschaffen‹, so hätte ich weiter nichts getan, als die Bitte, er möge mich zusehen lassen, innerlich jubelnd, wie prächtig er das machen werde – der Gedanke, ob er's *könne,* wäre mir kaum zu Sinne gekommen. *So* ein Vertrauen ist bloß eines. Aber wenn der andere Vater etwas tut, was uns entsetzliches Unheil deucht, so schreien wir, es sei gänzlich vom Argen, und rechnen es ihm als pures Unding an, statt daß wir sagen: wie groß muß Ziel und Zweck der Allheit sein, daß dies mein grenzenlos Unglück bloß ein Schrittlein der großen Reise ist, und ach – vielleicht nur ein unbedeutendes. Vor Gottes Augen macht es einen geringen Unterschied, ob du bist oder nicht – das merke dir wohl Augustinus, und denke an den Obrist.

Die Sache mit dem Obrist aber war so: Als ich von der Krankenschule zu Prag fortging, ein wohlgestaltig Diplom in dem Ränzlein tragend, und als ich mich ad praxim niedergelassen hatte – da war ich ein blutjunger, wildherziger Doktor – ein spottschlechter Doktor war ich, aber ein auserlesener Liebhaber; allein beides wußte ich nicht, und hielt mich aller Dinge stark und mächtig, auch der unmöglichen. *Ein* Augen-

Letzte Fassung

[...]
Sie begleitete mich bis an die Tür. Dort trennten wir uns. Ich ging durch das Vorgemach, und über den Gang zu ihrem Vater.
»Herr Obrist«, sagte ich zu ihm, »erlaubt, daß ich mich verabschiede. Wenn auch die Balken Eures Hauses neu sind, so scheint es mir, als sollten sie heute auf mich fallen, und mich zerschmettern.«
»Tut es, wenn Ihr so meint«, sagte er, »und handelt ganz nach Euerm Gefallen.«
Er stand auf, und reichte mir die Hand.
Ich schüttelte sie, und wendete mich zum Gehen.
Er begleitete mich bis an das Hofgitter.
Ich ging von da meines Weges. Die Hunde gingen aber auch dieses Mal bis zu den Eschen mit mir. Ich ließ sie gewähren. Als sie von den Eschen zurückgelaufen waren, und als ich schleunig abwärtsschritt, preßte ich die Hände zusammen, und legte sie vor meine Stirn.
Ich ging in unser Haus, blieb aber auch da nicht, sondern ging durch unsern Garten hinaus, dann hinter ihm durch das Obstgehege, stieg über die versperrte Tür der Verplankung,

blick machte, daß ich ein besserer Doktor wurde, und in der Liebe des Frauengeschlechtes einiges Einsehen bekam. Auch lernte ich das wilde Roß, mein Herz, etwas bändigen und leiten. Ich will die Begebenheit zu ewigem Gedächtnis notieren.

An einem sehr schönen Maitage nämlich – es war der vierundzwanzigste – stand ich sinnend vor einer alten Birke mit zartjungen Blättern und Zweigen, des festen Willens, mich daran zu erhängen. – Ein Weib, ein schönes, schnödes, fürchterlich geliebtes Weib hatte mich dermaßen rasend gemacht, daß ich vermeinte, jetzt könne ich nicht mehr weiterleben, um es nur recht zu strafen das falsche, das harte Herz. Als ich alle Kraft der Rede verschwendet und gesagt hatte, was nur zwischen Himmel und Erde zu sagen möglich war, und sie unerschüttert blieb, lief ich ungesäumt in den Wald zu einer wohlbekannten Birkenstelle, – aber da ich dort war, -- ach es ist ein unbeschreiblicher Augenblick, da man eines solchen Entschlusses ist, und um so mehr, je ernster er gemeint ist. Es war ein ganz heiterer warmer Nachmittag; der Wald, damals noch viel größer als heute, so still, so ganz totenstill und harrend, daß die vielen Birken, alt und jung umherstanden, und alle *mich* ansahen; – dem grünen Rasenplatze gegenüber, viele Klafter hoch, standen taube graue Felsen, eine stumme, glänzende Lichtflut prallte von ihnen zurück – auf ihr wird meine Tat durch den Himmel schwimmen – von dem Firmamente hing die tiefblaue Frühlingsluft, so erdwärts, daß man meinte, die Gipfel der Bäume seien in ihre Farbe getaucht. -- Einen Moment wartete ich noch -- vor einigen Augenblicken zirpte ein wenig abwärts eine Heuschrecke, – es war mir, als wäre mir leichter, wenn ich sie noch einmal gehört hätte, aber sie schwieg -- ich wartete noch – sie schwieg – zufällig sah ich aufwärts, die Himmelsbläue drängte sich noch dichter zwischen die Baumzweige, und es war, als rührte sie sich, und wallete unhörbar – es kam mir fast eine Gespensterangst an, ich konnte durchaus nicht umblicken, ja ich zauderte noch die Zweige der Birke zu

und ging durch das Gras der Wiese gegen den Pfad, der durch die Mitterwegfelder zu dem Birkenreut hinaufführt. Auf dem Pfade ging ich an den Kornfeldern des Friedmeier und Katermeier empor, und ging dann durch die Öffnung der Steinmauer in das Reut hinaus, wo auf dem Rasen die Wacholderbüsche stehen, und weiter zurück lauter Birken, und wo die Steinwand so hin und hin zieht. Ich ging unter die Birken, und setzte mich auf einen Stock. Auf der Steinwand glänzten fürchterliche Dinge und Flimmer in der Sonne, und eine Ammer sang mit der dünnen Stimme schreckhaft neben mir. Ich stand auf, und ging zu einer andern Stelle, und setzte mich auf einen Stein. Da war es mir, als hörte ich ein Geräusch. Ich sah um, und der Obrist ging auf mich zu. Er hatte seine Hunde, die er sonst auf seine Spaziergänge immer mitnahm, nicht bei sich. Ich stand auf, und er ging vollends zu mir herzu.

»Ihr seid hier, Obrist?« sagte ich.

»Ja«, entgegnete er, »ich habe Euch durch die Mitterwegfelder hinaufgehen gesehen, und ich bin Euch nachgegangen.«

fassen, weil es mir zuwider deuchte, wenn sie rauschten, indem ich sie entweihe – und weil mir war, als müßten jetzt und jetzt, bei der ersten Bewegung, die ich machte, seltsame Stimmen in dem grabesstillen Walde ertönen – daher fuhr ich auch wie ein entsetztes Wild empor, als ich in diesem Augenblicke auf meiner Schulter den Griff einer Hand empfand – ich war eines Satzes an der Gegenseite der Birke, warf mich herum und starrte rückwärts auf meinen vorigen Stand, um das fürchterliche Wesen zu sehen, das mich ergreifen wollte. Ein schöner alter Mann stand mir gegenüber, zwei nachtschwarze Augen auf mich heftend, auf der Oberlippe den Bart des Kriegers, aber jetzt friedlich weiß, so wie auch das Haupt umwallt von einer ungewöhnlichen Fülle schneeweißer Haare.

»In der Tat, Doktor«, redete er mich freundlich an, »Ihr müßt in tiefe Studien versunken sein, daß Euch der Gruß eines Freundes so erschrecken konnte.«

»Studien«, rief ich mit schwebender Stimme, »Studien – wie meint Ihr das?«

»Nun wahrhaftig ganz einfach; man sah Euch heraufgehen, und meinte, Ihr würdet heroben lesen, wie gewöhnlich, und da ich mit Euch gar Wichtiges zu reden habe, so ging ich nach, – dem Zufalle folgend, ob ich Euch fände – oder vielmehr ich weiß, daß Ihr gerne diese Birken besucht.«

»Wißt Ihr?! – Ei, einst wußte es noch *jemand* gar wohl – doch zur Sache – was beliebt Euch von mir, mein Herr Obrist?«

»Um eine Unterredung wollte ich Euch bitten, und so es Euch gefällig, mögt Ihr mir Zeit und Ort bestimmen.«

»Redet gleich«, erwiderte ich, »redet, solange Ihr wollt, Obrist, ich will Euch geduldig zuhören, und Euch um der Vergangenheit und Eurer weißen Haare willen nicht erzürnen, – doch wenn Ihr fertig seid, dann geht allein von hinnen, denn ich habe noch ein Geschäft in dem Walde.«

»Gut«, sagte der Mann gelassen, »haltet das wie Ihr wollt, aber das, was ich Euch zu sagen habe, dürfte leicht bis in die Nacht hinein dauern, und es wird sogar immer mehr, je

»Da müßt Ihr zuerst beinahe bis zu dem Hause meines Vaters gegangen sein«, sagte ich.
»Das habe ich getan«, entgegnete er, »der Weg zu Euch, meinem nächsten Nachbar, ist nicht weit, und ist ein angenehmer Weg.«
»Aber da müßt Ihr gleich hinter mir von dem Haghause fortgegangen sein«, erwiderte ich, »wenn Ihr sagt, daß Ihr mich durch die Mitterwegfelder heraufgehen gesehen habt, da ich mich in unserem Hause gar nicht aufgehalten habe.«
»Ich bin gleich hinter Euch, nachdem ich die Hunde, die mir auf ihrem Rückwege begegnet sind, nach Hause geschickt hatte, gegen Euer Haus hinabgegangen«, antwortete er. »Ich habe eine Bitte an Euch zu stellen, Doktor, die Ihr mir nicht abschlagen dürft.«
»Fordert, Obrist«, sagte ich.
»Nein, nicht fordern, nur bitten kann ich«, antwortete er. »Gönnet mir in der nächsten Zeit, die Ihr selber bestimmen möget, eine kleine Frist zu einer Unterredung, die etwa zu Euerm und meinem Frommen dienen könnte. Es darf nicht sogleich sein, weil ich Euch etwas Ausführliches mitteilen,

länger ich Euch da so vor mir ansehe. Darum nur die Frage: Habt Ihr von Margarita heute früh ein Schreiben empfangen?«

»Ja!«

»So muß ich Euch sagen, daß selbes ohne meinen Einfluß geschah; denn ich erfuhr es erst beim Mittagsessen, und ritt sogleich zu Euch herüber, um in dieser Sache endlich mit Euch zu reden, obgleich Ihr sie mir immer verbarget; – werdet nicht zornig, ich wußte, daß es so der Brauch der Jugend ist, und schalt Euch nicht in meinem Herzen. Tut nun Euer Geschäft, ich will kein Hindernis sein, aber wenn Ihr nach Hause geht, so schlagt den Weg über den Reutbühel ein durch die dunkelgrünen, bereits wogenden Kornfelder, von wo aus Ihr mein weißes Haus herüberschimmern sehen könnt – dann denkt, in dies Haus bin ich oft hinein- und aus ihm herausgegangen – und man sah mich gerne; – denkt dies, und betretet morgen oder übermorgen, oder wann Ihr wollt, dieses Haus wieder, wenn Ihr eine Stunde Zeit habt, mich freundlich anzuhören. So, und nun gehabt Euch wohl, ich gehe, und es wird mich sehr freuen, wenn ich abends zu den Fenstern heraussehe, und Eure Gestalt so langsam und stattlich durch die Saaten schreiten sehe, denn ich will Euch wohl!«

Er lüftete bei diesen Worten, die er mit einem durchdringenden Blicke begleitete, sein Barett und ging. Seine Gestalt verschwand hinter den Stämmen, und ich war wieder allein. – –

Was liegt denn in dem Klange der Menschenstimme?! Fünf Minuten sind es, seit er mich unterbrochen hatte, – und mir war jetzt, als läge ein Jahr dazwischen. Ich rang, mich meines Zustandes zu entsinnen – dort stehen schöne Bäume, deren Blätter sich unmerklich regen, dort die Felsenwand mit tausend eingelegten Glimmerflittern, die weißen Birkenstämme schreiten in die Waldestiefe, ihnen entgegen strömt die Flut der tiefen Nachmittagssonne, und wirft grünes Gold

und Euch auch vielleicht Schriften zeigen möchte. Lasset es mir nur einmal in dieser Zeit sagen, wann Ihr zu Hause seid, und ich Euch besuchen kann. Gar freundlich wäre es, wenn Ihr zu mir hinaufkämet. Haltet diesen Wunsch von mir nicht für unschicklich, ich gehe auch recht gerne zu Euch hinab. Es ist nur, weil ich in meiner Stube leichter von dem Dinge reden würde als in einer fremden. Antwortet mir jetzt nicht, Doktor, sondern schickt mir nur die Antwort gelegentlich hinauf.«

»Ich werde sie schicken, Obrist«, sagte ich.

»Dann hätte ich noch einen Gedanken gegen Euch in Hinsicht des Geröllbühels«, sprach er, »aber das kann ein anderes Mal geschehen.«

»Wie Ihr wollt, Obrist«, antwortete ich.

»Habt Ihr denn im Heraufgehen nicht auch bemerkt, Herr Doktor«, fuhr er fort, »wie heuer das liebe Korn so schön steht. Ich habe das des Friedmeier am Mitterwege betrachtet, es baut sich schon so satt und dunkel in Wogen, wie ich es in dieser Jahreszeit selbst in besseren Gegenden nicht gesehen habe. Es ist doch ein wunderbarer Segen, darüber der Mensch

durch alle Zweige, weißes Mattsilber auf die Stämme, und unzählige Demantenfunken auf die Felsen.
War das nicht vor wenigen Augenblicken auch so?
Wie Schuppen fiel es von meinen Augen, und in meiner Seele stieg es auf, wie Freude eines Geretteten, – ich stand noch an derselben Stelle – die Wildnis schwieg um mich, nur glomm sie unversehens immer mehr von Abendfeuer an und streckte lange Schatten längs des Rasens – und wie die Natur sich immer mehr und mehr zum Abendgebete rüstete, in diesem Augenblicke: – hell und klar wie ein Glöcklein ertönte die Grillenstimme neben mir – ich war erschüttert – du schuldlos Tier, wer lehrte dich den Moment, mit diesem Silberstabe an mein wogend Herz zu klopfen – du verachtet, unbeflecktes Wesen, wie niedrig bin ich neben dir! Ich nahm ein großes, farbiges Tuch aus der Tasche und schleuderte es weit von mir – und wie ich mich zum Gehen wandte, und zwischen den Stämmen schritt, siehe, da klang auch wiederholt das Abendlied der Ammer – wie einen zitternden Goldfaden zog sie es neben mir von Zweig zu Zweig – und wie der Wald sich lichtete, indem ich den Feldern entgegenschritt, so loderte er immer mehr in Purpurflammen, Lichtbäche gossen herein, seine Stämme standen wie glühende Säulen, und in den brennenden Wipfeln schmetterten Finken. Endlich trat ich hinaus, und weithin lag vor mir das ruhige Grün der Saaten, die Spitzen mit einem schwachen Goldhauch gestreift, und weit draußen im Westen, ein warmes Glutauge bildend, ging eben die Sonne hinter einem Rest von Wolken unter, und wie eine glühende Kohle zwischen dem Eichengehäge schimmerte das Haus des Obristen. [...]

manches kleine Leid vergißt. Lebt wohl, ich gehe in das Geröllbühel hinüber, und werde es noch einmal des Gedankens willen anschauen, den ich darüber habe. Vielleicht, daß auch mein Jakob mit den Hunden dahin kömmt, wie schon heute einmal die Rede war. Dann gehe ich den weitern Weg über den Eckwald nach Hause. Lebt wohl.«

»Lebt wohl«, sagte ich.

Er lüftete seine Haube, ich auch die meinige. Wir reichten uns die Hände, und ich sah dann seine dunkle Gestalt zwischen den weißen Stämmen der Birke dahingehen.

Ich ging dann auch sogleich von meinem Steine hinweg, und ging tiefer in das Reut und in den Wald hinein.

Als es Abend wurde, begab ich mich auf den Heimweg.

Ich sah das Korn des Friedmeier an, von dem der Obrist gesagt hatte. Es war sehr schön, und seine Bärte glühten in dem Abendsonnenscheinfeuer.

Als ich in unserm Hause angekommen war, brachte mir Anna die Tafel, auf welche sie Leute geschrieben hatte, die mich morgen begehrten. Sie sah mir auch heute aufmerksam in das Angesicht, und sagte auch heute wieder kein Wort. [...]

Unglücksfall und Begräbnis

[Vgl. »Studienfassung« S. 51–58]

Urfassung

»[...] Und so traten wir nun die gefährliche Brücke an, die so bedeutungsvoll, so ahnungsschwer vor uns lag, wie eine zarte Linie, wie ein gespanntes Seil in die undeutliche Abendluft schwindend. Ich ging *vor*, er *hinter* meinem Weibe, weil er sich für geeigneter hielt, ihr beizuspringen, falls ihr etwas zustieße. Den Alpenstock trugen wir so, daß ich das eine, er das andere Ende hielt, um durch dieses Phantom eines Geländers ihre Phantasie zu beruhigen; das Hündchen ließ sie sich nicht nehmen zu tragen. So zwischen Himmel und Erde schwebend schritten wir hinüber; das Ziel und Ende unserer Wanderschaft, die ersehnte Gegenwand, schimmerte freundlich purpurrot herüber, die Luft des Abends war totenstill, daß in ihr unsere leisen taktgemäßen Schritte hörbar wurden – furchtbar war es mir, daß ich nur *seine* Tritte mit den schwer beschlagenen Schuhen hörte, nicht *ihre*, und wie ich mir meine Gattin, das geliebte, schutzlose, hierher gelockte Wesen, hinter mir gehend dachte, so war mir, wenn ich nur ein einzigesmal umschauen könnte, so wäre alles gut; aber ich wagte es nicht, um den Stock nicht zu rücken, und den Takt des Fortschreitens nicht zu stören. – Plötzlich, kaum drei Schritte vor dem Ende der Riese, hörte ich unsern Begleiter rufen: »Sitzt nieder« –– im Momente sah ich um –– aber ich sah nur meinen Begleiter, meine Gattin nicht –– blitzschnell, schrecklich flog es durch mein Gehirn – aber mein Herz sträubte sich wild, es zu begreifen – wie Höllenblendwerk kam es mir vor, daß ich nur ihn, nur ihn, nur ihn sah, und das alles so totenstill sei –– nur *eine* Sekunde des Bewußtseins war da, – dann fingen die Felswände an, sich zu rühren, zu drehen und kopfüber zu neigen, die Tannen wogten wie Kerzen eines Lusters auf und nieder, und wie rotes höllisches

Letzte Fassung

[...]

»Ich betrat zuerst die Riese mit meinen groben Schuhen, und hielt den Stock mit der linken Hand. Dann kam meine Gattin, sie hielt sich mit der linken an dem Stocke, und im rechten Arme trug sie das Hündchen. Dann ging der Holzknecht, und trug das Ende des Stockes ebenfalls in seiner linken Hand. Wie wir auf dem Holze weiterkamen, tiefte sich der Abgrund immer mehr unter uns hinab. Ich hörte seine Tritte mit den eisenbeschlagenen Schuhen, die ihrigen nicht. Da wir noch ein kleines vor dem Ende der Riese waren, hörte ich den Holzknecht leise sagen: ›Sitzt nieder.‹ Ich empfand, daß der Stock in meiner Hand leichter werde. Ich sah um, und sah nur ihn allein. Es kam mir ein entsetzlicher Gedanke. Aber ich wußte weiter nichts. Meine Füße hörten auf, den Boden unter mir zu empfinden. Die Tannen wogten wie Kerzen an einem Hängeleuchter auf und nieder, und dann wußte ich nichts mehr.«

Hier hielt der Obrist eine geraume Weile inne. Dann fuhr er mit gedämpfterer Stimme fort: »Sie lag unten zerschmettert. Sie hat keinen Laut getan, um mich nicht in Gefahr zu bringen. Der Holzknecht hat mir gesagt, er habe gesehen, daß sie das Geländer ausließ, und mit der linken Hand in der Luft zu greifen anfing. Da habe er ihr den Rat gegeben, sich niederzusetzen. Aber es sei wie ein weißes Tuch bei seinen Augen vorbeigegangen, und dann habe er nur mich allein gesehen. Ich wäre gleichfalls hinabgefallen; allein er habe mir einen Stoß gegeben, durch den ich auf der Riese vorwärtstaumelte, und an ihrem Ende unter den Holzblöcken, die man an

Pechfeuer brannte der Widerschein der untergehenden Sonne von dem höchsten Gipfel der heißersehnten Wand herüber.« – –

Der Obrist hielt hier inne, unter dem weißen greisen Barte der Oberlippe fing wieder jenes seltsame Zucken des Mundes an, wie ich es schon einmal bemerkte, aber heftiger und fast krankhaft, bis er endlich beide Hände, die alten runzelvollen Hände, vor das Gesicht schlug, und in ein heftiges Schluchzen ausbrach, so heftig, daß fast seine Gestalt darunter erzitterte. Einen Mann sah ich vor mir, der schon an der Grenze des menschlichen Alters stand, einen sonst so heitern Mann, nun aber von Rückerinnerung bewältigt, um das Weib seiner Mannesjahre weinend, wie kaum ein Jüngling um seine Braut – es war mir so rührend und erschütternd, daß mir mein eigen Gefühl, das ich vorgestern nicht überleben zu können meinte, fast schal und kindisch dagegen vorkam. Mit übernatürlicher Kraft tat er sich Gewalt an, um des plötzlichen Überfalls seines Herzens Meister zu werden, und nach einigen Sekunden gelang es ihm auch; – sich aufrichtend drückte er ein Tuch gegen die Augen und sagte dann gefaßter: »Sie lag unten zerschmettert, – still sich opfernd, wie es ihre Gewohnheit war, – ohne *einen* Laut, um mich nicht in Gefahr zu bringen, war sie hinabgestürzt – der Holzknecht nicht einmal hatte ihren Zustand erraten, bis er sah, wie sie im Aberwitze des Schwindels das Geländer ausließ, und mit den Händen in der Luft zu greifen anfing – da rief er ihr zu, sie solle sich setzen, aber es war zu spät; wie ein weißes Tuch, sagte er, glitt es vor seinen Augen vorüber, und er sah nichts mehr als mich, wie ich eben umsah und auch zu schwanken begann – ich wäre ebenfalls hinabgestürzt, denn vor jähem Schreck schwindelte ich, und meine Füße waren nicht mehr imstande, den Boden unter mir zu fühlen – da gab mir unser Führer einen starken Stoß vorwärts, in dessen Folge ich die wenigen Schritte auf der Riese gerade vorwärts taumelte, und an ihrem Ende unter den Planken und Stämmen des Holzes niederstürzte, das man heute über sie hergeleitet hatte. Mir

dem Tage über sie geleitet hatte, niederfiel. Da ich aus meiner Ohnmacht erwachte, fand ich mich an einem Feuer liegen, und mehrere Holzknechte um mich. An der Truswand war ebener Raum genug. Ein hoher Tannenwald stand empor, und eine Menge von Blöcken, die über die Riese gekommen waren, stand aufgeschlichtet da. Die Holzknechte hatten ein Feuer gemacht, und mich zu erwecken gesucht. Als ich begriff, was geschehen war, verlangte ich heftig, in den Abgrund zu steigen. Ich konnte sie mir nicht tot denken, sie muß noch leben, und wartet auf mich. Es war aber indessen ganz Nacht geworden. Die Holzknechte sagten, jetzt sei es nicht möglich, da hinabzugelangen. Allein da sie meine Angst sahen, da sie sahen, daß ich mich aufraffte, und allein hinabklettern wollte, machten sie doch Versuche. Der eine erinnerte sich dieses, ein anderer eines andern Umstandes, der es möglich machen könnte. Allein die gelegenen Stellen zeigten sich nicht, und es war immer die steilrechte Wand. Es kamen auch andere Holzknechte herbei, weil der Platz ein Sammelplatz war. Diese erneuerten die Versuche. Sie waren vergeblich. Ich wollte auf dem gewöhnlichen Wege in die Täler hinaus, und von außen in den Graben herein. Sie sagten, dazu brauche man vier Stunden, und der Rest der Sommernacht dauere nur mehr zwei, worauf man über die Wand hinab könne. Ich wartete die zwei schrecklichen Stunden. In der ersten Dämmerung gelang es, mit Stricken, Stangen und Steigeisen auf den Boden des Grundes zu kommen. Aber nun fanden wir die Frau wieder nicht, und auf das Rufen antwortete kein Gegenruf. Endlich entdeckten wir sie. Neben einem Wacholderstrauche lag ein Häufchen lichter Kleider, und darunter die zerschmetterten Glieder. Es war nicht möglich; von dieser Höhe kann kein Mensch herunterfallen,

vergingen die Sinne, und in die erlöschenden Augen als letzter Eindruck brannte sich die Abendröte fieberängstlich, ein breiter wallender Blutbach. -- Hier in diesem Pakete, Herr, dem einzigen, das ich seit jener Zeit nicht entsiegelt habe, sind die ersten Tage meiner Schmerzen und Trauer verzeichnet – auch das Edelweiß liegt drinnen, nehmt beides, öffnet und leset es mit meiner Tochter Margarita, die ich Euch rufen werde, doch bevor hört noch das Ende. Als ich wieder meines Bewußtseins mächtig wurde, war ich an einem großen Feuer, und die Holzknechte standen alle um mich. Es war Nacht. Der erste Augenblick war ein Ringen nach Besinnung des Vergangenen, der zweite heftiges Verlangen, in den Abgrund zu steigen, wo meine Gattin lag – es gehörte Riesenkraft dazu, sich an den Gedanken zu gewöhnen: sie ist tot – das wahnsinnige Herz rief immer: wer weiß es gewiß, vielleicht liegt sie unten noch lebend, noch zuckend als verlassenes Opfer, vielleicht mit rückgekehrtem Bewußtsein, allein gelassen in der furchtbaren Einöde des Sterbens. Durch mein Flehen und durch meine Versprechungen bewogen, ließen sich die Holzknechte herbei, mit Bränden und Spänen einen Versuch nach abwärts zu wagen; der eine erinnerte sich dieses, der andere eines andern Weges, auf dem es möglich sein müsse – aber die ganze Nacht verging in fruchtloser Bemühung, und endlich, nach tausendmaligem Hinaufschauen zum unerbittlichen Himmel, erblaßten die entsetzlichen Sterne, und der graue Glanz des Morgens durchzog die Luft; jedoch erst, als schon die Mittagssonne in die Schlucht niederschien, gelang es uns, die Stelle zu finden, wo sie lag -- ein Häufchen weißer Kleider lag neben einem Wacholderstrauche, bergend und hüllend die toten zerschmetterten Glieder – und wunderbar, auf den Kleidern, lebend und fast unversehrt – das Hündchen. Der Engel von einem Weibe hatte wahrscheinlich in bewußtloser Güte das arme Tier während des Falles emporgehalten und es so gerettet – es hatte treulich die Nacht und den Tag an diesem ungewohnten Lager seiner Herrin gewacht, und leckte, als wollte es

und nur den schwächsten Hauch des Lebens behalten. Wie ein dünner Strohhalm schwebte die Riese ober uns. Aber denkt nur, Doktor, auf den Kleidern saß das Hündchen, und lebte. Aber es mußte in der Nacht wahnsinnig geworden sein; denn es biß mit fürchterlicher Heftigkeit gegen mich, als ich den Arm nach der Frau ausstreckte. Nach schnellen zärtlichen Versuchen, es an mich zu locken, die vergeblich waren, ließ ich zu, daß es ein Holzknecht mit seiner kurzen Handbüchse erschieße. Er hielt schräge hin, daß er die Leiche nicht treffe. Das Hündchen fiel herab, kaum daß es ein Füßlein rührte. Auch dieser Schuß war mir mitten durch das Herz gegangen. Ich beugte mich nun nieder, das Angesicht war kalt, ich riß das Kleid auf, die Schulter war kalt, und die Brust war kalt wie Eis. O Herr, das könnt Ihr nicht ermessen, nein, Ihr wisset es jetzt noch nicht, wie es ist, wenn das Weib Eures Herzens noch die Kleider anhat, die Ihr am Morgen selber darreichen halfet, und jetzt tot ist, und nichts mehr kann, als in Unschuld bitten, daß Ihr sie begrabet.«

Jetzt hörte der Obrist wieder eine Zeit zu reden auf, dann sagte er: »Und so ist es auch geschehen. Wo der Bach seinen schmalen Ausgang hat, ließ ich sie aus dem Tale bringen, und kam gegen Mittag in mein Haus. Der Ruf hatte das Unglück schon ausgebreitet. Mehrere Menschen standen auf meiner Gasse, und Freunde hielten einen Wagen bereit, um mich fortzubringen, bis alles vorüber wäre. Aber ich hielt fest an meinem Weibe, und ging nicht fort. Wir brachten sie in die große Stube, in der sie nach ihrer ersten Ankunft gesessen war, und den Hut auf dem Haupte gehabt hatte. Dann brachte ich die Kleider herbei, in denen sie begraben werden sollte. Als die Frauen sich bereiteten, sie auszukleiden, zu waschen, und ihr die neuen Kleider zu geben, verließ ich die

dieselbe wecken, von Zeit zu Zeit die tote Wange – in diesem Augenblicke war mir, als liebte ich auf der ganzen Erde kein Wesen so, wie dieses Hündchen, ich suchte es an mich zu locken; allein, wie sehr es mich sonst geliebt, es folgte nicht, sondern rollte die entzündeten vorgequollenen Augen wie im Wahnsinne der Wut gegen uns, und fuhr wie rasend gegen jeden, der Miene machte, die Kleider zu berühren. Hielten wir uns still, so saß es auch still; aber wie verwirrt, mit namenloser Todesangst umherblickend. Ein Knecht wollte es erschlagen; allein ich ließ es nicht zu, sondern erst nach vergeblichen, stundenlangen gütigen Versuchen, es an mich zu locken, erschoß ich es mit einer Taschenpistole, den Liebling der Toten, mit abgewandtem Auge und schwerem Herzen. ––

Herr, Ihr könnt nicht ermessen den betörenden zermalmenden Wahnsinn, der unser Herz ergreift, wenn der Leib, der warm atmend, lebend, dessen jedes Glied, jede Fiber Eigentum unserer Liebe war, dessen Mund Worte der Güte und Unschuld sagte, als müßten wir sie noch klingen hören, wenn ihn dieselben wohlbekannten Kleider noch decken, die wir selber an einem freudigen Morgen anziehen sahen, teils darreichten, teils befestigten –– und nun – und nun!! ein armselig Häufchen zerquetschter Glieder, Euch gegeben, darauf harrend, daß Ihr sie freundlich begrabet. ––

Und so geschah es auch; – mit einer Sorgfalt und Zärtlichkeit, als empfände sie noch, und könnte mir wie sonst mit ihren schönen Blicken danken, ließ ich die Reste des geliebten Körpers aus dem Talgrunde emporschaffen, und geleitete ihn nach Hause. Dort – wohlmeinende Freunde und Nachbarn wollten mich entfernen und durch eine Reise zerstreuen – aber mir kam es vor wie Treubruch gegen die Verlassene, wenn ich früher mein Auge und meine Hand von ihr ablösete, als in dem Augenblicke, wo der Sarg vernagelt wird, und die rohen Hammerschläge ihr sichtbares Bild gleichsam auf ewig herunterschlagen aus dem Bildersaale der Augen. Nur da sie von den Frauen angekleidet wurde, wich ich von ihr, dann

Stube, und ging in das Hinterstüblein, in welches Margarita gebracht worden war. Ich führte sie auf die Gasse, und ließ sie in dem Wagen der Freunde zu der Haushälterin meines Kriegsfreundes schaffen, damit sie nicht sähe, was hier geschieht, und sich einmal darauf erinnere. Da meine Gattin angekleidet war, riefen sie mich wieder in die Stube. Sie hatten ihr Bett in dieselbe gestellt, und auf dem Bette lag sie in einem blaßgrauen beinahe weißen Seidenkleide, das ich ihr gegeben hatte, weil es ihr liebstes Kleid gewesen war. Der Schreiner legte, als ich eintrat, eben den schwarzen Zollstab zusammen, mit dem er das Maß zu dem Sarge genommen hatte. Ich setzte mich auf einen Stuhl. Gegen den Abend kam schon der Sarg, der sonderbarerweise in dem rechten Maße vorhanden gewesen war. Man legte sie hinein, und da ruhete sie lang und schmal in demselben. Um das Angesicht waren die braunen Haare gescheitelt, und die Hände hatte sie über die Brust gefaltet. Ich hatte ihr ein schönes Kreuzlein gegeben, das sie immer sehr geliebt hatte. Als nach und nach die Neugierigen fortgegangen waren, und die andern sich mehr in dem Nebengemache sammelten, ging ich zu ihr hin, legte ihr das Haupt ein wenig anders, weil ich meinte, sie ruhe nicht sanft genug, und faltete ihr auch die Hände etwas anders, als die Frauen getan hatten. An diesem Abende waren rosenrote Lämmerwolken an dem Himmel, und warfen durch die Fenster herein einen roten Schein auf sie. Später brachten die Leute Wachskerzen, stellten sie um den Sarg, und zündeten sie an. Ich blieb die ganze Nacht bei ihr sitzen. Freunde und Bekannte waren dageblieben, und befanden sich teils in der Stube etwas entfernter von dem Sarge als ich, teils in dem Nebenzimmer, wo sie leise beteten. Ich dachte damals oft an das alte Volk der Ägypter, das seine Toten einbalsamierte.

aber, in ihrem letzten engen Bettlein, faltete ich ihr selbst die Hände, gab ihr das Kreuz in dieselben, legte von ihren eigenen Blumen um das milde ruhige Haupt, und schmückte sie mit Dingen, die ihr lieb waren. Ich blieb bei ihr, als bedürfe sie meiner, damals fiel mir oft das alte Volk der Ägypter ein, das seine Toten balsamierte, einige Male sogar, wenn eben niemand zugegen war, rückte ich ihr das Kissen, als läge sie hart. Weder düstere Vorhänge noch den gelben Wachslichterqualm ließ ich in das Totenzimmer kommen, sondern ich öffnete die Fenster, und der blaue Himmel und die milde Herbstsonne blickten freundlich auf sie herein, und wenn es Abend geworden, und die tausend Lämmerwolken im Westen anbrannten, so warfen sie ein durchsichtig Purpurrot auf ihr Antlitz – eine holde Lüge von Wangenrot und Gesundheit. Nachts zündete ich über ihr die große Hängelampe von mattem Glase an, und ließ die Fülle der Lilien und weißen Rosen aus luftigem Silber auf sie niederfallen, und da saß ich dabei und schaute sie an.

Endlich kam der Morgen, an dem ich sie nun auf ewig von meinem Herzen an ein anderes legen mußte, an das des allmächtigen Gottes, der sie abgefordert; denn solange man noch das, wenn auch schweigende Antlitz sieht, solange man den Sarg noch hat, ja noch einen Zipfel des Sargtuches sehen kann, so lange hat man sie noch nicht verloren; aber es gibt zwei Momente und zwei Schalle, die dem Menschenherzen furchtbar sind: das Schnurren des Totenseiles, und das Kollern der ersten Schollen auf dem Sargdeckel – das ist der Moment, wo das Tor zwischen diesseits und jenseits unrettbar zugeschlagen wird – jetzt erst ist der Tote tot – hättest du ein Meer von Liebe und Vergeltung, er ist unerreichbar, der vor einer Sekunde noch dein war, unerreichbar; das erstickte Herz wird es mit einem Mal inne, und darum ist dies der Augenblick, wo selbst dem Ungebildetsten der gebändigte Schmerz vorbricht; denn all das bisher mühsam zurückgehaltene Tränenwasser gießt sich siedend in die verzweifelnden Augen.

Am andern Tage schnitt ich die schönsten Blumen, die in der Wohnung waren, ab, und legte sie um ihr Haupt und um ihren Leib. Am nächsten Morgen wurde sie begraben. Es kam der Wagen, der den geschlossenen Sarg fortführte, und eine Menge von Menschen begleitete ihn. Der Pfarrer sprach, als die kirchlichen Segnungen vorüber waren, noch eine kurze Ermahnung über die Vergänglichkeit der menschlichen Dinge. Dann wurde sie eingesenkt. Man führte mich hinzu, und gab mir eine Schaufel in die Hand, daß ich die erste Scholle auf den Sarg werfe. Ich reichte aber die Schaufel wieder weg, und nahm mit der Hand eine Scholle, und warf sie auf sie hinab. Dann sendeten ihr zahlreiche Hände Schollen nach. Als alles vorüber war, und über die Kirche eine fremde leere Luft auf mich herabschaute, versuchten Freunde, mich fortzuführen. Ich folgte ihnen. Sie brachten mich zu meinem Wagen, der mich nach Hause führte. Im Fahren sah ich, daß die Leute auf den Feldern und in Gärten ihre Arbeiten taten, als ob nichts geschehen wäre. Zu Hause bat ich die Freunde, sie möchten mich jetzt ein wenig allein lassen. Es geschah. Ich ging in die große Stube. Dort standen noch die Stühle in derselben Ordnung, wie sie den Sarg getragen hatten; aber sie war nicht darauf. Ich setzte mich nieder. Wie viele Afterdinge, dachte ich, wird die Welt noch auf meine Augen laden, derweil ich lebe, nur sie nicht mehr, sie allein nicht mehr. Und wie es lange, lange so stille war, da ich saß, wie selbst niemand von meinen Leuten zu mir hereinkam, um mich nicht zu stören, und ich von dem Gange herein nur zuweilen leise Tritte und Flüstern hörte, tat sich ungeschickt die Tür auf, und mein Töchterlein, das man zurückgebracht hatte, ging herein. Auf ihrem Munde war die Knospe der Rose, die sie eben begraben hatten, in ihrem Haupte waren dieselben Sterne der Augen,

Ich stand dabei, als man sie am Kirchhofe einsegnete, als man das Gebet sprach, sie einsenkte, und die kalten, feuchten Schollen auf ihrem schönen Herzen zusammenschüttete. Ich bohrte die glühenden Blicke in die Grube, und hielt mich an einem Kreuze. Um mich stand eine teils teilnehmende, teils fühllose Menge.
Als ich endlich zu gehen dachte und die Augen wieder hob, da standen die Berge und Wälder, aber sie waren fremd – eine andere Sonne schien darauf, und eine leere, fremde Luft spannte sich über sie. – Zu Hause standen noch die Sessel in derselben Ordnung, wie sie den Sarg getragen hatten, aber die Stelle war leer. Bei der Türe ging sie nicht mehr herein, an ihrem Tischchen saß sie nicht mehr, im Garten, in der Küche war alles totenstill – die Wohnung war mir furchtbar groß. Wie viele Millionen Afterdinge, dachte ich, wird fortan noch die Welt dem unermeßlichen Reichtume deiner Augen aufladen – nur die *eine*, die liebe, lang gewohnte, labende Gestalt, die statt aller wäre, nie, nie, nie mehr!!
In diesem Augenblicke brachte man mir die kleine dreijährige Margarita, die ich zu einem entfernten Freunde hatte bringen lassen, daß ihr Kinderherz nicht die herben Totenszenen mit unter die Juwelenschätze ihrer ersten Eindrücke lege – – die runden großen Augen der toten Mutter sahen mich aus dem Kinderköpfchen an, und der Mund, die Knospe der eben begrabenen Rose, tat sich sogleich zur Frage auf: wo ist Mutter? Ich sagte ihr, die Mutter sei heute früh zu ihrem lieben Vater gegangen, von wo sie lange, sehr lange nicht kommen werde – und als ich sah, wie ihr diese Nachricht fast das kleine Herz abdrücken wollte, und in die weichen Blumenzüge des Gesichtchens die schmerzlichen Linien der Kränkung und des Weinens traten, so jammerte es mich unsäglich des unschuldigen Wurmes vor mir; ich riß sie an mein Herz und ließ sie weinen, und weinte mich selber todesmüde, aber leichter. Des andern Tages packte ich meine Sachen, bestellte der Toten ein einfach Denkmal, und zog

und um die Stirne derselbe Schein der Haare, nur jetzt noch etwas lichter. Und wie sie schüchtern vorwärts ging, und mich so sitzen sah, fragte sie: ›Wo ist Mutter?‹ Ich sagte, die Mutter sei heute früh zu ihrem Vater gegangen, und werde wohl lange, lange nicht zurückkommen. Da sie sich auf das Wort beherrschen wollte, wie sie gewöhnt worden war, und sich aber doch in dem Angesichtchen die Mienen des Weinens zusammenzogen, riß ich sie an mich, und ließ selber den unendlichen Strom der Tränen fließen, die aus meinen Augen gebrochen waren. Da ich mich fast ohnmächtig geweint hatte, wurde ich ein wenig ruhiger. Ich ließ das Kind aus meinen Armen, führte es zu Rosina in ein anderes Zimmer, und begann, in dem Hause herumzugehen. Ich beschloß, alles, was meine Gattin gebraucht hatte, in dem Stande zu lassen, in dem es sich eben befand. Und der Tag verging, und der nächste verging, und immer mehrere vergingen, und die Sonne stand am Himmel, die Getreide wuchsen, die Bäche rauschten, nur daß sie dahin war, und daß es war wie der Verlust einer goldenen Mücke. Und wie ich in jener Zeit fast mit Gott haderte, hatte ich nichts, gar nichts, als daß ich mir fest dachte, ich wolle so gut werden wie sie, und wolle tun, wie sie täte, wenn sie noch lebte. Seht, Doktor, ich habe mir damals eingebildet, Gott brauche einen Engel im Himmel und einen guten Menschen auf Erden, deshalb mußte sie sterben.«

Der Obrist hielt nach diesen Worten wieder inne, er hielt länger inne, als er es früher getan hatte.

Endlich nahm er seine Rede wieder auf und sagte: »Ich habe mich bis heute bemüht, mein Gelübde zu halten, so weit mir Gott die Kräfte dazu gegeben hatte, und seine Gnade mich unterstützte. Ich ließ meiner Gattin einen weißen Marmor-

dann mit Margarita weit weg von dem Tale meines Glückes. –

Und nun, lieber, junger Freund, werdet Ihr wissen wollen, wozu ich Euch das alles erzählte, und dieses Wasser in Eure Augen lockte, wofür ich Euch herzlich danke.

Seht, der Schmerz ist ein Kleinod, ein weiser Engel ist er, an dem unsere Seele reifen kann und soll – an dem meinen solltet Ihr den Euren messen und ertragen lernen. Ihr heißt mich einen guten Mann; mag sein, daß ich es bin – *das* habe ich mir zugeschworen, als ich grollend brütete und grübelte, wozu denn nun der Herr des Himmels gerade das, gerade das getan, gerade das – – aber als er keine Antwort gab, und liebreich seine Sonne, seine Sterne, seinen Regen und Tau, seine goldenen Früchte alle heraufführte, da erkannte ich, wie mein Unglück in diesem unermeßlichen Haushalte eigentlich ein unbedeutend Ding sei, ein Verlust, wie der einer kleinen goldnen Mücke – ja nicht einmal ein Verlust, so wie das Senfkorn, das in lockeres Erdreich fällt, vergeht, aber nicht verloren ist – – damals schwor ich es mir zu als ein Vermächtnis der Verstorbenen, solange ich noch zu leben habe, so sanft, so gut zu sein, wie *sie* es war – und Gott half mir es halten bis heute, wenn auch Menschen undankbar sind, und er wird es mir halten helfen bis zu Ende meines Lebens. Seht, Gott brauchte einen Engel im Himmel, und einen guten Menschen auf Erden, deshalb mußte sie sterben.

Ich wurde wieder heiter und glücklich, nachdem ich an diesem und jenem Orte der Erde gelebt habe, wie es eben die Erziehung meiner Tochter erfordert hatte, und so fandet Ihr mich auch hier, in diesem schönen einsamen Waldtale, dessen jungfräuliche Pracht mich anlockte, in ihm mein Leben zu beschließen.«

Mit diesen Worten war er aufgestanden, und ich auch, ohne daß ich ein Wort erwiderte. Er war sichtlich um die Fortführung des Gespräches verlegen. An das Fenster tretend, zog er die grünseidenen Vorhänge empor, und eine schnelle, lichte

stein auf das Grab setzen, in den ihr Namen und ihr Geburtstag und Sterbetag eingegraben war. Mein Schmerz dauerte aber immer fort und immer fort. Da sagten meine Freunde, ich müsse das Tal auf eine Zeit verlassen, und ich sah es ein. Margarita war schon ziemlich herangewachsen, und wußte jetzt, wo der Vater wohne, zu dem die Mutter gegangen war. Ich sagte ihr, wir werden fortreisen, und sie willigte gerne ein. Rosina wurde als Verwalterin des Hauses bestellt, und an ihrer Seite war ein Knecht als Meier. Mein Kriegsfreund weinte, als ich Abschied nahm, obwohl er nicht begreifen konnte, wie mir in meinem Innern war. So zog ich aus dem Tale fort. Ich ging zuerst zu meinem Oheime, der mein Vermögen so gut verwaltet hatte. Er lebte noch einsam in seinem Waldschlosse mit alten Hunden, alten Pferden und alten Leuten, und war selber sehr alt geworden. Er suchte seine Großnichte mit aller Freundlichkeit zu beehren, deren er nur immer fähig war. Mir zeigte er große Hochachtung. Wir hatten bei ihm drei Gemächer, deren Fenster auf einen Wald hinaussahen, welcher fast so schön ist wie dieser hier. Als wir bei ihm waren erhielt ich einen Brief von meinem Bruder, der mir meldete, daß er krank sei, und daß ich mit Margarita zu ihm kommen möchte. Ich tat es, und sah nach so vielen Jahren wieder das Schloß meines Vaters. Ich sah mit sehr traurigem Herzen die Weiden am Bache, die noch standen, und dachte wieder an die blauen Augen meiner Mutter. Harald, mein Bruder, stand als ein dem Tode verfallener Mann vor mir, als wir in dem Saale zusammengekommen waren. Er weinte bitterlich. Nach einiger Zeit sagte er mir, daß er sehr viel dazu beigetragen habe, daß ich von dem Vater enterbt worden bin. Er habe aber mit dem unrechten Gute glücklich gewirtschaftet, und sei bereit, mir

Frühlingslohe schlug auf uns herein, wohltätig den heitern Raum und seine edlen Züge beleuchtend.

»Seht, Doktor«, sprach er wieder, als ich zu ihm ans Fenster getreten war, »seht dort jenen sanften Hügel, überdeckt mit dunkelgrünen Saaten – der Maitag legt Sonnengold und Waldschatten darauf – wie lieblich die Szene ist! – und über jenen Hügel sah ich Euch vor drei Tagen bei Sonnenuntergang nach Hause gehen, als wir uns vorher im Birkenwalde gesprochen hatten – und mein Herz war unsäglich erleichtert.« ––

Ich sah ihn an, und reichte ihm erschüttert die Hand: »Ich dank Euch tausendmal, Obrist, für jene Worte und für jene Schonung – Ihr habt mich sicher damals erraten.«

»Ich erriet Euch«, antwortete er, »und ließ Euch mit Eurem guten Engel im Walde zurück – und da ich Euch nun meine Lebensgeschichte erzählte, – darf ich noch auch ein anderes Wort reden?«

»Redet«, sagte ich mit erstickter Stimme.

»Ihr habt Margariten sehr lieb gewonnen, *zu* lieb, wie die Sachen nun stehen –– denkt an meine Gattin, sie stürzte ohne den leisesten Angstruf in den Abgrund, damit sie mich nicht schrecke – Margarita ist ihr Ebenbild, sie schlägt die Hand des geliebten Mannes, *Eure* Hand schlägt sie aus, nicht weil sie Euch, wie Ihr wähnt, abhold ward, sondern weil sie Euch zu sehr liebt –– denkt, sie ist wie ihre Mutter, glühend und demütig, aber zurückweichend vor dem Felsen der Gewalttat. Ihr habt an demselben Tage meinen Gastfreund, weil sie liebreich gegen ihn war, zum Zweikampf geladen – und in einer Schrift um ihre Hand geworben – Ihr waret heftig, und da sie unschlüssig, zaghaft war, drängtet Ihr, stürmtet Ihr – und da sie immer tiefer und tiefer in sich zurückschreckte, da hießet Ihr sie untreu, drohtet in der Raserei trotziger Leidenschaft gar mit Selbstmord, –– damals wußtet Ihr wohl nicht, daß Ihr wie ein zerstörender Geier über den reinen Tauben ihrer Gefühle hinget –– zermalmen konntet Ihr ein Herz, aber nicht wieder zurückgewinnen. Sie weinte einen

alles mit Zinsen zu ersetzen. Er legte mir die Rechnungen vor. Es erbarmte mich des armen Mannes, ich machte ihm keine Vorwürfe, tröstete ihn und nahm zu seiner Beruhigung und als Verwalter des Gutes meiner Tochter nur so viel, als ich mit meinem Gewissen nehmen konnte. Seine Gattin war ihm schon vor mehreren Jahren gestorben. Er hatte nur ein Kind, seinen Sohn Rudolph, der Margarita sehr lieb gewann. Wir blieben zwei Monate in dem Schlosse. Dann ging ich mit Margarita nach Wien. Im Frühlinge besuchte ich meinen Bruder wieder, und da er nur mehr eine Spanne Zeit zu leben hatte, blieb ich, bis er seine Hand in meine beiden geschlossen den Geist aushauchte. Wir begruben ihn, und da ich mit dem Oheime vereint dem Jünglinge Rudolph noch so an die Hand gegangen war, daß er unter der Vormundschaft des Oheims und der Obervormundschaft des gehörigen Gerichtes an der Verwaltung seiner Habe mitwirken konnte, verabschiedete ich mich, und verließ wieder meine ursprüngliche Heimat. Ich reiste nun mit Margarita in die vorzüglichsten Länder unseres Erdteiles und in ihre vorzüglichsten Städte. Ich führte sie auch nach Steinach. Das Gütchen war nach dem Tode der zwei alten Leute in die Hände eines Verwandten meiner verstorbenen Gattin übergegangen. Der Besitzer nahm uns sehr freundlich auf. Margarita betrachtete alle Plätze, auf denen ihre Mutter in ihrer Jugend geweilt hatte, oder über die sie gewandelt war, und ich fühlte mich wehmütig. Ich führte Margarita auch zwei Male zu unserem jungen Vetter Tannberg, und wir sind mit ihm auf seine hiesigen Besitzungen und in diesen Wald gekommen. In jedem Jahre waren wir auch eine Zeit bei dem Oheime und mit ihm manches Mal bei Rudolph. Ich suchte während dieser Dinge den Unterricht und die Erziehung Margaritas, soweit ich es konnte, fortzu-

Vormittag, dann schloß sie sich ein, und nach einer Stunde kam sie ruhig und mit leuchtenden Augen aus ihrem Zimmer, das Blatt in der Hand haltend, das Euch in den Birkenwald jagte.« – –

»Und nun Doktor, – mein Leben habe ich Euch erzählt, ein wehrlos verwundbarer Greis stehe ich vor Euch – habt Ihr das Herz – nun so verwundet mich, – ich werde Euch Margarita senden, redet mit ihr gut und sanft, dringt ihr nicht mehr die vergangenen Tage auf, sondern leset zusammen dieses Paket, denn sie weiß noch nicht die Todesart ihrer Mutter, dann teilt das innen liegende Edelweiß – – und dann scheidet ohne Groll von der armen Gebeugten. Gehabt Euch wohl.«

[...]

setzen. Fünf Jahre nach meinem Bruder starb der Oheim. Nach seinem letzten Willen wurde sein Vermögen zwischen mir und meinem Neffen geteilt. Darauf war ich wieder mit Margarita in verschiedenen Gegenden unseres Landes. Und so näherte sich die Zeit allmählich der, in welcher wir jetzt sind. Ich schrieb sehr fleißig an meinen Päcken, sie wurden immer gleichartiger, bis jetzt die, welche ich in meinem Alter öffne, einer wie der andere sind. Ich bin öfter in meinem Häuschen gewesen; aber ich konnte dort nicht mehr leben. Da baute ich mir dieses Haus in euerm Walde. In diesem Frühlinge wurde Rudolph mündig, und er besuchte uns. Er brachte eine Rechnung mit, aus der er glaubte, daß ich noch eine Forderung habe. Ich erwies ihm aber aus meinen Schriften seinen Irrtum. Durch die Erziehung dieses Jünglings hat mein Bruder ein sehr gutes Werk getan. Wir freuen uns dieses Verwandten. Im Lidenholze hat er Margarita gebeten, daß sie ihm als Zeichen, sie wolle seine liebe Base sein, einen Kuß gebe. Sie tat es. Euch, Herr Doktor, achtet er sehr hoch. Er wollte Euch, bevor er fortreiste, noch besuchen; wagte es aber dann nicht. Und so, mein lieber Freund, bin ich an der Stelle meines Lebens angelangt, in der wir jetzt sind. In diesem Hause in dem ernsten schönen Walde gedenke ich, den Rest meines Lebens zu vollbringen, nur daß ich zuweilen Prag oder eine andere große Stadt oder mein Häuschen besuche, das jetzt in Pacht ist. Und an Euch, mein sehr lieber Freund, stelle ich die Bitte: tut mir nicht weh in meinem Kinde.«

»Nein, nein, nein, Obrist«, rief ich, »es soll alles sein, wie es sein muß.«

»Ich habe das gewußt«, sagte er.

[...]

Zur Edition

Der vorliegende Text folgt dem Abdruck in: Adalbert Stifter, *Studien,* Bd. 3, Pesth: Gustav Heckenast, [2]1848, S. 1–378. Zwar hatte Stifter in der Vorrede zur zweiten Auflage der *Studien* festgestellt, daß er die Fehler der ersten nicht »verbessert habe«, aber dies bezog sich auf eine inhaltliche Überarbeitung. In Wirklichkeit nahm er eine große Zahl von Korrekturen vor, so daß die zweite Auflage als Textgrundlage der ersten vorzuziehen war. (Die dritte Auflage weist eine Reihe von Textveränderungen auf, die auf den Setzer zurückgehen; deshalb kam sie als Satzvorlage nicht mehr in Frage.)
Die Vergleichstexte wurden entnommen den Ausgaben: Adalbert Stifter, *Werke,* hrsg. von Max Stefl, Bd. 1, *Erzählungen in der Urfassung: Condor, Feldblumen, Haidedorf, Mappe, Hochwald,* Augsburg: Adam Kraft, 1950, S. 199–224, S. 174–178, S. 190–197 [»Urfassung«], sowie Adalbert Stifter, *Die Mappe meines Urgroßvaters. Schilderungen. Briefe,* vollständige Texte, mit einem Nachw. von Fritz Krökel sowie Anmerkungen von Karl Pörnbacher, München: Winkler, 1979, S. 159–161; 175–182 [»Letzte Fassung«].
Die Urfassung der *Mappe meines Urgroßvaters* wurde zuerst veröffentlicht in der *Wiener Zeitschrift für Kunst, Literatur, Theater und Mode,* hrsg. von Friedrich Witthauer: 1841, zweites Quartal: I. *Die Antiken,* II. *Der sanftmüthige Obrist.* Nr. 88–93 am 3., 5., 7., 8., 9., 12. Juni, S. 697–700, 705–707, 713–716, 721–724, 729–732, 737–740; 1841, drittes Quartal: III. *Die Geschichte der zween Bettler.* Nr. 151–156 am 21., 23., 25., 27., 28., 30. September, S. 1201–03, 1209–12, 1217–19, 1225–28, 1233–35, 1241–43; 1842, erstes Quartal: III. [richtig: IV.] *Das Scheibenschießen in Pirling.* Nr. 43–50 am 1., 3., 4., 5., 7., 8., 10., 11. März, S. 337–339, 345–347, 353–355, 361–363, 369–371, 377–379, 385–387, 393–396.
Die letzte Fassung erschien erstmals in Adalbert Stifter, *Vermischte Schriften,* hrsg. von Johannes Aprent, Bd. 1, Pesth: Heckenast 1870, S. 1–186, mit zahlreichen Korrekturen des Herausgebers und zudem unvollständig mit dem Untertitel »Bruchstücke aus einem unvollendet gebliebenen Werke«. Die erste vollständige Veröffentlichung des Manuskripts erfolgte in Adalbert Stifter, *Sämtliche Werke,* Bd. 12, *Die Mappe meines Urgroßvaters: eine Erzählung,* Bd. 1 und 2 (unvollendet), aus den nachgelassenen Schriften erstmals hrsg. von Franz Hüller, Reichenberg: Sudetendeutscher Verlag Kraus, 1939.

Offensichtliche Druckfehler wurden in der vorliegenden Ausgabe stillschweigend korrigiert; folgende Textveränderungen erwiesen sich als sinnvoll:

22,17 Lederbuche] Liederbuche
28,3 einem] meinem
32,25 als] das
33,21 grünseidenen] grünseiden
35,5 den] die
41,15 aus] auf
59,28 Weizenstückes] Weizenstücker
65,27 In] Im
71,2 heraufgekommen] herabgekommen
77,16 legte] legten
78,34 nur] nun
84,27 dem] den
95,18 vor] von
109,13 stehende] stehenden
114,21 Man] Mann
118,12 abgleitet] abgeleitet
136,10 First] Frist
138,23 rohen] rohe
150,30 an] am
183,10 sie] sich
197,30 auch] noch

Stifters Zeichensetzung, die das Komma als stilistisches Kunstmittel verwendet, blieb in jedem Fall erhalten. Unter Wahrung von Stifters Spracheigenheiten wurde die Orthographie dem heutigen Gebrauch angeglichen.

Anmerkungen

7,4 *Spruche:* Angenehm ist es, in den Wohnungen der Vorfahren zu verweilen und sich die Worte und Taten der Ahnen zu vergegenwärtigen.

7,8 *Schule:* Stifter hatte den Satz des griechischen Historikers Hegesippos bereits während der Gymnasialzeit einem seiner Gedichte vorangestellt. Vgl. seinen Brief an Leo Tepe vom 26. Dezember 1867 sowie das Gedicht *Das Freudenfest am Trauerdenkmale.*

8,11 *fortschießen mußte:* Eine Ursache nennt Stifter in der *Geschichte der zween Bettler* (Urfassung): Augustinus hatte den Studenten Korschitz gefordert und im Zweikampf verwundet.

9,6 *Levantin:* vierbindig geköperter, früher aus der Levante eingeführter Seidenstoff, vor allem schwarz, aber auch in den jeweiligen Modefarben.

9,20 *Diele:* Tenne.

9,32 *Schüttboden:* Teil der Tenne, auf dem Getreide und Stroh gelagert werden.

9,34 *Margaretha:* Patronin der Pfarrkirche von Oberplan. Margareta von Antiochia soll während der Diokletianischen Christenverfolgung im Jahre 367 das Martyrium erlitten haben. Im Gefängnis erschien ihr der Versucher mehrmals als riesiger Drache, den sie jedoch durch das Zeichen des Kreuzes besiegte. Sie wird deshalb meist mit einem Drachen dargestellt, so auch auf dem Altarbild in Oberplan. Mit Katharina und Barbara gehört sie zu den wichtigsten Nothelferinnen. (Siehe auch Anm. zu 184,35.)

10,7 *Haberstelle:* Vorrichtung zur Aufbewahrung des Habers [d. i. »Hafers«] in der Scheune.

10,15 *Gupfknöpfe:* halbkugelförmige Zierknöpfe.

11,10 *meßgewandstoffig:* aus Brokat.

11,15 *Abtei:* Kremsmünster.

11,25 *weichen:* aus Fichtenholz gefertigten.

11,27 *Zehrgaden:* Vorratskasten.

13,5 *eine Trümmer:* Singularbildung, die seit Kleist in der Dichtung üblich war.

14,19 *Arzneischragen:* Arzneiregal.

14,21 *Osterlamme:* Erinnerung an den Tisch im Elternhaus; vgl. Stifters Schrift, die er ein Jahr vor seinem Tod auf Bitten seines Bruders über den Tisch des Geburtshauses verfaßte: »Dann sagte die Mutter, der Zimmersepp wird uns einen Tisch machen, auf dem das Osterlämmlein ist. Der Tisch wurde fertig und bildete meine große Freude. [...] Der Tisch war genau viereckig, weiß und groß, und hatte in der Mitte das rötliche Osterlämmlein mit einem Fähnchen, was meine außerordentliche Bewunderung erregte. An der Dickseite des Tisches waren die Fugen der Bohlen, aus denen er gefugt war, damit sie nicht klaffend werden konnten, mit Doppelkeilen gehalten, deren Spitzen gegeneinander gingen. Jeder Doppelkeil war aus einem Stück Holz, und das Holz war rötlich wie das Osterlamm. Mir gefielen diese roten Gestalten in der lichten Decke des Tisches gar sehr.«

14,24 *Schreibgerüste:* Schreibtisch; bei den Ornamenten handelt es sich wohl um eine Reminiszenz an das Geländer des Kanzelaufgangs im Wiener Stefansdom.

15,15 *Losnächten:* bestimmte Nächte, die Thomasnacht am 21. Dezember oder die zwölf Nächte zwischen Weihnachten und Dreikönig, in denen das Schicksal befragt werden konnte.

15,16 *Hammerau:* Den Namen übernahm Stifter von einer sumpfigen Niederung bei Vorderhammer, einem kleinen Ort in der Nähe von Oberplan.

15,35 *Vater:* Stifters Vater, der Leinweber und Flachshändler Johann Stifter, war am 30. November 1817 bei einer Fahrt mit Flachs in der Nähe von Gunskirchen (zwischen Wels und Lambach) von seinem umstürzenden Wagen erdrückt worden; Adalbert war damals zwölf Jahre alt.

15,36 *Studien:* Der Großvater mütterlicherseits, Franz Friepeß, brachte im Sommer 1818 den fast dreizehnjährigen Adalbert nach Kremsmünster, wo er als »Adalbertus Stifter, Bohemus Oberplanensis« in das Gymnasium des Benediktinerstiftes aufgenommen wurde.

15,36 *Stiefvater:* Magdalena Stifter heiratete 1820 in zweiter Ehe den Bäckermeister Ferdinand Mayer, zu dem Stifter ein kritisches Verhältnis entwickelte.

16,14 *große ferne Stadt:* 1826, nach Abschluß des Gymnasiums, begann Stifter mit dem Studium der Rechte, der Physik, Mathematik und Astronomie an der Universität Wien.

16,15 *harte Jahre:* Stifter verdiente seinen Lebensunterhalt durch Nachhilfestunden.

16,22 *Ehe:* Am 15. November 1837 heiratete Stifter die Modistin Amalia Mohaupt; erst acht Jahre später, im Sommer 1845, besuchte er mit seiner Frau die Mutter in Oberplan.

16,30 *längst verlassenen Hause:* Gemeint ist »das von ihm längst verlassene Haus«.
17,32 *Kufe:* Bottich.
19,19 *Hutweide:* Weide, auf die das Vieh der Bauern gemeinsam getrieben wird.
20,3 *längstens:* vor sehr langer Zeit.
20,19 *Calcaria Doctoris Augustini tom. II:* »Ansporn des Doktors Augustinus Bd. II.«
21,14 *Bodens:* Dachbodens.
22,11 *erster Sohn geboren:* Albert, später Adalbert; beide Namensformen werden in Oberplan unterschiedslos gebraucht – in der Grabsteininschrift für seine Mutter, die Stifter 1867 verfaßte, nannte er sich Albert – Stifter wurde am 23. Oktober 1805 als ältestes von sechs Kindern geboren.
23,4 *Schwager:* Gemeint ist der Webermeister Johann Schopper (1810–72), der 1838 Stifters Schwester Marianne (1810–82) geheiratet hatte.
23,30 *Verse:* Moritaten.
25,35 *erblödenden:* schwächer werdenden.
27,28 *Pirling:* Verschiedene Hinweise, vor allem in dem Kapitel »Das Scheibenschießen in Pirling«, machen deutlich, daß mit Pirling Friedberg gemeint ist.
27,28 *Medarditage:* Tag des Bauernheiligen Medardus (8. Juni).
27,29 *Brachmonats:* Juni.
28,16 *Beringer:* An der Straße von Oberplan nach Honetschlag gab es das Beringerbrünnlein.
31,35 *Klum:* Stifter denkt hier vermutlich an den »Großen Chlum«, einen 1188 Meter hohen Berg nördlich von Oberplan.
32,26 *Hochheimbs Buche:* Gemeint ist eine Schrift des Arztes, Naturforschers und Philosophen Philippus Aureolus Paracelsus, d. i. Theophrastus Bombastus [Baumbast] von Hohenheim (1493–1541).
34,13 *Gehäng:* Hang.
35,16 *ausgegangen:* abgestorben.
36,5 *Zehrfieber:* Tuberkulose.
39,2 *Waldstein:* Albrecht Wenzel Eusebius von Wallenstein [d. i. Waldstein], Herzog von Friedland (1583–1643), kaiserlicher Heerführer im Dreißigjährigen Krieg.
39,11 *Könige Ludwig:* Ludwig XIV. (1638–1715), ab 1643 König von Frankreich.
40,34 *ermutete:* ermutigte.

41,6 *derzeitigen:* seinerzeitigen.
41,9 *Ludwigsstücke:* Louisdors, französische Goldmünzen.
42,14 *früher entrissen:* Um 1680 dehnte Ludwig XIV. systematisch seinen Herrschaftsbereich über das Elsaß aus (Réunions) ohne Rücksicht auf bestehende Verbindungen zum Reich. 1681 schloß er die Réunions mit der Besetzung der freien Reichsstadt Straßburg ab.
42,21 *Entwürfe:* Pläne.
43,29 *verschlug:* verlegte mich.
46,10 *Aussetzung:* Einsatz.
48,36 *ausübte:* autobiographischer Hinweis Stifters, der viele Jahre hindurch davon überzeugt war, daß er zum Maler geboren sei, und seine Fähigkeiten als Schriftsteller weit geringer einschätzte.
50,19 *angeschlachtet:* angeschlagen; Fachausdruck der Holzfäller.
51,8 *Gebirgjauchzens:* Jodelns.
55,11 *Afterdinge:* spätere Dinge.
59,29 *Sillerhöhen:* »Siller« steht hier für die Moldau.
62,5 *Umgang nahmen:* Nachricht erhielten.
62,7 *Auslassung:* Verzicht auf.
62,23 *Spelten:* hier »Füllung«.
63,35 *niederhadern:* herunterstürzen.
64,32 *aufgetragen:* in Auftrag gegeben.
64,32 *Schuldigkeiten:* Grundpflichten, Grundlasten.
65,31 *Tragbahre:* Kraxe, Kiepe.
69,6 *auf dem Lande draußen:* im Flachland.
71,18 *Teerbrenner:* Vgl. Stifters Erzählung *Granit*.
80,28 *Waldlehnen:* Waldhängen.
83,5 *Pottasche:* kohlensaures Kalium (Kaliumkarbonat: K_2CO_3).
83,20 *eine:* umgangssprachlich »einige, welche«.
85,12 *Wirrnis:* Wildnis.
86,19 *Michaelis:* 29. September.
87,12 *Agat:* Achatstein.
88,14 *von dem jenseitigen Lande:* vom Bayerischen Wald.
88,17 *Ellen:* Die böhmische Elle maß 59,4 cm; in Südböhmen wurde jedoch meist nach der österreichischen Elle (80,4 cm) gemessen.
91,17 *scharf genug:* ob die Hufeisen gut genug gefeilt und dadurch scharf sind.
95,14 *Holzgeschlacht:* Holzverschalung, um das Einfrieren zu verhindern.
98,30 *Niedersatzes:* Unterholzes.

100,7 *Gebühl:* Hügelgegend.
102,14 *Bühel:* Hügel.
104,11 *erhalten:* ertragen.
104,25 *Wiesbaumseile:* Stricke, mit denen man den Wiesbaum, eine Stange, die über eine Fuhre Heu oder Getreide gelegt wurde, befestigte, um die Ladung zu halten.
104,29 *zerspellt:* gesprengt.
106,32 *Quentchen:* der vierte, nicht, wie nach der Ableitung von lat. »quintus« zu erwarten, der fünfte Teil eines Lotes (als Gewichts- oder Mengenbezeichnung).
107,7 *der Lärmen:* veraltete Form.
113,34 *Untergang:* Westen.
114,7 *gefährlichen:* an einer gefährlichen Krankheit leidenden.
118,20 *Gehänge:* s. Anm. zu 34,13.
122,16 *strotzig:* üppig.
122,26 *Geräten:* Einrichtungsgegenstände.
128,2 *Thal:* Den Beschreibungen entsprechend, dachte sich Stifter Thal wohl außerhalb des heutigen Oberplan auf dem Weg nach Friedberg.
135,16 *Prag:* Anspielung auf die »Geschichte der zween Bettler«, vgl. in der vorliegenden Ausgabe S. 221–247.
136,17 *Zimmermannsspruch:* feststehender Spruch, der je nach Gegend verschieden war; nur in besonderen Fällen wurde ein eigener Spruch gedichtet.
137,13 *Geviertklaftern:* Quadratklafter, etwa 1,9 m^2 in Österreich.
137,15 *Gewerken:* Gesellen.
138,33 *Abends:* Lebensabends.
141,26 *Fahne:* Schwanz.
145,18 *Heize:* Kamin, Ofen.
146,16 *Gestrippe:* Unterholz, Gestrüpp.
152,12 *fromm:* fügsam.
153,2 *Flimmer:* glitzerndes Gestein.
154,14 *kleinen Zweck:* kleinliches Ziel.
155,1 *vermögen:* veranlassen.
156,2 *Flinselwerk:* flimmernde Mineralplättchen.
156,14 *ganz glüh:* glühend rot.
157,36 *fehlen:* falsch zu benennen.
164,11 *Wulst:* abgerundete, höchste Stelle des Felsens.
165,32 *brodigen:* federnden.
179,20 *Arkana:* Geheimmittel.
179,20 *Sympathien:* seelische Kräfte.

180,11 *Korduanleder:* wörtlich »Leder aus Cordoba«, dann »feines Ziegenleder«.

182,13 *Menschen lieben:* Vgl. Stifters Brief an Fanny Greipl vom 15. November 1829: »Möge der Himmel Dich bewahren und glücklich machen, dann will auch ich versuchen, die Liebe, die nun Dein ist, überzutragen auf meine Arbeiten, und auf die Menschheit – ein wohltätiges Leben, sagt man, gibt ja auch Zufriedenheit.«

184,35 *dreizehnten Julius:* Der Festtag der hl. Margareta wurde in Böhmen am 13. Juli begangen. Die Pfarrei Oberplan feierte die »Margareten-Kirchweih« am Sonntag nach dem 13. Juli.

187,2 *Scheibenschießen in Pirling:* Zu Stifters Zeit fand in Friedberg alljährlich ein Scheibenschießen statt, das auf dem benachbarten Steinbühel ausgetragen wurde und dessen erster Preis in einem weißen Ziegenbock bestand.

189,10 *heiligen Johannes:* Johannes Nepomuk (1345–93), 1729 heiliggesprochen, war einer der beliebtesten Barockheiligen. Wegen der Art seines Martyriums – in einem kirchenrechtlichen Streit ließ König Wenzel ihn foltern und nachts gefesselt in der Moldau ertränken – stellte man Figuren des Heiligen gerne an Brücken auf.

190,10 *untere Wirt Bernsteiner:* Der untere Wirt in Friedberg zu Stifters Lebzeiten hieß Jakob Pernsteiner.

192,20 *Kaufherr:* Die Beschreibung verweist auf Mathias Greipl, den Vater von Fanny Greipl.

197,21 *schlechtes:* einfaches.

208,8 *Muhme:* Tante, ältere Verwandte.

217,2 *ausgezogen:* Auszüge angefertigt.

217,34 *Kartoffeln:* Um 1770 fand die Kartoffel auch in Böhmen größere Verbreitung.

Literaturhinweise

Aspetsberger, Friedrich: Die Aufschreibung des Lebens. Zu Stifters »Mappe«. In: Vierteljahrsschrift des Adalbert-Stifter-Instituts 27 (1978) S. 11–38.

Böckmann, Paul: Die epische Objektivität in Stifters Erzählung »Die Mappe meines Urgroßvaters«. In: Stoffe, Formen, Strukturen. Hans Heinrich Borcherdt zum 75. Geburtstag am 14. 8. 62. München 1962. S. 398–423.

Böhler, Michael: Die Individualität in Stifters Spätwerk. Ein ästhetisches Problem. In: Deutsche Vierteljahrsschrift 43 (1969) S. 652–684.

Buggert, Christoph: Figur und Erzähler. Studie zum Wandel der Wirklichkeitsauffassung im Werk Adalbert Stifters. München 1970 (bes. S. 91–138).

Enders, Maria-Christa: »Zwei Seelen wohnen, ach! ...« Ein Wort zur »Geschichte von den zwei Bettlern«. In: Vierteljahrsschrift des Adalbert-Stifter-Instituts 6 (1957) S. 99–105.

Endres, Marie-Christine: »Die Mappe meines Urgroßvaters«. Das nachgelassene Fragment A. Stifters, als Sprachkunstwerk betrachtet. Diss. Göttingen 1952.

Fink, Franz: Stammtafel Adalbert Stifters. In: Vierteljahrsschrift des Adalbert-Stifter-Instituts 4 (1955) S. 72–92.

Fischer, Kurt Gerhard: Vom »einfachen Leben« bei Adalbert Stifter: Der Konflikt von Moral und Existenz in der Mappe. In: Österreich in Geschichte und Literatur 9 (1965) H. 2. S. 101–114.

Hömke, Horst: Adalbert Stifters »Studienstücke«. In: Anregung 13 (1967) S. 13–21.

Hömke, Horst: Der Landschaftsgarten in der letzten Fassung von Adalbert Stifters »Die Mappe meines Urgroßvaters«. Ein pädagogisches Vermächtnis. In: Die Pädagogische Provinz 21 (1967) S. 536–557.

Hofmiller, Josef: Letzte Versuche. München 1952.

Hüller, Franz: Einleitung zur letzten Fassung der »Mappe«. In: Adalbert Stifter: Sämtliche Werke. Bd. 12: Die Mappe meines Urgroßvaters: eine Erzählung. Bd. 1 und 2 [unvollendet]. Aus den nachgelassenen Schriften erstmals hrsg. von F. H. Reichenberg 1939. [Reprogr. Nachdr. Hildesheim 1972.]

Irmscher, Hans Dietrich: Adalbert Stifter. Wirklichkeitserfahrung und gegenständliche Darstellung. München 1971.

Kaiser, Michael: Adalbert Stifter: Eine literaturpsychologische Untersuchung seiner Erzählungen. Bonn 1971.

Klokow, Jörn: Der Sprachrhythmus und seine Entwicklung in den vier Fassungen von Stifters »Mappe meines Urgroßvaters«. In: Vierteljahrsschrift des Adalbert-Stifter-Instituts 22 (1973) S. 93–104.

Korff, Friedrich Wilhelm: Diastole und Systole. Zum Thema Jean Paul und Adalbert Stifter. Bern 1969.

Kunisch, Hermann: Adalbert Stifter. Mensch und Wirklichkeit. Berlin 1950.

Mattenklott, Gundel: Sprache der Sentimentalität. Zum Werk Adalbert Stifters. Frankfurt a. M. 1973.

Müller, Joachim: Einige Gestaltzüge in Stifters »Letzter Mappe«. In: Adalbert Stifter. Studien und Interpretationen. Gedenkschrift zum 100. Todestage. (Hrsg. von Lothar Stiehm.) Heidelberg 1968. S. 245–270.

Saurwein, Robert: Adalbert Stifters dichterische Entwicklung, gezeigt an den drei Fassungen der Mappe meines Urgroßvaters. Diss. Innsbruck 1954.

Sengle, Friedrich: Biedermeierzeit. Deutsche Literatur im Spannungsfeld zwischen Restauration und Revolution 1815–1848. 3 Bde. Stuttgart 1971–1980.

Wildbolz, Rudolf: Adalbert Stifter. Langeweile und Faszination. Stuttgart [u. a.] 1976.

Wilhelm, Gustav: Einleitung zu: Adalbert Stifters Werke. Bd. 3/4. Berlin [u. a.] 1926.

Nachwort

Entstehung

Ich habe mich nicht umsonst so auf das Buch gefürchtet – und schreiben mußte ich es.

An Heckenast am 16. Februar 1847

Mit keinem Werk hat sich Stifter so lange und so intensiv befaßt, wie mit *Die Mappe meines Urgroßvaters,* seinem »Lieblingskind«, und zwar vom Ende der dreißiger Jahre bis unmittelbar vor seinem Tod, also fast drei Jahrzehnte hindurch.

Der erste Teil der Urfassung, *Die Antiken* und *Der sanftmütige Obrist,* entstand wohl gegen Ende 1840. Bereits erheblich früher schrieb Stifter *Die Geschichte der zween Bettler,* die er nicht in die Studienfassung, hingegen aber in die beiden Spätfassungen aufnahm, und zwischen Mitte 1840 bis Anfang 1842 vollendete er den letzten Teil, *Das Scheibenschießen in Pirling.*

Noch im Jahre 1842 begann Stifter mit der Umarbeitung der Erzählung. Am 27. November teilte er Gustav Heckenast, seinem Verleger, mit, daß er »an der Narrenburg und an der Mappe des Urgroßvaters zu *gleicher* Zeit gearbeitet habe, so daß von beiden ein Stück fertig ist«. Anfang Dezember 1843 sandte er ihm dann die ersten Seiten. Andere Vorhaben hatten sich dazwischengeschoben, zum Beispiel Beiträge für die Sammlung *Wien und die Wiener in Bildern aus dem Leben.* Erst im Brief vom 25. Dezember 1844 schrieb er dem Verleger, daß er Manuskriptteile abgeschickt habe. Vermutlich handelte es sich dabei um die ersten drei Kapitel:

»Sie können den Druck nun fortsetzen lassen; denn außer dem Abgegebenen, das gegen 3 Druck-Bogen beträgt, ist auch schon das nächste Kapitel ›Margarita‹ fertig, welches ganz neu ist, daher nur ein wenig liegen muß, daß ich es dann in einem Kreise meiner

Freunde vorlese, und ihm den Schliff gebe, durch den es zu einer Einheit schmilzt. Was Sie in den Nummern ›*Gelöbnis,* und *der sanftmütige Obrist*‹ korrigiert sehen werden, ist alles erst nach einer Vorlesung hineingekommen; denn bei einer solchen erscheint es sogleich, wenn etwas aus Geist und Hauch des Ganzen heraustritt, und hinzuzuschmelzen ist. Der Obrist (denn das Gelöbnis ist nur *ein* Blatt) hat sehr großen Beifall erhalten, und ich glaube, daß der Leipziger Rezensent nun Lügen gestraft werden wird, der sagte, daß Stifter kein Freund von geschlossenem Erzählen ist; denn die Erzählung des Obrists muß *graniten* sein, ich glaube, daß diese Episode das erste von mir ist, was man etwa *klassisch* nennen konnte. In anspruchloser Einfachheit und in massenhaft gedrängtem Erzählen, muß ein ganzes Leben, und einer der tiefsten Charaktere liegen. Lesen Sie recht bald das Ding, und sagen Sie mir Ihren Eindruck. Ich habe aber gerade an der Erzählung des Obrists gefeilt, wie sonst gar nie, und aus einem Bogen Material ist ein Blatt Text geworden, damit mir die Figur so eisenfest bleibe, wie ich ihre Form beabsichtige. Nach der ›Margarita‹ kömmt die Geschichte der ›zween Bettler‹, die 2 Bogen gibt und auch schon fast in ihrer Gestalt ist. Die Margarita lasse ich 8 Tage ruhen, indessen ich den Abdias revidiere.«

Schon wenige Tage später aber waren Begeisterung und Zuversicht verflogen. Der Autor war mit dem, was er bereits abgeliefert hatte, nicht mehr zufrieden und änderte nun das Konzept für die Umarbeitung; unter anderem sollte die »Geschichte der zween Bettler« wegfallen. Im Brief vom 9. Januar 1845 äußerte er seine Befürchtung, daß der erste Bogen bereits ausgedruckt sein könnte:

»Der 1. Bogen der Mappe wird wohl schon ausgedruckt sein, und ich muß also mit Schmerzen die Verbesserungen, die ich schon wieder als nötig einsehe, auf die zweite Auflage lassen, wenn der Himmel dem Buche eine schenkt. Ich arbeite mit vielen Freuden, und arbeite auch viel, wenn auch nicht immer *vieles* hervorgeht; denn es handelt sich darum, nicht wie vieles, sondern wie viel die Sache ist. Und ich bleibe leider immer hinter dem von mir selbst Erstrebten zurück. Weil der Obrist nicht abgegangen ist, so bekam er auch noch Änderungen, für die ich Gott danke, daß sie noch angebracht werden konnten.«

Heckenast veröffentlichte mittlerweile im Frühjahr 1845 das

erste Kapitel unter dem Titel »Die Altertümer« in der von ihm herausgegebenen Pesther Zeitung. Stifter erwähnte die »Mappe« erst wieder im September 1845 und bekräftigte, daß »der 3. und 4. Band Studien bald fertig werden muß«. Der Abschluß der Arbeit aber ließ auf sich warten, und Anfang 1846 bat der Autor nochmals dringend darum, den ersten Bogen ja nicht auszudrucken, »ohne daß ich etwas geändert habe«. Zugleich versprach er wieder einmal eine rasche Fertigstellung:

> »Sie werden erleben (denn meinem Vornehmen trauen Sie wohl nicht ganz), daß die Sache jetzt sehr rasch gehen wird.«

Am 3. November schickte er den ersten Druckbogen an den Verlag zurück und erklärte die Verzögerung damit, daß er trotz aller Änderungen darauf bedacht gewesen sei, den Umfang genau einzuhalten:

> »Hier folgt der 1. Druckbogen Mappe – ich kam tief hinein, dieses Rechnen ist eine fürchterliche Arbeit, und ich brauchte mit diesem Bogen doppelte Zeit.«

Der Verleger war über die Verzögerungen und die zahlreichen Korrekturen begreiflicherweise unglücklich. Stifter rechtfertigte sich am 16. November 1846 in einem ausführlichen Brief, aus dem einige Abschnitte zitiert werden, weil sie sichtbar machen, auf welche Weise und nach welchen Maßstäben der Dichter gearbeitet hat:

> »Es kam mir vor, als ob ein leiser Unwille in dem Schreiben wäre, der mir klar machte, daß ich meine Pflicht gegen Sie nicht so erfüllte, wie ich sollte. *Es kann in der Tat auch so sein,* aber erstens wußte ich dies wirklich nicht, und zweitens kam es gerade aus zu großer Delikatesse, und (was sonderbar klingen mag) aus Pflichtgefühl her. Ich wollte alles so vortrefflich machen, als es nur immer möglich ist, ich konnte mir selber immer nicht genug tun, ich wollte Ihnen zeigen, daß Sie Ihre Rücksichten an keinen unwürdigen Gegenstand verschwendet haben – und so ging so viele Zeit hin. Wie oft habe ich die Arbeit manches Tages, mancher Woche, ja Monate *rein verworfen,* und neu begonnen. Es mag töricht sein, aber es ist künstlerisch edel; denn wenn ein Teil dann gelang, wie ich es ungefähr wünschte, so war ich für alle verlorene Zeit belohnt. Davon aber hatten Sie freilich für die Gegenwart nichts,

> aber ich weiß, daß Ihr Lohn sich nach dem Erscheinen der 2 Bände [Bd. 3 und 4 der Studien] herausstellen wird, und daß aus der Verzögerung Gewinn entstehen muß. Wie wenig in letzter Betrachtung auch die Zeit, die auf doch wieder weggeworfene Sachen verwendet wurde, verloren war, weiß ich selber auch recht gut; indem ich mich wachsen sehe – tausend verschossene Kugeln machen nichts, wenn gerade aus ihnen dann *eine* hervorgeht, die mitten ins Zentrum trifft. Wer sich nicht wachsen empfindet, der wirft keine frühere Arbeit weg, weil sie ihm alle gleiches Gewicht haben. Das können Sie ebenfalls nicht wissen, da Sie nicht in mir sein können, und Ihnen jede Lernzeit notwendig als eine verlorene erscheinen muß. Mir war es nicht so. Ich sah die Schätze kommen, ich dachte sie Ihnen zu, und wußte nicht, daß in der Gegenwart derweile nichts ist, und daß ich, von einem andern Gesichtspunkte angeschaut, als dem meinen, notwendig unbescheiden erscheinen muß. Ich habe mir das alles klargemacht, und werde darnach handeln. [...].
> Ich tue Ihnen gerne alles, was Sie wünschen, zu Gefallen, und zog sich manches in die Länge, so wollte ich es eben recht gut machen. Von dem Kummer können Sie sich keine Vorstellung machen, den es macht, etwas unvollständig, d. h. *bewußt* unvollständig aus der Hand zu geben. Wie hätte ich denn sonst die Mühe übernommen, den 1. Bogen der Mappe, alle Buchstaben zählend, wieder so umzugießen, wie ich es tat.«

Zugleich aber kündigte Stifter nun regelmäßige Manuskriptlieferungen an und bat auch darum, daß ihm die ausgedruckten Bogen stets zugeschickt würden, damit er nicht bei seinen zahlreichen Änderungen falsche Details bringe:

> »Sie können mit dem Drucke der Mappe schon rasch fortfahren, ich kann jede Woche über zwei Bogen senden. Der mit diesem Briefe folgende Text hat circa 2½ Bogen. Da ich immer etwas zurückhalten muß, so wird die letzte Lieferung stärker werden, und die Hälfte Dezember wird das Ende sehen. Schicken Sie mir gefälligst die ausgedruckten Bogen der Mappe, daß ich immer nachsehen kann, und in Nebendingen nicht etwa einen Widerspruch mache.«

Ende Dezember 1846 konnte der Autor dann schließlich die letzte Manuskriptsendung versprechen; er ließ den Verleger aber wissen, daß sich sein Konzept für die *Mappe* wiederum gewandelt hatte: nun war er davon überzeugt, daß der Studienerzählung noch ein zweiter Band angefügt werden müsse, auch wenn er noch nicht genau wußte, was dieser enthalten werde:

»Ich werde schon noch in diesem Monate oder längstens in den 1. Tagen des Jänner fertig: **allein** die Mappe hat *zwei* Bände. Ich fürchtete es gleich. Das Charakterbild des Doktors, wie ich es mir dachte, ist nicht anders zu gewältigen, oder ich muß seicht werden, und in gewöhnlichen Novellen- und Taschenbuch- und Liebesphrasen fortschlendern, statt einen wirklichen plastischen, nach allen Seiten tätigen, gütigen und starken Mann zu geben. Mit dem 6. Bogen war ich nicht ganz zufrieden, der 7. gefiel mir sehr. Aber ich war so frei manche Kleinigkeit zu ändern. Ich glaube die Eisgeschichte im 7. und 8. Bogen muß tief wirken. Die ersten 4 Bogen brachten neulich bei einer Lesung unter Männern große und ernste Wirkung hervor. Der Band schließt des Dr. Jugendleben ab, und geht (wie jeder ehrliche Roman) bis zu seiner Heirat. Dann kommen Anmerkungen des Verfassers über manches weitere, und das Versprechen des nächsten Bandes über die Mappe. Wir werden schon die Einteilung treffen.«

Im Februar 1847 erschien schließlich der dritte Band der *Studien,* der nur die *Mappe* enthielt. Im Vergleich zur Urfassung fehlte nun das dritte Kapitel *Die Geschichte der zween Bettler,* vier Kapitel wurden neu geschrieben: *Das Gelöbnis* als Einfügung zwischen die Kapitel I und II der Urfassung; bei dem ersten Abdruck in der *Wiener Zeitschrift* war dieser Text wohl aus Platzgründen nicht aufgenommen worden. Dann folgten zwischen den Teilen II und IV der Urfassung die Kapitel *Margarita* sowie *Thal ob Pirling,* und schließlich fügte Stifter ein kurzes *Nachwort* an. Noch im Erscheinungsmonat jedoch, am 16. Februar 1847, äußerte er bereits grundsätzliche Einwände gegen diese Erzählung:

»Aber einen andern Jammer muß ich Ihnen mitteilen, nämlich wegen der *Mappe.* Das ist eine heillose Geschichte. *Das Buch gefällt mir nicht.* Es ist so schön, so tief, so lieb in mir gewesen, es könnte in der Art hold und eigentümlich und duftig sein, wie das Haidedorf, aber tiefer, körniger, großartiger und dann ganz rein und klar und durchsichtig in der Form. Ich wollte drei Charaktere geben, in denen sich die Einfachheit, Größe und Güte der menschlichen Seele spiegelt, durch lauter gewöhnliche Begebenheiten und Verhältnisse geboten – wäre es gelungen, dann hätte das Buch mit der Größe, mit der Einfalt und mit dem Reize der Antike gewirkt. – – So aber ist es nicht so, und es hat mich oft bei der Korrektur geradezu **schrecklich** gelangweilt. Es ist möglich, daß die Leser anders urteilen, und mich mit Lob beschämen, wie bei den ersten Bänden; aber dann rührt es einzig davon her, daß sie nicht wissen, wie alles hätte werden sollen, und mit dem schon zufrieden sind, was geworden ist – – aber ich weiß es, und sehe die Kluft beständig offenstehen, die nun einmal da ist, und die man nicht mehr wegbringen kann dadurch, daß man einen Berg hineinwirft. Das abscheulichste aber ist, daß ich es in mir empfinde, daß ich das Ding so machen könnte, wie ich es wollte, daß es mir in Haupt und Herzen liegt, greifbar, darstellbar – und wenn ich so die freundlichsten geweihtesten Stunden darauf verwenden würde, so würde es sich zusammenfinden, einfach, klar, durchsichtig und ein Labsal, wie die Luft. Der Leser würde in dem Buche fortgehen zwischen allbekannten geliebten Dingen, und sachte gebannt und eingezirkelt werden, so wie man im Frühlinge in warmer Luft in allseitigem Keimen in glänzender Sonne geht, und glückselig wird, ohne sagen zu können, wodurch man es geworden. Die ersten 4 Bogen (mit Ausnahme des Hängeversuches, der weg muß, weil der Doktor das nicht tut) sind so ziemlich gut, besonders die Erzählung des Obrists, welcher Charakter überhaupt der beste ist, dann muß der Eissturz und manche Szene mit Margarita gut wirken. Das andere – – wie wird es sein?! Etwa ist die Heimkehr des Doktors und sein anfängliches Wirken mit Vater und Schwestern rein genug, dann aber kömmt bestimmt eine Leere und Öde. – – – Es ist doch ein ganz einziges Verhältnis, daß ein Schriftsteller vor seinem Verleger sein Werk herabsetzt; aber was geht mich der Verleger an, ich spreche zu dem Freunde, der wirds dem Verleger nicht sagen. Ich habe mich nicht umsonst so auf das Buch gefürchtet – und schreiben mußte ich es, weil es eine Seite, und ich bilde mir ein, eine gar so schöne Seite meiner Seele ist.«

Freilich beeilte er sich schon wenige Tage später, am 1. März 1847, sein allzu kritisches Urteil zurückzunehmen und dem Verleger seine befremdende Ablehnung zu erklären:

»Daß ich die Mappe, mein Lieblingskind, wie Sie sagen, so strenge beurteile, kömmt eben daher, *weil* sie mein Lieblingskind ist, und ich an demselben nur das Klarste, Edelste, Schönste sehen möchte. Daß andere nicht so strenge sein werden, weiß ich wohl, aber die andern wissen dafür auch nicht, was mir vorgeschwebt ist, und was ich erreicht habe.«

Zu dieser gewandelten Einschätzung mochten die zahlreichen günstigen Urteile über die *Mappe* beigetragen haben, darunter auch das der gefeierten schwedischen Koloratursängerin Jenny Lind, die im Dezember 1846 zu einem Gastspiel nach Wien gekommen war und Stifter im Haus des Augenarztes Dr. Friedrich v. Jäger kennengelernt hatte:

»Was die Mappe anlangt, so ist gewiß doch einiges Liebe und Freundliche darin; ich habe auf Aufforderung, doch auch einmal etwas von mir vorzulesen, den 2. und 3. Bogen bei Dr. Jäger gelesen, und es kam eine sehr schöne Wirkung zum Vorscheine. Jenny Lind, mit welcher ich bei Jäger oft zusammenkomme, enthielt sich der Tränen nicht, trocknete sie anfangs mit ihrem Tuche, und ließ sie endlich reichlich aus ihren sprechenden und gefühlvollen Augen hervordringen. Mir war der Beifall dieses im hohen Grade gefühlvollen Mädchens, dieser Künstlerin, welche das Schöne und das sittliche Maß selber so entzückend darstellt, mehr wert, als tausend Beifallszeichen der Rezensenten, die leider oft gar so einseitig und von einer eingebildeten Richtung befangen urteilen, und einen mit Lob nicht minder geißeln können, wie mit Tadel.«

Stifter schenkte der Sängerin die bisher erschienenen vier Bände der Studien, und ihr Dankesschreiben ist ein Zeugnis für die Aufnahme von Stifters Studienerzählungen in den gebildeten Kreisen seiner Zeit:

»Da Sie so sehr die Töne lieben, bester Herr Stifter mögte ich am liebsten Ihnen jetzt etwas vorsingen – da wir aber in eine solche Entfernung von einander sind daß Sie mir nicht hören können, *müssen* Sie ein paar dumme Worte von mir lesen, die Ihnen sagen wollen wie unendlich dankbar ich für Ihren schönen Geschenk bin und welche innige Freude ich dadurch empfunden.

Es ist mir seit lange Zeit kein solches Gefühl durch die Seele gegangen als da ich die bedeutungsvolle Worte las welche Sie mir in einen von den Büchern hineingeschrieben! Solche Worte und solche Wünsche helfen einem einen Zeitlang durchs Leben hin und können die *Töne* so etwas ausrichten dann muß ich freilich auf

Ihre Idee eingehen, lieber Herr v. Stifter, daß die Töne viel vermögen.
Wenn ich Ihnen recht danken könnte für Ihre Güte gegen mich! und für die herrliche Abende bei meine geliebte Frau Jager – aber dies alles wissen Sie gewiß, und werden diejenige Worte zulegen die mir durchaus fehlen. Merkwürdiges Schicksal daß die Menschen sich kennen und erkennen lernen müssen, sich verstehen und schätzen – und unmittelbar darauf für immer und ewig – scheiden! – Bester Herr von Stifter! in mein ganzes Leben werd ich Sie nicht vergessen – denken Sie auch ein mal freundlich an mich! und mag Ihnen das Leben so froh und sonnenbeleuchtet bleiben wie es vom ganzen Herzen wünscht

Ihre Sie verehrende und dankbare

Wien, 21. März 1847 Jenny Lind.«

Allerdings fehlten auch kritische Stimmen nicht. So fällte Levin Schücking am 23. Juni 1847 in der Literaturbeilage der angesehenen *Augsburger Allgemeinen Zeitung* ein vernichtendes Urteil:

»Die langverheissenen zwei folgenden Bände der Studien von Adalbert *Stifter* sind soeben von der tätigen Offizin des verdienten Buchhändlers Heckenast in Pesth versendet worden. Wir müssen ehrlich gestehen daß uns diese weiteren Bände weniger befriedigt haben als die ersten, so freudig von uns begrüßten. Stifter bleibt zu sehr an der Studie kleben, und kommt nicht zur Komposition. Er malt Detail mit Virtuosität, denn er weiß seine tiefe und schöne Seele in den Stoff zu legen, und weiß wieder die Seele des Stoffs herauszufühlen. Aber dies fortwährende, nicht endende Malen ermüdet; man erwartet endlich Handlung, mindestens Begebenheit; man erwartet Konflikte, mindestens künstlerische Gruppierung und Kontraste – das alles kommt nicht, Seite nach Seite ist mit Beschreibung angefüllt, und wir scheiden am Ende von einer solchen Erzählung mit dem Eindruck daß wir auf einem poetischen Walplatz gestanden auf welchem eine große Schlacht hätte aufgeführt werden können. Es ist dieser Mangel der Stifterschen Studien nicht Resultat eines Mangels an Erfindungsgabe oder künstlerischer Kraft im Verfasser; es ist nichts als ein falscher Geschmack. Stifter hat in Journalen und Taschenbüchern unendlich belebtere, besser komponierte, spannendere Erzählungen niedergelegt; aber er hat sie diesen Studien, der Auswahl seiner Dichtungen, nicht einverleibt – augenscheinlich also schätzt er seine Arbeiten verkehrt, und fühlt nicht daß man in den Rahmen der Erzählung wohl das Historienbild, das Genrebild, ja sogar das Tierstück, aber nicht die bloße Landschaft spannen kann. Er nennt seine Arbeiten freilich nur ›Studien‹. Aber es ist eines so eminenten Talentes unwürdig in weiten Jahren immer noch an der Studie zu kleben. Unter den vorliegenden Erzählungen sind ›Brigitta‹ und ›Das alte Siegel‹ bei weitem die besten; das letztere weil es am meisten Leben, das erstere weil es eine vortreffliche Darstellung ungarischer Szenerien enthält. Den ›Abdias‹ und ›Die Mappe meines Urgroßvaters‹ trifft jener Vorwurf zumeist.«

Stifter war nun doch gekränkt, weil er sein eigentliches Anliegen völlig verkannt sah, und schrieb im Juli 1847 an den Verleger:

»Neulich erhielt ich von der allgemeinen Zeitung einen Brief um gelegentliche Beiträge, ich werde mich in der Antwort ein klein wenig aussprechen, daß ich in die traurigen Hände Schückings gefallen bin, der als Kritiker kein Schönheitsprinzip hat, sondern nur hie und da Verstand, daher er in seiner Bücherschau die Poeten abtut, wie Krautköpfe, die er blättert, und unter denen er keinen Unterschied sieht, weil sie alle Kraut sind, als daß einer etwa dicker ist, als der andere. Ferner steht er nie auf dem Standpunkte des Werkes, der eben nur aus den Merkmalen des Werkes hervorgeht, sondern er sieht an dem Werke nur Stoff, und urteilt sofort, wie *er* die Sache gemacht hätte, wenn er sie sollte bearbeitet haben – – und Gott möge mich da lange bewahren, daß ich es so tue, und etwa die Poesie so ausdrücke, wie seine Novellen es tun. Da er die Tiefe der Schönheit nie schaut, so sind seine Kritiken kalt, und seine eigenen Machen verzerrt da der, welcher die einfache Größe natürlichen Menschenherzens nicht kennt, immer, um Wirkung zu machen, nach *äußerem* stofflichen Zeugs greift, das er womöglich sehr absonderlich und abenteuerlich und ganz besonders verrückt macht, damit es nur wirke. Ich fürchte immer, daß solche Leute, wenn sie aus dem Buche herauskommen, in dem sie stehen, im Falle sie Millionäre sind, an den Bettelstab kommen, oder im Falle sie nichts haben, in das Narrenhaus geraten.«

Im gleichen Brief zeigt sich auch, daß sich Stifter unentwegt mit der *Mappe* beschäftigte. Wiederum erwähnte er Pläne für eine völlige Umarbeitung, diese allerdings nicht sofort, weil er befürchtete, daß sonst die so erfreulich rasch nötig gewordene Neuauflage nicht erscheinen könnte:

»Ich fürchte, daß, wenn ich in 3, womit ich, wie Sie wissen, allerdings nicht zufrieden bin, einen Stein rühre, gleich ihrer eine Menge nachrollen, und dann aus dem Trümmerwerke heraus zu bauen ist. Machen wir es aber so. Drucken Sie die 3 ersten Kapitel, wie sie sind. Ich will vom 4. an *kürzen*. Sollte ich aber hierin so weit gehen, daß ich nicht fertig bin, wenn Sie schon auf den Text anstehen, so warten Sie nicht, und drucken unverändert weiter; denn es soll die Sache nicht aufgehalten werden, indem zuletzt die Mappe doch nicht in der Vollendung hervorginge, die ich ihr einst geben will. Ist aber bereits die Zeit überhaupt zu kurz, so melden Sie mir es **sogleich**, daß ich nicht mit Umänderungen die Zeit vergeude, die in der Folge doch nicht benützt werden würden.«

Wenige Jahre später, am 22. März 1850, bekräftigte er seine Absicht, diese Studienerzählung zu einem zweibändigen Roman umzuschreiben:

»Ich bin freilich gesonnen, aus der Mappe des Urgroßvaters ein eigenes Werk in zwei Bänden zu machen, und den 3. Band der Studien mit ein paar andern Erzählungen zu füllen; aber das steht noch im weiten Felde, und wir können im Falle der Realisierung ja wieder übereinkommen.«

Im Dezember 1857 griff er diesen Plan wiederum auf, wobei er Heckenast vorschlug:

»Wenn die dreibändige Auflage der Studien wieder neu sollte aufgelegt werden, lassen Sie mir es zeitig wissen. Es könnte sein, daß die Mappe heraus und ein gleiches Stück hineinkäme, und die Mappe einen 2. Teil bekäme, wie wir es einmal besprachen. Für die künftigen Besitzer sämtlicher Werke wäre das einerlei. Für Sie vielleicht sogar besser.«

Was die Mappe für Stifter bedeutete, zeigt auch die Tatsache, daß ihm die Beschäftigung damit wie eine Erholung erschien. So unterbrach er Mitte Januar 1864 nach seiner schweren Erkrankung die Arbeit am *Witiko* und schrieb bis Oktober an der so lange geplanten Neufassung der *Mappe*, die er bis zum zweiten Kapitel des 2. Bandes, *Das Scheibenschießen in Pirling*, fertigstellte. Bezeichnenderweise sprach er im Zusammenhang mit der *Mappe* auch nicht von »Arbeit«, sondern vom »Dichten«, mit dem er sich selbst körperlich und seelisch zu heilen suchte. Dies wird deutlich im Brief an Heckenast vom 12. Februar 1864:

»Da ich mich immer mehr fand, griff ich noch zu einem Heilmittel, das alle Heilerfahrnen verdammt hatten, dessen labsalbringende Wirkung ich aber recht gut kannte – Dichten. Amtsschreiberei hätte mich rückfällig gemacht und das, wovon sie sagten, es greife die Nerven am meisten an, wiegte sie bei mir in selige Wonne, das Dichten. Ich konnte nicht am Witiko arbeiten, da bin ich eben in erschütternden Auftritten, und sie fordern Kühnheit und Frische; aber an die Mappe des Urgroßvaters ging ich (Sie wissen, daß die ein eigenes Werk werden soll), und schrieb sie mit Benützung des Alten neu. Seit 3 Wochen arbeite ich daran, und mein Glaube an diese liebevolle Arznei hat mich nicht getäuscht, mein Herz wußte, was ihm mangelte, und ging zu dem rechten Borne, Gesundheit zu trinken. Die Leute würden es nicht begreifen, sie würden mir es wehren, sie würden sagen, ich reibe mich auf, und gegen alles das hatte ich ein Mittel: ich sagte ihnen nichts. Nur meine Gattin wußte von dieser Arznei, und sie wehrte sie mir nicht. [...] Gestern bin ich zum ersten Male in die Luft gegangen, heute wieder eine halbe Stunde. Mein Gemüt ist wieder heiter, und eine seiner ersten Früchte dieser Brief an Sie. Nehmen Sie die Taube aus der Arche freundlich auf.«

Bereits am 24. März folgte ein weiterer Brief, in dem Stifter mitteilte, daß schon elf Bogen fertig seien, und am 14. April kündigte er eine Sendung mit zwölf Bogen zur Ansicht an:

»Lesen Sie das Ding, und ist hie und da der Schatten der Krankheit sichtbar, so wird er schon bei der 2. Lesung von meiner Seite verscheucht werden. Haben Sie sonst daran zu tadeln, so schreiben Sie mir es später, ich bin jetzt noch empfindlich, und kränke mich leicht, was nicht sein soll, und was schwinden wird. [...] Ehe ich ›Witiko‹ vollende, werde ich die genesenden Kräfte noch auf die Mappe anwenden. Nach dem Kapitel ›Margarita‹ kömmt nun erst der ›sanftmütige Obrist‹ und anderes auch der Eisfall erst später. Eustach und Christine sind in der Mappe der Studien gar nicht enthalten. Sie werden sich im 2. Bande weiterentwickeln.«

Die Arbeit ging dem Dichter so zügig von der Hand, daß er am 1. Juli die letzten Bogen des 1. Teiles abschicken konnte, und Ende August war ein Drittel des 2. Teiles »fast fertig«. Heckenast drängte nun allerdings auf die Fertigstellung des *Witiko,* der ihm zunächst wichtiger erschien als die erweiterte Fassung einer Studienerzählung. Stifter sah dies auch ein, und ab Oktober 1864 befaßte er sich nur noch mit dem *Witiko.* Erst nach dessen Abschluß und nach einem Kuraufenthalt in Karlsbad fand er ab Juni 1867 wieder Zeit für die *Mappe,* die er jetzt endgültig fertigstellen wollte. Er arbeitete das vorhandene Manuskript gründlich durch und schrieb große Teile völlig neu, so daß in Wirklichkeit eine vierte Fassung entstand. Trotz widriger Umstände, wie eine achtwöchige Krankheit seiner Frau und die nachfolgende Erkrankung seiner Nichte Katharina, die bei ihm im Hause lebte, kam er rasch voran und konnte dem Verleger am 10. November zuversichtlich mitteilen:

»Ich sende Dir einige Zeilen. Ich hätte Dir wohl sehr viel mitzuteilen; allein ich nehme mir in dem Augenblicke von der Mappenarbeit kein Zeitteilchen weg. Etwas später mag es dann geschehen. Ich werde diese Woche mit dem 1. Bande der Mappe fertig. Schreibe mir, ob ich ihn Dir senden soll, wenn Du etwa den Druck beginnen wolltest. Vielleicht wird während des Druckes des 1. Bandes der 2. fertig. Ich weiß nur nicht, wie lange der Druck dauern wird. Ich werde wohl gegen 3 Monate zum 2. Bande brauchen. Das Werk hat 2 Bände. Wolltest du etwa Bilder dazugeben, so wäre von den alten nichts zu brauchen. Im 1. Bande ist der Doktor jung, und im zweiten geschehen viel wichtigere Dinge, als daß ein alter Mann vor einem Schreibtische sitzt. Ich müßte Geiger den Stoff angeben. Nach Beendigung der Mappe entsteht die Frage: Setzest Du statt der Mappe andere Erzählungen in die Studien, die ich Dir dann einhändige, oder lässest Du bei einer neuen Auflage der Studien die Mappe einfach weg. Es sind viel mehr Erzählungen vorrätig, als zur Füllung der Lücke der Mappe nötig sind. Sie könnten für sich erscheinen. Die Entscheidung ist auch schon zur Vorrede der Mappe nötig, in der die Verhältnisse dargelegt werden müssen.«

Er schrieb in geradezu fiebriger Eile, und am 11. Dezember berichtete er Heckenast:

»Von der Mappe liegt der 1. Band schon lange druckfertig. Von dem 2. ist ungefähr ¼ fertig.«

Mittlerweile war auch er schwer erkrankt. Sein Zustand verschlechterte sich rapid, die Kräfte ließen nach, heftige Schmerzanfälle folgten immer rascher. Zu den wenigen Besuchern, die zu ihm kommen durften, gehörte sein Freund Johannes Aprent, der darüber berichtete:

> »Wenige Tage vor seinem Tode ließ er sich noch das Manuskript des unvollendeten zweiten Bandes der Mappe, mit deren Umarbeitung er sich seit ihrem Erscheinen und noch während dieser Krankheit beschäftigt hatte, reichen, blätterte darin, und legte es endlich mit den Worten aus der Hand: ›Hier wird man schreiben: Hier ist der Dichter gestorben.‹«

Am 28. Januar 1868 ist Stifter gestorben. Johannes Aprent veröffentlichte das nachgelassene Manuskript 1870 im 1. Band der *Vermischten Schriften.* Dabei nahm er zahlreiche Kürzungen und vermeintliche Verbesserungen in Orthographie und Zeichensetzung vor; er wollte vor allem die Teile bringen, »die in den ›Studien‹ nicht enthalten sind«. Der erste vollständige Abdruck des Manuskripts erschien erst 1939 in den *Sämtlichen Werken.* Diese letzte Fassung folgt im Aufbau zunächst der Studienfassung und beginnt wie diese mit den Kapiteln *Die Altertümer* und *Das Gelöbnis,* doch ist die Darstellung ausführlicher und detaillierter, nennt zahlreiche Namen und genaue Einzelheiten. Aus der Urfassung übernimmt Stifter dann mit dem leicht abgeänderten Titel *Von den zwei Bettlern* die Episode aus der Prager Studentenzeit. Wiederum sind viele Details überarbeitet: der unbekümmerte Studentenjargon der Urfassung wurde gemildert, die zahlreichen Ausrufe und Gedankenstriche fehlen. Fast unverändert blieben jedoch die Briefe, die Christine an Eustach geschrieben hat. Der wichtigste Unterschied ist, daß die Geschichte der beiden Studenten als Beispiel für die Möglichkeit der bürgerlichen (Augustinus) und künstlerischen (Eustach) Existenz hier organisch in die Handlung eingearbeitet und in den folgenden Kapiteln immer wieder aufgegriffen wird. Sie sollte am Schluß auch ihre Auflösung finden.

Das nächste Kapitel beschreibt die Anfänge der ärztlichen Tätigkeit in der Heimat, die in den früheren Fassungen als völlig unkompliziert dargestellt worden war. Jetzt dagegen gelingt es dem jungen Doktor nur mühsam, Patienten zu gewinnen und das Mißtrauen zu überwinden. Die Leute wenden sich lieber an Kurpfuscher oder benützen die alten Hausmittel, die sie von den Tiroler Theriakhändlern gekauft haben. Ausgerechnet der Bettler Tobias, den Augustinus als ersten Patienten heilt, bringt es fertig, die Bevölkerung von den Fähigkeiten des jungen Doktors zu überzeugen, der allerdings gar nicht auf rasche Einnahmen hoffen muß, denn in dieser Fassung ist der Vater kein armer Häusler mehr, sondern ein wohlhabender Bauer, der zusammen mit dem Bruder Kaspar, der Schwester Anna und dem Gesinde den stattlichen Hof versorgt. Als Gemeindeältester und Landgeschworener genießt er großes Ansehen. – Sobald es die Praxis erlaubt, reist Augustinus nach Prag, um den verschollenen Studienfreund Eustach zu suchen. In der Heimat findet er Kontakt zu angesehenen Familien, etwa zum Besitzer einer Glashütte oder einer Hammerschmiede; häufig besucht er die Familie Ferent in Pirling mit ihren schönen Töchtern. Ausführlich beschreibt Stifter Ausflüge und Feste, die der junge, gesellschaftlich recht gewandte Doktor mit Humor und Einfallsreichtum organisiert.

Das folgende Kapitel *Margarita* erzählt von Kontakten zum benachbarten Freiherrn von Tannberg und dessen Familie (die beiden Töchter erinnern in vielem an die zwei Schwestern in der frühen Erzählung *Der Hochwald*), dann von der Ansiedlung des Obristen mit seiner Tochter, dessen Hausbau, den allmählichen Kontakten bis zum Liebesversprechen und zum Konflikt. Dieser erwächst jedoch nicht aus Eifersucht, sondern aus Augustinus' Zweifel an der Aufrichtigkeit Margaritas. Die Reaktion des Doktors ist hier viel zurückhaltender, der Selbstmord wird nicht mehr erwähnt.

Ähnliches gilt auch für den Lebensbericht des Obristen: In den früheren Fassungen kann der Obrist nicht ohne heftige Tränenausbrüche vom Tod der geliebten Frau erzählen (in der Urfassung weint auch Augustinus); jetzt ist nur noch die

Rede von längeren Pausen, und später überlegt Augustinus:

»Es mochten etwa in jenen Augenblicken, in welchen er in der Erzählung innegehalten hatte, einmal Tränen in seine Augen gekommen sein, und diese hatte ich nicht sehen sollen.«

Das Bemühen des Doktors um Selbsterkenntnis und Selbstfindung wird durch eine Reihung von rhetorischen Fragen betont. Seine Überlegungen münden schließlich in der Zusammenfassung:

»Bin ich ein rechter Mensch gewesen oder ein rechter Arzt? Wer bin ich als Mensch gewesen?«

Und wenn er sich mit dem Bettler Tobias vergleicht, beurteilt er seine Tätigkeit als Arzt überaus kritisch:

»Ich bin gewesen wie ein Handwerker, der seine Beschäftigung wie ein Wasserrad stets gleichmäßig betreibt. Der alte Tobias verwaltet sein Amt anders. Hat er nicht gesagt: Ich bettle mich sehr leicht, ich bin der glücklichste Bettler unter Gottes Himmel, alle Leute geben mir etwas, beherbergen mich, kleiden mich, lieben mich, und so geht es fort? Und tut Tobias nicht Dinge, die über seinen Beruf hinaus liegen? Er hat meinen Namen und meine Heilkunde unter die Leute gebracht, er trägt Botschaften, gibt wegen des Viehes Ratschläge, und ordnet die Spiele der Kinder. Ist er daher nicht besser als ich?«

Das letzte Kapitel des ersten Bandes schildert die Zeit nach der Abreise Margaritas. An äußeren Ereignissen folgen der Ausbau des Hauses, die Anlage einer Eisgrube, die Erweiterung des Grundbesitzes und wiederum vergebliche Versuche, in Prag Nachrichten über Eustach zu erhalten. Wichtiger aber ist jedoch die detaillierte Darstellung der inneren Wandlung des jungen Mannes.

Vom zweiten Band der *Mappe* konnte Stifter nur noch das erste Kapitel weitgehend vollenden. Augustinus knüpft Kontakte zum fürstlichen Grundherrn und besucht dessen neuangelegten Landschaftsgarten. Der Plan für diesen genial entworfenen Park scheint von Eustach angefertigt zu sein.

Ausführlich erzählt Stifter vom Tod des Vaters und der beiden Geschwister. Der Bettler Tobias tröstet Augustinus:

»›Ich bin sehr weit hinten im Gestocke gewesen, verehrungswürdiger Herr Doktor, und da habe ich gehört, daß Euch alle Eure Angehörigen gestorben sind, und daß ihnen alle Doktoren nicht haben helfen können, und da bin ich gekommen, Euch trösten zu helfen. [...] Und ich kann nicht lange da bleiben, weil ich auch zu andern Leuten muß. Ich bin gekommen, daß ich in der großen Stube, in der er [der Vater] so freundlich gewesen ist, um ihn weine.‹
Und da er diese Worte sagte, brachen ihm die Tränen hervor, und seine Lippen zitterten.
Ich fühlte auch die heißen Tropfen in meine Augen steigen, ich sagte nichts, und saß bei dem Bettler an dem Tische, und weinte mit ihm.«

Obrist und Doktor werden zum Wohl der Bevölkerung tätig: sie kümmern sich um den Anbau von Wintergetreide, die Anpflanzung besserer Obstbäume, die Kultivierung des Bodens, geeignetere Viehrassen und den Straßenbau. Dabei wird nichts überhastet, sondern es bleibt Zeit für allmähliche Entwicklung. Sie wollen die Leute nicht einfach überreden, sondern durch ihr Vorbild überzeugen.
Der innerlich gereifte Augustinus kann auch im ärztlichen Bereich immer wirksamer helfen, selbst dann, wenn es keine leicht zu verordnende Medizin gibt. Noch ausführlicher als in der Studienfassung beschreibt Stifter hier die Brustoperation an dem jungen Mann und schließlich die Heilung der gemütskranken Isabella, womit dann der Text abbricht.

Eine Gegenüberstellung der Kapitel-Überschriften mag den Überblick über die drei Fassungen erleichtern (s. S. 303).

Urfassung	Studienfassung	Letzte Fassung
		1. Band
I. Die Antiken	1. Die Altertümer	1. Die Altertümer
II. Der sanftmütige Obrist	2. Das Gelöbnis	2. Das Gelöbnis
III. Die Geschichte der zween Bettler	3. Der sanftmütige Obrist	3. Von den zwei Bettlern
IV. Das Scheibenschießen in Pirling	4. Margarita	4. Thal ob Pirling
	5. Thal ob Pirling	5. Margarita
	6. Das Scheibenschießen in Pirling	6. Der sanftmütige Obrist
	7. Das Nachwort	7. Von unserem Hause
		2. Band
		1. Von meinem Hause

Quellen

Und will nur allein Dich zur Braut meiner Ideen machen.

An Fanny Greipl am 20. August 1835

Stifters wiederholte Hinweise, wie sehr er sich mit der *Mappe* verbunden wisse, lassen zurecht auf zahlreiche autobiographische Einflüsse schließen. Ihre Kenntnis erklärt natürlich nicht den Gehalt dieser Erzählung, doch kann sie den Zugang zu ihr erleichtern.

Zum entscheidenden Ereignis im Leben Stifters, das fast alle seine Werke beeinflußt hat, vor allem aber die *Mappe,* wurde die Begegnung mit Fanny Greipl und die »nicht so sehr unglückliche als zerrissene Liebe«[1] zu ihr. Josef Hofmiller hat in seinen Notizen[2] zu Adalbert Stifter auf den stark ausgeprägten biographischen Hintergrund der Studien hingewiesen. Er vermutete sogar, daß der Tod Fannys im September 1839 das auslösende Moment für die Niederschrift von Stifters ersten Arbeiten gewesen sein könnte, die rasch hintereinander erschienen sind: 1840 *Der Condor, Das Haidedorf* und *Feldblumen*, im folgenden Jahr dann die Urfassung der *Mappe* und die mit ihr eng verknüpfte Erzählung *Die Narrenburg*.

Um die Mitte des 18. Jahrhunderts waren die Greipls nach Friedberg zugewandert, einem kleinen Moldaustädtchen etwa 15 km südöstlich von Oberplan. Adalbert Greipl begründete ein Leinwandgeschäft, das von seinem Sohn Mathias erfolgreich weitergeführt wurde, nicht zuletzt auch zum Vorteil der Bewohner von Friedberg und Umgebung, von denen viele durch die Weberei ihr Auskommen fanden. Die wohlhabende, aufgeschlossene Familie bot dem Jurastudenten Stifter und seinen Freunden ein offenes Haus. Zusammen mit den vier Töchtern, darunter Franziska (Fanny) und Marianne (Nan[n]i), sowie dem Sohn Mathias, der sich gerne dem fünf Jahre älteren Stifter anschloß, wurden kleine Feste gefeiert und Wanderungen in die Umgebung unternommen, zur Teufelsmauer am Moldauknie bei Hohenfurth etwa oder zur Burgruine Wittinghausen auf dem Thomasberg, die Witiko von Prschitz im 12. Jahrhundert erbaut hatte. Stifter erwähnt diese Orte und Ausflüge mehrfach in seinen Dichtungen, zuletzt noch in der vierten Fassung der *Mappe*.

Im Jahre 1827 begannen die Liebesbeziehungen Stifters zur 19jährigen Fanny, von denen sein Brief, den er ihr am 7. November 1828 schrieb, Zeugnis gibt:

»Liebe teure Freundin!

Ich habe Dir versprochen, oder besser gesagt, Du hast mir erlaubt, an Dich schreiben zu dürfen; und von dieser Erlaubnis

1 Friedrich Sengle, *Biedermeierzeit*, Bd. 3, S. 957.
2 Josef Hofmiller, *Letzte Versuche*, S. 7–27.

mache ich daher Gebrauch, und sende Dir diese Zeilen von Wien, nebst meinen tausendfachen Gruß. Beinahe unerträglich ist mir wieder das Leben in Wien auf jene glückliche goldene Zeit, in welcher ich in so angenehmer Gesellschaft im Budweiser Kreise herumfuhr. Ich werde jener Tage in Ewigkeit nicht vergessen, es waren die schönsten Ferien meiner ganzen Studienzeit. Für jedem Menschen von Bildung und feinem Gefühle ist es ein inniges Lebensbedürfnis, sein Herz an andere Menschen anzuhängen, die er lieben, mit denen er in herzlichem Verkehre leben kann. Darum ist es mir bei Euch so wohl, weil ich weiß, daß Ihr mir alle gut seid, und weil ich das seelige Gefühl genießen kann, Euch recht von Herzen lieben zu dürfen. Vergiß nicht, liebe Fany! auf das, was ich Dir in den Ferien sagte, es kam aus dem aufrichtigen Herzen Deines besten Freundes – doch das wirst Du längst vergessen haben, nur eines bitte ich Dich, spotte nie über meine Schwäche, es würde mich ungemein schmerzen, denn ich habe Dich wirklich recht mit ganzem Gemüte lieb, und werde Dich immer lieben. Ich weiß es ja, es ist nur ein liebliches Phantom, es ist nur ein Kartenhaus, an dem ich mich so sehr ergötze, doch mir ist dieses Phantom dieses Kartenhaus so lieb, und mich wird der Wind sehr betrüben, der es gewiß über kurz oder lang umblasen wird. Wenn es eine Torheit ist, die ich begehe, so ist jenes Herumfahren schuld, wo wir uns beide so nahe kamen – doch es mögen die Sachen stehen, wie sie wollen, über dies einzige sei überzeugt, daß ich stets Dein Freund in der vollen Bedeutung des Wortes bleiben, und nie zweideutig gegen Dich handeln werde, sondern jederzeit offen redlich und wahr. Ich hätte Dir unendlich viel zu sagen, was man alles einem Briefe nicht einschalten kann. Schreibe ja gewiß, ich bitte Dich herzlich darum.«

Bald kam es jedoch zu Mißverständnissen: Gegenseitiges Mißtrauen sowie Stifters zweifelnde Unentschlossenheit und seine beständigen Vorwürfe wegen ihrer angeblich mangelnden Liebe trübten das Verhältnis. Bezeichnend ist ein Brief vom 3. Februar 1829 mit Stifters Anfrage, die sich vermutlich auf den angehenden Arzt Wilhelm Huber bezog, der zum Freundeskreis der Greiplgeschwister gehörte und Fanny umwarb:

»Unterhältst Du Dich gut im Fasching? Warst Du schon auf Bällen? Was macht die Nani? Hat wohl -- das geht mir immer im

Kopfe – hat wohl der heurige Karneval wieder ein Unglück unter Deinem Busentuche angerichtet??? Schreibe mir bald, bald, bald, gleich nach Empfang dieses, und alles, alles, was Du von Dir und der Nani weißt, und N. B. sagen willst. Lebe wohl, grüße die Nani tausend mal.

Dein Freund Stifter.«

Fanny war gekränkt, antwortete lange nicht, und als sie auch noch gehört hatte, daß Stifter in den Sommerferien wegen irgendwelcher Mädchenbekanntschaften in Wien bleiben wolle, schlug sie ihm schließlich vor:

»Treten wir wieder zurück in unser ganz früheres Verhältnis, ich weiß Du wünschest es.«

Eifersucht ist dann auch in der *Mappe* bezeichnenderweise Anlaß für Auseinandersetzungen zwischen Augustinus und Margarita. So wie Margarita am Schmuck für die Arzttasche und an den Bändern für das Geschirr der jungen Rappen arbeitete, versprach Fanny ihrem Freund Stifter einen Tabaksbeutel, und zwar als Belohnung für eine Ansicht von Friedberg, die dieser Anfang 1829 gemalt hatte. Über den kleinen Häuschen des Ortes ließ er das Greiplsche Anwesen stattlich herausragen. Gegenüber Fannys Geschenk äußerte Stifter allerdings seinen Vorbehalt:

»Wenn Du mir nur einen Beutel als Belohnung für meine Arbeit machest, so ersuche ich Dich, mir keinen zu machen – ich hätte ihn lieber Deiner Zuneigung verdankt.«

Immer wieder war das gegenseitige Verhältnis von Mißverständnissen und leichter Gereiztheit geprägt, und trotz eines gemeinsamen Aufenthaltes im oberösterreichischen Bad Hall – Fanny war mit ihrem Bruder Mathias dorthingegangen, und Stifter reiste augenblicklich nach – ließ sich der frühere Zustand nicht wiederherstellen. Stifters Briefe schwankten zwischen Mutlosigkeit und Liebesbeteuerungen, die Eltern Fannys reagierten zurückhaltend und eher ablehnend. Unter dem Pseudonym Ostade veröffentlichte Stifter acht Gedichte im Linzer *Österreichischen Bürgerblatt für Verstand, Herz und guter Laune*, die vor allem ein Gruß an Fanny sein sollten, wie etwa das folgende Beispiel:

»Erinnerung an Friedberg

Du kleiner Ort, ---
Sei immerhin unscheinbar unbekannt,
Mein Herz bleibt immer dir gewogen.
Oberon

Wende dich ab mein Herz von den stolzen Palästen der Hauptstadt.
Dort wo im Abendrot goldene Streifen erglühn,
Dorthin liegt mein Land, mein dunkel geschlossenes Waldtal,
Dorthin sehnsuchtsvoll – heftet das Auge den Blick,
Heftet ihn stundenlang, als zög' ein goldener Faden
Sanft aus dem Leben das Herz immer und immer nach West.
Sage, warum, Herz, sehnest du dich immer nach den düsteren Wäldern?
Lebet ja dort manch Bild süßer Vergangenheit auf.
Wieder erblick ich den Hügel geschmückt mit gastlichen Dächern,
Wie er in fröhlichen Grün sich aus dem Wasser erhebt.
Wieder auch seh' ich die Wellen des sanft hingleitenden Stromes,
Wie er in silbernen Band glänzend die Wiesen durchschlingt.
Rechts an dem Laufe des Flusses erhebt sich sachte die Landschaft
Erst durch Dorf und Gefild, dann durch Gebüsche hinan,
Strebet dann jäher hinauf zu lieblich geschwungener Wiege,
Welche in sonnigem Grün glänzender Rasen bedeckt.
Birken vereinzelt, stehn auf der schimmernden Weide und zeichnen
Goldig ihr glühendes Laub gegen den finsteren Wald,
Welcher hinter dem Hang in schwarzer Dämmrung heraufsteigt,
Und von seinem Kamm blickt die Ruine herab.
Grau und verwittert, ein Zeuge längst versunkner Geschlechter
Schaut der gewaltige Turm weit in die Länder hinaus.
Und so ruhig liegt der Forst, die glänzenden Lüfte
Weben geheimnisvoll über den schweigenden Wald.
Und so einsam ruht das Tal nur einzelne Säulen
Blauen Rauches ziehn gastlich zum Himmel hinan. –
O du süßes Land, du Land der herrlichen Wälder!
Einstens nimm mich auf, wenn sich die Locke mir bleicht
Nimm mich auf in deine Schatten und hege mein Alter.
Ruft mich dann der Herr einstens vom Tagewerk ab:
Schau ich noch ein Mal rings um auf die Berge und lege
Dann das müde Haupt nieder zur ewigen Ruh.«

Diesen Einfall übernahm Stifter später für die *Mappe:* In der *Geschichte der zween Bettler* sind es die Beiträge, die Augustinus in die *Stadtchronik* einrücken läßt, um dem flüchtigen Eustach Nachrichten zukommen zu lassen.
Das Verhältnis zwischen Fanny und Stifter hatte sich allerdings weiter gelockert. Schon in einem Brief vom 15. November 1829 hatte er ihr versichert, daß er nur sie oder überhaupt nicht heiraten werde, eine Beteuerung, die fast wörtlich in der *Mappe* wiederkehrt; außerdem kündigte er ihr an, daß er seine Liebe zu ihr auf ein tätiges Leben zum Wohle der Menschheit übertragen wolle, und auch dieser Gedanke klingt wiederum in der *Mappe* an:

»Bist Du für mich hin: nun dann liegt mir auch nichts mehr an der Welt. Mögen sie mir dann die glänzendste Stelle geben, mir gleichviel – dann ist es für mich zu spät – doch wozu all dieses zu zergliedern – möge der Himmel Dich bewahren und glücklich machen, dann will auch ich versuchen, die Liebe, die nun Dein ist, überzutragen auf meine Arbeiten, und auf die Menschheit – ein wohltätiges Leben, sagt man, gibt ja auch Zufriedenheit. Mancher, der diese Zeilen lesen würde, würde glauben, meine Liebe sei Schwärmerei, allein nur der, der gleichen Reichtum trägt in seiner Seele, wird mich verstehn, und wird wissen, daß das Geistige und Übersinnliche einer unendlichen Stärke und Ausdehnung fähig ist, die der Schwache nur anstaunen oder verspotten, aber nie fühlen kann.«

Die Eltern Greipl fürchteten allerdings, daß es sich bei Stifters Zuneigung zu ihrer Tochter um eine Schwärmerei ohne gesicherte Zukunft handelte. In dieser Überzeugung bestärkten sie Berichte von Andreas Freiherr von Baumgartner, dem Professor für Physik an der Universität Wien und späteren Minister, daß Stifter, den er wo immer es ihm möglich war, zu fördern gesucht hatte, seine Prüfungstermine versäumte und keine Aussicht auf eine gesicherte Lebensstellung hätte. Baumgartner, den Stifter stets sehr verehrte und den er später in dem Roman *Der Nachsommer* in der Gestalt des Freiherrn von Risach porträtierte, stammte aus einfachsten Friedberger Verhältnissen. Die Eltern Fannys dachten realistisch und verboten schließlich den Briefwechsel zwischen ihrer Tochter und Stifter; der Bruder Mathias mußte dies seinem Freund mitteilen:

»Hätte ich Dir was Angenehmes zu schreiben gehabt, so hättest Du gewiß schon auf einige Deiner Briefe immer Antwort erhalten, aber ich soll und muß Dir schreiben als Dein Freund, daß es meinen Eltern lieber ist, wenn Du mit der Fanny nicht korrespondierst, und dieses einzige ist die Ursache meines langen Stillschweigens.«

In diese Zeit fiel bereits Stifters Bekanntschaft mit der Putzmacherin Amalia Mohaupt in Wien, der attraktiven Tochter eines armen, invaliden Unteroffiziers. Sie drängte Stifter zur Heirat, und im Jahre 1835 kam es schließlich zur Verlobung. Eifersucht auf seiten Stifters und eine gewisse Trotzreaktion gegenüber der Familie Greipl mochten seine Entscheidung mitbestimmt haben. Fanny aber blieb trotz des intimen Verhältnisses zu Amalia sein Traumbild. Als er im August 1835 in seiner Heimat an der Hochzeit eines Freundes teilnahm, sah er während des Gottesdienstes auch Fanny, und er warb in einem Brief vom 20. August 1835 nochmals um sie:

»Als sie sagten: Du werdest Huber heuraten, fuhr der Geist der Eifersucht in mich, und da wurde der Plan gedacht Dich und alle Vergangenheit zu vergessen, und weil der Schmerz doch zu nagen nicht aufhörte, so suchte ich, wie es in derlei Fallen immer zu gehen pflegt, in neuer Verbindung das Glück, das die alte erste versagte, und spiegelte dem verwaiseten Gefühle vor: nun bist du ja geliebt und glücklich – – – – ach und ich war es doch nicht. Es gibt nur eine, eine einzige Liebe, und nach der keine mehr. Gekränkte Eitelkeit war es – zeigen wollt' ich Eurem Hause, daß ich doch ein schönes, wohlhabendes und edles Weib zu finden wußte – – – ach und hätte über dem Experimente bald mein Herz gebrochen! Je weiter zu Vermählung hin ich es mit Amalien kommen ließ, desto unruhiger und unglücklicher ward ich. Dein Bild stand so rein und mild im Hintergrund vergangner Zeiten, so schön war die Erinnerung, und so schmerzlich, daß ich, als ich Amalien das Wort künftiger Ehe gab, nach Hause ging, und auf dem Kissen meines Bettes unendlich weinte – um Dich. Du warst ja doch immer trotz meiner vorsätzlichen Selbstverhärtung die Braut meiner Seele – Du warst doch immer die Heilige zu der mein besseres Innere betete – und wie oft suchte ich Deine Briefe hervor und las sie alle durch. Erst als ich stark genug war, das neue Band zu zerreißen und ihr alles zu sagen, und aus meiner Selbstquälung zu klarerem Entschluß zu kommen – erst da, als Amalie sagte: Ich danke Ihnen für Ihre Aufrichtigkeit, und achte Sie, daß Sie Ihrer ersten Liebe treu blieben etc. erst dann kehrte wieder ein unendlich süßer Friede in mein Herz, als hättest Du gesagt: ich liebe dich ja noch, und verkenne dein gutes Herz nicht.

Ich habe dieses alles nicht etwa gesagt, um mich zu rechtfertigen, nein sondern mein Benehmen zu erklären. Hätte ich Dein einfaches schuldloses Gemüt, so hätte ich still geduldet, nicht durch Trotz mein Herz herabgewürdigt, und einem anderm Wesen Kummer verursacht. Freilich sagen die Leute; du hattest nichts gegen sie gefehlt, euer Vertrag war ja aufgehoben – als ob ein Herzensbündnis mit Worten zu Null gemacht werden könnte!! Wäre es von mir bloße Untreue gewesen, warum hätte ich dann plötzlich wieder gebrochen? als weil mir mein Verstand sagte, ich soll nicht mich und sie unglücklich machen; denn ich liebte sie nicht, und sollte mir ihr Kuß Wohlgefallen sein, so mußte ich mir Deine Lippen dazu denken. – –

Aber gut, alles ist vorüber, und diese Begebenheit hat neuerdings gezeigt, wie unbesiegbar meine Liebe zu Dir ist, sie ist die letzte Verirrung meines Gefühls gewesen, und hat aber das Gute bewirket, daß ich nun sanft und stille sein will, und in reiner schöner Liebe Dein Bild in mir aufhängen und schmücken werde mit der liebreichsten Verehrung immer und immer fort. Ich fühle jetzt schon eine solche Zufriedenheit mit mir, wie ich sie seit 2 Jahren nicht gehabt habe, und ich fühle, wie sie immer steigen wird.

Nun noch eins: wenn Du ein Herz, das so hart von seinem wahren Ziele irrte, das aber bereute und umkehrte, nicht verschmähen willst, wenn Deine Güte noch einen Rest alter Liebe und Zärtlichkeit aufbewahret, so nimm meine Liebe, die ich Dir als eine demütige Gabe anbiete, wieder an, und heile meine Wehmut mit freundlicher Zärtlichkeit – ich weiß, was ich Dir dann schuldig bin, und nie, so lang ich lebe, soll ein unsanftes Wort Dein Herz betrüben, oder eine Handlung Dein Gemüt verletzen. Kein Mann auf Erden liebt Dich mehr, als ich, weil Dich keiner mehr kennt, als ich – und keiner kann Dich glücklicher machen. Sagst Du ja (und

Du wirst es, weil Du so gut bist), so werde ich mit Deinen Eltern reden, und ihnen dartun, daß eine Verbindung zwischen uns ganz und gar nicht ungereimt sei, und um ihre Einwilligung bitten. Sagst Du aber, Du liebest mich nicht mehr so will ich es leiden, wie auch das Herz wehe tue, und will nur allein Dich zur Braut meiner Ideen machen und Dich fort lieben, bis an meinen Tod. Ich schrieb dies alles, weil ich fürchte, daß zu einer Unterredung keine Zeit ist. Übrigens will ich keineswegs, daß dieses Blatt ein Geheimnis bleibe zwischen uns, im Gegenteile berate Dich mit Deiner Mutter, und bitte sie, daß sie mit mir rede.

Lebe wohl ich bin ewig

Dein Dich innigst liebender Freund

A. Stifter«

Fanny heiratete 1837 den Kameralsekretär Josef Fleischanderl und starb im September 1839 im Kindbett. – Stifter heiratete am 15. November 1837 Amalia, die ihm zeitlebens eine tüchtige, umsichtige Hausfrau blieb, höchst besorgt um sein leibliches Wohlergehen. Sie brachte erstmals eine gewisse Ordnung und Regelmäßigkeit in sein Leben. Andererseits war sie leicht reizbar, verfügte nur über geringe geistige Interessen (sie pflegte sich als »gute dumme Haut« zu bezeichnen) und brachte für das literarische Werk ihres Mannes nur wenig Verständnis auf. Eine Großnichte Fannys schrieb Jahre später in der Greiplschen Familienchronik, daß Stifter nach dem Tode Fannys zu seiner Frau gesagt haben soll, »Erst jetzt gehöre ich Dir ganz«, und bei späteren Besuchen in Friedberg und im Greiplhaus seien ihm angeblich stets die Tränen in die Augen getreten.

Selbst wenn derartige Behauptungen doch eher im Bereich eines späteren romantisierenden Gefühlsüberschwanges anzusiedeln sind, so läßt sich doch nicht leugnen, daß Fanny für den Dichter zum Idealbild geworden ist, in dem er seine Wunschträume ungetrübt von der Wirklichkeit des Alltags und den Schwierigkeiten des Zusammenlebens realisieren konnte. In Erzählungen und Romanen machte er wahr, was er in dem Brief vom 20. August 1835 angekündigt hatte und was in eine Inschrift am Greiplhaus unter dem Namen

Fannys aufgenommen wurde: »Die Braut meiner Ideen wirst Du allzeit bleiben.« Und dies änderte sich auch später nicht, trotz Stifters gegenteiligen Behauptungen, etwa am 3. Februar 1853 im Brief an den 34jährigen Juristen Gustav Pechwill:

»Ihr Herz krankt an einer unglücklichen Leidenschaft, werfen Sie dieselbe heraus, versuchen Sie es nur, es geht, glauben Sie einem Manne, der auch ein weiches Herz hat, der auch in Ihrer Lage gestanden ist, und der es weiß, daß es geht.«

Die Erinnerung an Fanny läßt sich in fast allen Werken Stifters finden. Im Erstling, *Der Condor*, wird die geliebte Frau noch ins Unrecht gesetzt, wenn es heißt: »Das Weib erträgt den Himmel nicht«; und der Schlußsatz lautet bezeichnenderweise:

»Und fern, fern von ihr in den Urgebirgen der Kordilleren wandelte ein unbekannter, starker, verachtender Mensch, um dort neue Himmel für sein wallendes, schaffendes, dürstendes, schuldlos gebliebenes Herz zu suchen.«

In der Erzählung *Das Haidedorf* griff Stifter das Motiv des Dichters auf, der durch den Verzicht auf seine Liebe erst zur wahren Größe reift. Während in der Urfassung noch der König und sein Gefolge in das abgelegene Haidedorf kommen, um dort den begnadeten Dichter vor allen Bewohnern auszuzeichnen und zu belohnen, erhält der Dichter in der *Studienfassung* einen Absagebrief von der Mutter seiner Geliebten:

»›Es macht mir vielen Kummer, in der Tat, schweren Kummer, daß ich Ihre Bitte abschlagen muß. Ihre selbstgewählte Stellung in der Welt macht es unmöglich zu willfahren; meine Tochter sieht ein, daß es so nicht sein kann, und hat nachgegeben. Sie wird den Sommer und Winter in Italien zubringen, um sich zu erholen, und sendet Ihnen durch mich die besten Grüße. Sonst Ihr treuer, ewiger Freund.‹

Der Mann, als er gelesen, trat mit schneebleichem Angesichte und mit zuckenden Lippen von dem Tische weg – an den Wimpern zitterten Tränen vor.«

Aber der Dichter kann die Enttäuschung überwinden. Er versiegelt die Briefe, die er von dem geliebten Mädchen erhalten hat, und legt sie als etwas unwiederbringlich Vergangenes in den Schrank:

> »›Meine selbstgewählte Stellung‹, sagte er endlich sich emporrichtend – und im tiefen, tiefen Schmerze war es, wie eine zuckende Seligkeit, die ihn lohnte.«

In Urfassung und Studienfassung der *Mappe* ist Fanny in der Gestalt Margaritas zum verklärten Sehnsuchtsideal geworden. Nach einer Zeit der Probe und Bewährung fügt sich alles zum glücklichen Ende. Im Kapitel *Die Geschichte der zween Bettler* in der Urfassung gibt Stifter mit Christine, der Geliebten des Eustach, ein Beispiel für unbeirrbare und unwandelbare Treue. In ihren Briefen, die fast unverändert für die letzte Fassung übernommen wurden, sah man Liebesbeteuerungen von der Art, wie Stifter sie von Fanny gewünscht hätte.

In der letzten Fassung der *Mappe* zeichnet Stifter in Margarita ein Idealbild. Die vergebliche Liebe zu Fanny ist jetzt überwunden, auch wenn er mehrmals auf sie anspielt. Einmal heißt es nach einer ausführlichen Beschreibung der Familie Ferent [d. i. Greipl] und ihres Besitztums:

> »Ich dachte schon zuweilen, ob mir denn Gott nicht eins der zwei Mädchen etwa zu meinem Eheweib bestimmt hat, vielleicht die heitere Franziska mit den dunkeln Augen und den lichten Blicken.«

Im letzten Kapitel, an dem Stifter vor seinem Tode schrieb, erwähnt er Fanny nochmals:

> »Wenn ich nach Pirling kam, und in dem Hause des Kaufmanns Ferent war, sah mich seine ältere Tochter Franziska stets sehr freundlich an, und benahm sich herzlich gegen mich, gleichsam als wollte sie mich trösten. Du gutes Mädchen, dachte ich, wer weiß, wie es gekommen wäre, wenn ich mich dir genähert hätte, wie ich einst gedacht hatte, und wenn ich eine Neigung zu dir gefaßt hätte. Vielleicht wärest du mir auch zugetan geworden, vielleicht hätten deine Eltern in unsere Verbindung gewilligt, und deine sanften schwarzen Augen hätten mir einfach und gütig über mein Leben hinübergeholfen. Jetzt ist alles anders. Möge dir der schöne Forstmann Viktor, dem du gewiß zufallen wirst, eine so sorgliche Wohnung bereiten als ich es getan hätte.«

In der Gestalt des Doktors Augustinus sah Stifter sich selbst. Er fügte sich hier in einen Lebenslauf ein, in dem vieles, was ihm selbst verwehrt geblieben oder mißlungen war, verwirklicht wurde. Einige Beispiele sollen dies verdeutlichen: Während Stifter sein Leben hindurch von Schulden und Geldnöten geplagt wurde und stets von einem gutbürgerlichen Wohlstand träumte, gewinnt der Doktor verhältnismäßig rasch Reichtum und Ansehen; er kauft mehr und mehr Land, baut ein stattliches Haus und richtet dies nach seinen Wünschen ein, nicht zuletzt auch mit antiken Möbeln. – Dem Doktor gelingt die Erziehung des jungen Gottlieb problemlos, während Stifter und seine Frau an den Ziehtöchtern, die sie ins Haus genommen haben, scheiterten. – Über die Ehe des Doktors berichtet der Dichter nur wenig. Die Figur Margaritas bleibt ohnehin eigentümlich farblos und blaß. Von den Kindern ist nicht die Rede. Infolge widriger Um-

Ururgroßvater (der Vater des Doktors, mit Zügen von Stifters Vater)

Augustinus · Lucia · Katharina

Augustinus der Urgroßvater der Erzählung	∞	Margarita, Tochter des Obristen
Augustinus Stifter (1744–1834)	∞ 1780	Ursula Kary (1756–1836, Stifters »lebendige Chronik und Dichtung«)
Johann Stifter (1781–1817)	∞ 1805	Magdalena Friepeß (1784–1858) ∞ 1820 [2.] Ferdinand Mayer
Adalbert Stifter (1805–1868)	∞ 1837	Amalia Mohaupt (1811–1883)

stände verlieren sie das Vermögen und werden zu einfachen Bauern, bis schließlich der Erzähler wieder auf eine höhere Schule geschickt wird, und damit mündet die Erzählung in den autobiographischen Bereich.

Wie sorgfältig Stifter den Urgroßvater in die eigene Familie zu integrieren suchte, zeigt ein Stammbaum, der Erzählung und Wirklichkeit verbindet (s. S. 314).

Hinter der Gestalt des Obristen stehen wohl Erinnerungen an Mathias Greipl, den Vater Fannys, und an den Großvater Augustinus Stifter. Anregung für den Beruf des Arztes mochte Stifters Pate in Oberplan gegeben haben, ein gewisser Schacherl, der als Arzt oder Bader tätig war; vielleicht dachte Stifter auch an den jungen Arzt Wilhelm Huber, einen früheren Verehrer Fannys. Der Obrist erinnert überdies an die enge Verbindung zwischen der *Mappe* und der Erzählung *Die Narrenburg* (vgl. auch die Entstehungsgeschichte): Heinrich entstammt der bürgerlichen Linie, die durch den Grafen Julius begründet worden war, dem in der *Mappe* der Obrist entspricht, der in der Urfassung noch Julius Scharnast geheißen hatte.

Eine autobiographische Reminiszenz ist schließlich die Beschreibung der Bergtour, bei der Margaritas Mutter zu Tode stürzt. Stifter erinnerte sich hier an das Höllental in der Gegend des Schneeberges, das er im Sommer 1840 mit seiner Frau besucht hatte. In einem späteren Brief an seine Frau lobte er die gesunde Gesichtsfarbe, die sie während der Bergtouren bekommen hatte.[1]

1 Weitere autobiographische Bezüge sind in den Anmerkungen nachgewiesen.

Die Handlung

Was Ihr für ein herrlicher Mann geworden seid.
Mappe, S. 214

Im Gegensatz zu dem eher zufällig wirkenden Aufbau der Urfassung hat Stifter die Studienfassung sehr überlegt gegliedert. Einleitung ist die Rahmenhandlung: der Erzähler – Entstehungsgeschichte und Quellen haben deutlich gemacht, daß Stifter in aller dichterischen Freiheit sich selbst in dieser Rolle gesehen hat – berichtet von der Suche nach den Aufzeichnungen des Urgroßvaters, verbunden mit Reflexionen über die Abfolge der Generationen und die Vergänglichkeit des Daseins.

Dramatischer Einstieg in die Handlung ist die Beschreibung der Selbstmordabsicht. Anschließend folgt die Lebensgeschichte des Obristen als abschreckendes und zugleich Vorbild gebendes Beispiel. Den Mittelpunkt der Erzählung bildet das Kapitel *Margarita.* Bevor jedoch Bekanntschaft und wachsende Zuneigung beschrieben werden, stellt Stifter als Grundlage und Voraussetzung die Familie und den bisherigen Werdegang des Doktors vor. Am Ende mündet das Kapitel in eben die Situation, die anfangs im Zusammenhang mit dem Selbstmordgedanken geschildert worden war. Das kurze Kapitel *Thal ob Pirling* zeigt die Entwicklung des Doktors nach Margaritas Abreise, und die Beschreibung des Schützenfestes in Pirling bringt schließlich die Lösung. Dem knappen Nachwort fällt nur noch die Aufgabe zu, zusammenfassend von den späteren Jahren zu berichten und zugleich die Rahmenhandlung zu schließen.

Auch in sprachlicher Hinsicht ergeben sich zwischen Ur- und Studienfassung zahlreiche Unterschiede. Josef Hofmiller hat sie mit musikalischen Begriffen zu charakterisieren versucht: »Der junge Stifter schreibt Allegro – später schreibt er nur noch Adagio–Andante.«[1] Eine vergleichende Gegenüberstel-

1 Josef Hofmiller, *Letzte Versuche*, S. 27.

lung macht die Unterschiede deutlich: Anstelle der sprühenden, frischen, unbekümmert sprunghaften, leidenschaftlich-subjektiven Darstellungsart der Urfassung tritt in der Studienfassung eine gelassene, reflektierende, vieles aussparende Erzählweise. Der Humor, in der Urfassung ein bestimmendes Element, ist in den Überarbeitungen einem getragenen Ernst, einem streng stilisierten Ebenmaß gewichen. Die Charakterisierung des Doktors als »eulenspiegliger Herr« entspricht seinem Verhalten in der Urfassung, nicht jedoch in der Studienfassung.

Vordergründige Lektüre könnte den Eindruck entstehen lassen, als handle es sich bei der *Mappe* vornehmlich um eine Liebesgeschichte. Die Neigung zwischen Augustinus und Margarita scheint den Mittel- und Endpunkt des Geschehens zu bilden. In Wirklichkeit aber dient sie viel eher dazu, den jeweiligen Stand der charakterlichen Entwicklung des jungen Mannes darzustellen, der im Verlauf der Erzählung zur Persönlichkeit reift. So wie er sich äußerlich verändert, eine Existenz aufbaut, wachsende Erfolge als Arzt verzeichnet, wohlhabend wird, den Grundbesitz vergrößert und aus der väterlichen Hütte in ein stattliches, geradezu herrschaftliches Wohnhaus umziehen kann, so wandelt sich auch sein Charakter. Zu Beginn lebt er in der einfältigen, fast märchenhaft-kindlichen Vorstellung vom armen Häuslersohn, der als Wohltäter der Gemeinde aus der Stadt zurückkehrt und nun höchster Ehren würdig ist. Im Verlauf der Erzählung lernt er Warten und Verzicht und wandelt sich zum dienenden Menschen, der durch gewissenhafte Anwendung seiner Fähigkeiten, durch soziales, uneigennütziges Verantwortungsbewußtsein seinen Aufgaben gerecht werden will. Ganz von selbst achten und anerkennen ihn alle als den »tätigen geehrten Mann«.

Dieser Entwicklungsablauf wird von Stifter detailliert ausgeführt: Augustinus kommt in seine südböhmische Heimat. Hier lebt der Vater als armer Kleinhäusler zusammen mit den beiden Töchtern und einem Hütebuben von den wenigen

Wiesen und Feldern sowie einem Gespann Kühe, und im Bewußtsein seiner Einfachheit scheut er sich, den studierten Sohn so unbefangen wie früher zu begrüßen. In dem schlichten Lebenskreis richtet sich bald alles nach dem jungen Doktor, dessen Ankunft für die Familie den Beginn eines sozialen Aufstiegs bedeutet. Unmittelbar nach seinem Eintreffen wird das beste Zimmer für ihn hergerichtet. Bezeichnenderweise besorgen schon nicht mehr die beiden Schwestern das Putzen, sondern in dem bescheidenen Haushalt, in dem selbst der Eßtisch so gebrechlich ist, daß er durch einen Stock gestützt werden muß, holt man für derlei niedrige Arbeiten eine Putzfrau. – Die Schwestern bringen erstmals Vorhänge im Haus an, die aus »irgend einem schönen Linnen« genäht worden sind, sie kleiden sich schöner, die Wohnräume werden sauberer gehalten als bisher. Außerdem kommen bessere Gerichte auf den Tisch.

Veränderungen zeigen sich auch im Umgang mit den Bewohnern der Gegend. Bisher war der Vater in seiner Armut geradezu untertänig dankbar gewesen, wenn ihn der wohlhabende, weitläufig verwandte Wirt herablassend mit »Vetter« angeredet hatte, und er fühlte sich dadurch geehrt. Jetzt legt umgekehrt der Wirt großen Wert darauf, daß der junge Doktor ihn als Vetter tituliert. Dieser läßt sich, seinem Stand entsprechend, gerne bedienen: wenn er an dem Gasthaus vorbeikommt, wird ihm ein Trunk herausgebracht; bei der Rückkehr von seinen Hausbesuchen betreut der Bube Thomas die Pferde, die Schwester geht ihm entgegen, nimmt ihm den Pelz ab und »führt« ihn in sein Zimmer, während der Vater inzwischen die Geräte und Medikamente auspackt.

Der Doktor, er bezeichnet sich zunächst selbst als »ganz jung«, hat zwar an der Universität viel gelernt, aber noch fehlen ihm die Lebens- und Berufserfahrung, die ihn über ein bloß handwerkliches, angelerntes Können hinausgelangen lassen. Kurz nach seiner Ankunft in der Heimat erfährt er, daß in der Nachbarschaft ein weiser alter Mann zugezogen ist: der Obrist. Dieser wird für ihn zum väterlichen Lehrmei-

ster und wohlmeinenden Förderer, zumal der eigene Vater und die beiden Schwestern, denen in der Erzählung keine weitere Funktion zukommt, plötzlich sterben.
Doktor und Obrist bauen ein Haus, und dieses Vorhaben ist bei beiden zugleich ein Spiegelbild ihres Charakters. Augustinus bemüht sich angestrengt und mühsam, die richtige Form zu finden. Der Bau des Obristen ist in technischer und gestalterischer Hinsicht viel vernünftiger, überlegter und zweckmäßiger geplant und deshalb auch rascher durchzuführen. Der Doktor sucht von der Erfahrung des Obristen zu profitieren, und dieser schätzt die vortrefflichen Anlagen des jungen Mannes, seine gediegenen beruflichen Kenntnisse und seine Gewissenhaftigkeit. Andererseits sieht er aber auch, wieviel ihm, ebenso wie seiner Tochter Margarita, noch an Reife fehlt. Er berät Augustinus und führt ihn ganz unmerklich, ohne die eigene Überzeugung ihm aufzudrängen oder dessen Persönlichkeit zu unterdrücken, allein durch vorbildliches Handeln, das er vorlebt oder von dem er berichtet.
Augustinus seinerseits sucht den Umgang mit dem Obristen, weil ihm die Gespräche wohltun und weil er erkennt, wie viel er von ihm lernen kann. Außerdem spürt er die väterliche Zuneigung des alten Mannes. Dies wird vor allem in schwierigen Situationen deutlich. Den Liebeskummer, der sich in Trotz und anfänglicher Verzweiflung äußert, nimmt der Obrist ernst, und er bemüht sich, Augustinus vor unüberlegten Handlungen zurückzuhalten. Andererseits ist er realistisch genug, um versachlichend feststellen zu können:

> »Ich war gerade so schwärmend wie Ihr [...]. Ich war ebenso strebend und vom Grund auf gutherzig wie Ihr.«

Als Außenstehender sieht er, daß es sich hier um ein Mißverständnis zwischen Augustinus und Margarita handelt, an dem beide schuld sind, und er ist überzeugt, daß sich nach einer Zeit des Prüfens und Reifens wieder alles einrenken werde. Deshalb beschließt er, so hart ihn die Trennung auch ankommt, Margarita zu Verwandten zu schicken.
Aus der Lebensgeschichte des Obristen erfährt Augustinus

dann, was wirklicher Schmerz ist. Außerdem erkennt er, daß der Mensch lernen muß, sich selbst zu beherrschen und zu zügeln, bevor er anderen Führer oder auch nur Lebenspartner sein kann. So bedurfte es gewaltiger Anstrengungen, ehe aus dem berüchtigten »Spieler, Raufer, Verschwender« Graf Casimir Uhldom der *sanftmütige Obrist* werden konnte. Das Wort *sanft*, das hier so häufig verwendet wird, bedeutet nicht in erster Linie mild oder weich, also nicht etwas Passives, sondern hat eine betont aktive Bedeutung in dem Sinne, daß man in vernünftiger, beherrschter und verständnisvoller, aber auch zielstrebiger Weise das verwirklicht, was die jeweilige Situation erfordert.

Auch das Leben des Obristen drohte am Unmaß zu scheitern: Wie Augustinus hätte er beinahe jemanden im Zweikampf getötet, hätte fast Selbstmord begangen. Im Krieg war ihm das Blutvergießen lange als Heldentat erschienen, bis er endlich einsehen lernte, daß es viel wichtiger und größer ist, Menschenleben zu retten. Durch gewissenhafte Selbstkontrolle, hier an den Aufzeichnungen sichtbar gemacht, gelingt es ihm, inmitten von Krieg und Greuel zum sanften, zum sittlich handelnden Menschen zu werden. Jetzt möchte er dem Doktor helfen und ihm schmerzliche Umwege ersparen. Dieser hat sich im Alltag längst bewährt. Stifter zeigt dies an der Episode des Eisregens, wo Augustinus mit Ruhe und Umsicht handelt. Er beruhigt die verängstigten, hilflosen Leute dadurch, daß er ihnen die logischen Zusammenhänge erklärt.

Aber so, wie der Sturm hier zur »Erlösung« wird, so sind auch in seinem Leben Erschütterungen nötig, an denen er sich bewähren muß und die ihn erst zu seinem eigentlichen Wesen finden lassen. Anlaß dafür bietet das Verhältnis zu Margarita, für das die breit angelegte Episode mit den Irrlichtern bezeichnend ist. Augustinus folgt ihnen zunächst in der Überzeugung, es seien die erleuchteten Fenster im Haus des Obristen, die er als Wegweiser zu Margarita ansieht. Erst nach geraumer Zeit erkennt er seinen Irrtum und erinnert sich an den großväterlichen Rat, daß man in solchen Situationen den falschen Weg zurückgehen und neu beginnen müsse. Er findet den rechten Pfad, und nun stehen die Lichter im Haus des Obristen »recht klar recht vernehmlich und recht freundlich da [...].« Solcher Umwege bedarf es auch in der Beziehung zwischen Augustinus und Margarita.

Margaritas Gefühlswerte, ihre Freude an der Natur, an Blumen und Steinen, ihr Geschmack für Bilder, Bücher und Einrichtungsgegenstände ergänzen sich mit dem Schulwissen, das Augustinus an der Universität erworben hat. Ganz von selbst wächst die gegenseitige Zuneigung, und als Augustinus eher nebenbei und indirekt seine Liebe mitteilt, läßt sie die Antwort nur scheinbar offen; wie sie Arm in Arm mit ihm geht, erahnt er ihre Gefühle. Auf die direkte Frage erhält er später dann auch Margaritas Zusage, und ihre Liebe erscheint ihm als unverdientes Glück, das sein Leben unaussprechlich bereichert.

Noch aber fehlen ihm Selbstsicherheit in Leben und Beruf. Dies und das Bewußtsein des Standesunterschiedes machen auch die Minderwertigkeitsgefühle verständlich, die er gegenüber dem jungen, gut aussehenden Vetter Margaritas empfindet, der mit so viel mehr Selbstbewußtsein und mit gesellschaftlicher Gewandtheit auftritt. Augustinus glaubt sich weniger geliebt, zurückgesetzt und erlebt in seiner Ohnmacht einen »Rückfall« in die Kindheit, wenn er sich zu Boden wirft, tobt und Blumen mit dem Stock zerschlägt. Bei dem nachfolgenden Gespräch mit Margarita überlegt er nicht logisch, sondern kindlich eigensinnig und redet verletzend. Margarita schrickt trotz der Liebe, die sie zu ihm empfindet und die sie ihm auch durch den Tausch des Edelweißsträußchens zeigt, vor der Heirat zurück. Auch sie handelt nicht vernünftig und überlegt, sondern rein gefühlsbetont.

Nach Margaritas Abreise sucht Augustinus Aufgabe und Bewährung in seiner Arbeit. Anstelle der angelernten Buchweisheit will er nun die natürlichen Heilkräfte der Natur kennenlernen, sein Wissen ausweiten, um noch besser helfen zu können. Auch in fast aussichtslosen Fällen hat er noch Erfolg, etwa bei der Heilung des Holzknechts oder bei der Operation an dem jungen Mann, die ihm Grenzsituationen des Lebens vor Augen führt. Zugleich gewinnt er an Selbstsicherheit; aber mit Schrecken wird ihm auch bewußt, daß diese Patienten gestorben wären, wenn er damals Selbstmord begangen hätte.

Die Mitmenschen stehen jetzt im Mittelpunkt seines Daseins, und er ist nicht mehr egozentrisch auf sich ausgerichtet. Durch den Obristen hat er gelernt, daß im Tätigsein für die Allgemeinheit eine wesentliche Lebensaufgabe liegt. Beispiele dafür sind der Straßenbau, die Anlage einer Brücke, die der Obrist im zähen Kampf gegen die Bürokratie und einen selbstsüchtigen gräflichen Grundherrn durchsetzt, dann die Einführung ertragreicherer Getreidesorten, widerstandsfähigerer Rinderrassen sowie die Aufforstung und damit die Kolonisation schlechter Böden. Allmählich lernt Augustinus, daß man auf lange Zeiträume und auch für spätere Generationen planen muß. – Trotz aller Tätigkeiten aber denkt er mit unerschütterlicher Liebe an Margarita. Nun ist aus dem unsicheren jungen Mann eine Persönlichkeit geworden, die sich bei aller Bescheidenheit doch auch ihres Wertes bewußt ist und Margarita ebenbürtig entgegentreten kann.

Man hat diese Erzählung wiederholt als Utopie, als Flucht aus der Wirklichkeit bezeichnet. Diese Ansicht trifft nur insoweit zu, als Stifter dem Doktor vieles gelingen läßt, was er selbst vergeblich zu erreichen gesucht hatte. Davon abgesehen aber zeichnet der Dichter in der *Mappe* weniger ein idyllisches, idealisiertes Leben; vielmehr zeigt er die Realität des Daseins, dessen Bewältigung und Gestaltung von der Bereitschaft und der Anstrengung des Menschen abhängen. Er drückt dies in dem bildhaften Vergleich vom Schicksal als einem goldenen Wagen aus, der unter Umständen ein Leben zerdrückt, ohne daß Gott hilft. Dieser nämlich hat dem Menschen einen freien Willen und die Fähigkeit zur selbständigen Entscheidung gegeben. Dadurch liegen allerdings die Möglichkeiten des katastrophalen Scheiterns und der zerstörerischen Leidenschaft wie die des Gestaltens und des Gelingens nahe beieinander. Beide sind sie im Leben des Obristen und des Doktors vorhanden, und erst durch Selbstzucht, Entsagung und uneigennützigen Dienst am Mitmenschen haben diese es fertiggebracht, Maß und Festigkeit zu gewinnen, die den Leidenschaften widerstehen können.

Interpretationen

IN RECLAMS UNIVERSAL-BIBLIOTHEK

Lessings Dramen

Wolfgang Kuttenkeuler: Miß Sara Sampson. »... nichts als ›Fermenta cognitionis‹« – Helmut Göbel: Minna von Barnhelm oder Das Soldatenglück. Theater nach dem Siebenjährigen Krieg – Horst Steinmetz: Emilia Galotti – Thomas Koebner: Nathan der Weise. Ein polemisches Stück? UB Nr. 8411 [3]

Dramen des Sturm und Drang

Rainer Nägele: Johann Wolfgang Goethe, Götz von Berlichingen – Barbara Becker-Cantarino: Jakob Michael Reinhold Lenz, Der Hofmeister – Helmut Scheuer: Friedrich Maximilian Klinger, Sturm und Drang – Ulrich Karthaus: Johann Anton Leisewitz, Julius von Tarent – Peter Michael Lützeler: Jakob Michael Reinhold Lenz, Die Soldaten – Klaus R. Scherpe: Friedrich Schiller, Die Räuber. UB Nr. 8410 [3]

Goethes Erzählwerk

Eberhard Lämmert: Goethes empirischer Beitrag zur Romantheorie – Hans Rudolf Vaget: Die Leiden des jungen Werthers – Wulf Köpke: Wilhelm Meisters theatralische Sendung – Hans-Wolf Jäger: Reineke Fuchs – Sigrid Bauschinger: Unterhaltungen deutscher Ausgewanderten – Helmut Koopmann: Wilhelm Meisters Lehrjahre – Dieter Borchmeyer: Alexis und Dora – Paul Michael Lützeler: Hermann und Dorothea – Wolfgang Dietrich: Die Geheimnisse, Achilleis, Das Tagebuch – David E. Wellbery: Die Wahlverwandtschaften – Gisela Brude-Firnau: Aus meinem Leben. Dichtung und Wahrheit – Peter Boerner: Italienische Reise – Ehrhard Bahr: Wilhelm Meisters Wanderjahre oder Die Entsagenden – Thomas P. Saine: Campagne in Frankreich/Belagerung von Mainz – Erika Klüsener: Novelle. UB Nr. 8081 [5]

Prosa aus Biedermeier und Vormärz

IN RECLAMS UNIVERSAL-BIBLIOTHEK

Berthold Auerbach, *Schwarzwälder Dorfgeschichten.* Ausw. und Nachw. von Jürgen Hein. 4656 [4]

Ludwig Börne, *Briefe aus Paris.* Ausw., Anm. und Nachw. von Manfred Schneider. 9850 [3] – *Monographie der deutschen Postschnecke.* Skizzen, Aufsätze, Reisebilder. Ausw. und Nachw. von Jost Hermand. 11 [2]

Georg Büchner, *Lenz. Der hessische Landbote.* Nachw. von Martin Greiner. 7955 – *Lenz.* Studienausgabe. Hrsg. von Hubert Gersch. 8210 – dazu *Erläuterungen und Dokumente* hrsg. von Gerhard Schaub. 8180 [2]

H. Clauren: *Mimili.* Wilhelm Hauff: *Kontrovers-Predigt über H. Clauren und den »Mann im Monde«*, Hrsg. von Joachim Schöberl. 2055 [2]

Der deutsche Vormärz. Texte und Dokumente. Hrsg. von Jost Hermand. 8794 [5]

Annette von Droste-Hülshoff, *Die Judenbuche.* Novelle. 1858 – dazu *Erläuterungen und Dokumente* hrsg. von Walter Huge. 8145

Friedrich Gerstäcker, *Die Flucht über die Kordilleren. John Wells.* Erzählungen. 6320

Adolf Glassbrenner, *Der politisierende Eckensteher.* Ausw. und Nachw. von Jost Hermand. 5226 [3]

Jeremias Gotthelf, *Elsi, die seltsame Magd. Der Besenbinder von Rychiswyl.* Erzählungen. 7747 – *Die schwarze Spinne.* Erzählung. Nachw. von Konrad Nussbächer. 6489 [2] – dazu *Erläuterungen und Dokumente* hrsg. von Wolfgang Mieder. 8161 – *Uli der Knecht.* Hrsg. von Hans Peter Holl. 2333 [7]

Franz Grillparzer, *Der arme Spielmann.* Erzählung. Nachw. von Emil Kast. 4430 – dazu *Erläuterungen und Dokumente* hrsg. von Helmut Bachmaier. 8174 [2] – *Das Kloster bei Sendomir.* Erzählung. Nachw. von Karl Pörnbacher. 8761

Karl Gutzkow, *Wally, die Zweiflerin.* Hrsg. von Günther Heintz. 9904 [6]

Wilhelm Hauff, *Das Bild des Kaisers.* Novelle. Nachw. von Gerard Kozielek. 131 [2] – *Die Geschichte von dem kleinen Muck. Der Zwerg Nase.* Märchen. Nachw. von Erwin Ackerknecht. 7702 – *Das kalte Herz und andere Märchen* (Gespensterschiff. Kalif Storch). 6706 – *Lichtenstein.* 85 [5] – *Sämtliche Märchen.* Hrsg. von Hans-Heino Ewers. 301 [5] – *Saids Schicksale. Die Geschichte Almansors.* 8321

Heinrich Heine, *Aus den Memoiren des Herren von Schnabelewopski.* Nachw. von Manfred Windfuhr. 2388 – *Die Harzreise.* Nachw. von Friedrich Sengle. 2221 – *Ideen. Das Buch Le Grand.* Hrsg. von Dierk Möller. 2623 – *Der Rabbi von Bacherach.* Hrsg. von Hartmut Kircher. 2350 – *Die romantische Schule.* Hrsg. von Helga Weidmann. 9831 [5]

Justinus Kerner, *Ausgewählte Werke.* Hrsg. von Gunter Grimm. 3857 [7]

Eduard Mörike, *Maler Nolten.* Novelle. Hrsg. von Heide Eilert. 4770 [5] – *Mozart auf der Reise nach*

Prag. Novelle. 4741 – dazu *Erläuterungen und Dokumente* hrsg. von Karl Pörnbacher. 8135 [2] – *Das Stuttgarter Hutzelmännlein.* Märchen. Hrsg. von Walther Hofstaetter. 4755

Charles Sealsfield, *Das Kajütenbuch oder Nationale Charakteristiken.* Hrsg. von Alexander Ritter. 3401 [6] – *Die Prärie am Jacinto.* Erzählung. Nachw. von Karl Konrad Polheim. 7881

Adalbert Stifter, *Abdias.* Erzählung. Nachw. von Paul Requadt. 3913 – dazu *Erläuterungen und Dokumente* hrsg. von Ulrich Dittmann. 8812 – *Bergkristall.* Erzählung. Nachw. von Helmut Bachmaier. 3912 – *Der beschriebene Tännling.* Erzählung. Nachw. von Karl Pörnbacher. 7548 – *Brigitta.* Erzählung. Mit einem Nachw. 3911 – dazu *Erläuterungen und Dokumente* hrsg. von Ulrich Dittmann. 8109 – *Die drei Schmiede ihres Schicksals.* Hrsg. von Karl Pörnbacher. 9863 – *Granit.* Erzählung. Vorrede zu »Bunte Steine«. 7602 – *Der Hagestolz.* Erzählung. 4194 [2] – *Der Hochwald.* Erzählung. Nachw. von Emil Merker. 3861 [2] – *Kalkstein.* Hrsg. von Karl Pörnbacher. 9932 – *Der Kondor. Das Heidedorf.* Erzählungen. Nachw. von Irene Ruttmann. 8990 – *Die Mappe meines Urgroßvaters.* Hrsg. von Karl Pörnbacher. 7963 [3] – *Nachkommenschaften.* Hrsg. von Karl Pörnbacher. 7924 – *Der Waldsteig.* Erzählung. 3898 – *Wien. Die Sonnenfinsternis.* Nachw. von Johannes Urzidil. 8850

Georg Weerth, *Humoristische Skizzen aus dem deutschen Handelsleben.* Hrsg. von Jürgen-Wolfgang Goette. 7948 [2]

Philipp Reclam jun. Stuttgart